C

LE

MA

SHAKESPEARE II

Du même auteur
dans la même collection :

RICHARD III — ROMÉO ET JULIETTE— HAMLET
LE MARCHAND DE VENISE — BEAUCOUP DE BRUIT POUR RIEN — COMME IL VOUS PLAIRA
LES DEUX GENTILSHOMMES DE VÉRONE — LA MÉGÈRE APPRIVOISÉE — PEINES D'AMOUR PERDUES
TITUS ANDRONICUS — JULES CÉSAR — ANTOINE ET CLÉOPÂTRE — CORIOLAN
LE SONGE D'UNE NUIT D'ÉTÉ — LES JOYEUSES COMMÈRES DE WINDSOR — LE SOIR DES ROIS

WILLIAM SHAKESPEARE

OTHELLO
LE ROI LEAR
MACBETH

Traduction de François-Victor Hugo

Préface et notices
par
Germaine Landré
agrégée de l'Université

GF
FLAMMARION

ISBN 2-08-070017-0

SHAKESPEARE

Le plus grand poète, le plus grand dramaturge de l'Angleterre, William Shakespeare, reste encore pour nous une figure assez mystérieuse, ou tout au moins bien peu connue. Ce que nous savons sur lui est presque toujours incertain. Il est né en 1564, à Stratford-sur-Avon, d'une famille ancienne du Warwickshire; mais son père semble avoir connu plus de revers que de succès dans les années où grandit le jeune William. Années de classe à la « grammar school » du village, bonne éducation sans doute, — cela reste conjecture. A dix-huit ans, il épouse Ann Hathaway, fille d'un fermier voisin, de huit ans plus âgée que lui; son premier enfant naît six mois après; les raisons de ce mariage, et les conséquences qu'il a pu avoir sur la vie du jeune homme dans les années qui suivirent, si elles ne sont pas tout à fait des suppositions, ne sont cependant pas des certitudes. Car il va bientôt quitter Stratford, sans que nous puissions dire pourquoi il laisse femme et enfants; les explications, plausibles ou ingénieuses, ne manquent pas : mais elles restent des hypothèses.

En 1592, il est à Londres, après des mois — ou des années? — d'obscurité. Il fait partie d'une troupe d'acteurs, il joue, il est joué. Il écrit même, en 1593-1594, deux poèmes, *Vénus et Adonis* et *le Viol de Lucrèce*, dédiés au comte de Southampton. Nous savons aussi qu'il joue devant la Reine, avec la troupe du Lord Chambellan.

A Stratford, où il retourne de temps en temps, nous pouvons fixer avec plus de précision quelques-uns de ses actes : par exemple, l'achat d'une maison, en 1597. A Londres, il est mentionné comme étant l'auteur de plusieurs pièces (1598) et aussi parce qu'il devient propriétaire d'une partie du Théâtre du Globe (1599).

Et puis, en 1616, revenu dans sa ville natale, il fait son testament, meurt et est inhumé dans l'église de la Sainte-Trinité. Il est le seul grand poète anglais qui ne repose pas à l'abbaye de Westminster.

Il reste dans cette histoire trop brève d'étranges lacunes. Nous ne savons à peu près rien de l'éducation, de la religion, de cet homme; aucun de ses « portraits », même le buste de l'église de Stratford, ne semble authentique. Les rares signatures que nous avons de lui n'ont pas la même orthographe. Nous n'avons aucune lettre écrite par lui, et nous n'en avons qu'une seule qui lui soit adressée. Nous ne possédons pas les manuscrits de ses pièces.

Et l'on est confondu à l'idée que ce petit bourgeois de petite ville ait pu écrire les chefs-d'œuvre qui nous restent. Où en avait-il pris l'idée? Qui avait posé pour ces personnages — rois, princesses, généraux, sauvages, magiciens, hommes de toute condition et de tous pays —? Où les avait-il connus? Comment n'est-il pas demeuré, dans sa ville natale, de souvenir, d'écho de son génie? Pourquoi, en quelles circonstances, avait-il rompu avec sa famille, avec son foyer? Et pourquoi ce retour prématuré au logis, fortune faite, alors que notre expérience d'autres poètes, d'autres artistes nous montre qu'ils continuent d'écrire tant que la plume ne leur tombe pas des mains? A cinquante-deux ans, n'avait-il plus rien à dire?

En dehors d'hypothèses ingénieuses qui peuvent offrir une réponse à telle ou telle de ces questions — par exemple celle qui nous montre « le grand Will », catholique clandestin, quittant son village de peur de persécutions possibles pour aller se perdre à Londres pendant quelques années — il y a une explication qui résoudrait toutes les énigmes, et qu'on accepterait si elle était mieux étayée — William Shakespeare, bourgeois de Stratford, et médiocre acteur (puisqu'il jouait, dit-on, le fantôme dans *Hamlet*, ce qui n'était pas le premier rôle), ne serait point l'auteur des pièces qu'on lui attribue. Quelque grand personnage : Francis Bacon, ou même son frère Anthony, ou le comte de Derby, aurait écrit ces drames, ces comédies ; puis, craignant la mauvaise renommée qui s'attachait au théâtre à cette époque, aurait demandé à William Shakespeare d'en endosser la paternité.

Cette thèse a des partisans, et il est malaisé de la repousser définitivement. Pourtant, aucun des « candidats » à la gloire de Shakespeare ne donne tout à fait satisfaction; les raisons que l'on s'efforce d'imaginer pour justifier leur obscure modestie restent théoriques. Ce que l'on connaît des œuvres avouées de Francis Bacon est trop différent des pièces shakespeariennes; et nous savons trop peu de choses des autres pour avoir même une vague idée de ce dont ils étaient capables. D'autre part, les amis londoniens du dramaturge, Ben Jonson et Michael Drayton, vinrent, selon une tradition, voir leur compagnon William Shakespeare à Stratford. Ben Jonson écrivit sur son ami un poème où il loue son génie dramatique de poète (1623).

La plupart des spécialistes de Shakespeare n'ont pas été ébranlés dans leur foi « stratfordienne », c'est-à-dire orthodoxe, par les arguments brillants de leurs adversaires. Et il semble improbable que rien de nouveau vienne faire le jour dans cet obscur problème.

C'est en essayant de retrouver, à travers des pièces qui paraissent impersonnelles, l'homme qui les écrivit, et que nous connaissons si peu; en essayant de deviner, dans les discours de ses personnages, ce qu'il était lui-même, que Dowden, le grand critique shakespearien, a établi une chronologie souvent discutée du théâtre de Shakespeare, et peut-être une histoire spirituelle de l'âme du poète, qu'il essaye de lire en transparence, avec piété et imagination.

Les quatre périodes de cette classification correspondraient à des étapes dans la vie du dramaturge anglais et dans le développement de sa personnalité.

Dans la première — qui se situe entre 1588 et 1595 — Shakespeare se contente de reprendre des pièces composées par d'autres, les retouche suivant les besoins de la troupe de comédiens à laquelle il est attaché, suivant l'absence de certains acteurs, la venue de nouveaux; il fait son apprentissage; il imite son contemporain déjà célèbre, Marlowe; il est précieux, euphuïste, comme on l'était volontiers à cette époque; *Roméo et Juliette*, qui est déjà une pièce originale, illustre cette tendance, qu'on retrouvera, à l'occasion, dans certains passages des pièces postérieures.

Puis il devient plus personnel, son tempérament s'affermit; entre 1595 et 1600, Shakespeare sait composer un drame ou une comédie; et même, s'il s'inspire de pièces déjà connues, s'il prend les sujets de ses drames historiques dans les chroniques du temps, il met déjà tant de lui-même dans les personnages qu'il crée, il prend tant de libertés avec les matériaux qu'il a trouvés ailleurs (même dans l'Histoire) qu'il fait œuvre originale. Les grandes pièces historiques appartiennent à cette période, *Henry IV*, plein d'humour et de profonde psychologie, *Henry V*, chronique remplie de fanfares et d'étendards, si anglaise qu'on a pu l'appeler un hymne national en cinq actes! et aussi des farces comme *la Mégère apprivoisée*, *les Joyeuses Commères de Windsor* et des comédies légères où l'humour et le romanesque se marient si habilement, *Comme il vous plaira* et *la Nuit des Rois*.

C'est probablement à cette période qu'appartiennent également les Sonnets, du moins la plupart d'entre eux. Le sonnet était alors un genre populaire et les contemporains de Shakespeare s'y étaient essayés. Ceux qu'il écrivit ne sont pas aussi parfaits que les sonnets de Spenser, ou de Sidney, et ils sont inégaux, parfois profonds et passionnés, et ailleurs précieux et proches de la mièvrerie, du mauvais goût. L'ensemble offre au biographe une tentation, celle d'y trouver une confession, ou du moins un reflet de l'âme du poète, celui qu'on a coutume de chercher dans la poésie lyrique. A-t-il *ouvert son cœur avec la clef des sonnets* comme l'a cru Wordsworth, le poète romantique? Robert Browning, un autre poète, a répondu qu'il serait moins grand qu'il ne l'est s'il nous avait laissé deviner quelque chose de lui-même grâce aux sonnets. Et il ne l'a guère fait, vraiment! Allusion à un amour passionné pour une brune maîtresse, dont il fait le portrait avec une désinvolture un peu impertinente; protestations d'amitié plus passionnée encore, et sans cesse répétées, pour un beau jeune homme; et puis quelques brefs cris de désespoir au sujet d'une trahison dont il se console assez vite. Nous ne savons, nous ne saurons jamais sans doute, ni le nom de l'ami, ni celui de la dame. S'agit-il du comte de Southampton, et le pauvre poète s'était-il prudemment retiré devant un rival plus jeune et plus brillant? Tenait-il si peu à sa brune maîtresse que l'amitié du jeune homme lui ait paru bien plus précieuse? Autant de questions qui s'ajoutent aux autres. En vérité cette clef n'a pas ouvert grand-chose, et le poète a gardé ses secrets. Mais il demeure cependant que certains passages des Sonnets ont une sincérité sur laquelle on ne peut se méprendre. Cet ami mystérieux, le poète l'aime d'un amour qui le console de toutes les peines, des mépris du monde, de l'injustice, du désespoir, — un amour plus fort que la mort même, — car il adjure l'ami qui restera sur terre après lui de ne pas se laisser aller au regret, de ne pas verser de larmes sur son souvenir. Et nous y retrouvons aussi cette suprême consolation de l'artiste, l'assurance que ses vers seront immortels quand lui-même sera retourné à la poussière.

La période qui suit — de 1600 à 1608 — est la plus tragique. Est-ce aussi celle qui correspond à certains des plus sombres parmi les Sonnets? Même les comédies — qu'il appelle « romances » — comédies romanesques, sont tristes dans leur sujet : *Tout est bien qui finit bien*, *Troïlus et Cressida* sont si mélangées, si incertaines de ton, qu'elles produisent une impression complexe, plus mélancolique et désabusée que gaie.

Les tragédies sont graves, comme *Jules César*, pessimistes, voire désespérées, comme *Hamlet*, *Othello*, *le Roi Lear*, *Macbeth*, où peut-être se reflètent les peines secrètes du poète et la sombre philosophie de la vie où il était arrivé.

Dans la dernière période — 1608-1612 —, nous le voyons écrire des pièces dont le ton est plus serein, même si les personnages sont peints avec autant de force que jadis, et si les crises qu'ils traversent sont aussi violentes : *Antoine et Cléopâtre*, où la mort des amants immortels a tant de grave noblesse, *Henry VIII* et surtout *la Tempête* et *le Conte d'Hiver*, où l'on croit entendre comme un adieu à la poésie et à la vie.

Peut-être ces étapes représentent-elles, en effet, les phases de l'évolution spirituelle du poète, peut-être correspondent-elles à des événements qui l'ont marqué et ont influencé son attitude devant les grands problèmes de la vie.

Mais il ne faut pas oublier qu'avant tout Shakespeare était un auteur dramatique soucieux de présenter à son public ce que le public aimait, ce qu'il avait coutume de voir et d'applaudir, les sujets qui flattaient son patriotisme et son goût de la violence, les scènes comiques susceptibles de le divertir, les scènes touchantes qui pouvaient le faire pleurer. Qu'il se soit, parfois, laissé aller à exprimer par la bouche d'un de ses personnages une philosophie personnelle, une poésie venant du fond de son cœur, et que le mélange de tous ces éléments soit si riche et — presque toujours — si heureux, c'est le miracle qui n'a pas cessé depuis plus de trois siècles d'étonner lecteurs et spectateurs.

Comme il voulait d'abord plaire, Shakespeare ne s'est guère embarrassé de règles d'aucune sorte : les unités de temps, de lieu et d'action, que certains de ses rivaux observaient déjà, il n'en a que faire ; *le Songe d'une nuit d'été* peut n'être que le récit des événements d'une nuit ; *Othello* peut à la rigueur être réduit à une seule journée (avec aussi peu de facilité que *le Cid* d'ailleurs). Mais presque toujours plusieurs mois, ou des années, sont nécessaires au déroulement d'une action qui contiendra aussi bien la moitié d'une vie. Si *la Tempête* se joue dans les limites d'une petite île (mais en divers endroits de cette île), d'autres pièces nous promènent de Venise à Chypre, de France en Ecosse. Prose et vers alternent suivant le personnage et la grandeur des sentiments exprimés et aussi le comique et le tragique. Et ces mélanges font naître peut-être plus aisément qu'une uniformité de ton sévère l'impression de la vie, de ses contrastes et de sa multiplicité, et celle de la pénétration dans la réalité quotidienne de ce qui est spirituel, surnaturel, éternel. Même lorsque l'intrigue est compliquée, les personnages nombreux, nous n'avons pas le sentiment d'un récit artificiel imaginé par l'auteur, mais au contraire celui de la vie réelle, ou du moins vraisemblable.

C'est grâce à ce don que Shakespeare ressuscite Rome et même Athènes, et l'Egypte, qu'il peut persuader des biographes à l'imagination docile qu'il est allé en Italie, en Flandre, dans la forêt des Ardennes, et jusqu'en Bohême. Il interroge le passé, il le rend vivant et plausible. La cour de Cléopâtre, et les plaisanteries qui fusent entre les suivantes et les visiteurs, était-ce vraiment comme cela? se demande le lecteur. Mais le spectateur, pour peu que le metteur en scène ait fait honnêtement son métier, ne se pose guère la question : c'était ainsi, ce ne pouvait être autrement!

Et si nous croyons savoir que le jeune prince Hal, le futur Henry V, n'avait pas en réalité de compagnon qui ressemblât au Falstaff de Shakespeare, nous nous demandons presque si le véritable n'était pas celui de Shakespeare plutôt que celui de l'Histoire. Quand l'auteur arrange, découpe, recolle et rétablit à son goût la chronique du règne de Richard III, allongeant la série des meurtres de Gloucester, chargeant encore son personnage, qui n'en est pas à un ou deux crimes près, imaginant comme vraisemblable — et elle l'est — la grande scène où ce fourbe, infirme et cruel, fait la cour à celle qu'il a rendue veuve, et gagne sa main, sinon son cœur, il ne nous surprend pas, il rend, pourrait-on dire, son personnage encore plus vrai, grâce aux libertés qu'il prend avec la vérité historique. Car, s'il se permet souvent des libertés avec elle, il a toujours pour cela quelque bonne raison. L'étude minutieuse des emprunts qu'il fait à ses sources et du parti qu'il en tire, de sa fidélité absolue par endroits, de sa désinvolture ailleurs, est passionnante. Il utilise presque mot pour mot le récit où Plutarque nous raconte la première rencontre de Cléopâtre et d'Antoine, jusqu'à un détail familier *deux fois rasé* qu'il n'a eu garde de laisser de côté car ce qu'il y a d'italien chez ce héros mûrissant y apparaît bien. Mais il néglige de nous dire qu'au moment de sa fin Cléopâtre, dans la douleur qu'elle ressentait à la mort de son amant, s'était griffé le visage : il fallait qu'elle restât belle, ce qui importait peu à Plutarque. De même Jules César, lorsqu'il chemine aux côtés d'Antoine, dans la tragédie où l'on nous conte sa mort, lui demande de changer de place, *car il est un peu dur de cette oreille-ci* : nous comprenons mieux l'homme après ce mince détail, nous accepterons plus facilement ensuite qu'il se soumette, un moment, à son épouse qui a fait un mauvais rêve, et accepte de ne pas sortir ce jour-là. Comme cela lui est arrivé maintes fois, Shakespeare, que le problème de la liberté attirait tant, a joué avec l'idée de ce qui fût arrivé si César était resté chez lui au lieu d'aller au Capitole; ou si Pompée, dans *Antoine et Cléopâtre*, avait accepté de couper les amarres de sa galère, comme le lui suggérait le capitaine du vaisseau, tandis qu'il avait à son bord Antoine, Octave et Lépide. Quel jeu fascinant pour un historien!

Il a aussi mis en scène ses contemporains, leurs excentricités, leurs amusements, leurs jeux, les nouveautés qu'ils accueillaient avec empressement, les vêtements à la mode, les tavernes qu'ils fréquentaient. Son public remarquait avec plaisir des allusions aux événements ou aux personnages du jour, dont un grand nombre sont sans doute devenues mystérieuses pour nous.

Il a donné une large place, dans ses comédies et dans ses tragédies, aux esprits, fantômes, sorcières, et autres créatures surnaturelles qui étaient très réelles pour la plupart des Élisabéthains. Qu'il ait cru lui-même à leur existence est une des questions qui se posent à son sujet, et auxquelles il est malaisé de répondre. Mais qu'il ait habilement tiré parti de cette croyance chez ses spectateurs ne fait aucun doute. Ils aimaient voir des fantômes sur la scène, ils avaient l'habitude de les retrouver dans leurs mélodrames favoris. Il leur a donc montré des fantômes. Mais il a donné à ceux-ci un sens, une importance plus grande qu'il n'apparaît tout d'abord. Le fantôme du père d'Hamlet est un personnage utile à l'action, puisqu'il jette dans l'esprit de son fils ce désir de vengeance qui sera le mobile de sa conduite. Dans *Macbeth*, celui de Banquo représente, même pour un public peu philosophe, le remords — toujours présent désormais — du meurtre que Macbeth vient de commettre et qui en annonce d'autres. Il est donc lui aussi un ressort précieux pour l'action. Le fantôme de César qui apparaît à Brutus la veille de la bataille, prédisant en termes ambigus la défaite et la mort de celui que nous étions peut-être tentés d'admirer à l'excès, nous rappelle à temps que Brutus est coupable parce qu'il a tué. Et les esprits qui viennent accabler le roi Richard III avant Bosworth sont aussi le commencement du châtiment pour ce criminel jusque-là trop heureux.

Les sorcières de *Macbeth* sont probablement un symbole des tentations que l'homme trouve sur sa route, à quelque moment de sa vie, et qui font de lui, s'il y cède, un autre être, inattendu, insoupçonné, sans scrupule et sans pitié. Les autres esprits, fées et elfes, qui avaient aussi leur place dans les croyances de ses contemporains, Shakespeare les accueille dans deux de ses comédies : *le Songe d'une nuit d'été* et *la Tempête*. La première est jouée dans un bois fréquenté par des mortels et par des fées, deux mondes presque toujours distincts, mais qui parfois débordent et se mélangent : mais il ne s'agit pas seulement d'un conte de fées, car ce que le poète suggère dépasse, de temps en temps, ce qu'il laisse voir : si Titania s'éprend d'un monstre bizarre, un mortel lourdaud à tête d'âne, ne veut-il pas nous dire que l'amour est aveugle, et que l'amant *Aime jusqu'aux défauts des personnes qu'il aime.* Ce que ni lui, ni Molière n'avaient découvert, bien entendu! Dans *la Tempête*, la réalité et le monde des esprits sont si étroitement mêlés qu'on ne reconnaît plus leurs limites : *Nous sommes faits de rêve*, dit Prospéro le magicien qui a chargé de ses incantations l'air de son île, subjugué les elfes, réduit un monstre en esclavage et répandu partout visions et harmonies célestes.

Ce monde des esprits a vieilli, sans doute, car il reflète l'époque élisabéthaine plus que la nôtre. Mais il recèle en lui tant de poésie qu'il est, à tout prendre, aussi délicieux de nos jours qu'il l'était jadis, si, peut-être, nous le considérons d'un regard moins crédule et plus philosophique!

C'est pourtant la partie humaine de l'œuvre qui nous séduit le plus aujourd'hui : ses personnages sont élisabéthains pour une part, certes; mais Shakespeare les a peints avec tant de profondeur et de vérité qu'ils débordent de leur cadre pour devenir des hommes et des femmes de tous les temps. Jamais la jalousie ne fut mieux étudiée que celle du Maure vénitien Othello, l'ambition criminelle que celle de Macbeth. Les femmes de son théâtre, les plus diverses et les plus complexes qu'on ait jamais peintes, sont bien plus « modernes » dans leur comportement et leur langage, a fait remarquer un critique, que les héroïnes de Dickens et de Thackeray. Il est rare qu'il ne réussisse pas à rendre convaincant pour ses lecteurs, et plus encore pour ses spectateurs, le développement d'une passion et son aboutissement à un acte dramatique. Si Macbeth n'analyse pas aussi lucidement que Rodrigue ses hésitations devant un meurtre, il nous semble peut-être plus humain, plus pitoyable dans sa faiblesse; Shylock se lamentant sur la perte de son argent, de ses bijoux, et de sa fille, est un avare aussi frappant et inoubliable qu'Harpagon. Shakespeare a compris ses héros comme ses criminels, et nous les fait comprendre, dangereusement proches de nous parfois, bien différents des traîtres de mélodrame. Même une Lady Macbeth, raidie dans son désir de préparer le meurtre du roi, hésite à frapper parce que le vieux Duncan ressemble, dans son sommeil, à son propre père. Presque tous se rachètent dans une certaine mesure, à nos yeux, par un vestige de vertu, de pitié, même l'Edmond du *Roi Lear* qui essaie en vain de sauver Cordélia de la mort, au moment où lui-même va payer de sa vie ses crimes.

Ce qui n'empêche pas l'atmosphère de certains des drames d'être sombre jusqu'au désespoir. La « philosophie » de Shakespeare se résout-elle à un pessimisme complet? *Le Roi Lear* le prouverait, où tant de victimes sont frappées sans avoir jamais mérité le châtiment. Et la tragédie d'*Hamlet* ne semble pas offrir aux hommes d'autre consolation que la mort, encore assombrie par cette désolante incertitude sur l'au-delà. Ailleurs, pourtant, la punition se mesure à la faute, Macbeth et son épouse agissent délibérément, nul destin implacable ne les a poussés au crime, et il est juste qu'ils en répondent. Souvent, au reste, la mort ne peut être considérée comme une sanction : celle de Roméo et de Juliette réconcilie leurs familles, celle d'Antoine et de Cléopâtre les enlève à une vie qui avait cessé d'être noble, pour leur donner la gloire.

La morale n'est jamais le but de ces pièces : elle est accessoire, elle apparaît naturellement dans des drames où les personnages s'opposent, au milieu de conflits qui sont ceux de la vie même, mais il n'y a ni thèse, ni prédications. La façon dont Shakespeare peint Cléopâtre, qui ne peut être considérée comme un modèle de vertu, est caractéristique : il l'admire et on a pu prétendre qu'elle était pour son créateur comme la dame brune des Sonnets. De même cet étonnant Falstaff, plein de faiblesses et de vices, avec quelle sympathie le poète l'a peint, et quelle indulgence!

Cela ne veut pas dire qu'il est plus immoral ou plus grossier que les autres élisabéthains. S'il ne montre guère de pruderie lorsqu'il touche à des sujets familiers, s'il ne s'effarouche pas devant la grossièreté des soudards, si même ses jeunes filles ont des propos plus libres que les demoiselles de l'époque victorienne, il ne se complaît pas dans la violence, dans la sensualité appuyée. Beaucoup de ses contemporains ont été plus loin que lui dans la peinture de mœurs relâchées, de crimes odieux. La scène où le comte de Gloucester a les yeux arrachés, dans *le Roi Lear*, est seule de son espèce, et il a traité avec délicatesse des situations curieuses comme celle d'Hélène dans *Tout est bien qui finit bien.* Il a paru barbare et de mauvais goût aux classiques français, comme à ceux de son propre pays, et même aux premiers romantiques : Vigny, un de ses premiers adaptateurs, fut près de supprimer ce vulgaire mouchoir de Desdémone devenu pièce à conviction dans les mains d'Iago, et peut-être faut-il encore au lecteur français moderne quelque préparation pour le goûter. Mais on résiste difficilement à sa puissance d'envoûtement, on ne cesse jamais de l'aimer, on revient toujours à lui.

Germaine LANDRÉ.

OTHELLO

NOTICE
SUR
OTHELLO

Othello, qui est le seul drame de Shakespeare où l'arrière-plan de soldats et de batailles n'entre pas en ligne de compte, a été appelé un drame bourgeois. Le docteur Johnson, pour sa part, regrettait presque le premier acte qui se passe à Venise et sans lequel la pièce serait une tragédie classique parfaite, observant les trois unités.

Il est vrai qu'elle est bien construite, équilibrée, écrite dans un style plus violent et plus cru que celui de Racine, sans doute, mais souvent admirablement poétique. Pièce très soignée, peut-être la première que Shakespeare donna devant le roi Jacques Ier, dans la salle des banquets de Whitehall en 1604, elle garde d'un bout à l'autre le même ton, sans presque tomber jamais dans le comique. C'est un drame psychologique : le sujet en est la naissance de la jalousie dans le cœur d'un homme, son développement et le meurtre auquel cet homme est poussé. L'intérêt est d'autant plus grand qu'Othello n'est point jaloux par nature, comme Léontes dans *le Conte d'Hiver :* il est noble et généreux, peu disposé à croire à l'existence du mal chez les autres. C'est par suite des manœuvres habiles d'Iago qu'il le devient, et le malheureux se refusera d'abord à croire que sa femme est infidèle, tant il a confiance en elle, comme il a confiance en Iago lui-même.

Une fois de plus, il faut constater ici avec quelle sûreté Shakespeare utilise ses sources. Il a trouvé l'histoire d'Othello dans la septième nouvelle de la troisième décade de l'*Ecatommiti* de l'Italien Giraldi Cintio; mais nous ne savons pas s'il l'a lue dans le texte italien ou dans la traduction française de Gabriel

Chappuys, aucune traduction anglaise n'existant, semble-t-il, à cette époque. Dans la nouvelle italienne le récit couvre une longue période, plusieurs mois au moins; Shakespeare l'a réduite à quelques jours. Le mobile qui, chez l'auteur italien, pousse Iago à ses ténébreuses intrigues pour ébranler la confiance d'Othello, c'est qu'il est lui-même amoureux de Desdémone. Cela eût fait une tragédie de deux jaloux — ce que Shakespeare ne pouvait admettre. Nous trouvons bien parmi les mobiles du Iago de Shakespeare, ou plutôt parmi les raisons qu'il se donne à lui-même, le soupçon que sa propre femme a pu le trahir et aimer Othello. Mais il n'y croit point vraiment et cela n'est ni vrai, ni vraisemblable. Au surplus, il n'en semble nullement affecté. Ce sont des motifs plus profonds et plus subtils qui le poussent. Il déclare dans un monologue qu'il aime faire le mal pour l'amour du mal; mais ce déchaînement de méchanceté a une raison plus humaine : il est si lucide, cherchant la vérité au fond de son cœur comme un héros racinien, qu'il laisse échapper l'aveu que la vertu, la noblesse, la « beauté quotidienne » d'un honnête homme comme Cassio, la pureté de Desdémone, le choquent et l'excitent à détruire cette vertu, cette beauté. Et il y a encore chez lui une volupté de la bassesse, le désir d'ourdir d'habiles machinations que son intelligence mènera jusqu'au succès.

Desdémone, dans le drame shakespearien, ne meurt pas de la même façon que dans la nouvelle italienne. Celle-ci nous contait comment Iago et Othello arrangeaient une mise en scène compliquée pour masquer le meurtre. La malheureuse héroïne était assommée avec un bas plein de sable, puis écrasée sous une poutre tombée du plafond. Shakespeare fait mourir Desdémone, comme Cléopâtre, avec grâce; elle ne peut être défigurée et périra étouffée sous un oreiller. Elle reste sans conteste une des créatures les plus touchantes de l'œuvre shakespearienne : séduite par Othello, le guerrier au visage sombre, elle lui a montré son amour avant qu'il n'ose, lui, prétendre à sa main. Elle l'a épousé en secret et, forte de cet amour, sûre de son innocence, elle l'aime sans crainte, donnant sa confiance à tous, à Cassio qui la respecte, à Iago qui la hait. Ce n'est que tout à la fin, devant les insultes et même les coups de son époux, qu'elle se sent saisie du pressentiment de sa fin prochaine et qu'elle se met à chanter la célèbre et mélancolique chanson du Saule. Cette scène où peu à peu s'appesantit une lourde atmosphère d'effroi et de désespoir est inégalable.

Othello lui-même est resté assez semblable au héros du conte italien. On a discuté de lui plus que d'autres personnages shakespeariens. Était-il noir, comme Shakespeare paraît l'indiquer? Était-il l'Africain a demi-barbare, encore enfoncé dans le souvenir des femmes séquestrées au sérail, comme le veut Schlegel? Ou l'homme généreux que Coleridge admirait? Il n'est pas vindicatif, pas même violent : la façon mesurée dont il répond à Brabantio, le père de Desdémone, le prouve. S'il tue, ce n'est pas par haine, mais parce que « l'honneur le veut ».

Nous savons que Voltaire a essayé sans grand succès d'imiter dans *Zaïre* cette tragédie qu'il admirait. Les romantiques ont été séduits, à leur tour, par la violence des passions sur ce fond coloré que constituent Venise et l'Orient. A la fin du XVIIIe siècle, Ducis avait, dans son adaptation, affadi la pièce à souhait. Il avait été jusqu'à enlever son teint sombre à Othello et jusqu'à écrire deux dénouements, l'un tragique, comme dans la pièce originale, et l'autre heureux! Notre âge, plus respectueux, la joue dans son texte intégral et l'admire sans réserve.

PERSONNAGES

OTHELLO, le More de Venise.
BRABANTIO, sénateur, père de Desdémona
CASSIO, lieutenant d'Othello.
IAGO, enseigne d'Othello.
RODERIGO, gentilhomme vénitien.
LE DOGE DE VENISE.
SÉNATEURS.
MONTANO, gouverneur de Chypre.
GENTILSHOMMES DE CHYPRE.
LODOVICO et GRATIANO, nobles vénitiens.
MATELOTS.
LE CLOWN.
UN HÉRAUT.

DESDÉMONA, fille de Brabantio, femme d'Othello.
ÉMILIA, femme d'Iago.
BIANCA, maîtresse de Cassio.

MESSAGERS, OFFICIERS, MUSICIENS ET SERVITEURS.

La scène est d'abord à Venise, puis dans l'île de Chypre.

ACTE PREMIER

SCÈNE PREMIÈRE

Venise. — Une place sur laquelle est située la maison de Brabantio. Il fait nuit.

Arrivent RODERIGO *et* IAGO.

RODERIGO. — Fi! ne m'en parle pas. Je suis fort contrarié que toi, Iago, qui as usé de ma bourse, comme si les cordons t'appartenaient, tu aies eu connaissance de cela.

IAGO. — Tudieu! mais vous ne voulez pas m'entendre. Si jamais j'ai songé à pareille chose, exécrez-moi.

RODERIGO. — Tu m'as dit que tu le haïssais.

IAGO. — Méprisez-moi, si ce n'est pas vrai. Trois grands de la Cité vont en personne, pour qu'il me fasse son lieutenant, le solliciter, chapeau bas; et, foi d'homme! je sais mon prix, je ne mérite pas un grade moindre. Mais lui, entiché de son orgueil et de ses idées, répond évasivement, et, dans un jargon ridicule, bourré de termes de guerre, il éconduit mes protecteurs. *En vérité*, dit-il, *j'ai déjà choisi mon officier*. Et quel est cet officier? Morbleu! c'est un grand calculateur, un Michel Cassio, un Florentin, un garçon presque condamné à la vie d'une jolie femme, qui n'a jamais rangé en bataille un escadron, et qui ne connaît pas mieux la manœuvre qu'une donzelle! Ne possédant que la théorie des bouquins, sur laquelle des robins bavards peuvent disserter aussi magistralement que lui. Un babil sans pratique est tout ce qu'il a de militaire. N'importe! à lui la préférence! Et moi, qui, sous les yeux de l'autre, ai fait mes preuves à Rhodes, à Chypre et dans maints pays chrétiens et païens, il faut que je reste en panne et que je sois dépassé par un teneur de livres, un faiseur d'additions! C'est lui, au moment venu, qu'on doit faire lieutenant; et moi, je reste l'enseigne (titre que Dieu bénisse!) de Sa Seigneurie more.

RODERIGO. — Par le ciel! j'eusse préféré être son bourreau.

IAGO. — Pas de remède à cela! c'est la plaie du service. L'avancement se fait par apostille et par faveur, et non d'après la vieille gradation, qui fait du second l'héritier du premier. Maintenant, monsieur, jugez vous-même si je suis engagé par de justes raisons à aimer le More.

RODERIGO. — Moi, je ne resterais pas sous ses ordres.

IAGO. — Oh! rassurez-vous, monsieur. Je n'y reste que pour servir mes projets sur lui. Nous ne pouvons pas tous être les maîtres, et les maîtres ne peuvent pas tous être fidèlement servis. Vous remarquerez beaucoup de ces marauds humbles et agenouillés qui, raffolant de leur obséquieux servage, s'échinent, leur vie durant, comme l'âme de leur maître, rien que pour avoir la pitance. Se font-ils vieux, on les chasse : fouettez-moi ces honnêtes drôles!... Il en est d'autres qui, tout en affectant les formes et les visages du dévouement, gardent dans leur cœur la préoccupation d'eux-mêmes, et qui, ne jetant à leur seigneur que des semblants de dévouement, prospèrent à ses dépens, puis, une fois leurs habits bien garnis, se font hommage à eux-mêmes. Ces gaillards-là ont quelque cœur, et je suis de leur nombre, je le confesse. En effet, seigneur, aussi vrai que vous êtes Roderigo, si j'étais le More, je ne voudrais pas être Iago. En le servant, je ne sers que moi-même. Ce n'est, le ciel m'est témoin, ni l'amour ni le devoir qui me font agir, mais, sous leurs dehors, mon intérêt personnel. Si jamais mon action visible révèle l'acte et l'idée intimes de mon âme par une démonstration extérieure, le jour ne sera pas loin où je porterai mon cœur sur ma manche, pour le faire becqueter aux corneilles... Je ne suis pas ce que je suis.

RODERIGO. — Quel bonheur a l'homme aux grosses lèvres, pour réussir ainsi !

IAGO. — Appelez le père, réveillez-le, et mettez-vous aux trousses de l'autre ! Empoisonnez sa joie ! Criez son nom dans les rues ! Mettez en feu les parents, et, quoiqu'il habite sous un climat favorisé, criblez-le de moustiques. Si son bonheur est encore du bonheur, altérez-le du moins par tant de tourments qu'il perde de son éclat !

RODERIGO. — Voici la maison du père ; je vais l'appeler tout haut.

IAGO. — Oui ! avec un accent d'effroi, avec un hurlement terrible, comme quand, par une nuit de négligence, l'incendie est signalé dans une cité populaire.

RODERIGO, *sous les fenêtres de la maison de Brabantio.* — Holà ! Brabantio ! signor Brabantio ! Holà !

IAGO. — Éveillez-vous ! Holà ! Brabantio ! Au voleur ! au voleur ! Ayez l'œil sur votre maison, sur votre fille et sur vos sacs ! Au voleur ! au voleur !

BRABANTIO, *paraissant à une fenêtre.* — Quelle est la raison de cette terrible alerte ? De quoi s'agit-il ?

RODERIGO. — Signor, toute votre famille est-elle chez vous ?

IAGO. — Vos portes sont-elles fermées ?

BRABANTIO. — Pourquoi ? Dans quel but me demandez-vous cela ?

IAGO. — Sang-dieu ! monsieur, vous êtes volé. Au nom de la pudeur, passez votre robe ! Votre cœur est déchiré : vous avez perdu la moitié de votre âme ! Juste en ce moment, en ce moment, en ce moment même, un vieux bélier noir est monté sur votre blanche brebis. Levez-vous ! levez-vous ! Éveillez à son de cloche les citoyens en train de ronfler, ou autrement le diable va faire de vous un grand-papa. Levez-vous, vous dis-je.

BRABANTIO. — Quoi donc ? Avez-vous perdu l'esprit ?

RODERIGO. — Très révérend signor, est-ce que vous ne reconnaissez pas ma voix ?

BRABANTIO. — Non ! Qui êtes-vous ?

RODERIGO. — Mon nom est Roderigo.

BRABANTIO. — Tu n'en es que plus mal venu. Je t'ai défendu de rôder autour de ma porte; tu m'as entendu dire en toute franchise que ma fille n'est pas pour toi; et voici qu'en pleine folie, rempli du souper et des boissons qui te dérangent, tu viens, par une méchante bravade, alarmer mon repos!

RODERIGO. — Monsieur! monsieur! monsieur!

BRABANTIO. — Mais tu peux être sûr que ma colère et mon pouvoir sont assez forts pour te faire repentir de ceci.

RODERIGO. — Patience, mon bon monsieur!

BRABANTIO. — Que me parlais-tu de vol? Nous sommes ici à Venise : ma maison n'est point une grange abandonnée.

RODERIGO. — Très grave Brabantio, je viens à vous, dans toute la simplicité d'une âme pure.

IAGO. — Pardieu! monsieur, vous êtes de ces gens qui refuseraient de servir Dieu, si le diable le leur disait. Parce que nous venons vous rendre un service, vous nous prenez pour des chenapans et vous laissez couvrir votre fille par un cheval de Barbarie! Vous voulez avoir des petits-fils qui vous hennissent au nez! Vous voulez avoir des étalons pour cousins et des genets pour alliés!

BRABANTIO. — Quel misérable païen es-tu donc, toi?

IAGO. — Je suis, monsieur, quelqu'un qui vient vous dire que votre fille et le More sont en train de faire la bête à deux dos.

BRABANTIO. — Tu es un manant.

IAGO. — Vous êtes... un sénateur.

BRABANTIO, *à Roderigo*. — Tu me répondras de ceci! Je te connais, toi, Roderigo!

RODERIGO. — Monsieur, je vous répondrai de tout. Mais, de grâce, une question! Est-ce d'après votre désir et votre consentement réfléchi, comme je commence à le croire, que votre charmante fille, à cette heure indue, par une nuit si épaisse, est allée, sous la garde pure et simple d'un maraud de louage, d'un gondolier, se livrer aux étreintes grossières d'un More lascif? Si cela est connu et permis par vous, alors nous avons eu envers vous le tort d'une impudente indiscrétion. Mais, si cela se passe à votre insu, mon savoir-vivre me dit que nous recevons à tort vos reproches. Ne croyez pas que, m'écartant de toute civilité, j'aie voulu jouer et plaisanter avec Votre Honneur! Votre fille, si vous ne l'avez pas autorisée, je le répète, a fait une grosse révolte, en attachant ses devoirs, sa beauté, son esprit, sa fortune, à un vagabond, à un étranger qui a roulé ici et partout. Édifiez-vous par vous-même tout de suite. Si elle est dans sa chambre et dans votre maison, faites tomber sur moi la justice de l'État pour vous avoir ainsi abusé.

BRABANTIO, *à l'intérieur.* — Battez le briquet! Holà! donnez-moi un flambeau! Appelez tous mes gens!... Cette aventure n'est pas en désaccord avec mon rêve; la croyance à sa réalité m'oppresse déjà. De la lumière, dis-je, de la lumière! *(Il se retire de la fenêtre.)*

IAGO, *à Roderigo.* — Adieu! Il faut que je vous quitte. Il ne me paraît ni opportun ni sain, dans mon emploi, d'être assigné, comme je le serais en restant, pour déposer contre le More; car, je le sais bien, quoique ceci puisse lui attirer quelque cuisante mercuriale, l'État ne peut pas se défaire de lui sans danger. Il est engagé, par des raisons si impérieuses, dans la guerre de Chypre qui se poursuit maintenant, que, s'agît-il du salut de leurs âmes, nos hommes d'État n'en trouveraient pas un autre à sa taille pour mener leurs affaires. En conséquence, bien que je le haïsse à l'égal des peines de l'enfer, je dois, pour les nécessités du moment, arborer les couleurs, l'enseigne de l'affection, pure enseigne, en effet!... Afin de le découvrir sûrement, dirigez les recherches vers le Sagittaire. Je serai là avec lui. Adieu donc! *(Il s'en va.)*

Brabantio arrive, suivi de gens portant des torches.

BRABANTIO. — Le mal n'est que trop vrai : elle est partie! Et ce qui me reste d'une vie méprisable n'est plus qu'amertume... Maintenant, Roderigo, où l'as-tu vue?... Oh! malheureuse fille! Avec le More, dis-tu?... Qui voudrait être père à présent? Comment l'as-tu reconnue?... Oh! elle m'a trompé incroyablement!...

Que t'a-t-elle dit, à toi?... D'autres flambeaux! Qu'on réveille tous mes parents!... Sont-ils mariés, crois-tu?

RODERIGO. — Oui, sans doute, je le crois.

BRABANTIO. — Ciel! comment a-t-elle échappé? O trahison du sang! Pères, à l'avenir, ne vous rassurez pas sur l'esprit de vos filles, d'après ce que vous leur verrez faire... N'y a-t-il pas des sortilèges au moyen desquels les facultés de la jeunesse et de la virginité peuvent être déçues? N'as-tu pas lu, Roderigo, quelque chose comme cela?

RODERIGO. — Oui, monsieur, certainement.

BRABANTIO. — Éveillez mon frère!... Que ne te l'ai-je donnée! Que ceux-ci prennent une route, ceux-là, une autre! *(A Roderigo.)* Savez-vous où nous pourrions les surprendre, elle et le More?

RODERIGO. — Je crois que je puis le découvrir, si vous voulez prendre une bonne escorte et venir avec moi.

BRABANTIO. — De grâce, conduisez-nous! Je vais frapper à toutes les maisons; je puis faire sommation, au besoin. *(A ses gens.)* Armez-vous, holà! et appelez des officiers de nuit spéciaux! En avant, mon bon Roderigo! je vous dédommagerai de vos peines. *(Tous s'en vont.)*

SCÈNE II

Venise. — La place de l'Arsenal. Il fait toujours nuit.

Entrent IAGO, OTHELLO *et plusieurs domestiques.*

IAGO. — Bien que j'aie tué des hommes au métier de la guerre, je regarde comme l'étoffe même de la conscience de ne pas commettre de meurtre prémédité; je ne sais pas être inique parfois pour me rendre service : neuf ou dix fois, j'ai été tenté de le trouer ici, sous les côtes.

OTHELLO. — Les choses sont mieux ainsi.

IAGO. — Non! Mais il bavardait tant; il parlait en termes si ignobles et si provocants contre Votre Honneur, qu'avec le peu de sainteté que vous me connaissez, j'ai eu grand-peine à le ménager. Mais, de grâce! monsieur, êtes-vous solidement marié? Soyez sûr que ce Magnifique est très aimé : il a, par l'influence, une voix aussi puissante que celle du doge. Il vous fera divorcer. Il vous opposera toutes les entraves, toutes les rigueurs pour lesquelles la loi, tendue de tout son pouvoir, lui donnera de la corde.

OTHELLO. — Laissons-le faire selon son dépit. Les services que j'ai rendus à la Seigneurie parleront plus fort que ses plaintes. On ne sait pas tout encore : quand je verrai qu'il y a honneur à s'en vanter, je révélerai que je tiens la vie et l'être d'hommes assis sur un trône; et mes mérites sauront, à défaut d'autres titres, répondre à la fortune hautaine que j'ai conquise. Sache-le bien, Iago, si je n'aimais pas la gentille Desdémona, je ne voudrais pas restreindre mon existence, libre sous le ciel, au cercle d'un intérieur, non! pour tous les trésors de la mer. Mais vois donc! quelles sont ces lumières là-bas?

Cassio et plusieurs officiers portant des torches apparaissent à distance.

IAGO. — C'est le père et ses amis qu'on a mis sur pied. Vous feriez bien de rentrer.

OTHELLO. — Non pas! il faut que l'on me trouve. Mon caractère, mon titre, ma conscience intègre, me montreront tel que je suis. Sont-ce bien eux?

IAGO. — Par Janus! je crois que non.

OTHELLO, *s'approchant des nouveaux venus.* — Les gens du doge et mon lieutenant! Que la nuit vous soit bonne, mes amis! Quoi de nouveau?

CASSIO. — Le doge vous salue, général, et réclame votre comparution immédiate.

OTHELLO. — De quoi s'agit-il, à votre idée?

CASSIO. — Quelque nouvelle de Chypre, je suppose. C'est une affaire qui presse. Les galères ont expédié une douzaine de messagers qui ont couru toute la nuit, les uns après les autres. Déjà beaucoup de nos consuls se sont levés et réunis chez le doge. On vous a demandé ardemment; et, comme on ne vous a pas trouvé à votre logis, le Sénat a envoyé trois escouades différentes à votre recherche.

OTHELLO. — Il est heureux que j'aie été trouvé par vous. Je n'ai qu'un mot à dire ici, dans la maison *(Il montre le Sagittaire.)* Et je pars avec vous. *(Il s'éloigne et disparaît.)*

CASSIO. — Enseigne, que fait-il donc là?

IAGO. — Sur ma foi! il a pris à l'abordage un galion de terre ferme. Si la prise est déclarée légale, sa fortune est faite à jamais.

CASSIO. — Je ne comprends pas.

IAGO. — Il est marié.

CASSIO. — A qui donc?

IAGO. — Marié à... *(Othello revient.)* Allons! général, voulez-vous venir?

OTHELLO. — Je suis à vous.

CASSIO. — Voici une autre troupe qui vient vous chercher.

Entrent Brabantio, Roderigo et des officiers de nuit, armés et portant des torches.

IAGO. — C'est Brabantio! Général, prenez garde. Il vient avec de mauvaises intentions.

OTHELLO. — Holà! arrêtez.

RODERIGO, *à Brabantio.* — Seigneur, voici le More.

BRABANTIO, *désignant Othello.* — Sus au voleur! *(Ils dégainent des deux côtés.)*

IAGO. — C'est vous, Roderigo? Allons, monsieur, à nous deux!

OTHELLO. — Rentrez ces épées qui brillent : la rosée pourrait les rouiller. *(A Brabantio.)* Bon signor, vous aurez plus de pouvoir avec vos années qu'avec vos armes.

BRABANTIO. — O toi! hideux voleur, où as-tu recelé ma fille? Damné que tu es, tu l'as enchantée!... En effet, je m'en rapporte à tout être de sens : si elle n'était pas tenue à la chaîne de la magie, est-ce qu'une fille si tendre, si belle, si heureuse, si opposée au mariage qu'elle repoussait les galants les plus somptueux et les mieux frisés du pays, aurait jamais, au risque de la risée ...érale, couru de la tutelle de son père au sein noir ... d'un être comme toi, fait pour effrayer et non ...? Je prends tout le monde pour juge. Ne tombe-t-il pas sous le sens que tu as pratiqué sur elle tes charmes hideux et abusé sa tendre jeunesse avec des drogues ou des minéraux qui éveillent le désir? Je ferai examiner ça. La chose est probable et palpable à la réflexion. En conséquence, je t'appréhende et je t'empoigne comme un suborneur du monde, comme un adepte des arts prohibés et hors la loi. *(A ses gardes.)* Emparez-vous de lui; s'il résiste, maîtrisez-le à ses risques et périls.

OTHELLO. — Retenez vos bras, vous, mes partisans, et vous, les autres! Si ma réplique devait être à coups d'épée, je me la serais rappelée sans souffleur. *(A Brabantio.)* Où voulez-vous que j'aille pour répondre à votre accusation?

BRABANTIO. — En prison! jusqu'à l'heure rigoureuse où la loi, dans le cours de sa session régulière, t'appellera à répondre.

OTHELLO. — Et, si je vous obéis, comment pourrai-je satisfaire le doge, dont les messagers, ici rangés à mes côtés, doivent, pour quelque affaire d'État pressante, me conduire jusqu'à lui?

UN OFFICIER, *à Brabantio.* — C'est vrai, très digne signor, le doge est en conseil; et Votre Excellence elle-même a été convoquée, j'en suis sûr.

BRABANTIO. — Comment! le doge en conseil! à cette heure de nuit!... Emmenez-le. Ma cause n'est point frivole : le doge lui-même et tous mes frères du Sénat ne peuvent prendre ceci que comme un affront personnel. Car, si de telles actions peuvent avoir un libre cours, des serfs et des païens seront bientôt nos gouvernants! *(Ils s'en vont.)*

SCÈNE III

Venise. — La salle du conseil.

LE DOGE *et* LES SÉNATEURS *sont assis autour d'une table. Au fond se tiennent les officiers de service.*

LE DOGE. — Il n'y a pas dans ces nouvelles assez d'harmonie pour y croire.

PREMIER SÉNATEUR. — En effet, elles sont en contradiction. Mes lettres disent cent sept galères.

LE DOGE. — Et les miennes, cent quarante.

DEUXIÈME SÉNATEUR. — Et les miennes, deux cents. Bien qu'elles ne s'accordent pas sur le chiffre exact (vous savez que les rapports fondés sur des conjectures ont souvent des variantes), elles confirment toutes le fait d'une flotte turque se portant sur Chypre.

LE DOGE. — Oui! Cela suffit pour former notre jugement. Je ne me laisse pas rassurer par les contradictions, et je vois le fait principal prouvé d'une terrible manière.

UN MATELOT, *au-dehors.* — Holà! holà! holà!

Entre un officier suivi d'un matelot.

L'OFFICIER. — Un messager des galères!

LE DOGE. — Eh bien! qu'y a-t-il?

LE MATELOT. — L'expédition turque appareille pour Rhodes. C'est ce que je suis chargé d'annoncer au gouvernement par le seigneur Angelo.

LE DOGE, *aux sénateurs.* — Que dites-vous de ce changement?

PREMIER SÉNATEUR. — Il n'a pas de motif raisonnable. C'est une feinte pour détourner notre attention. Considérons la valeur de Chypre pour le Turc; comprenons seulement que cette île est pour le Turc plus importante que Rhodes, et qu'elle lui est en même temps plus facile à emporter, puisqu'elle n'a ni l'enceinte militaire ni aucun des moyens de défense dont Rhodes est investie; songeons à cela, et nous ne pourrons pas croire que le Turc fasse la faute de renoncer à la conquête qui l'intéresse le plus et de négliger une attaque d'un succès facile, pour provoquer et risquer un danger sans profit.

LE DOGE. — Non, à coup sûr, ce n'est pas à Rhodes qu'il en veut.

UN OFFICIER. — Voici d'autres nouvelles.

Entre un messager.

LE MESSAGER. — Révérends et gracieux seigneurs, les Ottomans, après avoir gouverné tout droit sur l'île de Rhodes, ont été ralliés là par une flotte de réserve.

PREMIER SÉNATEUR. — C'est ce que je pensais... Combien de bâtiments, à votre calcul?

LE MESSAGER. — Trente voiles. Maintenant ils reviennent sur leur route et dirigent franchement leur expédition sur Chypre... Le seigneur Montano, votre fidèle et très vaillant serviteur, prend la respectueuse liberté de vous en donner avis, et vous prie de le croire.

LE DOGE. — Il est donc certain que c'est contre Chypre! Est-ce que Marcus Luccicos n'est pas à la ville?

PREMIER SÉNATEUR. — Il est maintenant à Florence.

LE DOGE. — Écrivez-lui de notre part de revenir au train de poste.

PREMIER SÉNATEUR. — Voici venir Brabantio et le vaillant More.

Entrent Brabantio, Othello, Iago, Roderigo et des officiers.

LE DOGE. — Vaillant Othello, nous avons à vous employer sur-le-champ contre l'ennemi commun, l'Ottoman. *(A Brabantio.)* Je ne vous voyais pas : soyez le bienvenu, noble seigneur! Vos conseils et votre aide nous ont manqué cette nuit.

BRABANTIO. — Et à moi les vôtres. Que Votre Grâce me pardonne! Ce ne sont ni mes fonctions ni les nouvelles publiques qui m'ont tiré de mon lit. L'intérêt général n'a pas de prise sur moi en ce moment : car la douleur privée ouvre en moi ses écluses avec tant de violence qu'elle engloutit et submerge les autres soucis dans son invariable plénitude.

LE DOGE. — De quoi s'agit-il donc?

BRABANTIO. — Ma fille! ô ma fille!

LE DOGE ET LES SÉNATEURS. — Morte?

BRABANTIO. — Oui, morte pour moi. On l'a abusée! on me l'a volée! on l'a corrompue à l'aide de talismans et d'élixirs achetés à des charlatans. Car, qu'une nature s'égare si absurdement, n'étant ni défectueuse, ni aveugle, ni boiteuse d'intelligence, ce n'est pas possible sans sorcellerie.

LE DOGE. — Quel que soit celui qui, par d'odieux procédés, a ainsi ravi votre fille à elle-même et à vous, voici le livre sanglant de la loi. Vous en lirez vous-même la lettre rigoureuse, et vous l'interpréterez à votre guise : oui, quand mon propre fils serait accusé par vous!

BRABANTIO. — Je remercie humblement Votre Grâce. Voici l'homme; c'est ce More que, paraît-il, votre mandat spécial a, pour des affaires d'État, appelé ici.

LE DOGE ET LES SÉNATEURS. — Lui!... Nous en sommes désolés.

LE DOGE, *à Othello.* — Qu'avez-vous, de votre côté, à répondre à cela?

BRABANTIO. — Rien, sinon que cela est.

OTHELLO. — Très puissants, très graves et très révérends seigneurs, mes nobles et bien-aimés maîtres, j'ai enlevé la fille de ce vieillard, c'est vrai, comme il est vrai que je l'ai épousée. Voilà le chef de mon crime; vous le voyez de front, dans toute sa grandeur. Je suis rude en mon langage, et peu doué de l'éloquence apprêtée de la paix. Car, depuis que ces bras ont leur moelle de sept ans, ils n'ont cessé, excepté depuis ces neuf mois d'inaction, d'employer dans le camp leur plus précieuse activité; et je sais peu de chose de ce vaste monde qui n'ait rapport aux faits de guerre et de bataille. Aussi embellirai-je peu ma cause en la plaidant moi-même. Pourtant, avec votre gracieuse autorisation, je vous dirai sans façon et sans fard l'histoire entière de mon amour, et par quels philtres, par quels charmes, par quelles conjurations, par quelle puissante magie (car ce sont les moyens dont on m'accuse) j'ai séduit sa fille.

BRABANTIO. — Une enfant toujours si modeste! d'une nature si douce et si paisible qu'au moindre mouvement elle rougissait d'elle-même! devenir, en dépit de la nature, de son âge, de son pays, de sa réputation, de tout, amoureuse de ce qu'elle avait peur de regarder! Il n'y a qu'un jugement difforme et très imparfait pour déclarer que la perfection peut faillir ainsi contre toutes les lois de la nature; il faut forcément conclure à l'emploi des maléfices infernaux pour expliquer cela. J'affirme donc, encore une fois, que c'est à l'aide de mixtures toutes-puissantes sur le sang ou de quelque philtre enchanté à cet effet qu'il a agi sur elle.

LE DOGE. — Affirmer cela n'est pas le prouver. Des témoignages plus certains et plus évidents que ces maigres apparences et que ces pauvres vraisemblances d'une probabilité médiocre doivent être produits contre lui.

PREMIER SÉNATEUR. — Mais parlez, Othello. Est-ce par des moyens équivoques et violents que vous avez dominé et empoisonné les affections de cette jeune fille? ou bien n'avez-vous réussi que par la persuasion et par ces loyales requêtes qu'une âme soumet à une âme?

OTHELLO. — Je vous en conjure, envoyez chercher la dame au *Sagittaire*, et faites-la parler de moi devant son père. Si vous me trouvez coupable dans son récit, que non seulement votre confiance et la charge que je tiens de vous me soient retirées, mais que votre sentence retombe sur ma vie même!

LE DOGE. — Qu'on envoie chercher Desdémona!

OTHELLO, *à Iago*. — Enseigne, conduisez-les : vous connaissez le mieux l'endroit. *(Iago et quelques officiers sortent.)* En attendant qu'elle vienne, je vais, aussi franchement que je confesse au ciel les faiblesses de mon sang, expliquer nettement à votre grave auditoire comment j'ai obtenu l'amour de cette belle personne, et comment elle, le mien.

LE DOGE. — Parlez, Othello.

OTHELLO. — Son père m'aimait; il m'invitait souvent; il me demandait l'histoire de ma vie, année par année, les batailles, les sièges, les hasards que j'avais traversés. Je parcourus tout, depuis les jours de mon enfance jusqu'au moment même où il m'avait prié de raconter. Alors je parlai de chances désastreuses, d'aventures émouvantes sur terre et sur mer, de morts esquivées d'un cheveu sur la brèche menaçante, de ma capture par l'insolent ennemi, de ma vente comme esclave, de mon rachat et de ce qui suivit. Dans l'histoire de mes voyages, des antres profonds, des déserts arides, d'âpres fondrières, des rocs et des montagnes dont la cime touche le ciel s'offraient à mon récit : je les y plaçai. Je parlai des cannibales qui s'entre-dévorent, des anthropophages et des hommes qui ont la tête au-dessous des épaules. Pour écouter ces choses, Desdémona montrait une curiosité sérieuse; quand les affaires de la maison l'appelaient ailleurs, elle les dépêchait toujours au plus vite, et revenait, et de son oreille affamée elle dévorait mes paroles. Ayant remarqué cela, je saisis une heure favorable, et je trouvai moyen d'arracher du fond de son cœur le souhait que je lui fisse la narration entière de mes explorations, qu'elle ne connaissait que par des fragments sans suite. J'y consentis, et souvent je lui dérobai des larmes, quand je parlai de quelque catastrophe qui avait frappé ma jeunesse. Mon histoire terminée, elle me donna pour ma peine un monde de soupirs; elle jura qu'en vérité cela était étrange, plus qu'étrange, attendrissant, prodigieusement attendrissant; elle eût voulu ne pas l'avoir entendu, mais elle eût voulu aussi que le ciel eût fait pour elle un pareil homme! Elle me remercia, et me dit que, si j'avais un ami qui l'aimait, je lui apprisse seulement à répéter mon histoire, et que cela suffirait à la charmer. Sur cette insinuation, je parlai : elle m'aimait pour les dangers que j'avais traversés, et je l'aimais pour la sympathie qu'elle y avait prise. Telle est la sorcellerie dont j'ai usé... Mais voici ma dame qui vient; qu'elle-même en dépose!

Entrent Desdémona, Iago et les officiers de l'escorte.

LE DOGE. — Il me semble qu'une telle histoire séduirait ma fille même. Bon Brabantio, réparez aussi bien que possible cet éclat. Il vaut encore mieux se servir d'une arme brisée que de rester les mains nues.

BRABANTIO. — De grâce, écoutez-la! Si elle confesse qu'elle a fait la moitié des avances, que la ruine soit sur ma tête si mon injuste blâme tombe sur cet homme!... Approchez, gentille donzelle! Distinguez-vous dans cette noble compagnie celui à qui vous devez le plus d'obéissance?

DESDÉMONA. — Mon noble père, je vois ici un double devoir pour moi. A vous je dois la vie et l'éducation, et ma vie et mon éducation m'apprennent également à vous respecter. Vous êtes mon seigneur selon le devoir... Jusque-là je suis votre fille. *(Montrant Othello.)* Mais voici mon mari! Et autant ma mère montra de dévouement pour vous, en vous préférant à son père même, autant je prétends en témoigner légitimement au More, mon seigneur.

BRABANTIO. — Dieu soit avec vous! J'ai fini. *(Au doge.)* Plaise à Votre Grâce de passer aux affaires d'Etat!... Que n'ai-je adopté un enfant plutôt que d'en faire un! *(A Othello.)* Approche, More. Je te donne de tout mon cœur ce que je t'aurais, si tu ne le possédais déjà, refusé de tout mon cœur. *(A Desdémona.)* Grâce à toi, mon bijou, je suis heureux dans l'âme de n'avoir pas d'autres enfants; car ton escapade m'eût appris à les tyranniser et à les tenir à l'attache... J'ai fini, monseigneur.

LE DOGE. — Laissez-moi parler à votre place, et placer une maxime qui serve à ces amants de degré, de marchepied pour remonter à votre faveur. Une fois irrémédiables, les maux sont terminés par la vue du pire qui put nous inquiéter naguère. Gémir sur un malheur passé et disparu est le plus sûr moyen d'attirer un nouveau malheur. Lorsque la fortune nous prend ce que nous ne pouvons garder, la patience rend son injure dérisoire. Le volé qui sourit dérobe quelque chose au voleur. C'est se voler soi-même que dépenser une douleur inutile.

BRABANTIO. — Ainsi, que le Turc nous vole Chypre! nous n'aurons rien perdu, tant que nous pourrons sourire! Il reçoit bien les conseils, celui qui ne reçoit en les écoutant qu'un soulagement superflu. Mais celui-là reçoit une peine en même temps qu'un conseil, qui n'est quitte avec le chagrin qu'en empruntant à la pauvre patience. Ces sentences, tout sucre ou tout fiel, ont une puissance fort équivoque. Les mots ne sont que des mots, et je n'ai jamais ouï dire que dans un cœur meurtri on pénétrât par l'oreille... Je vous en prie humblement, procédons aux affaires de l'État.

LE DOGE. — Le Turc se porte sur Chypre avec un armement considérable. Othello, les ressources de cette place sont connues de vous mieux que de personne. Aussi, quoique nous ayons là un lieutenant d'une capacité bien prouvée, l'opinion, cette arbitre souveraine des décisions, vous adresse son appel de suprême confiance. Il faut donc que vous vous résigniez à assombrir l'éclat de votre nouvelle fortune par les orages de cette rude expédition.

OTHELLO. — Très graves sénateurs, ce tyran, l'habitude a fait de la couche de la guerre, couche de pierre et d'acier, le lit de plume le plus doux pour moi. Je le déclare, je ne trouve mon activité, mon énergie naturelle, que dans une vie dure. Je me charge de cette guerre contre les Ottomans. En conséquence, humblement incliné devant votre gouvernement, je demande pour ma femme une situation convenable, les privilèges et le traitement dus à son rang, avec une résidence et un train en rapport avec sa naissance.

LE DOGE. — Si cela vous plaît, elle peut aller chez son père.

BRABANTIO. — Je n'y consens pas.

OTHELLO. — Ni moi.

DESDÉMONA. — Ni moi. Je n'y voudrais pas résider, de peur de provoquer l'impatience de mon père en restant sous ses yeux. Très gracieux doge, prêtez à mes explications une oreille indulgente, et laissez-moi trouver dans votre suffrage une charte qui protège ma faiblesse.

LE DOGE. — Que désirez-vous, Desdémona?

DESDÉMONA. — Si j'ai aimé le More assez pour vivre avec lui, ma révolte éclatante et mes violences à la destinée peuvent le trompetter au monde. Mon cœur est soumis au caractère même de mon mari. C'est dans le génie d'Othello que j'ai vu son visage; et c'est à sa gloire et à ses vaillantes qualités que j'ai consacré mon âme et ma fortune. Aussi, chers seigneurs, si l'on me laissait ici, chrysalide de la paix, tandis qu'il part pour la guerre, on m'enlèverait les épreuves pour lesquelles je l'aime, et je subirais un trop lourd intérim par sa chère absence. Laissez-moi partir avec lui!

OTHELLO. — Vos voix, seigneurs! je vous en conjure, laissez à sa volonté le champ libre. Si je vous le demande, ce n'est pas pour flatter le goût de ma passion ni pour assouvir l'ardeur de nos jeunes amours dans ma satisfaction personnelle, mais bien pour déférer généreusement à son vœu. Que le ciel défende vos bonnes âmes de cette pensée que je négligerai vos sérieuses et grandes affaires quand elle sera près de moi! Si jamais, dans ses jeux volages, Cupidon ailé émoussait par une voluptueuse langueur mes facultés spéculatives et actives, si jamais les plaisirs corrompaient et altéraient mes devoirs, que les ménagères fassent un chaudron de mon casque, et que tous les outrages et tous les affronts conjurés s'attaquent à mon renom!

LE DOGE. — Décidez entre vous si elle doit partir ou rester. L'affaire crie : hâtez-vous! Votre promptitude doit y répondre. Il faut que vous soyez en route cette nuit.

DESDÉMONA. — Cette nuit, monseigneur?

LE DOGE. — Cette nuit même.

OTHELLO. — De tout mon cœur.

LE DOGE, *aux sénateurs*. — A neuf heures du matin, nous nous retrouverons ici. Othello, laissez derrière vous un officier : il vous portera notre brevet et toutes les concessions de titres et d'honneurs qui vous importent.

OTHELLO. — S'il plaît à Votre Grâce, ce sera mon enseigne, un homme de probité et de confiance. C'est lui que je charge d'escorter ma femme et de me remettre tout ce que votre gracieuse Seigneurie jugera nécessaire de m'envoyer.

LE DOGE. — Soit!... Bonne nuit à tous! *(A Brabantio.)* Eh! noble signor, s'il est vrai que la vertu a tout l'éclat de la beauté, vous avez un gendre plus brillant qu'il n'est noir.

PREMIER SÉNATEUR. — Adieu, brave More! Rendez heureuse Desdémona.

BRABANTIO. — Veille sur elle, More. Aie l'œil prompt à tout voir. Elle a trompé son père; elle pourrait bien te tromper. *(Le doge, les sénateurs et les officiers sortent.)*

OTHELLO. — Ma vie, sur sa foi!... Honnête Iago, il faut que je te laisse ma Desdémona; mets, je te prie, ta femme à son service, et amène-les au premier moment favorable... Viens, Desdémona, je n'ai qu'une heure d'amour, de loisirs et de soins intérieurs à passer avec toi. Nous devons obéir au temps. *(Othello et Desdémona sortent.)*

RODERIGO. — Iago!

IAGO. — Que dis-tu, noble cœur?

RODERIGO. — Que crois-tu que je vais faire?

IAGO. — Pardieu! te coucher et dormir.

RODERIGO. — Je vais incontinent me noyer.

IAGO. — Si tu le fais, je ne t'aimerai plus après. Niais que tu es!

RODERIGO. — La niaiserie est de vivre quand la vie est un tourment. Nous avons pour prescription de mourir quand la mort est notre médecin.

IAGO. — Oh! le lâche!... Voilà quatre fois sept ans que je considère le monde; et, depuis que je peux distinguer un bienfait d'une injure, je n'ai jamais trouvé un homme qui sût s'aimer. Avant de pouvoir dire que je vais me noyer pour l'amour de quelque guenon, je consens à être changé en babouin.

RODERIGO. — Que faire? J'avoue ma honte d'être ainsi épris; mais il ne dépend pas de ma vertu d'y remédier.

IAGO. — Ta vertu pour une figue! Il dépend de nous-mêmes d'être d'une façon ou d'une autre. Notre corps est notre jardin, et notre volonté en est le jardinier. Voulons-nous y cultiver des orties ou y semer la laitue, y planter l'hysope et en sarcler le thym, le garnir d'une seule espèce d'herbe ou d'un choix varié, le stériliser par la paresse ou l'engraisser par l'industrie? eh bien! le pouvoir de tout modifier souverainement est dans notre volonté. Si la balance de la vie n'avait pas le plateau de la raison pour contrepoids à celui de la sensualité, notre tempérament et la bassesse de nos instincts nous conduiraient aux plus fâcheuses conséquences. Mais nous avons la raison pour refroidir nos passions furieuses, nos élans charnels, nos désirs effrénés. D'où je conclus que ce que vous appelez l'amour n'est qu'une végétation greffée ou parasite.

RODERIGO. — Impossible!

IAGO. — L'amour n'est qu'une débauche du sang et une concession de la volonté... Allons! sois un homme. Te noyer, toi! On noie les chats et leur portée aveugle. J'ai fait profession d'être ton ami et je m'avoue attaché à ton service par des câbles d'une ténacité durable. Or, je ne pourrai jamais t'assister plus utilement qu'à présent... Mets de l'argent dans ta bourse, suis l'expédition, altère ta physionomie par une barbe usurpée... Je le répète, mets de l'argent dans ta bourse... Il est impossible que Desdémona conserve longtemps son amour pour le More... Mets de l'argent dans ta bourse... et le More son amour pour elle. Le début a été violent, la séparation sera à l'avenant, tu verras!... Surtout mets de l'argent dans ta bourse... Ces Mores ont la volonté changeante... Remplis bien ta bourse... La nourriture, qui maintenant est pour lui aussi savoureuse qu'une grappe d'acacia, lui sera bientôt aussi amère que la coloquinte. Quant à elle, si jeune, il faut bien qu'elle change. Dès qu'elle se sera rassasiée de ce corps-là, elle reconnaîtra l'erreur de son choix. Il faut bien qu'elle change, il le faut!... Par conséquent, mets de l'argent dans ta bourse. Si tu dois absolument te damner, trouve un moyen plus délicat que de te noyer... Réunis tout l'argent que tu pourras... Si la sainteté d'un serment fragile échangé entre un aventurier barbare et une rusée Vénitienne n'est pas chose trop dure pour mon génie et pour toute la tribu de l'enfer, tu jouiras de cette femme. Aussi, trouve de l'argent!... Peste soit de la noyade! Elle est bien loin de ton chemin. Cherche plutôt à te faire pendre après ta jouissance obtenue qu'à aller te noyer avant.

RODERIGO. — Te dévoueras-tu à mes espérances, si je me rattache à cette solution?

IAGO. — Tu es sûr de moi. Va! trouve de l'argent. Je te l'ai dit souvent et je te le redis : je hais le More. Mes griefs m'emplissent le cœur; tes raisons ne sont pas moindres. Liguons-nous pour nous venger de lui. Si tu peux le faire cocu, tu te donneras un plaisir, et à moi une récréation. Il y a dans la matrice du temps bien des événements dont il va accoucher. En campagne! Va! munis-toi d'argent. Demain nous reparlerons de ceci. Adieu!

RODERIGO. — Où nous reverrons-nous dans la matinée?

IAGO. — A mon logis.

RODERIGO. — Je serai chez toi de bonne heure.

IAGO. — Bon! Adieu! M'entendez-vous bien, Roderigo?

RODERIGO. — Que dites-vous?

IAGO. — Plus de noyade! Entendez-vous?

RODERIGO. — Je suis changé. Je vais vendre toutes mes terres.

IAGO. — Bon! Adieu! Remplissez bien votre bourse. *(Roderigo sort.)* Voilà comment je fais toujours ma bourse de ma dupe. Car ce serait profaner le trésor de mon expérience que de dépenser mon temps avec une pareille bécasse sans en retirer plaisir et profit. Je hais le More. On croit de par le monde qu'il a, entre mes draps, rempli mon office d'époux. J'ignore si c'est vrai; mais, moi, sur un simple soupçon de ce genre, j'agirai comme sur la certitude. Il fait cas de moi. Je n'en agirai que mieux sur lui pour ce que je veux... Cassio est un homme convenable... Voyons maintenant... Obtenir sa place et donner pleine envergure à ma vengeance : coup double! Comment? comment? Voyons... Au bout de quelque temps, faire croire à Othello que Cassio est trop familier avec sa femme. Cassio a une personne, des manières caressantes, qui prêtent au soupçon; il est bâti pour rendre les femmes infidèles. Le More est une nature franche et ouverte qui croit honnêtes les gens, pour peu qu'ils le paraissent : il se laissera mener par le nez aussi docilement qu'un âne. Je tiens le plan : il est conçu. Il faut que l'enfer et la nuit produisent à la lumière du monde ce monstrueux embryon! *(Il sort.)*

ACTE II

SCÈNE PREMIÈRE

Chypre. — Près de la plage.

Arrivent MONTANO *et* DEUX GENTILSHOMMES.

MONTANO. — Que pouvons-nous distinguer én mer du haut du cap?

PREMIER GENTILHOMME. — Rien du tout, tant les vagues sont élevées! Entre le ciel et la pleine mer, je ne puis découvrir une voile.

MONTANO. — Il me semble que le vent a parlé bien haut à terre; jamais plus rudes rafales n'ont ébranlé nos créneaux. S'il a fait autant de vacarme sur mer, quelles sont les côtes de chêne qui, sous ces montagnes en fusion, auront pu garder la mortaise? Qu'allons-nous apprendre à la suite de ceci?

DEUXIÈME GENTILHOMME. — La dispersion de la flotte turque. Pour peu qu'on se tienne sur la plage écumante, les flots irrités semblent lapider les nuages; la lame, secouant au vent sa haute et monstrueuse crinière, semble lancer l'eau sur l'ourse flamboyante et inonder les satellites du pôle immuable. Je n'ai jamais vu pareille agitation sur la vague enragée.

MONTANO. — Si la flotte turque n'était pas réfugiée dans quelque baie, elle a sombré. Il lui est impossible d'y tenir.

Arrive un troisième gentilhomme.

TROISIÈME GENTILHOMME. — Des nouvelles, mes enfants! Nos guerres sont finies! Cette désespérée tempête a si bien étrillé les Turcs que leurs projets sont éclopés. Un noble navire, venu de Venise, a vu le sinistre naufrage et la détresse de presque toute leur flotte.

MONTANO. — Quoi! vraiment?

TROISIÈME GENTILHOMME. — Le navire est ici mouillé, un bâtiment véronais. Michel Cassio, lieutenant du belliqueux More Othello, a débarqué; le More lui-même est en mer et vient à Chypre avec des pleins pouvoirs.

MONTANO. — J'en suis content : c'est un digne gouverneur.

TROISIÈME GENTILHOMME. — Mais ce même Cassio, tout en parlant avec satisfaction du désastre des Turcs, paraît fort triste, et prie pour le salut du More : car ils ont été séparés au plus fort de cette sombre tempête.

MONTANO. — Fasse le ciel qu'il soit sauvé! J'ai servi sous lui, et l'homme commande en parfait soldat... Eh bien! allons sur le rivage. Nous verrons le vaisseau qui vient d'atterrir, et nous chercherons des yeux le brave Othello jusqu'au point où la mer et l'azur aérien sont indistincts à nos regards.

TROISIÈME GENTILHOMME. — Oui, allons! Car chaque minute peut nous amener un nouvel arrivage.

Arrive Cassio.

CASSIO, *à Montano.* — Merci à vous, vaillant de cette île guerrière, qui appréciez si bien le More! Oh! puissent les cieux le défendre contre les éléments, car je l'ai perdu sur une dangereuse mer!

MONTANO. — Est-il sur un bon navire?

CASSIO. — Son bâtiment est fortement charpenté, et le pilote a la réputation d'une expérience consommée. Aussi mon espoir, loin d'être ivre mort, est-il raffermi par une saine confiance.

VOIX AU-DEHORS. — Une voile! une voile! une voile!

Arrive un autre gentilhomme.

CASSIO. — Quel est ce bruit?

QUATRIÈME GENTILHOMME. — La ville est déserte. Sur le front de la mer se presse un tas de gens qui crient : une voile!

CASSIO. — Mes pressentiments me désignent là le gouverneur. *(On entend le canon.)*

DEUXIÈME GENTILHOMME. — Ils tirent la salve de courtoisie : ce sont des amis, en tout cas.

CASSIO, *au deuxième gentilhomme.* — Je vous en prie, monsieur, partez et revenez nous dire au juste qui vient d'arriver.

DEUXIÈME GENTILHOMME. — J'y vais. *(Il sort.)*

MONTANO, *à Cassio.* — Ah çà! bon lieutenant, votre général est-il marié?

CASSIO. — Oui, et très heureusement : il a conquis une fille qui égale les descriptions de la renommée en délire; une fille qui échappe au trait des plumes pittoresques, et qui, dans l'étoffe essentielle de sa nature, porte toutes les perfections...

Le deuxième gentilhomme rentre.

Eh bien! qui vient d'atterrir?

DEUXIÈME GENTILHOMME. — C'est un certain Iago, enseigne du général.

CASSIO. — Il a eu la plus favorable et la plus heureuse traversée. Les tempêtes elles-mêmes, les hautes lames, les vents hurleurs, les rocs hérissés, les bancs de sable, ces traîtres embusqués pour arrêter la quille inoffensive, ont, comme s'ils avaient le sentiment de la beauté, oublié leurs instincts destructeurs et laissé passer saine et sauve la divine Desdémona.

MONTANO. — Quelle est cette femme?

CASSIO. — C'est celle dont je parlais, le capitaine de notre grand capitaine! celle qui, confiée aux soins du hardi Iago, vient, en mettant pied à terre, de devancer notre pensée par une traversée de sept jours... Grand Jupiter! protège Othello, et enfle sa voile de ton souffle puissant : puisse-t-il vite réjouir cette baie de son beau navire, revenir tout palpitant d'amour dans les bras de Desdémona, et, rallumant la flamme dans nos esprits éteints, rassurer Chypre tout entière!... Oh! regardez!

Entrent Desdémona, Émilia, Iago, Roderigo et leur suite.

Le trésor du navire est arrivé au rivage! Vous, hommes de Chypre, à genoux devant elle! Salut à toi, notre dame! Que la grâce du ciel soit devant et derrière toi et à tes côtés, et rayonne autour de toi!

DESDÉMONA. — Merci, vaillant Cassio! Quelles nouvelles pouvez-vous me donner de monseigneur?

CASSIO. — Il n'est pas encore arrivé. Tout ce que je sais, c'est qu'il va bien et sera bientôt ici.

DESDÉMONA. — Oh! j'ai peur pourtant... Comment vous êtes-vous perdus de vue?

CASSIO. — Les efforts violents de la mer et du ciel nous ont séparés... Mais écoutez! *(Cris, au loin.)* Une voile! une voile! *(On entend le canon.)*

DEUXIÈME GENTILHOMME. — Ils font leur salut à la citadelle : c'est encore un navire ami.

CASSIO, *au deuxième gentilhomme.* — Allez aux nouvelles. *(Le gentilhomme sort. A Iago.)* Brave enseigne, vous êtes le bienvenu! *(A Émilia.)* La bienvenue, dame!... Que votre patience, bon Iago, ne se blesse pas de la liberté de mes manières! c'est mon éducation qui me donne cette familiarité de courtoisie. *(Il embrasse Émilia.)*

IAGO. — Monsieur, si elle était pour vous aussi généreuse de ses lèvres qu'elle est pour moi prodigue de sa langue, vous en auriez bien vite assez.

DESDÉMONA. — Hélas! elle ne parle pas!

IAGO. — Beaucoup trop, ma foi! Je m'en aperçois toujours quand j'ai envie de dormir. Dame, j'avoue que devant Votre Grâce elle renfonce un peu sa langue dans son cœur et ne grogne qu'en pensée.

ÉMILIA. — Vous n'avez guère motif de parler ainsi.

IAGO. — Allez! allez! vous autres femmes, vous êtes des peintures hors de chez vous, des sonnettes dans vos boudoirs, des chats sauvages dans vos cuisines, des saintes quand vous injuriez, des démons quand on vous offense, des flâneuses dans vos ménages, des femmes de ménage dans vos lits.

DESDÉMONA. — Oh, fi! calomniateur!

IAGO. — Je suis Turc, si cela n'est pas vrai! Vous vous levez pour flâner, et vous vous mettez au lit pour travailler.

ÉMILIA. — Je ne vous chargerai pas d'écrire mon éloge.

IAGO. — Certes, vous ferez bien.

DESDÉMONA. — Qu'écrirais-tu de moi si tu avais à me louer?

IAGO. — Ah! noble dame, ne m'en chargez pas. Je ne suis qu'un critique.

DESDÉMONA. — Allons! essaye... On est allé au port, n'est-ce pas?

IAGO. — Oui, madame.

DESDÉMONA. — Je suis loin d'être gaie; mais je trompe ce que je suis, en affectant d'être le contraire. Voyons! que dirais-tu à mon éloge?

IAGO. — Je cherche; mais, en vérité, mon idée tient à ma caboche, comme la glu à la frisure; elle arrache la cervelle et le reste. Enfin, ma muse est en travail, et voici ce dont elle accouche :

Si une femme a le teint et l'esprit clairs,
Elle montre son esprit en faisant montre de son teint.

DESDÉMONA. — Bien loué! Et si elle est noire et spirituelle?

IAGO.

Si elle est noire et qu'elle ait de l'esprit,
Elle trouvera certain blanc qui ira bien à sa noirceur.

DESDÉMONA. — De pire en pire!

ÉMILIA. — Et si la belle est bête?

IAGO.

Celle qui est belle n'est jamais bête :
Car elle a toujours assez d'esprit pour avoir un héritier.

DESDÉMONA. — Ce sont de vieux paradoxes absurdes pour faire rire les sots dans un cabaret. Quel misérable éloge as-tu pour celle qui est laide et bête?

IAGO.

Il n'est de laide si bête
Qui ne fasse d'aussi vilaines farces qu'une belle d'esprit.

DESDÉMONA. — Oh! la lourde bévue! La pire est celle que tu vantes le mieux! Mais quel éloge accorderas-tu donc à une femme réellement méritante, à une femme qui, en attestation de sa vertu, peut à juste titre invoquer le témoignage de la malveillance elle-même?

IAGO

Celle qui, toujours jolie, ne fut jamais coquette,
Qui, ayant la parole libre, n'a jamais eu le verbe haut,
Qui, ayant toujours de l'or, ne s'est jamais montrée [fastueuse,
Celle qui s'est détournée d'un désir en disant : « Je [pourrais bien! »
Qui, étant en colère et tenant sa vengeance,
A gardé son offense et chassé son déplaisir,
Celle qui ne fut jamais assez frêle en sagesse
Pour échanger une tête de morue contre une queue de [saumon,
Celle qui a pu penser et n'a pas révélé son idée,
Qui s'est vu suivre par des galants et n'a pas tourné la [tête,
Cette créature-là est bonne, s'il y eut jamais créature [pareille,...

DESDÉMONA. — A quoi?

IAGO

A faire téter des niais et à tenir un compte de petite [bière.

DESDÉMONA. — Oh! quelle conclusion boiteuse et impotente!... Ne prends pas leçon de lui, Émilia, tout ton mari qu'il est... Que dites-vous, Cassio? Voilà, n'est-ce pas, un conseiller bien profane et bien licencieux?

CASSIO. — Il parle sans façon, madame : vous trouverez en lui le soldat de meilleur goût que l'érudit. *(Cassio parle à voix basse à Desdémona et soutient avec elle une conversation animée.)*

IAGO, *à part, les observant.* — Il la prend par le creux de la main... Oui, bien dit! Chuchote, va! Une toile d'araignée aussi mince me suffira pour attraper cette grosse mouche de Cassio. Oui, souris-lui, va! Je te garrotterai dans ta propre courtoisie... Vous dites vrai, c'est bien ça. Si ces grimaces-là vous enlèvent votre grade, lieutenant, vous auriez mieux fait de ne pas baiser si souvent vos trois doigts, comme sans doute vous allez le faire encore pour jouer au beau sire! *(Cassio envoie du bout des doigts un baiser à Desdémona.)* Très bien! bien baisé! excellente courtoisie! c'est cela, ma foi! Oui, encore vos doigts à vos lèvres! Puissent-ils être pour vous autant de canules de clystère! *(Fanfares.)* Le More! Je reconnais sa trompette.

CASSIO. — C'est vrai.

DESDÉMONA. — Allons au-devant de lui pour le recevoir.

CASSIO. — Ah! le voici qui vient.

Entre Othello avec sa suite. La foule se presse derrière lui.

OTHELLO. — O ma belle guerrière!

DESDÉMONA. — Mon cher Othello!

OTHELLO. — C'est pour moi une surprise égale à mon ravissement de vous voir ici avant moi. O joie de mon âme! Si après chaque tempête viennent de pareils calmes, puissent les vents souffler jusqu'à réveiller la mort! Puisse ma barque s'évertuer à gravir sur les mers des sommets hauts comme l'Olympe, et à replonger ensuite aussi loin que l'enfer l'est du ciel! Si le moment était venu de mourir, ce serait maintenant le bonheur suprême; car j'ai peur, tant le contentement de mon âme est absolu, qu'il n'y ait pas un ravissement pareil à celui-ci dans l'avenir inconnu de ma destinée!

DESDÉMONA. — Fasse le ciel, au contraire, que nos amours et nos joies augmentent avec nos années!

OTHELLO. — Dites amen à cela, adorables puissances! Je ne puis pas expliquer ce ravissement. Il m'étouffe... C'est trop de joie. Tiens! tiens encore! *(Il l'embrasse.)* Que ce soient là les plus grands désaccords que fassent nos cœurs!

IAGO, *à part.* — Oh! vous êtes en harmonie à présent! Mais je broierai les clefs qui règlent ce concert, foi d'honnête homme!

OTHELLO. — Allons au château!... Vous savez la nouvelle, amis? nos guerres sont terminées, les Turcs sont noyés. *(Aux gens de Chypre.)* Comment vont nos vieilles connaissances de cette île? *(A Desdémona.)* Rayon de miel, on va bien vous désirer à Chypre! J'ai rencontré ici une grande sympathie. O ma charmante, je bavarde sans ruse, et je raffole de mon bonheur... Je t'en prie, bon Iago, va dans la baie, et fais débarquer mes coffres! Ensuite amène le patron à la citadelle; c'est un brave, et son mérite réclame maints égards... Allons, Desdémona!... Encore une fois, quel bonheur de nous retrouver à Chypre! *(Othello, Desdémona, Cassio, Émilia et leur suite sortent.)*

IAGO, *à Roderigo.* — Viens me rejoindre immédiatement au havre... Approche... Si tu es un vaillant, s'il est vrai, comme on le dit, que les hommes timides, une fois amoureux, ont dans le caractère une noblesse au-dessus de leur nature, écoute-moi. Le lieutenant est de service cette nuit dans la Cour des gardes... Mais d'abord il faut que je te dise ceci... Desdémona est éperdument amoureuse de lui.

RODERIGO. — De lui? Bah! Ce n'est pas possible.

IAGO, *mettant son index sur sa bouche.* — Mets ton doigt comme ceci, et que ton âme s'instruise! Remarque-moi avec quelle violence elle s'est d'abord éprise du More, simplement pour les fanfaronnades et les mensonges fantastiques qu'il lui disait. Continuera-t-elle de l'aimer pour son bavardage? Que ton cœur discret n'en croie rien! Il faut que ses yeux soient assouvis; et quel plaisir trouvera-t-elle à regarder le diable? Quand le sang est amorti par l'action de la jouissance, pour l'enflammer de nouveau et pour donner à la satiété un nouvel appétit, il faut une séduction dans les dehors, une sympathie d'années, de manières et de beauté, qui manquent au More. Eh bien! à défaut de ces agréments nécessaires, sa délicate tendresse se trouvera déçue; le cœur lui lèvera, et elle prendra le More en dégoût, en horreur; sa nature même la décidera et la forcera à faire un second choix. Maintenant, mon cher, ceci accordé (et ce sont des prémisses très concluantes et très raisonnables), qui est placé plus haut que Cassio sur les degrés de cette bonne fortune? Un drôle si souple, qui a tout juste assez de conscience pour affecter les formes d'une civile et généreuse bienséance, afin de mieux satisfaire la passion libertine et lubrique qu'il cache! Non, personne n'est mieux placé que lui, personne! Un drôle intrigant et subtil, un trouveur d'occasions! Un faussaire qui peut extérieurement contrefaire toutes les qualités, sans jamais présenter une qualité de bon aloi! Un drôle diabolique!... Et puis, le drôle est beau, il est jeune, il a en lui tous les avantages que peut souhaiter la folie d'une verte imagination! C'est une vraie peste que ce drôle! et la femme l'a déjà attrapé!

RODERIGO. — Je ne puis croire cela d'elle. Elle est pleine des plus angéliques inclinations.

IAGO. — Angélique queue de figue! Le vin qu'elle boit est fait de grappes. Si elle était angélique à ce point, elle n'aurait jamais aimé le More. Angélique crème fouettée!... N'as-tu pas vu son manège avec la main de Cassio? N'as-tu pas remarqué?

RODERIGO. — Oui, certes : c'était de la pure courtoisie.

IAGO. — Pure paillardise, j'en jure par cette main! C'est l'index, l'obscure préface à l'histoire de la luxure et des impures pensées. Leurs lèvres étaient si rapprochées que leurs haleines se baisaient. Pensées fort vilaines, Roderigo! Quand de pareilles réciprocités ont frayé la route, arrive bien vite le maître exercice, la conclusion faite chair. Pish!... Mais laissez-vous diriger par moi, monsieur, par moi qui vous ai amené de Venise. Soyez de garde cette nuit. Pour la consigne, je vais vous la donner. Cassio ne vous connaît pas... Je ne serai pas loin de vous... Trouvez quelque prétexte pour irriter Cassio soit en parlant trop haut, soit en contrevenant à sa discipline, soit par tout autre moyen à votre convenance que l'occasion vous indiquera mieux encore.

RODERIGO. — Bon!

IAGO. — Il est vif, monsieur, et très prompt à la colère; et peut-être vous frappera-t-il de son bâton. Provoquez-le à le faire, car de cet incident je veux faire naître parmi les gens de Chypre une émeute qui ne pourra se calmer sérieusement que par la destitution de

Cassio. Alors vous abrégerez la route à vos désirs par les moyens que je mettrai à leur disposition, dès qu'aura été très utilement écarté l'obstacle qui s'oppose à tout espoir de succès.

RODERIGO. — Je ferai cela si vous pouvez m'en fournir l'occasion.

IAGO. — Compte sur moi. Viens tout à l'heure me rejoindre à la citadelle. Il faut que je débarque ses bagages. Au revoir!

RODERIGO. — Adieu! *(Il sort.)*

IAGO, *seul.* — Que Cassio l'aime, je le crois volontiers; qu'elle l'aime, lui, c'est logique et très vraisemblable. Le More, quoique je ne puisse pas le souffrir, est une fidèle, aimante et noble nature, et j'ose croire qu'il sera pour Desdémona le plus tendre mari. Et moi aussi, je l'aime! non pas absolument par convoitise (quoique par aventure je puisse être coupable d'un si gros péché), mais plutôt par besoin de nourrir ma vengeance; car je soupçonne fort le More lascif d'avoir sailli à ma place. Cette pensée, comme un poison minéral, me ronge intérieurement; et mon âme ne peut pas être et ne sera pas satisfaite avant que nous soyons manche à manche, femme pour femme, ou tout au moins avant que j'aie inspiré au More une jalousie si forte que la raison ne puisse plus la guérir. Pour en venir là, si ce pauvre limier vénitien, dont je tiens en laisse l'impatience, reste bien en arrêt, je mettrai notre Michel Cassio sur le flanc. J'abuserai le More sur son compte de la façon la plus grossière (car je crains Cassio aussi pour mon bonnet de nuit), et je me ferai remercier, aimer et récompenser par le More, pour avoir fait de lui un âne insigne et avoir altéré son repos et sa confiance jusqu'à la folie. *(Se frappant le front.)* L'idée est là, mais confuse encore. La fourberie ne se voit jamais de face qu'à l'œuvre. *(Il sort.)*

SCÈNE II

Une place publique.

Entre LE HÉRAUT *d'Othello portant une proclamation et suivi de la foule.*

LE HÉRAUT. — C'est le bon plaisir d'Othello, notre noble et vaillant général, que tous célèbrent comme un triomphe l'arrivée des nouvelles certaines annonçant l'entière destruction de la flotte turque, les uns en dansant, les autres en faisant des feux de joie, en se livrant chacun aux divertissements et aux réjouissances où l'entraîne son goût. Car, outre ces bonnes nouvelles, on fête aujourd'hui les noces du général. Voilà ce qu'il lui a plu de faire proclamer. Tous les offices du château sont ouverts, et il y a pleine liberté d'y banqueter depuis le moment présent, cinq heures de relevée, jusqu'à ce que la cloche ait dit onze heures. Dieu bénisse l'île de Chypre et notre noble général, Othello! *(Tous sortent.)*

SCÈNE III

Dans le château.

Entrent OTHELLO, DESDÉMONA, CASSIO *et des serviteurs.*

OTHELLO. — Mon bon Michel, veillez à la garde cette nuit : sachons contenir le plaisir dans l'honorable limite de la modération.

CASSIO. — Iago a reçu les instructions nécessaires. Néanmoins, je veux de mes propres yeux tout inspecter.

OTHELLO. — Iago est très honnête. Bonne nuit, Michel! Demain, de très bonne heure, j'aurai à vous parler. *(A Desdémona.)* Venez, cher amour! L'acquisition faite, l'usufruit doit s'ensuivre; le rapport est encore à venir entre vous et moi. *(A Cassio.)* Bonne nuit! *(Sortent Othello, Desdémona et leur suite.)*

Entre Iago.

CASSIO. — Vous êtes le bienvenu, Iago! rendons-nous à notre poste.

IAGO. — Pas encore, lieutenant : il n'est pas dix heures. Notre général ne nous a renvoyés si vite que par amour pour sa Desdémona. Ne l'en blâmons pas. Il n'a pas encore fait nuit joyeuse avec elle, et la fête est digne de Jupiter.

CASSIO. — C'est une femme bien exquise.

IAGO. — Et, je vous le garantis, pleine de ressources.

CASSIO. — Vraiment, c'est une créature d'une fraîcheur, d'une délicatesse suprême.

IAGO. — Quel regard elle a! il me semble qu'il bat la chamade de la provocation.

CASSIO. — Le regard engageant, et pourtant, ce me semble, parfaitement modeste.

IAGO. — Et quand elle parle, n'est-ce pas le tocsin de l'amour?

CASSIO. — Vraiment, elle est la perfection même.

IAGO. — C'est bien! bonne chance à leurs draps!... Allons! lieutenant, j'ai là une cruche de vin, et il y a à l'entrée une bande de galants Chypriotes qui seraient bien aises d'avoir une rasade à la santé du noir Othello.

CASSIO. — Pas ce soir, bon Iago! j'ai pour boire une très pauvre et très malheureuse cervelle. Je ferais bien de souhaiter que la courtoisie inventât quelque autre plaisir sociable.

IAGO. — Oh! ils sont tous nos amis. Une seule coupe! Je la boirai pour vous.

CASSIO. — Je n'en ai bu qu'une ce soir et prudemment arrosée encore; voyez pourtant quel changement elle fait en moi. J'ai une infirmité malheureuse, et je n'ose pas imposer à ma faiblesse une nouvelle épreuve.

IAGO. — Voyons, l'homme! c'est une nuit de fête. Nos galants le demandent.

CASSIO. — Où sont-ils?

IAGO. — Là, à la porte : je vous en prie, faites-les entrer.

CASSIO. — J'y consens, mais cela me déplaît. *(Il sort.)*

IAGO, *seul.* — Si je puis seulement lui enfoncer une seconde coupe sur celle qu'il a déjà bue ce soir, il va être aussi querelleur et aussi irritable que le chien de ma jeune maîtresse... Maintenant, mon fou malade, Roderigo, que l'amour a déjà mis presque sens dessus dessous, a ce soir même porté à Desdémona des toasts profonds d'un pot, et il est de garde! Et puis ces trois gaillards chypriotes, esprits gonflés d'orgueil, qui maintiennent leur honneur à une méticuleuse distance, et en qui fermente le tempérament de cette île belliqueuse, je les ai ce soir même échauffés à pleine coupe, et ils sont de garde aussi. Enfin, au milieu de ce troupeau d'ivrognes, je vais engager Cassio dans quelque action qui mette l'île en émoi... Mais les voici qui viennent. Si le résultat confirme mon rêve, ma barque va filer lestement, avec vent et marée!

Cassio rentre, suivi de Montano et de quelques gentilshommes.

CASSIO. — Par le ciel! ils m'ont déjà fait boire un coup.

MONTANO. — Un bien petit, sur ma parole! pas plus d'une pinte, foi de soldat!

IAGO. — Holà! du vin! *(Il chante.)*

Et faites-moi trinquer la canette,
Et faites-moi trinquer la canette.
Un soldat est un homme, et la vie n'est qu'un moment.
Faites donc boire le soldat.

Du vin, pages! *(On apporte du vin.)*

CASSIO. — Par le ciel! voilà une excellente chanson.

IAGO. — Je l'ai apprise en Angleterre, où vraiment les gens ne sont pas impotents devant les pots. Votre Danois, votre Allemand et votre Hollandais ventru... à boire, holà!... ne sont rien à côté de votre Anglais.

CASSIO. — Votre Anglais est-il donc si expert à boire?

IAGO. — Oh! il vous boit avec facilité votre Danois ivre mort; il peut sans suer renverser votre Allemand; et il a déjà fait vomir votre Hollandais, qu'il a encore un autre pot à remplir! *(Tous remplissent leurs verres.)*

CASSIO. — A la santé de notre général!

MONTANO. — J'en suis, lieutenant, et je vous fais raison.

IAGO. — O suave Angleterre! *(Il chante.)*

Le roi Étienne était un digne pair.
Ses culottes ne lui coûtaient qu'une couronne;
Il trouvait ça six pence trop cher,
Et aussi il appelait son tailleur un drôle.
C'était un être de haut renom,
Et toi, tu n'es qu'un homme de peu.
C'est l'orgueil qui ruine le pays.
Prends donc sur toi ton vieux manteau!

Holà! du vin!

CASSIO. — Tiens! cette chanson est encore plus exquise que l'autre.

IAGO. — Voulez-vous l'entendre de nouveau?

CASSIO, *d'une voix avinée.* — Non! car je tiens pour indigne de son rang celui qui fait ces choses... Bon!... Le ciel est au-dessus de tous : il y a des âmes qui doivent être sauvées, et il y a des âmes qui ne doivent pas être sauvées.

IAGO. — C'est vrai, bon lieutenant.

CASSIO. — Pour ma part, sans offenser le général ni aucun homme de qualité, j'espère être sauvé.

IAGO. — Et moi aussi, lieutenant.

CASSIO. — Oui! mais, permettez! après moi. Le lieutenant doit être sauvé avant l'enseigne... Ne parlons plus de ça; passons à nos affaires... Pardonnez-nous nos péchés!... Messieurs, veillons à notre service!... N'allez pas, messieurs, croire que je suis ivre! Voici mon enseigne, voici ma main droite et voici ma gauche... Je ne suis pas ivre en ce moment : je puis me tenir assez bien et je parle assez bien.

TOUS. — Excessivement bien!

CASSIO. — Donc, c'est très bien : vous ne devez pas croire que je suis ivre. *(Il sort, en chancelant.)*

MONTANO. — A la plate-forme, mes maîtres! Allons relever le poste.

IAGO, *à Montano.* — Vous voyez ce garçon qui vient de sortir : c'est un soldat digne d'être aux côtés de

César et fait pour commander. Eh bien! voyez son vice : il fait avec sa vertu un équinoxe exact; l'un est égal à l'autre. C'est dommage! J'ai bien peur, vu la confiance qu'Othello met en lui, qu'un jour quelque accès de son infirmité ne bouleverse cette île.

MONTANO. — Mais est-il souvent ainsi?

IAGO. — C'est pour lui le prologue continuel du sommeil : il resterait sans dormir deux fois douze heures, si l'ivresse ne le berçait pas.

MONTANO. — Il serait bon que le général fût prévenu de cela. Peut-être ne s'en aperçoit-il pas; peut-être sa bonne nature, à force d'estimer le mérite qui apparaît en Cassio, ne voit-elle pas ses défauts. N'ai-je pas raison?

Entre Roderigo.

IAGO, *à part.* — Ah! c'est vous, Roderigo! Je vous en prie, courez après le lieutenant, allez! *(Roderigo sort.)*

MONTANO. — C'est grand dommage que le noble More hasarde un poste comme celui de son lieutenant sur un homme enté d'une telle infirmité. Ce serait une honnête action de le dire au More.

IAGO. — Moi, je ne le ferais pas pour toute cette belle île. J'aime fort Cassio, et je ferais beaucoup pour le guérir de son mal... Mais écoutez! Quel est ce bruit?

CRIS AU-DEHORS. — Au secours! au secours!

Rentre Roderigo, poursuivi par Cassio.

CASSIO. — Coquin! chenapan!

MONTANO. — Qu'y a-t-il, lieutenant?

CASSIO. — Le drôle! vouloir m'apprendre mon devoir! Je vais battre ce drôle jusqu'à ce qu'il entre dans une bouteille d'osier.

RODERIGO. — Me battre!

CASSIO. — Tu bavardes, coquin! *(Il frappe Roderigo.)*

MONTANO, *l'arrêtant.* — Voyons, bon lieutenant! Je vous en prie, monsieur, retenez votre main.

CASSIO. — Lâchez-moi, monsieur, ou je vous écrase la mâchoire.

MONTANO. — Allons! allons! vous êtes ivre.

CASSIO. — Ivre! *(Cassio et Montano dégainent et se battent.)*

IAGO, *bas, à Roderigo.* — En route, vous dis-je! Sortez et criez à l'émeute! *(Roderigo sort.)* Voyons, mon bon lieutenant!... Par pitié, messieurs!... Holà! au secours!... Lieutenant! Seigneur Montano!... Au secours, mes maîtres!... Voilà une superbe faction, en vérité! *(Le tocsin sonne.)* Qui est-ce qui sonne la cloche?... Diable! ho! Toute la ville va se lever... Au nom de Dieu, lieutenant, arrêtez! Vous allez être déshonoré à jamais!

Entre Othello avec sa suite.

OTHELLO. — Que se passe-t-il ici?

MONTANO. — Mon sang ne cesse de couler : je suis blessé à mort. Qu'il meure! *(Il s'élance sur Cassio.)*

OTHELLO. — Sur vos têtes, arrêtez!

IAGO. — Arrêtez! holà! Lieutenant! Seigneur Montano! Messieurs! Avez-vous perdu tout sentiment de votre rang et de votre devoir? Arrêtez! Le général vous parle. Arrêtez! par pudeur! *(Le tocsin sonne toujours. Les combattants se séparent.)*

OTHELLO. — Voyons! qu'y a-t-il? Holà! quelle est la cause de ceci? Sommes-nous changés en Turcs pour nous faire à nous-mêmes ce que le ciel a interdit aux Ottomans? Par pudeur chrétienne laissez là cette rixe barbare. Celui qui bouge pour se faire l'écuyer tranchant de sa rage tient son âme pour peu de chose; il meurt au premier mouvement. *(Aux gens de sa suite.)* Qu'on fasse taire cette horrible cloche qui met cette île effarée hors d'elle-même! De quoi s'agit-il, mes maîtres? Honnête Iago, toi qui sembles mort de douleur, parle. Qui a commencé? Sur ton dévouement. je te somme de parler.

IAGO. — Je ne sais pas. Tout à l'heure, tout à l'heure encore, il n'y avait au quartier que de bons amis, affectueux comme des fiancés se déshabillant pour le lit; et aussitôt, comme si quelque planète avait fait déraisonner les hommes, les voilà, l'épée en l'air, qui se visent à la poitrine dans une joute à outrance. Je ne puis dire comment a commencé cette triste querelle, et je voudrais avoir perdu dans une action glorieuse les jambes qui m'ont amené pour être témoin de ceci.

OTHELLO, *à Cassio.* — Comment se fait-il, Michel, que vous vous soyez oublié ainsi?

CASSIO. — De grâce! pardonnez-moi! je ne puis parler.

OTHELLO. — Digne Montano, vous étiez de mœurs civiles, la gravité et le calme de votre jeunesse ont été remarqués par le monde, et votre nom est grand dans la bouche de la plus sage censure : comment se fait-il que vous gaspilliez ainsi votre réputation, et que vous dépensiez votre riche renom pour le titre de tapageur nocturne? Répondez-moi.

MONTANO. — Digne Othello, je suis dangereusement blessé. Votre officier Iago peut, en m'épargnant des paroles qui en ce moment me feraient mal, vous raconter tout ce que je sais. Je ne sache pas que cette nuit j'aie dit ou fait rien de blâmable, à moins que la charité pour soi-même ne soit parfois un vice, et que ce ne soit un péché de nous défendre quand la violence nous attaque.

OTHELLO. — Ah! par le ciel! mon sang commence à dominer mes inspirations les plus tutélaires, et la colère, couvrant de ses fumées mon calme jugement, essaye de m'entraîner. Pour peu que je bouge, si je lève seulement ce bras, le meilleur d'entre vous s'abîmera dans mon indignation. Dites-moi comment cette affreuse équipée a commencé et qui l'a causée; et celui qui sera reconnu coupable, me fût-il attaché dès la naissance comme un frère jumeau, je le rejetterai de moi... Quoi! dans une ville de guerre, encore frémissante, où la frayeur déborde de tous les cœurs, engager une querelle privée et domestique, la nuit, dans la salle des gardes, un lieu d'asile! C'est monstrueux!... Iago, qui a commencé?

MONTANO, *à Iago.* — Si, par partialité d'affection ou d'esprit de corps, tu dis plus ou moins que la vérité, tu n'es pas un soldat!

IAGO, *à Montano.* — Ne me touchez pas de si près... J'aimerais mieux avoir la langue coupée que de faire tort à Michel Cassio; mais je suis persuadé que je puis dire la vérité sans lui nuire en rien. Voici les faits, général. Tandis que nous causions, Montano et moi, arrive un individu criant *au secours!* et, derrière lui, Cassio, l'épée tendue, prêt à le frapper. Alors, seigneur *(montrant Montano)*, ce gentilhomme s'interpose devant Cassio et le supplie de s'arrêter. Moi, je me mets à la poursuite du criard pour l'empêcher, comme cela est arrivé, d'effrayer la ville par ses clameurs. Mais il avait le pied si leste qu'il a couru hors de ma portée, et je suis revenu d'autant plus vite que j'entendais le cliquetis et le choc des épées et Cassio qui jurait très fort : ce que jusqu'ici il n'avait jamais fait, que je sache. Quand je suis rentré, et ce n'a pas été long, je les ai trouvés l'un contre l'autre, en garde et ferraillant, exactement comme ils étaient quand vous êtes venu vous-même les séparer. Je n'ai rien à dire de plus, si ce n'est que les hommes sont hommes, et que les meilleurs s'oublient parfois. Quoique Cassio ait eu un petit tort envers celui-ci (on sait que les gens en rage frappent ceux à qui ils veulent le plus de bien), il est certain, selon moi, que Cassio a reçu du fuyard quelque outrage excessif que la patience ne pouvait supporter.

OTHELLO. — Je le vois, Iago! ton honnêteté et ton affection atténuent cette affaire pour la rendre légère à Cassio... Cassio, je t'aime, mais désormais tu n'es plus de mes officiers.

Entrent Desdémona et sa suite.

Voyez si ma douce bien-aimée n'a pas été réveillée! *(A Cassio.)* Je ferai de toi un exemple.

DESDÉMONA. — Que se passe-t-il donc, cher?

OTHELLO. — Tout est bien, ma charmante! Viens au lit. *(A Montano.)* Monsieur, pour vos blessures, je serai moi-même votre chirurgien... Qu'on l'emmène! *(On emporte Montano.)* Iago, parcours avec soin la ville, et calme ceux que cette ignoble bagarre a effarés... Allons, Desdémona! c'est la vie du soldat de voir ses salutaires sommeils troublés par l'alerte. *(Tous sortent, excepté Iago et Cassio.)*

IAGO. — Quoi! êtes-vous blessé, lieutenant?

CASSIO. — Oui, et incurable.

IAGO. — Diantre! au ciel ne plaise!

CASSIO. — Réputation! réputation! réputation! Oh! j'ai perdu ma réputation! J'ai perdu la partie immortelle de moi-même, et ce qui reste est bestial!... Ma réputation, Iago, ma réputation!

IAGO. — Foi d'honnête homme! j'avais cru que vous aviez reçu quelque blessure dans le corps : c'est plus douloureux là que dans la réputation. La réputation est un préjugé vain et fallacieux : souvent gagnée sans mérite et perdue sans justice! Vous n'avez pas perdu votre réputation du tout, à moins que vous ne vous figuriez l'avoir perdue. Voyons, l'homme! il y a des moyens de ramener le général. Il vous a renvoyé dans un moment d'humeur, punition prononcée par la politique plutôt que par le ressentiment; juste comme on frapperait son chien inoffensif pour effrayer un lion impérieux. Implorez-le de nouveau, et il est à vous.

CASSIO. — J'aimerais mieux implorer son mépris que d'égarer la confiance d'un si bon chef sur un officier si léger, si ivrogne et si indiscret!... Être ivre! Jaser comme un perroquet et se chamailler! Vociférer, jurer et parler charabias avec son ombre!... O toi, invisible esprit du vin, si tu n'as pas de nom dont on te désigne, laisse-nous t'appeler démon!

IAGO. — Quel était celui que vous poursuiviez avec votre épée? Que vous avait-il fait?

CASSIO. — Je ne sais pas.

IAGO. — Est-il possible?

CASSIO. — Je me rappelle une masse de choses, mais aucune distinctement; une querelle, mais nullement le motif. Oh! se peut-il que les hommes s'introduisent un ennemi dans la bouche pour qu'il leur vole la cervelle! et que ce soit pour nous une joie, un plaisir, une fête, un triomphe, de nous transformer en bêtes!

IAGO. — Eh! mais, vous êtes assez bien maintenant : comment vous êtes-vous remis ainsi?

CASSIO. — Il a plu au démon Ivrognerie de céder sa place au démon Colère : une imperfection m'en montre une autre pour me faire bien franchement mépriser de moi-même.

IAGO. — Allons! vous êtes un moraliste trop sévère. Vu l'époque, le lieu et l'état de ce pays, j'aurais cordialement désiré que ceci n'eût pas eu lieu; mais, puisque la chose est ce qu'elle est, réparez-la à votre avantage.

CASSIO. — Que je veuille lui redemander ma place, il me dira que je suis un ivrogne. J'aurais autant de bouches que l'Hydre, qu'une telle réponse me les fermerait toutes... Etre à présent un homme sensé, tout à l'heure un fou, et bientôt une brute! Oh! étrange! Chaque coupe de trop est maudite et a pour ingrédient un démon.

IAGO. — Allons! allons! le bon vin est un bon être familier quand on en use convenablement : ne vous récriez plus contre lui. Bon lieutenant! vous pensez, je pense, que je vous aime?

CASSIO. — Je l'ai bien éprouvé, monsieur !... Moi, ivre!

IAGO. — Vous, comme tout autre vivant, vous pouvez être ivre une fois par hasard, l'ami! Je vais vous dire ce que vous devez faire. La femme de notre général est maintenant le général. Je puis le dire, en ce sens qu'il s'est consacré tout entier, remarquez bien! à la contemplation et au culte des qualités et des grâces de sa femme. Confessez-vous franchement à elle. Importunez-la pour qu'elle vous aide à rentrer en place : elle est d'une disposition si généreuse, si affable, si obligeante, si angélique, qu'elle regarde comme un vice de sa bonté de ne pas faire plus que ce qui lui est demandé. Eh bien! cette jointure brisée entre vous et son mari, priez-la de la raccommoder; et je parie ma fortune contre un enjeu digne de ce nom qu'après cette fracture votre amitié sera plus forte qu'auparavant.

CASSIO. — Vous me donnez là de bons avis.

IAGO. — Ce sont ceux, je vous assure, d'une amitié sincère et d'une honnête bienveillance.

CASSIO. — Je le crois sans réserve. Aussi irai-je, de bon matin, supplier la vertueuse Desdémona d'intercéder pour moi. Je désespère de ma fortune, si elle me tient échoué là.

IAGO. — Vous êtes dans le vrai. Bonne nuit, lieutenant! Il faut que je fasse ma ronde.

CASSIO. — Bonne nuit, honnête Iago! *(Sort Cassio.)*

IAGO, *seul.* — Et qu'est-ce donc qui dira que je joue le rôle d'un fourbe, quand l'avis que je donne est si loyal, si honnête, si conforme à la logique, et indique si bien le moyen de faire revenir le More? Quoi de plus facile que d'entraîner la complaisante Desdémona dans une honnête intrigue? Elle a l'expansive bonté des éléments généreux. Et quoi de plus facile pour elle que de gagner le More? S'agit-il pour lui de renier son baptême et toutes les consécrations, tous les symboles de la Rédemption? il a l'âme tellement enchaînée à son amour pour elle, qu'elle peut faire, défaire, refaire tout à son gré, selon que son caprice veut exercer sa divinité sur la faible nature du More! En quoi donc suis-je un fourbe de conseiller à Cassio la parallèle qui le mène droit au succès? Divinité de l'enfer! Quand les démons veulent produire les forfaits les plus noirs, ils les présentent d'abord sous des dehors célestes, comme je fais en ce moment. En effet, tandis que cet honnête imbécile suppliera Desdémona de réparer sa fortune et qu'elle plaidera chaudement sa cause auprès du More, je verserai dans l'oreille de celui-ci la pensée pestilentielle qu'elle ne réclame Cassio que par désir charnel; et plus elle tâchera de faire du bien à Cassio, plus elle perdra de crédit sur le More. C'est ainsi que je changerai sa vertu en glu, et que de sa bonté je ferai le filet qui les enserrera tous...

Entre Roderigo.

Qu'y a-t-il, Roderigo? *(Le jour commence à poindre.)*

RODERIGO. — Je suis ici à la chasse, non comme le limier qui relance, mais seulement comme celui qui donne le cri. Mon argent est presque entièrement dépensé; j'ai été cette nuit parfaitement bâtonné; et l'issue que je vois à tout ceci, c'est que j'aurai de l'expérience pour mes peines, et qu'alors avec tout mon argent de moins et un peu d'esprit de plus, je retournerai à Venise.

IAGO. — Pauvres gens ceux qui n'ont pas de patience! Quelle blessure s'est jamais guérie autrement que par degrés? Tu sais bien que nous opérons par l'intelligence et non par la magie; et l'intelligence est soumise aux délais du temps. Tout ne va-t-il pas bien? Cassio t'a battu, et toi, par cette légère contusion, tu as cassé Cassio. Il y a bien des choses qui poussent vite sous le soleil, mais les plantes qui sont les premières à porter fruit commencent d'abord par fleurir. Patience donc!... Par la messe! voici le matin : le plaisir et l'action font paraître courtes les heures. Rentre, va au logement que t'indique ton billet. En route, te dis-je! Tu en sauras bientôt davantage. Allons! esquive-toi. *(Roderigo sort.)* Deux choses restent à faire. Ma femme doit agir pour Cassio auprès de sa maîtresse; je vais la faire mouvoir; moi-même, pendant ce temps, je prends le More à part, et je l'amène brusquement dès qu'il peut surprendre Cassio sollicitant sa femme... Oui, voilà la marche; n'énervons pas l'idée par la froideur et les retards. *(Il sort.)*

ACTE III

SCÈNE PREMIÈRE

Devant le château.

Entrent CASSIO *et des musiciens.*

CASSIO. — Jouez ici, mes maîtres! Je vous récompenserai de vos peines. Quelque chose de bref! Et puis souhaitez le bonjour au général. *(Musique.)*

Entre le clown.

LE CLOWN. — Dites donc, mes maîtres! est-ce que vos instruments ont été à Naples, qu'ils parlent ainsi du nez?

PREMIER MUSICIEN. — Comment, monsieur, comment?

LE CLOWN. — Est-ce là, je vous prie, ce qu'on appelle des instruments à vent?

PREMIER MUSICIEN. — Pardieu! oui, monsieur.

LE CLOWN. — Ah! c'est par là que pend la queue?

PREMIER MUSICIEN. — Où voyez-vous pendre une queue, monsieur?

LE CLOWN. — Pardieu! à bien des instruments à vent que je connais. Mais, mes maîtres, voici de l'argent pour vous; et le général aime tant votre musique qu'il vous demande, au nom de votre dévouement à tous, de ne plus faire de bruit avec elle.

PREMIER MUSICIEN. — Bien, monsieur! nous cessons.

LE CLOWN. — Si vous avez de la musique qui puisse ne pas s'entendre, vous pouvez continuer; mais pour celle qui s'entend, comme on dit, le général ne s'en soucie pas beaucoup.

Premier Musicien. — Nous n'avons pas de musique comme celle dont vous parlez, monsieur.

Le Clown. — Alors remettez vos flûtes dans vos sacs, car je m'en vais. Partez! évaporez-vous! Allons! *(Les Musiciens sortent.)*

Cassio, *au clown.* — Ecoute, mon honnête ami!

Le Clown. — Non, je n'écoute pas votre honnête ami. Je vous écoute.

Cassio. — De grâce! suspends tes lazzi. Voici une pauvre pièce d'or pour toi : si la dame qui accompagne la femme du général est levée, dis-lui qu'un nommé Cassio implore d'elle la faveur d'un instant d'entretien. Veux-tu?

Le Clown. — Elle est levée, monsieur. Si elle veut venir ici, il est vraisemblable que je lui notifierai votre désir.

Cassio. — Fais, mon bon ami. *(Le clown sort.)*

Entre Iago.

Heureuse rencontre, Iago!

Iago. — Vous ne vous êtes donc pas couché?

Cassio. — Oh! non; il faisait jour quand nous nous sommes quittés. J'ai pris la liberté, Iago, d'envoyer quelqu'un à votre femme. J'ai à lui demander de vouloir bien me procurer accès auprès de la vertueuse Desdémona.

Iago. — Je vais vous l'envoyer sur-le-champ; et je trouverai moyen d'attirer le More à l'écart pour que vous puissiez causer de vos affaires avec plus de liberté.

Cassio. — Je vous en remercie humblement. *(Iago sort.)* Je n'ai jamais connu un Florentin plus aimable et plus honnête.

Entre Émilia.

Emilia. — Bonjour, bon lieutenant! Je suis fâchée de votre mésaventure; mais tout va s'arranger. Le général et sa femme sont en train d'en causer, et elle parle pour vous vaillamment. Le More répond que celui que vous avez blessé a dans Chypre une haute réputation et de hautes alliances, et que, par une sainte prudence, il est obligé de vous refuser; mais il proteste qu'il vous aime, et qu'il n'a pas besoin d'autre plaidoyer que ses sympathies pour saisir aux cheveux la première occasion de vous remettre en place.

CASSIO. — Pourtant, je vous en supplie, si vous le jugez convenable ou possible, donnez-moi l'avantage d'un court entretien avec Desdémona seule.

EMILIA. — Entrez, je vous prie : je vais vous mettre à même de lui parler à cœur ouvert.

CASSIO. — Je vous suis bien obligé. *(Ils disparaissent dans le château.)*

SCÈNE II

Dans le château.

Entrent OTHELLO, IAGO *et des gentilshommes.*

OTHELLO, *remettant des papiers à Iago.* — Ces lettres, Iago, donnez-les au pilote, et chargez-le de présenter mes devoirs au Sénat. Après quoi (je vais visiter les travaux) vous viendrez m'y rejoindre.

IAGO. — Bien, mon bon seigneur, je n'y manquerai pas.

OTHELLO. — Messieurs, allons-nous voir ces fortifications?

LES GENTILSHOMMES. — Nous escorterons Votre Seigneurie. *(Ils sortent.)*

SCÈNE III

Le jardin du château.

Entrent DESDÉMONA, CASSIO *et* EMILIA.

DESDÉMONA. — Sois sûr, bon Cassio, que je ferai en ta faveur tout mon possible.

EMILIA. — Faites, bonne madame : je sais que cette affaire tourmente mon mari comme si elle lui était personnelle.

DESDÉMONA. — Oh! c'est un honnête garçon!... N'en doutez pas, Cassio : je réussirai à vous rendre, mon mari et vous, aussi bons amis qu'auparavant.

CASSIO. — Généreuse madame, quoi qu'il advienne de Michel Cassio, il ne sera jamais que votre loyal serviteur.

DESDÉMONA. — Je le sais et vous en remercie. Vous aimez mon seigneur, vous le connaissez depuis longtemps, soyez persuadé que dans son éloignement de vous il ne gardera que la distance de la politique.

CASSIO. — Oui, madame; mais cette politique-là peut durer si longtemps, elle peut s'alimenter d'un régime si subtil et si fluide, ou se soutenir par la force des choses de telle sorte que, moi absent et ma place remplie, le général oublie mon dévouement et mes services.

DESDÉMONA. — Ne crains pas cela. Ici, en présence d'Emilia, je te garantis ta place. Sois sûr que, quand je fais un vœu d'amitié, je l'accomplis jusqu'au dernier article. Mon mari n'aura pas de repos : je l'apprivoiserai d'insomnies! je l'impatienterai de paroles! Son lit lui fera l'effet d'une école; sa table, d'un confessionnal! Je mêlerai à tout ce qu'il fera la supplique de Cassio. Donc, sois gai, Cassio! car ton avocat mourra plutôt que d'abandonner ta cause.

Entrent Othello et Iago. Ils se tiennent quelque temps à distance.

EMILIA. — Madame, voici monseigneur.

CASSIO, *à Desdémona.* — Madame, je vais prendre congé de vous.

DESDÉMONA. — Bah! restez : vous m'entendrez parler!

CASSIO. — Pas maintenant, madame : je me sens mal à l'aise et impuissant pour ma propre cause.

DESDÉMONA. — Bien, bien! faites à votre guise. *(Sort Cassio.)*

IAGO. — Ha! je n'aime pas cela.

OTHELLO. — Que dis-tu?

IAGO. — Rien, monseigneur... ou si... je ne sais quoi...

OTHELLO. — N'est-ce pas Cassio qui vient de quitter ma femme?

IAGO. — Cassio, monseigneur? Non, assurément; je ne puis croire qu'il se déroberait ainsi comme un coupable en vous voyant venir.

OTHELLO. — Je crois que c'était lui.

DESDÉMONA. — Eh bien! monseigneur? Je viens de causer ici avec un solliciteur, un homme qui languit dans votre déplaisir.

OTHELLO. — De qui voulez-vous parler?

DESDÉMONA. — Eh! de votre lieutenant Cassio. Mon bon seigneur, si j'ai assez de grâce ou d'influence pour vous émouvoir, veuillez dès à présent l'admettre à résipiscence. Car, s'il n'est pas vrai que cet homme vous aime sincèrement et que sa faute est une erreur involontaire, je ne me connais pas en physionomie honnête... Je t'en prie, rappelle-le.

OTHELLO. — C'est donc lui qui vient de partir d'ici?

DESDÉMONA. — Oui, vraiment; mais si abattu qu'il m'a laissé une partie de son chagrin et que j'en souffre avec lui. Cher amour, rappelle-le.

OTHELLO. — Pas maintenant, ma douce Desdémona! dans un autre moment.

DESDÉMONA. — Mais sera-ce bientôt?

OTHELLO. — Le plus tôt possible, ma charmante, pour vous plaire.

DESDÉMONA. — Sera-ce ce soir au souper?

OTHELLO. — Non, pas ce soir.

DESDÉMONA. — Demain, au dîner, alors?

OTHELLO. — Je ne dînerai pas chez moi : je vais à un repas d'officiers, à la citadelle.

DESDÉMONA. — Alors, demain soir! ou mardi matin! ou mardi après-midi! ou mardi soir! ou mercredi matin!... Je t'en prie, fixe une époque, mais qu'elle ne dépasse pas trois jours! Vrai, il est bien pénitent; et puis, aux yeux de notre raison vulgaire, n'était la guerre qui exige, dit-on, qu'on fasse exemple même sur les meilleurs, son délit est tout au plus une faute qui mérite une réprimande privée. Quand reviendra-t-il? Dites-le-moi, Othello... Je cherche dans mon âme ce que, si vous me le demandiez, je pourrais vous refuser ou hésiter autant à vous accorder. Quoi! ce Michel Cassio, qui vous accompagnait dans vos visites d'amoureux et qui, si souvent, lorsque j'avais parlé de vous défavorablement, prenait votre parti! Faut-il tant d'efforts pour le ramener à vous? Croyez-moi, je pourrais faire beaucoup...

OTHELLO. — Assez! je te prie. Qu'il revienne quand il voudra! Je ne veux rien te refuser.

DESDÉMONA. — Comment! mais ceci n'est point une faveur; c'est comme si je vous priais de mettre vos gants, de manger des mets nourrissants ou de vous tenir chaudement, comme si je vous sollicitais de prendre un soin particulier de votre personne. Ah! quand je vous demanderai une concession, dans le but d'éprouver réellement votre amour, je veux qu'elle soit importante, difficile et périlleuse à accorder.

OTHELLO. — Je ne te refuserai rien; mais toi, je t'en conjure, accorde-moi la grâce de me laisser un instant à moi-même.

DESDÉMONA. — Vous refuserai-je? Non. Au revoir, monseigneur!

OTHELLO. — Au revoir, ma Desdémona! je vais te rejoindre à l'instant.

DESDÉMONA. — Viens, Emilia. *(A Othello.)* Qu'il soit fait au gré de vos caprices! Quels qu'ils soient, je suis obéissante. *(Elle sort avec Emilia.)*

OTHELLO. — Excellente créature! Que la perdition s'empare de mon âme si je ne t'aime pas! Va! quand je ne t'aimerai plus, ce sera le retour du chaos.

IAGO. — Mon noble seigneur!...

OTHELLO. — Que dis-tu, Iago?

IAGO. — Est-ce que Michel Cassio, quand vous faisiez votre cour à madame, était instruit de votre amour?

OTHELLO. — Oui, depuis le commencement jusqu'à la fin. Pourquoi le demandes-tu?

IAGO. — Mais, pour la satisfaction de ma pensée; je n'y mets pas plus de malice.

OTHELLO. — Et quelle est ta pensée, Iago?

IAGO. — Je ne pensais pas qu'il eût été en relation avec elle.

OTHELLO. — Oh! si! Même il était bien souvent l'intermédiaire entre nous.

IAGO. — Vraiment?

OTHELLO. — Vraiment! Oui, vraiment!... Aperçois-tu là quelque chose? Est-ce qu'il n'est pas honnête?

IAGO. — Honnête, monseigneur?

OTHELLO. — Honnête! oui, honnête.

IAGO. — Monseigneur, pour ce que j'en sais!

OTHELLO. — Qu'as-tu donc dans l'idée?

IAGO. — Dans l'idée, monseigneur?

OTHELLO. — Dans l'idée, monseigneur! Par le ciel! il me fait écho comme s'il y avait dans son esprit quelque monstre trop hideux pour être mis au jour... Tu as une arrière-pensée! Je viens à l'instant de t'entendre dire que tu n'aimais pas cela; c'était quand Cassio a quitté ma femme. Qu'est-ce que tu n'aimais pas? Puis, quand je t'ai dit qu'il était dans ma confidence pendant tout le cours de mes assiduités, tu as crié : Vraiment! Et tu as contracté et froncé le sourcil comme si tu avais enfermé dans ton cerveau quelque horrible conception. Si tu m'aimes, montre-moi ta pensée.

IAGO. — Monseigneur, vous savez que je vous aime.

OTHELLO. — Je le crois; et, comme je sais que tu es plein d'amour et d'honnêteté, que tu pèses tes paroles avant de leur donner le souffle, ces hésitations de ta part m'effrayent d'autant plus. Chez un maroufle faux et déloyal, de telles choses sont des grimaces habituelles; mais chez un homme qui est juste, ce sont des dénonciations secrètes qui fermentent d'un cœur impuissant à contenir l'émotion.

IAGO. — Pour Michel Cassio, j'ose jurer que je le crois honnête.

OTHELLO. — Je le crois aussi.

IAGO. — Les hommes devraient être ce qu'ils paraissent; ou plût au ciel qu'aucun d'eux ne pût paraître ce qu'il n'est pas!

OTHELLO. — Certainement, les hommes devraient être ce qu'ils paraissent.

IAGO. — Eh bien! alors, je pense que Cassio est un honnête homme.

OTHELLO. — Non! il y a autre chose là-dessous. Je t'en prie, dis-moi, comme à ta pensée même, ce que tu rumines; et exprime ce qu'il y a de pire dans tes idées par ce que les mots ont de pire.

IAGO. — Mon bon seigneur, pardonnez-moi. Je suis tenu envers vous à tous les actes de déférence; mais je ne suis pas tenu à ce dont les esclaves mêmes sont exemptés. Révéler mes pensées! Eh bien! supposez qu'elles soient viles et fausses... Quel est le palais où jamais chose immonde ne s'insinue? Quel est le cœur si pur où jamais d'iniques soupçons n'ont ouvert d'assises et siégé à côté des méditations les plus équitables?

OTHELLO. — Iago, tu conspires contre ton ami, si, croyant qu'on lui fait tort, tu laisses son oreille étrangère à tes pensées.

IAGO. — Je vous en supplie!... Voyez-vous! je puis être injuste dans mes suppositions; car, je le confesse, c'est une infirmité de ma nature de flairer partout le mal; et souvent ma jalousie imagine des fautes qui ne sont pas... Je vous en conjure donc, n'allez pas prendre avis d'un homme si hasardeux dans ses conjectures, et vous créer un tourment de ses observations vagues et incertaines. Il ne sied pas à votre repos, à votre bonheur, ni à mon humanité, à ma prohité, à ma sagesse, que je vous fasse connaître mes pensées.

OTHELLO. — Que veux-tu dire?

IAGO. — La bonne renommée pour l'homme et pour la femme, mon cher seigneur, est le joyau suprême de l'âme. Celui qui me vole ma bourse me vole une vétille : c'est quelque chose, ce n'est rien; elle était à moi, elle est à lui, elle a été possédée par mille autres; mais celui qui me filoute ma bonne renommée me dérobe ce qui ne l'enrichit pas et me fait pauvre vraiment.

OTHELLO. — Par le ciel! je veux connaître ta pensée.

IAGO. — Vous ne le pourriez pas, quand mon cœur serait dans votre main; et vous n'y parviendrez pas, tant qu'il sera en mon pouvoir.

OTHELLO. — Ha!

IAGO. — Oh! prenez garde, monseigneur, à la jalousie! C'est le monstre aux yeux verts qui produit l'aliment dont il se nourrit! Ce cocu vit en joie qui, certain de son sort, n'aime pas celle qui le trompe; mais, oh! quelles damnées minutes il compte, celui qui raffole, mais doute, celui qui soupçonne, mais aime éperdument!

OTHELLO. — O misère!

IAGO. — Le pauvre qui est content est riche; et riche à foison; mais la richesse sans borne est plus pauvre que l'hiver pour celui qui craint toujours de devenir pauvre. Cieux cléments, préservez de la jalousie les âmes de toute ma tribu!

OTHELLO. — Allons! à quel propos ceci? Crois-tu que j'irais me faire une vie de jalousie, pour suivre incessamment tous les changements de lune à la remorque de nouveaux soupçons? Non! Pour moi, être dans le doute, c'est être résolu... Échange-moi contre un bouc, le jour où j'occuperai mon âme de ces soupçons exagérés et creux qu'implique ta conjecture. On ne me rendra pas jaloux en disant que ma femme est jolie, friande, aime la compagnie, a le parler libre, chante, joue et danse bien! Là où est la vertu, ce sont autant de vertus nouvelles. Ce n'est pas non plus la faiblesse de mes propres mérites qui me fera concevoir la moindre crainte, le moindre doute sur sa fidélité, car elle avait des yeux, et elle m'a choisi!... Non, Iago! Avant de douter, je veux voir. Après le doute, la preuve! et, après la preuve, mon parti est pris : adieu à la fois l'amour et la jalousie!

IAGO. — J'en suis charmé; car je suis autorisé maintenant à vous montrer mon affection et mon dévouement pour vous avec moins de réserve. Donc, puisque j'y suis tenu, recevez de moi cette confidence... Je ne parle pas encore de preuve... Veillez sur votre femme, observez-la bien avec Cassio, portez vos regards sans jalousie comme sans sécurité; je ne voudrais pas que votre franche et noble nature fût victime de sa générosité même... Veillez-y! Je connais bien les mœurs de notre contrée. A Venise, les femmes laissent voir au ciel les fredaines qu'elles n'osent pas montrer à leurs maris; et, pour elles, le cas de conscience, ce n'est pas de s'abstenir de la chose, c'est de la tenir cachée.

OTHELLO. — Est-ce là ton avis?

IAGO. — Elle a trompé son père en vous épousant; et c'est quand elle semblait trembler et craindre vos regards qu'elle les aimait le plus.

OTHELLO. — C'est vrai.

IAGO. — Eh bien! concluez alors. Celle qui, si jeune, a pu jouer un pareil rôle et tenir les yeux de son père comme sous le chaperon d'un faucon, car il a cru qu'il y avait magie... Mais je suis bien blâmable; j'implore humblement votre pardon pour vous trop aimer.

OTHELLO. — Je te suis obligé à tout jamais.

IAGO. — Je le vois, ceci a un peu déconcerté vos esprits.

OTHELLO. — Non, pas du tout! pas du tout!

IAGO. — Sur ma foi! j'en ai peur. Vous considérerez, j'espère, ce que je vous ai dit comme émanant de mon affection... Mais je vois que vous êtes ému : je dois vous prier de ne pas donner à mes paroles une conclusion plus grave, une portée plus large que celle du soupçon.

OTHELLO. — Non, certes.

IAGO. — Si vous le faisiez, monseigneur, mes paroles obtiendraient un succès odieux auquel mes pensées n'aspirent pas... Cassio est mon digne ami... Monseigneur, je vois que vous êtes ému.

OTHELLO. — Non, pas très ému. Je ne pense pas que Desdémona ne soit pas honnête.

IAGO. — Qu'elle vive longtemps ainsi! Et puissiez-vous vivre longtemps à la croire telle!

OTHELLO. — Et cependant comme une nature dévoyée...

IAGO. — Oui, voilà le point. Ainsi, à vous parler franchement, avoir refusé tant de partis qui se proposaient et qui avaient avec elle toutes ces affinités de patrie, de race et de rang, dont tous les êtres sont naturellement si avides! Hum! cela décèle un goût bien corrompu, une affreuse dépravation, des pensées dénaturées... Mais pardon! Ce n'est pas d'elle précisément que j'entends parler; tout ce que je puis craindre, c'est que, son goût revenant à des inclinations plus normales, elle ne finisse par vous comparer aux personnes de son pays et (peut-être) par se repentir.

OTHELLO. — Adieu! adieu! Si tu aperçois du nouveau, fais-le-moi savoir. Mets ta femme en observation... Laisse-moi, Iago.

IAGO. — Monseigneur, je prends congé de vous. *(Il va pour s'éloigner.)*

OTHELLO. — Pourquoi me suis-je marié? Cet honnête garçon, à coup sûr, en voit et en sait plus, beaucoup plus qu'il n'en révèle.

IAGO, *revenant.* — Monseigneur, je voudrais pouvoir décider Votre Honneur à ne pas sonder plus avant cette affaire. Laissez agir le temps. Il est bien juste que Cassio reprenne son emploi, car assurément il le remplit avec une grande habileté; pourtant, s'il vous plaît de le tenir quelque temps encore en suspens, vous pourrez juger l'homme et les moyens qu'il emploie. Vous remarquerez si votre femme insiste sur sa rentrée au service par quelque vive et pressante réclamation... Bien des choses peuvent se voir par là. En attendant, croyez que je suis exagéré dans mes craintes, comme j'ai de bonnes raisons pour craindre de l'être; et laissez-la entièrement libre, j'en conjure Votre Honneur.

OTHELLO. — Ne doute pas de ma modération.

IAGO. — Encore une fois je prends congé de vous. *(Il sort.)*

OTHELLO. — Ce garçon est d'une honnêteté excessive, et il connaît, par expérience, tous les ressorts des actions humaines... Ah! mon oiseau, si tu es rebelle au fauconnier, quand tu serais attaché à toutes les fibres de mon cœur, je te chasserai dans un sifflement et je t'abandonnerai au vent pour chercher ta proie au hasard!... Peut-être, parce que je suis noir, et que je n'ai pas dans la conversation les formes souples des intrigants, ou bien parce que j'incline vers la vallée des années; oui, peut-être, pour si peu de chose, elle est perdue! Je suis outragé! et la consolation qui me reste, c'est de la mépriser. O malédiction du mariage, que nous puissions appeler nôtres ces délicates créatures et non pas leurs appétits! J'aimerais mieux être un crapaud et vivre des vapeurs d'un cachot que de laisser un coin dans l'être que j'aime à l'usage d'autrui!

Voilà pourtant le fléau des grands; ils sont moins privilégiés que les petits. C'est là une destinée inévitable comme la mort : le fléau cornu nous est réservé fatalement dès que nous prenons vie... Voici Desdémona qui vient.

Entrent Desdémona et Émilia.

Si elle me trompe, oh! c'est que le ciel se moque de lui-même! Je ne veux pas le croire.

DESDÉMONA. — Eh bien, mon cher Othello! Votre dîner et les nobles insulaires par vous invités attendent votre présence.

OTHELLO. — Je suis dans mon tort.

DESDÉMONA. — Pourquoi votre voix est-elle si défaillante? Est-ce que vous n'êtes pas bien?

OTHELLO. — J'ai une douleur au front, ici.

DESDÉMONA. — C'est sans doute pour avoir trop veillé. Cela se passera. Laissez-moi vous bander le front avec ceci : dans une heure, tout ira bien. *(Elle lui met son mouchoir autour du front.)*

OTHELLO. — Votre mouchoir est trop petit *(Il défait le mouchoir, qui tombe à terre.)* Ne vous occupez pas de ça. Venez, je vais avec vous.

DESDÉMONA. — Je suis bien fâchée que vous ne soyez pas bien. *(Sortent Desdémona et Othello.)*

EMILIA, *ramassant le mouchoir.* — Je suis bien aise d'avoir trouvé ce mouchoir. C'est le premier souvenir qu'elle ait eu du More. Mon maussade mari m'a cent fois cajolée pour que je le vole; mais elle aime tant ce gage (car l'autre l'a conjurée de le garder toujours) qu'elle le porte sans cesse sur elle pour le baiser et lui parler. J'en ferai ouvrer un pareil que je donnerai à Iago. Ce qu'il en fera, le ciel le sait, mais pas moi. Je ne veux rien que satisfaire sa fantaisie.

Entre Iago.

IAGO. — Eh bien! que faites-vous seule ici?

EMILIA. — Ne me grondez pas : j'ai quelque chose pour vous.

IAGO. — Quelque chose pour moi? C'est une chose fort commune...

EMILIA. — Ha!

IAGO. — Que d'avoir une femme sotte.

EMILIA. — Oh! est-ce là tout? Que voulez-vous me donner à présent pour certain mouchoir?

IAGO. — Quel mouchoir?

EMILIA. — Quel mouchoir? Eh! mais celui qu'Othello offrit en premier présent à Desdémona, et que si souvent vous m'avez dit de voler.

IAGO. — Tu le lui as volé?

EMILIA. — Non, ma foi! Elle l'a laissé tomber par négligence; et par bonheur, comme j'étais là, je l'ai ramassé. Tenez, le voici. *(Elle lui montre le mouchoir.)*

IAGO. — Voilà une bonne fille!... Donne-le-mot.

EMILIA. — Qu'en voulez-vous faire, pour m'avoir si instamment pressée de le dérober?

IAGO, *escamotant le mouchoir.* — Eh bien! que vous importe?

EMILIA. — Si ce n'est pas pour quelque usage sérieux, rendez-le-moi. Pauvre dame! Elle deviendra folle quand elle ne le trouvera plus.

IAGO. — Faites comme si vous ne saviez rien. J'ai l'emploi de ceci. Allez! laissez-moi. *(Emilia sort.)* Je veux perdre ce mouchoir chez Cassio et le lui faire trouver. Des babioles, légères comme l'air, sont pour les jaloux des confirmations aussi fortes que des preuves d'Ecriture sainte : ceci peut faire quelque chose. Le More change déjà sous l'influence de mon poison. Les idées funestes sont, par leur nature, des poisons qui d'abord font à peine sentir leur mauvais goût, mais qui, dès qu'ils commencent à agir sur le sang, brûlent comme des mines de soufre... Je ne me trompais pas! Tenez, le voici qui vient!... Ni le pavot, ni la mandragore, ni tous les sirops narcotiques du monde ne te rendront jamais ce doux sommeil que tu avais hier.

Entre Othello.

OTHELLO. — Ha! ha! fausse envers moi! Envers moi!

IAGO. — Allons! qu'avez-vous, général? Ne pensez plus à cela.

OTHELLO. — Arrière! va-t'en! tu m'as mis sur la roue! Ah! je le jure, il vaut mieux être trompé tout à fait que d'avoir le moindre soupçon.

IAGO. — Qu'y a-t-il, monseigneur?

OTHELLO. — Quel sentiment avais-je des heures de luxure qu'elle me volait? Je ne le voyais pas, je n'y pensais pas, je n'en souffrais pas! Je dormais bien chaque nuit; j'étais libre et joyeux! Je ne retrouvais pas sur ses lèvres les baisers de Cassio! Que celui qui est volé ne s'aperçoive pas du larcin, qu'il n'en sache rien, et il n'est pas volé du tout.

IAGO. — Je suis fâché d'entendre ceci.

OTHELLO. — J'aurais été heureux quand le camp tout entier, jusqu'au dernier pionnier, aurait goûté son corps charmant, si je n'en avais rien su. Oh! maintenant pour toujours adieu l'esprit tranquille! adieu le contentement! adieu les troupes empanachées et les grandes guerres qui font de l'ambition une vertu! Oh! adieu! adieu le coursier qui hennit, et la stridente trompette, et l'encourageant tambour, et le fifre assourdissant! Adieu la bannière royale et toute la beauté, l'orgueil, la pompe et l'attirail de la guerre glorieuse! Et vous, instruments de guerre dont les gorges rudes contrefont les clameurs redoutées de l'immortel Jupiter, adieu! La tâche d'Othello est finie!

IAGO. — Est-il possible, monseigneur?

OTHELLO. — Misérable, tu me trouveras que ma bien-aimée est une putain! N'y manque pas, n'y manque pas! Donne-moi la preuve oculaire ou bien *(saisissant Iago à la gorge)* par le salut de mon âme éternelle! il eût mieux valu pour toi être né chien que d'avoir à répondre à ma fureur en éveil!

IAGO. — En est-ce donc venu là?

OTHELLO. — Fais-moi voir la chose, ou du moins prouve-la-moi si bien que la preuve ne porte ni charnière ni tenon auquel puisse s'accrocher un doute; sinon, malheur à ta vie!

IAGO. — Mon noble maître!

OTHELLO. — Si tu la calomnies et si tu me tortures, cesse à jamais de prier, renonce à toute conscience, accumule les horreurs sur la tête de l'horreur, commets des actions à faire pleurer le ciel et à épouvanter toute la terre, tu ne pourras rien ajouter à ta damnation de plus énorme que cela!

IAGO. — O grâce divine! O ciel, défendez-moi!... Etes-vous un homme?... Avez-vous une âme ou quelque sentiment? Dieu soit avec vous! Reprenez-moi mon emploi!... O misérable niais, qui as vécu pour voir ton honnêteté transformée en vice! O monde monstrueux! sois témoin, sois témoin, ô monde, qu'il y a danger à être franc et honnête!... Je vous remercie de la leçon, et, à l'avenir, je n'aimerai plus un seul ami, puisque l'amitié provoque de telles offenses! *(Il va pour se retirer.)*

OTHELLO. — Non! demeure... Tu dois être honnête!

IAGO. — Je devrais être raisonnable; car l'honnêteté est une folle qui s'aliène ceux qu'elle sert.

OTHELLO. — Par l'univers! je crois que ma femme est honnête et crois qu'elle ne l'est pas; je crois que tu es probe et crois que tu ne l'es pas; je veux avoir quelque preuve. Son nom, qui était pur comme le visage de Diane, est maintenant terni et noir comme ma face!... S'il y a encore des cordes ou des couteaux, des poisons ou du feu ou des flots suffocants, je n'endurerai pas cela! Oh! avoir la certitude!

IAGO. — Je vois, monsieur, que vous êtes dévoré par la passion, et je me repens de l'avoir excitée en vous. Vous voudriez avoir la certitude?

OTHELLO. — Le voudrais-je? Non! je le veux.

IAGO. — Vous le pouvez. Mais, comment? Quelle certitude vous faut-il, monseigneur? Voudriez-vous assister, bouche béante, à un grossier flagrant délit, et la regarder saillir par l'autre?

OTHELLO. — Mort et damnation! Oh!

IAGO. — Ce serait une entreprise difficile, je crois, que de les amener à donner ce spectacle. Au diable si jamais ils se font voir sur l'oreiller par d'autres yeux que les leurs! Quoi donc? Quelle certitude voulez-vous? Que dirai-je? Où trouverez-vous la conviction? Il est impossible que vous voyiez cela, fussent-ils aussi pressés que des boucs, aussi chauds que des singes, aussi lascifs que des loups en rut, et les plus grossiers niais que l'ignorance ait rendus ivres. Mais pourtant, je le reconnais, si la probabilité, si les fortes présomptions qui mènent directement à la porte de la vérité suffisent à donner la certitude, vous pouvez l'avoir.

OTHELLO. — Donne-moi une preuve vivante qu'elle est déloyale.

IAGO. — Je n'aime pas cet office-là; mais, puisque je suis entré si avant dans cette cause, poussé par une honnêteté et un dévouement stupides, je continuerai... Dernièrement, j'étais couché avec Cassio, et, tourmenté d'une rage de dents, je ne pouvais dormir. Il y a une espèce d'hommes si débraillés dans l'âme qu'ils marmottent leurs affaires pendant leur sommeil. De cette espèce est Cassio. Tandis qu'il dormait, je l'ai entendu dire : *Suave Desdémona, soyons prudents! cachons nos amours!* Et alors, monsieur, il m'empoignait, et m'étreignait la main, en s'écriant : *O suave créature!* Et alors il me baisait avec force comme pour arracher par les racines des baisers éclos sur mes lèvres; il posait sa jambe sur ma cuisse, et soupirait, et me baisait, et criait alors : *Maudite fatalité qui t'a donnée au More!*

OTHELLO. — Oh! monstrueux! monstrueux!

IAGO. — Non! ce n'était que son rêve.

OTHELLO. — Mais il dénonçait un fait accompli. C'est un indice néfaste, quoique ce ne soit qu'un rêve.

IAGO. — Et cela peut donner corps à d'autres preuves qui n'ont qu'une mince consistance.

OTHELLO. — Je la mettrai toute en pièces!

IAGO. — Non! soyez calme! Nous ne voyons encore rien de fait : elle peut être honnête encore. Dites-moi seulement! avez-vous quelquefois vu un mouchoir brodé de fraises aux mains de votre femme?

OTHELLO. — Je lui en ai donné un comme tu dis; ç'a été mon premier présent.

IAGO. — Je ne le savais pas. C'est avec un mouchoir pareil (il est à votre femme, j'en suis sûr) que j'ai aujourd'hui vu Cassio s'essuyer la barbe.

OTHELLO. — Si c'est celui-là!...

IAGO. — Que ce soit celui-là ou un autre, s'il lui appartient, c'est une nouvelle preuve qui parle contre elle.

OTHELLO. — Oh! si ce gueux du moins avait quarante mille vies! Une seule est trop misérable, trop chétive pour ma vengeance! Je le vois maintenant : c'est vrai!... Ecoute, Iago! tout mon fol amour, je le souffle comme ceci à la face du ciel : il a disparu. Surgis, noire vengeance, du fond de ton enfer! Cède, ô amour, la couronne et le trône de ce cœur à la tyrannique haine! Gonfle-toi, mon sein : car ce que tu renfermes n'est que langues d'aspics!

IAGO. — Je vous en prie, calmez-vous.

OTHELLO. — Oh! du sang! du sang! du sang!

IAGO. — Patience, vous dis-je! Vos idées peuvent changer.

OTHELLO. — Jamais, Iago! De même que la mer Pontique, dont le courant glacial et le cours forcé ne subissent jamais le refoulement des marées, se dirige sans cesse vers la Propontide et l'Hellespont, de même mes pensées de sang, dans leur marche violente, ne regarderont jamais en arrière. Jamais elles ne reflueront vers l'humble amour, mais elles iront s'engloutir dans une profonde et immense vengeance. Oui, par le ciel de marbre qui est là-haut! au juste respect de ce vœu sacré j'engage ici ma parole. *(Il tombe à genoux.)*

IAGO. — Ne vous levez pas encore! *(Il s'agenouille.)* Soyez témoins, vous, lumières toujours brûlantes au-dessus de nous; vous, éléments qui nous pressez de toutes parts! Soyez témoins qu'ici Iago voue l'activité de son esprit, de son bras, de son cœur au service d'Othello outragé. Qu'il commande! et l'obéissance sera de ma part tendresse d'âme, quelque sanglants que soient ses ordres. *(Ils se relèvent.)*

OTHELLO. — Je salue ton dévouement, non par de vains remerciements, mais par une reconnaissante acceptation, et je vais dès à présent te mettre à l'épreuve : avant trois jours, viens m'apprendre que Cassio n'est plus vivant.

IAGO. — Mon ami est mort : c'est fait à votre requête. Mais elle, qu'elle vive!

OTHELLO. — Damnation sur elle, l'impudique coquine! Oh! damnation sur elle! Allons, éloignons-nous d'ici! Je me retire afin de me procurer des moyens de mort rapides pour le charmant démon. A présent, tu es mon lieutenant.

IAGO. — Je suis vôtre pour toujours. *(Ils sortent.)*

SCÈNE IV

Devant le château.

Entrent DESDÉMONA, EMILIA *et* LE CLOWN.

DESDÉMONA, *au clown.* — Drôle, connaissez-vous l'adresse du lieutenant Cassio?

LE CLOWN. — Son adresse? Je n'oserais pas en douter.

DESDÉMONA. — Qu'est-ce à dire, l'ami?

LE CLOWN. — Cassio est soldat. Or, si je doutais de son adresse, il pourrait bien me la prouver par un coup d'estoc.

DESDÉMONA. — Allons! où demeure-t-il?

LE CLOWN. — Si je vous indiquais sa demeure, je vous mettrais dedans.

DESDÉMONA. — Quel sens cela a-t-il?

LE CLOWN. — Je ne sais pas où il demeure; et si j'imaginais un logis en vous disant : « Il demeure ici ou il demeure là », est-ce que je ne vous mettrais pas dedans?

DESDÉMONA. — Pourriez-vous vous enquérir de lui et obtenir des renseignements sur son compte?

LE CLOWN. — Je vais, à son sujet, interroger tout le monde... comme au catéchisme : mes questions dicteront les réponses.

DESDÉMONA. — Trouvez-le, et dites-lui de venir ici; annoncez-lui que j'ai touché monseigneur en sa faveur et que j'espère que tout ira bien.

LE CLOWN. — Ce que vous me demandez est dans les limites d'une intelligence humaine : je vais en conséquence essayer de le faire. *(Il sort.)*

DESDÉMONA. — Où puis-je avoir perdu ce mouchoir, Emilia?

EMILIA. — Je ne sais pas, madame.

DESDÉMONA. — Crois-moi, j'aimerais mieux avoir perdu ma bourse pleine de cruzades. Heureusement que le noble More est une âme droite et qu'il n'a rien de cette bassesse dont sont faites les créatures jalouses! Sinon, c'en serait assez pour lui donner de vilaines idées.

EMILIA. — Est-ce qu'il n'est pas jaloux?

DESDÉMONA. — Qui? lui? Je crois que le soleil sous lequel il est né a extrait de lui toutes ces humeurs-là.

EMILIA. — Tenez! le voici qui vient.

DESDÉMONA. — Maintenant je ne le laisserai plus que Cassio ne soit rappelé près de lui...

Entre Othello.

Comment cela va-t-il, monseigneur?

OTHELLO. — Bien, ma chère dame... *(A part.)* Oh! que de peine à dissimuler! Comment êtes-vous, Desdémona?

DESDÉMONA. — Bien, mon cher seigneur.

OTHELLO. — Donnez-moi votre main... Cette main est moite, madame.

DESDÉMONA. — Elle n'a pas encore senti l'âge ni connu le chagrin.

OTHELLO. — Ceci annonce de l'exubérance et un cœur libéral : chaude, chaude et moite! Cette main-là exige le renoncement à la liberté, le jeûne, la prière, une longue mortification, de pieux exercices; car il y a ici un jeune diable tout en sueur, qui a l'habitude de se révolter... C'est une bonne main, une main franche.

DESDÉMONA. — Vous pouvez vraiment le dire car c'est cette main qui a donné mon cœur.

OTHELLO. — Une main libérale!... Jadis c'étaient les cœurs qui donnaient les mains; mais, dans nos nouveaux blasons, rien que des mains, pas de cœurs!

DESDÉMONA. — Je ne sais rien de tout cela... Revenons à votre promesse.

OTHELLO. — Quelle promesse, poulette?

DESDÉMONA. — J'ai envoyé dire à Cassio de venir vous parler.

OTHELLO. — J'ai un méchant rhume opiniâtre qui me gêne : prête-moi ton mouchoir.

DESDÉMONA. — Voici, monseigneur.

OTHELLO. — Celui que je vous ai donné.

DESDÉMONA. — Je ne l'ai pas sur moi.

OTHELLO. — Non?

DESDÉMONA. — Non, ma foi! monseigneur.

OTHELLO. — C'est une faute. Ce mouchoir, une Egyptienne le donna à ma mère... C'était une charmeresse qui pouvait presque lire les pensées des gens : elle lui dit que, tant qu'elle le garderait, elle aurait le don de plaire et de soumettre entièrement mon père à ses amours; mais que, si elle le perdait ou en faisait présent, mon père ne la regarderait plus qu'avec dégoût et mettrait son cœur en chasse de fantaisies nouvelles. Ma mère me le remit en mourant et me recommanda, quand la destinée m'unirait à une femme, de le lui donner. C'est ce que j'ai fait. Ainsi, prenez-en soin; qu'il vous soit aussi tendrement précieux que votre prunelle! l'égarer ou le donner, ce serait une catastrophe qui n'aurait point d'égale.

DESDÉMONA. — Est-il possible?

OTHELLO. — C'est la vérité. Il y a une vertu magique dans le tissu; une sibylle qui avait compté en ce monde deux cents révolutions de soleil en a brodé le dessin dans sa prophétique fureur; les vers qui en ont filé la soie étaient consacrés; et la teinture qui le colore est faite de cœurs de vierges momifiés qu'avait conservés son art.

DESDÉMONA. — Sérieusement? est-ce vrai?

OTHELLO. — Très véritable. Ainsi, veillez-y bien.

DESDÉMONA. — Plût au ciel alors que je ne l'eusse jamais vu!

OTHELLO, *vivement*. — Ah! pour quelle raison?

DESDÉMONA. — Pourquoi me parlez-vous d'un ton si brusque et si violent?

OTHELLO. — Est-ce qu'il est perdu? Est-ce que vous ne l'avez plus? Parlez! Est-ce qu'il n'est plus à sa place?

DESDÉMONA. — Le ciel nous bénisse!

OTHELLO. — Vous dites?

DESDÉMONA. — Il n'est pas perdu. Mais quoi! s'il l'était?

OTHELLO. — Ha!

DESDÉMONA. — Je dis qu'il n'est pas perdu.

OTHELLO. — Cherchez-le! faites-le-moi voir.

DESDÉMONA. — Je le pourrais, monsieur, mais je ne veux pas à présent. C'est une ruse pour me distraire de ma requête. Je vous en prie, que Cassio soit rappelé.

OTHELLO. — Cherchez-moi ce mouchoir! Mon âme s'alarme.

DESDÉMONA. — Allez, allez! vous ne rencontrerez jamais un homme plus capable.

OTHELLO. — Le mouchoir!

DESDÉMONA. — Je vous en prie, causons de Cassio!

OTHELLO. — Le mouchoir!

DESDÉMONA. — Un homme qui, de tout temps, a fondé sa fortune sur votre affection, qui a partagé vos dangers...

OTHELLO. — Le mouchoir!

DESDÉMONA. — En vérité! vous êtes à blâmer.

OTHELLO. — Arrière! *(Il sort précipitamment.)*

EMILIA. — Cet homme-là n'est pas jaloux?

DESDÉMONA. — Je ne l'avais jamais vu ainsi. Pour sûr, il y a du miracle dans ce mouchoir. Je suis bien malheureuse de l'avoir perdu!

EMILIA. — Ce n'est pas un an ou deux qui font connaître les hommes. Ils ne sont tous que des estomacs pour qui nous ne sommes toutes que des aliments : ils nous mangent comme des affamés, et, dès qu'ils sont pleins, ils nous renvoient... Ah! voici Cassio et mon mari.

Entrent Cassio et Iago.

IAGO. — Il n'y a pas d'autre moyen : c'est elle qui doit le faire. Et tenez! l'heureux hasard! Allez, importunez-la!

DESDÉMONA. — Eh bien! bon Cassio, quoi de nouveau avec vous?

CASSIO. — Madame, toujours ma requête! Je vous en supplie, faites, par votre vertueuse entremise, que je puisse revivre en recouvrant l'affection de celui à qui je voue respectueusement tout le dévouement de mon cœur. Ah! plus de délais! Si ma faute est d'une espèce si mortelle que mes services passés, ma douleur présente, mes bonnes résolutions pour l'avenir soient une rançon insuffisante à nous réconcilier, que je le sache du moins! et cette certitude aura encore pour moi son avantage. Alors, je me draperai dans une résignation forcée, et j'attendrai, cloîtré dans quelque autre carrière, l'aumône de la Fortune.

DESDÉMONA. — Hélas! trois fois loyal Cassio, mon intercession détonne pour le moment; monseigneur n'est plus monseigneur; et je ne le reconnaîtrais pas, s'il était aussi changé de visage que d'humeur. Puissé-je être protégée par tous les esprits sanctifiés, comme vous avez été défendu par moi! J'ai même provoqué le feu de sa colère par mon franc-parler. Il faut que vous patientiez encore un peu; ce que je puis faire, je veux le faire, et je veux pour vous plus que je n'oserais pour moi-même. Que cela vous suffise!

IAGO. — Est-ce que monseigneur s'est irrité?

EMILIA. — Il vient de partir à l'instant, et, certainement, dans une étrange agitation.

IAGO. — Lui, s'irriter!... J'ai vu le canon faire sauter en l'air les rangées de ses soldats, et, comme le diable, lui arracher de ses bras mêmes son propre frère; et je me demande s'il peut s'irriter. C'est quelque chose de grave alors. Je vais le trouver. Il faut que ce soit vraiment sérieux, s'il est irrité.

DESDÉMONA. — Je t'en prie, va! *(Iago sort.)* A coup sûr, c'est quelque affaire d'Etat : une nouvelle de Venise, ou quelque complot tout à coup déniché ici dans Chypre même, et à lui révélé, aura troublé son esprit limpide. En pareil cas, il est dans la nature des hommes de quereller pour de petites choses, bien que les grandes seules les préoccupent. C'est toujours ainsi : qu'un doigt vous fasse mal, et il communiquera même aux autres parties saines le sentiment de la douleur. D'ailleurs, songeons-y! les hommes ne sont pas des dieux. Nous ne devons pas toujours attendre d'eux les prévenances qui sont de rigueur au jour des noces... Gronde-moi bien, Emilia : j'ai osé, soldat indiscipliné que je suis, l'accuser dans mon âme d'un manque d'égards; mais maintenant je trouve que j'avais suborné le témoin et qu'il est injustement mis en cause.

EMILIA. — Priez le ciel que ce soit, comme vous pensez, quelque affaire d'Etat, et non une idée, une lubie jalouse qui vous concerne.

DESDÉMONA. — Malheureux le jour où cela serait! Jamais je ne lui en ai donné de motif.

EMILIA. — Mais les cœurs jaloux ne se payent pas de cette réponse; ils ne sont pas toujours jaloux pour le motif; ils sont jaloux, parce qu'ils sont jaloux. C'est un monstre engendré de lui-même, né de lui-même.

DESDÉMONA. — Que le ciel éloigne ce monstre de l'esprit d'Othello!

EMILIA. — Amen, madame!

DESDÉMONA. — Je vais le chercher... Cassio, promenez-vous par ici; si je le trouve bien disposé, je plaiderai votre cause, et je ferai tout mon possible pour la gagner.

CASSIO. — Je remercie humblement Votre Grâce. *(Sortent Desdémona et Emilia.)*

Entre Bianca.

BIANCA. — Dieu vous garde, ami Cassio!

CASSIO. — Vous, dehors! Quelle raison vous amène? Comment cela va-t-il, ma très jolie Bianca? Sur ma parole! doux amour, j'allais à votre maison.

BIANCA. — Et, moi, j'allais à votre logis, Cassio. Quoi! toute une semaine loin de moi! Sept jours et sept nuits! Cent soixante heures! Et les heures d'absence d'un amant sont cent soixante fois plus longues que les heures du cadran. Oh! le pénible calcul!

CASSIO. — Pardonnez-moi, Bianca. Des pensées de plomb ont pesé sur moi tous ces temps-ci; mais, dès que j'aurai plus de loisir, je vous payerai les arrérages de l'absence. Chère Bianca, faites-moi un double de ce travail. *(Il lui donne le mouchoir de Desdémona.)*

BIANCA. — Oh! Cassio, comment ceci est-il entre vos mains? C'est quelque gage d'une nouvelle amie. Je sens maintenant la cause de cette absence trop sentie. En est-ce déjà venu là? C'est bon! c'est bon!

CASSIO. — Allons! femme, jetez vos viles suppositions à la dent du diable de qui vous les tenez. Vous voilà jalouse à l'idée que c'est quelque souvenir de quelque maîtresse. Non, sur ma parole, Bianca!

BIANCA. — Eh bien! à qui est-il?

CASSIO. — Je ne sais pas, ma charmante! Je l'ai trouvé dans ma chambre. J'en aime le travail : avant qu'il soit réclamé, comme il est probable qu'il le sera, je voudrais avoir le pareil. Prenez-le, copiez-le, et laissez-moi pour le moment.

BIANCA. — Vous laisser! Pourquoi?

CASSIO. — J'attends ici le général; et ce n'est pas une recommandation désirable pour moi qu'il me trouve en compagnie féminine.

BIANCA. — Et pourquoi? je vous prie!

CASSIO. — Ce n'est pas que je ne vous aime pas.

BIANCA. — Mais c'est que vous ne m'aimez point. Je vous en prie, reconduisez-moi quelques pas, et dites-moi si je vous verrai de bonne heure ce soir.

CASSIO. — Je ne puis vous reconduire bien loin : c'est ici que j'attends; mais je vous verrai bientôt.

BIANCA. — C'est fort bien. Il faut que je cède aux circonstances! *(Ils sortent.)*

ACTE IV

SCÈNE PREMIÈRE

Devant le château.

Entrent OTHELLO *et* IAGO.

IAGO. — Le croyez-vous?

OTHELLO. — Si je le crois, Iago!

IAGO. — Quoi! donner un baiser en secret!

OTHELLO. — Un baiser usurpé!

IAGO. — Ou rester au lit toute nue avec son ami, une heure ou plus, sans songer à mal!

OTHELLO. — Rester toute nue avec un ami, Iago, sans songer à mal! C'est user d'hypocrisie avec le diable. Ceux qui n'ont que des pensées vertueuses et qui s'exposent ainsi tentent le ciel en voulant que le diable tente leur vertu.

IAGO. — S'ils s'abstiennent, ce n'est qu'une faute vénielle. Mais si je donne à ma femme un mouchoir...

OTHELLO. — Eh bien! après?

IAGO. — Eh bien! il est à elle, monseigneur; et, comme il est à elle, elle peut, je pense, en faire cadeau à n'importe quel homme.

OTHELLO. — Elle est gardienne de son honneur aussi : peut-elle le donner?

IAGO. — L'honneur est une essence qui ne se voit pas; beaucoup semblent l'avoir, qui ne l'ont plus. Mais pour le mouchoir...

OTHELLO. — Par le ciel! je l'aurais oublié bien volontiers. Tu dis... Oh! cela revient sur ma mémoire, comme sur une maison infectée le corbeau de mauvais augure!... Tu dis qu'il avait mon mouchoir?

IAGO. — Oui! Qu'est-ce que cela fait?

OTHELLO. — C'est bien plus grave, alors.

IAGO. — Eh quoi! si je vous disais que je l'ai vu vous faire outrage, que je l'ai entendu dire... Il est de par le monde des marauds qui, après avoir, à force d'importunités, ou par suite d'un caprice spontané qu'ils inspirent, entraîné ou séduit une femme, ne peuvent s'empêcher de bavarder ensuite...

OTHELLO. — Est-ce qu'il a dit quelque chose?

IAGO. — Oui, monseigneur; mais, soyez-en sûr, rien qu'il ne soit prêt à nier sous serment.

OTHELLO. — Qu'a-t-il dit?

IAGO. — Ma foi! qu'il avait eu... je ne sais quoi.

OTHELLO. — Quoi? quoi?

IAGO. — Certaine conversation...

OTHELLO. — Avec elle?

IAGO. — Avec elle! sur elle! comme vous voudrez.

OTHELLO. — Avec elle! sur elle! Une conversation sur elle pourrait n'être qu'une causerie à son sujet; mais une conversation avec elle serait criminelle!... Le mouchoir!... cet aveu!... Le mouchoir!... Lui faire avouer, et puis lui mettre la corde au cou! Non! D'abord lui mettre la corde au cou, et puis lui faire avouer... J'en frissonne... Une nature ne se laisserait pas envahir ainsi par l'ombre de la passion sans quelque grande cause... Ce ne sont pas des mots qui m'agitent comme cela... Pish!... Nez, oreilles et lèvres! Est-il possible?... L'aveu!... le mouchoir!... O diable! *(Il tombe évanoui.)*

IAGO. — Travaille, ma médecine, travaille! C'est ainsi qu'on attrape les niais crédules, et c'est encore ainsi que plus d'une dame digne et chaste, malgré toute son innocence, est exposée au reproche.

Entre Cassio.

Holà! Monseigneur! Monseigneur! Othello!... Ah! c'est vous, Cassio?

CASSIO. — Qu'y a-t-il?

IAGO. — Monseigneur est tombé en épilepsie. C'est sa seconde attaque; il en a eu une hier.

CASSIO. — Frottez-lui les tempes.

IAGO. — Non, laissez-le. La léthargie doit avoir son cours tranquille; sinon, l'écume lui viendrait à la bouche, et tout à l'heure il éclaterait en folie furieuse... Tenez! il remue. Eloignez-vous un moment; il va revenir à lui; quand il sera parti, je voudrais causer avec vous d'une importante affaire. *(Sort Cassio.)* Comment cela va-t-il, général? Est-ce que vous ne vous êtes pas blessé à la tête?

OTHELLO. — Te moques-tu de moi?

IAGO. — Me moquer de vous! Non, par le ciel! Je voudrais seulement vous voir subir votre sort comme un homme.

OTHELLO. — Un homme qui porte cornes n'est qu'un monstre et une bête.

IAGO. — Il y a bien des bêtes alors dans une ville populeuse, et bien des monstres civilisés.

OTHELLO. — A-t-il avoué?

IAGO. — Mon bon monsieur, soyez un homme. Songez que tout confrère barbu, attelé à ce joug-là, peut le traîner comme vous; il y a des millions de vivants qui reposent nuitamment dans un lit banal qu'ils jureraient être à eux seuls. Votre cas est meilleur. Oh! sarcasme de l'enfer, suprême moquerie du démon! étreindre une impudique sur une couche confiante, et la croire chaste! Non, que je sache tout! Et, sachant ce que je suis, je saurai comment la traiter!

OTHELLO. — Oh! tu as raison; cela est certain.

IAGO. — Tenez-vous un peu à l'écart, et contenez-vous dans les bornes de la patience. Tandis que vous étiez ici accablé par la douleur, émotion bien indigne d'un homme comme vous, Cassio est venu; je l'ai éconduit en donnant de votre évanouissement une raison plausible; je lui ai dit de revenir bientôt me parler ici : ce qu'il m'a promis. Cachez-vous en observation, et remarquez les grimaces, les moues, les signes de dédain qui vont paraître dans chaque trait de son visage; car je vais lui faire répéter toute l'histoire : où, comment, combien de fois, depuis quelle époque et quand il en est venu aux prises avec votre femme, quand il compte y revenir. Je vous le dis, remarquez seulement ses gestes. Mais, morbleu! de la patience!

ou je dirai que vous êtes décidément un frénétique, et non plus un homme.

OTHELLO. — Ecoute, Iago! je me montrerai le plus patient de tous les hommes, mais aussi, tu m'entends! le plus sanguinaire.

IAGO. — Il n'y a pas de mal, pourvu que vous mettiez le temps à tout... Voulez-vous vous retirer? *(Othello s'éloigne et se cache.)* Je vais maintenant questionner Cassio sur Bianca : une ménagère qui, en vendant ses attraits, s'achète du pain et des vêtements. Cette créature raffole de Cassio. C'est le triste sort de toute catin d'en dominer beaucoup pour être enfin dominée par un seul. Quand il entend parler d'elle, Cassio ne peut s'empêcher de rire aux éclats... Le voici qui vient.

Rentre Cassio.

A le voir sourire, Othello va devenir fou; et son ignare jalousie va interpréter les sourires, les gestes et les insouciantes manières du pauvre Cassio tout à fait à contresens... Comment vous trouvez-vous, lieutenant?

CASSIO. — D'autant plus mal que vous me donnez un titre dont la privation me tue.

IAGO. — Travaillez bien Desdémona, et vous êtes sûr de la chose. *(Bas.)* Si l'affaire était au pouvoir de Bianca *(haut)*, comme vous réussiriez vite.

CASSIO, *riant*. — Hélas! la pauvre créature!

OTHELLO, *à part*. — Voyez comme il rit déjà!

IAGO. — Je n'ai jamais connu de femme aussi amoureuse d'un homme.

CASSIO. — Hélas! pauvre coquine! je crois vraiment qu'elle m'aime.

OTHELLO, *à part*. — C'est cela : il s'en défend faiblement, et il rit!

IAGO. — Ecoutez, Cassio! *(Il lui parle à l'oreille.)*

OTHELLO, *à part*. — Voilà Iago qui le prie de lui tout répéter... Continue! Bien dit! bien dit!

IAGO. — Elle donne à entendre que vous l'épouserez; est-ce votre intention?

CASSIO, *éclatant*. — Ha! ha! ha!

OTHELLO, *à part.* — Tu triomphes, Romain! tu triomphes!

CASSIO. — Moi, l'épouser!... Quoi! une coureuse!... Je t'en prie, aie quelque charité pour mon esprit : ne le crois pas aussi malade... Ha! ha! ha!

OTHELLO, *à part.* — Oui! oui! oui! oui! au gagnant de rire.

IAGO. — Vraiment, le bruit court que vous l'épouserez.

CASSIO. — De grâce! parlez sérieusement.

IAGO. — Je ne suis qu'un scélérat si cela n'est pas.

OTHELLO, *à part.* — Avez-vous donc compté mes jours? Bien!

CASSIO. — C'est une invention de la guenon : si elle a l'idée que je l'épouserai, elle la tient de son amour et de ses illusions, et nullement de mes promesses.

OTHELLO, *à part.* — Iago me fait signe : c'est que l'autre commence l'histoire.

CASSIO. — Elle était ici, il n'y a qu'un moment. Elle me hante en tout lieu : j'étais l'autre jour au bord de la mer à causer avec plusieurs Vénitiens; soudain cette folle arrive et me saute ainsi au cou. *(Cassio imite le mouvement de Bianca.)*

OTHELLO, *à part.* — En s'écriant : « O mon cher Cassio! » apparemment; c'est ce qu'indique son geste.

CASSIO. — Elle se pend et s'accroche, tout en larmes, après moi; puis elle m'attire et me pousse. Ha! ha! ha! *(Il parle bas à Iago.)*

OTHELLO, *à part.* — Maintenant, il lui raconte comment elle l'a entraîné dans ma chambre. Oh! je vois bien votre museau, mais je ne sais quel chien je vais jeter dessus.

CASSIO. — Vraiment, il faut que je la quitte.

IAGO. — Devant moi?... Tenez! la voici qui vient.

Entre Bianca.

CASSIO. — C'est une maîtresse fouine, et diantrement parfumée encore. *(A Bianca.)* Qu'avez-vous donc à me hanter ainsi?

BIANCA. — Que le diable et sa mère vous hantent vous-même!... Que me vouliez-vous avec ce mouchoir que vous m'avez remis tantôt? J'étais une belle sotte de le prendre. Il faut que j'en fasse un tout pareil, n'est-ce pas? Comme cela est vraisemblable que vous l'ayez trouvé dans votre chambre et que vous ne sachiez pas qui l'y a laissé!... C'est le présent de quelque donzelle, et il faudrait que je vous en fisse un pareil?... Tenez! donnez-le à votre poupée; peu m'importe comment vous l'avez eu : je ne me charge de rien.

CASSIO. — Voyons! ma charmante Bianca! Voyons! voyons!

OTHELLO, *à part*. — Par le ciel! ce doit être mon mouchoir.

BIANCA. — Si vous voulez venir souper ce soir, vous le pouvez; si vous ne voulez pas, venez dès que vous y serez disposé. *(Elle sort.)*

IAGO. — Suivez-la! suivez-la!

CASSIO. — Ma foi! il le faut. Sans cela elle s'emporterait dans les rues.

IAGO. — Souperez-vous chez elle?

CASSIO. — Ma foi! j'en ai l'intention.

IAGO. — C'est bien! il se peut que j'aille vous voir; car je serais bien aise de vous parler.

CASSIO. — De grâce, venez! Voulez-vous?

IAGO. — Partez. Il suffit. *(Cassio sort. Othello quitte sa cachette.)*

OTHELLO. — Comment le tuerai-je, Iago?

IAGO. — Avez-vous vu comme il a ri de sa vilenie?

OTHELLO. — Oh! Iago!

IAGO. — Et avez-vous vu le mouchoir?

OTHELLO. — Etait-ce le mien?

IAGO. — Par cette main levée!... Et vous voyez quel cas il fait de la folle créature, votre femme. Elle lui a donné ce mouchoir, et, lui, il l'a donné à sa putain!

OTHELLO. — Oh! je voudrais le tuer pendant neuf ans!... Une femme si belle! une femme si charmante! une femme si adorable!

IAGO. — Allons! il faut oublier cela.

OTHELLO. — Oui, qu'elle pourrisse, qu'elle disparaisse et qu'elle soit damnée dès cette nuit! Car elle ne vivra pas! Non. Mon cœur est changé en pierre : je le frappe, et il me blesse la main... Oh! le monde n'a pas une plus adorable créature! Elle était digne de reposer aux côtés d'un empereur et de lui donner des ordres!

IAGO. — Voyons! ce n'est pas là votre affaire.

OTHELLO. — L'infâme! Je dis seulement ce qu'elle est... Si adroite avec son aiguille!... Admirable musicienne! Oh! avec son chant elle apprivoiserait un ours!... Et puis, d'une intelligence, d'une imagination si élevées, si fécondes!

IAGO. — Elle n'en est que plus coupable!

OTHELLO. — Oh! mille et mille fois plus!... En outre, d'un caractère si affable!

IAGO. — Trop affable, vraiment!

OTHELLO. — Oui, cela est certain. Mais quel malheur, Iago! Oh! Iago! quel malheur, Iago!

IAGO. — Si vous êtes si tendre à son iniquité, donnez-lui patente pour faire le mal; car, si cela ne vous touche pas, cela ne gêne personne.

OTHELLO. — Je la hacherai en miettes!... Me faire cocu!

IAGO. — Oh! c'est affreux à elle.

OTHELLO. — Avec mon officier!

IAGO. — C'est plus affreux encore.

OTHELLO. — Procure-moi du poison, Iago, cette nuit!... Je ne veux pas avoir d'explication avec elle, de peur que son corps et sa beauté ne désarment mon âme encore une fois... Cette nuit, Iago!

IAGO. — N'employez pas le poison; étranglez-la dans son lit, le lit même qu'elle a souillé.

OTHELLO. — Bon, bon! La justice de ceci me plaît. Très bon!

IAGO. — Et, quant à Cassio, laissez-moi être son croque-mort. Vous en apprendrez davantage vers minuit.

OTHELLO. — Excellent!... *(Bruit de trompette.)* Quelle est cette fanfare?

IAGO. — Quelque message de Venise, pour sûr. C'est Lodovico qui vient de la part du doge; et, voyez! votre femme est avec lui.

Entrent Lodovico, Desdémona et leur suite.

LODOVICO. — Dieu vous garde, digne général!

OTHELLO. — Je le souhaite de tout mon cœur, monsieur.

LODOVICO. — Le doge et les sénateurs de Venise vous saluent. *(Il lui remet une dépêche.)*

OTHELLO. — Je baise l'instrument de leur bon plaisir. *(Il ouvre la dépêche et lit.)*

DESDÉMONA. — Et quoi de nouveau, mon bon cousin Lodovico?

IAGO, *à Lodovico.* — Je suis bien content de vous voir, signor. Soyez le bienvenu à Chypre.

LODOVICO. — Merci! Comment va le lieutenant Cassio?

IAGO. — Il vit, monsieur.

DESDÉMONA. — Cousin, il est survenu entre lui et monseigneur une désagréable rupture; mais vous arrangerez tout.

OTHELLO, *d'une voix sourde.* — Etes-vous sûre de cela?

DESDÉMONA, *à Othello.* — Monseigneur?

OTHELLO, *lisant.* — « Ne manquez pas de le faire dès que vous aurez... »

LODOVICO, *à Desdémona.* — Il ne te parlait pas : il est occupé de la dépêche. Est-ce qu'il y a un différend entre ton mari et Cassio?

DESDÉMONA. — Oui, un très malheureux. Je ferais bien des choses afin de les réconcilier, pour l'amour que je porte à Cassio.

OTHELLO. — Feu et soufre!

DESDÉMONA. — Monseigneur?

OTHELLO. — Avez-vous votre raison?

DESDÉMONA, *à Lodovico.* — Quoi! est-ce qu'il est fâché?

LODOVICO. — Il est possible que cette lettre l'agite; car je crois qu'on le rappelle à Venise et que Cassio est désigné pour lui succéder.

DESDÉMONA. — Ma foi! j'en suis bien aise.

OTHELLO. — En vérité?

DESDÉMONA. — Monseigneur?

OTHELLO. — Je suis bien aise, moi, de vous voir en démence.

DESDÉMONA. — Comment, mon doux Othello?

OTHELLO. — Démon! *(Il la frappe.)*

DESDÉMONA. — Je n'ai pas mérité ceci.

LODOVICO. — Monseigneur, voilà une chose qu'on ne croirait pas à Venise, quand même je jurerais l'avoir vue. C'est trop fort. Faites-lui réparation : elle pleure.

OTHELLO. — O démon! démon! Si les pleurs d'une femme pouvaient féconder la terre, chaque larme qu'elle laisse tomber ferait un crocodile! *(A Desdémona.)* Hors de ma vue!

DESDÉMONA, *s'en allant.* — Je ne veux pas rester si je vous offense.

LODOVICO. — Vraiment, voilà une femme obéissante. J'en supplie Votre Seigneurie, rappelez-la.

OTHELLO, *appelant.* — Madame!

DESDÉMONA. — Monseigneur?

OTHELLO, *à Lodovico.* — Que lui voulez-vous, monsieur?

LODOVICO. — Qui? moi, monseigneur?

OTHELLO. — Oui; vous avez désiré que je la fisse revenir. Monsieur, elle peut se tourner et se retourner, et aller de l'avant, et se retourner encore; elle peut pleurer, monsieur, pleurer! Et elle est obéissante, comme vous dites, obéissante, très obéissante. *(A Desdémona.)* Continuez vos sanglots! *(A Lodovico.)* Quant à ceci, monsieur... *(A Desdémona.)* Oh! l'émotion bien jouée! *(A Lodovico.)* Je suis rappelé à Venise... *(A Desdémona.)* Allez-vous-en! je vous enverrai chercher tout à l'heure... *(A Lodovico.)* Monsieur, j'obéis à cet ordre, et je vais retourner à Venise. *(A Desdémona.)* Hors d'ici! arrière *(Desdémona sort.)* Cassio prendra ma place. Mais, monsieur, ce soir, je vous supplie de souper avec moi; vous êtes le bienvenu, monsieur, à Chypre... Boucs et singes! *(Il sort.)*

LODOVICO. — Est-ce là ce noble More dont notre Sénat unanime proclame la capacité suprême? Est-ce là cette noble nature que la passion ne pouvait ébranler? cette solide vertu que ni la balle de l'accident ni le trait du hasard ne pouvaient effleurer ni entamer?

IAGO. — Il est bien changé.

LODOVICO. — Sa raison est-elle saine? N'est-il pas en délire?

IAGO. — Il est ce qu'il est. Je ne dois pas murmurer une critique. S'il n'est pas ce qu'il devrait être, plût au ciel qu'il le fût!

LODOVICO. — Quoi! frapper sa femme!

IAGO. — Ma foi! ce n'était pas trop bien. Mais je voudrais être sûr que ce coup doit être le plus rude.

LODOVICO. — Est-ce une habitude chez lui? Ou bien sont-ce ces lettres qui ont agi sur son sang et lui ont inoculé ce défaut?

IAGO. — Hélas! hélas! ce ne serait pas honnête à moi de dire ce que j'ai vu et appris. Vous l'observerez. Ses procédés mêmes le feront assez connaître pour m'épargner la peine de parler. Ne le perdez pas de vue, seulement, et remarquez comment il se comporte.

LODOVICO. — Je suis fâché de m'être ainsi trompé sur son compte. *(Ils sortent.)*

SCÈNE II

L'appartement de Desdémona.

Entrent OTHELLO *et* EMILIA.

OTHELLO. — Vous n'avez rien vu alors?

EMILIA. — Ni jamais rien entendu ni jamais rien soupçonné.

OTHELLO. — Si fait. Vous les avez vus ensemble, elle et Cassio.

EMILIA. — Mais alors je n'ai rien vu de mal, et pourtant j'entendais chaque syllabe que le moindre souffle échangeait entre eux.

OTHELLO. — Quoi! ils n'ont jamais chuchoté?

EMILIA. — Jamais, monseigneur.

OTHELLO. — Ils ne vous ont jamais éloignée?

EMILIA. — Jamais.

OTHELLO. — Sous prétexte d'aller chercher son éventail, ses gants, son masque, ou quoi que ce soit?

EMILIA. — Jamais, monseigneur.

OTHELLO. — C'est étrange.

EMILIA. — Monseigneur, j'oserais parier qu'elle est honnête, et mettre mon âme comme enjeu. Si vous pensez autrement, chassez votre pensée : elle abuse votre cœur. Si quelque misérable vous a mis cela en tête, que le ciel l'en récompense par la malédiction qui frappa le serpent! Car, si elle n'est pas honnête, chaste et fidèle, il n'y a pas de mari heureux : la plus pure des femmes est noire comme la calomnie.

OTHELLO. — Dis-lui de venir ici. Va. *(Emilia sort.)* Elle n'est pas à court de paroles, mais il faudrait être une entremetteuse bien simple pour ne pas savoir en dire autant. C'est une subtile putain, un réceptacle, fermé à clef, de secrets infâmes; et pourtant elle se met à genoux, et prie : je l'ai vue, moi!

Rentre Émilia avec Desdémona.

DESDÉMONA. — Monseigneur, quelle est votre volonté?

OTHELLO. — Je vous en prie, poulette, approchez.

DESDÉMONA. — Quel est votre plaisir?

OTHELLO. — Laissez-moi voir vos yeux; regardez-moi en face.

DESDÉMONA. — Quelle est cette horrible fantaisie?

OTHELLO, *à Emilia.* — A vos fonctions, dame! Laissez seuls ceux qui veulent procréer, et fermez la porte! Toussez et criez *hem!* si quelqu'un vient. Votre métier! votre métier! Allons! dépêchez-vous. *(Emilia sort.)*

DESDÉMONA, *tombant à genoux.* — Je vous le demande à genoux, que signifie votre langage? J'entends une furie dans vos paroles, mais non les paroles.

OTHELLO. — Eh bien! qu'es-tu?

DESDÉMONA. — Votre femme, monseigneur, votre fidèle et loyale femme.

OTHELLO. — Allons! jure cela, damne-toi! de peur que, te croyant du ciel, les démons eux-mêmes craignent de te saisir. Donc damne-toi doublement : jure que tu es honnête!

DESDÉMONA. — Le ciel le sait vraiment.

OTHELLO. — Le ciel sait vraiment que tu es fausse comme l'enfer!

DESDÉMONA. — Envers qui, monseigneur? envers qui? Comment suis-je fausse?

OTHELLO. — Ah! Desdémona! arrière, arrière! arrière! *(Il sanglote.)*

DESDÉMONA. — Hélas! jour accablant!... Pourquoi pleurez-vous? Suis-je la cause de ces larmes, monseigneur? Si par hasard vous soupçonnez mon père d'être l'instrument de votre rappel, ne faites pas tomber votre blâme sur moi. Si vous avez perdu son affection, eh, moi aussi, je l'ai perdue!

OTHELLO. — Le ciel aurait voulu m'éprouver par des revers, il aurait fait pleuvoir toutes sortes de maux et d'humiliations sur ma tête nue, il m'aurait plongé dans la misère jusqu'aux lèvres, il m'aurait voué à la captivité, moi et mes espoirs suprêmes; eh bien! j'aurais trouvé quelque part dans mon âme une goutte de résignation. Mais, hélas! faire de moi le chiffre fixe que l'heure du mépris désigne de son aiguille lentement mobile! Pourtant j'aurais pu supporter cela encore, bien, très bien! Mais le lieu choisi dont j'avais fait le grenier de mon cœur, et d'où je dois tirer la vie, sous peine de la perdre! mais la fontaine d'où ma source doit couler pour ne pas se tarir! en être dépossédé, ou ne pouvoir la garder que comme une citerne où des crapauds hideux s'accouplent et pullulent!... Oh! change de couleur à cette idée, Patience, jeune chérubin aux lèvres roses, et prends un visage sinistre comme l'enfer!

DESDÉMONA. — J'espère que mon noble maître m'estime vertueuse.

OTHELLO. — Oh! oui, autant qu'à la boucherie ces mouches d'été qui engendrent dans un bourdonnement!... O fleur sauvage, si adorablement belle et dont le parfum si suave enivre douloureusement les sens!... je voudrais que tu ne fusses jamais née!

DESDÉMONA. — Hélas! quel péché ai-je commis à mon insu?

OTHELLO. — Quoi! cette page si blanche, ce livre si beau, étaient-ils faits pour la plus infâme inscription?

Ce que tu as commis! ce que tu as commis, ô fille publique! si je le disais seulement, mes joues deviendraient des forges qui brûleraient toute pudeur jusqu'à la cendre! Ce que tu as commis! Le ciel se bouche le nez et la lune se voile à tes actions; la lascive rafale qui baise tout ce qu'elle rencontre s'engouffre dans les profondeurs de la terre pour ne pas les entendre... Ce que tu as commis!... Impudente prostituée!

DESDÉMONA. — Par le ciel! vous me faites outrage.

OTHELLO. — Est-ce que vous n'êtes pas une prostituée?

DESDÉMONA. — Non! aussi vrai que je suis une chrétienne. Si préserver pour mon mari ce vase pur de tout contact illégitime n'est pas l'acte d'une prostituée, je n'en suis pas une.

OTHELLO. — Quoi! vous n'êtes pas une putain?

DESDÉMONA. — Non! aussi vrai que je serai sauvée.

OTHELLO. — Est-il possible?

DESDÉMONA. — Oh! que le ciel ait pitié de nous!

OTHELLO. — J'implore votre pardon alors. Je vous prenais pour cette rusée putain de Venise qui a épousé Othello.

Rentre Émilia.

(A Emilia.) Vous, dame, vous qui avez l'office opposé à celui de saint Pierre et qui gardez la porte de l'enfer!... Vous! vous! oui, vous! Nous avons fini. Voici de l'argent pour vos peines. Je vous en prie, tournez la clef et gardez-nous le secret. *(Il sort.)*

EMILIA. — Hélas! qu'a donc dans l'esprit ce gentilhomme? Comment êtes-vous, madame? Comment êtes-vous, ma bonne maîtresse?

DESDÉMONA. — A moitié assoupie, je crois.

EMILIA. — Bonne madame, qu'a donc monseigneur?

DESDÉMONA. — Qui?

EMILIA. — Eh bien! monseigneur, madame.

DESDÉMONA. — Qui est-ce ton seigneur?

EMILIA. — Celui qui est le vôtre, chère maîtresse.

DESDÉMONA. — Je n'en ai pas... Ne me parle pas, Emilia. Je ne puis pleurer, et je n'ai pas d'autre réponse que celle qui fondrait en eau... Je t'en prie! cette nuit, mets à mon lit mes draps de noce, n'oublie pas... et fais venir ton mari ici.

EMILIA. — Voilà bien du changement, en vérité. *(Elle sort.)*

DESDÉMONA. — Il était juste que je fusse traitée ainsi, très juste. Comment me suis-je conduite de façon à lui inspirer le plus petit soupçon d'un si grand crime?

Émilia rentre avec Iago.

IAGO. — Quel est votre bon plaisir, madame? Qu'avez-vous?

DESDÉMONA. — Je ne puis le dire, car ceux qui élèvent de petits enfants le font par des moyens doux et des tâches faciles... Il aurait bien dû me gronder ainsi; car, ma foi! je suis une enfant quand on me gronde.

IAGO. — Qu'y a-t-il, madame?

EMILIA. — Hélas, Iago! monseigneur l'a traitée de... putain. Il a déversé sur elle tant d'outrages et de termes accablants qu'un cœur honnête ne peut les supporter.

DESDÉMONA. — Suis-je donc... ce nom-là, Iago?

IAGO. — Quel nom, belle dame?

DESDÉMONA. — Le nom qu'elle répète et que mon mari dit que je suis.

EMILIA. — Il l'a appelée putain! Un mendiant, dans son ivresse, n'appliquerait pas de pareils termes à sa caillette.

IAGO. — Pourquoi a-t-il fait cela?

DESDÉMONA, *sanglotant.* — Je ne sais pas... Je suis sûre que je ne suis pas ce qu'il dit.

IAGO. — Ne pleurez pas! ne pleurez pas! Hélas! quel jour!

EMILIA. — N'a-t-elle renoncé à tant de nobles alliances, à son père, à son pays et à ses amis que pour être appelée putain? N'y a-t-il pas là de quoi pleurer?

DESDÉMONA. — Telle est ma misérable destinée!

IAGO. — Malheur à lui pour cela! D'où lui vient cet accès?

DESDÉMONA. — Ah! le ciel le sait.

EMILIA. — Je veux être pendue si quelque éternel coquin, quelque scélérat affairé et insinuant, quelque maroufle flagorneur et fourbe n'a pas, pour obtenir quelque emploi, imaginé cette calomnie. Je veux être pendue si cela n'est pas.

IAGO. — Fi! il n'existe pas un pareil homme. C'est impossible.

DESDÉMONA. — S'il en existe un pareil, que le ciel lui pardonne!

EMILIA, *avec véhémence.* — Que la potence l'absolve, et que l'enfer lui ronge les os! Pourquoi monseigneur la traiterait-il ainsi? Quel visiteur assidu reçoit-elle? En quel lieu? à quel moment?... Quelle apparence? quelle vraisemblance?... Le More est abusé par quelque affreux manant, par quelque grossier manant, par quelque drôle immonde!... O ciel, que ne dénonces-tu de tels misérables! Que ne mets-tu dans toute main honnête un fouet pour chasser l'infâme, tout nu, à travers le monde, de l'orient à l'occident!

IAGO, *à Emilia.* — Que les passants ne vous entendent pas!

EMILIA. — Oh! malédiction sur cet homme! C'était quelque écuyer de même ordre qui vous avait mis l'esprit à l'envers et vous avait fait suspecter quelque chose entre le More et moi.

IAGO. — Vous êtes une folle, allez!

DESDÉMONA. — O bon Iago, que ferai-je pour regagner mon mari? Mon bon ami, va le chercher; car, par la lumière du ciel! je ne sais comment je l'ai perdu... Me voici à genoux : si jamais ma volonté a péché contre son amour soit par parole, soit par pensée, soit par action positive; si jamais mon regard, mon oreille, aucun de mes sens a été charmé par quelque autre apparition que lui; si je cesse à présent, si j'ai jamais cessé, si (m'eût-il jetée dans les misères du divorce) je cesse jamais de l'aimer tendrement, que la consolation se détourne de moi!... L'injustice peut beaucoup, et son injustice peut détruire ma vie, mais jamais elle n'altérera mon amour. Je ne peux pas dire... putain! Cela me fait horreur, rien que de prononcer le mot; quant à faire l'acte qui me mériterait ce surnom, non, la masse des vanités de ce monde ne m'y déciderait pas.

IAGO. — Je vous en prie, calmez-vous... Ce n'est qu'une boutade. Des affaires d'Etat l'irritent, et c'est à vous qu'il s'en prend.

DESDÉMONA. — Oh! si ce n'était que cela!

IAGO. — Ce n'est que cela, je vous assure. *(Fanfares.)* Ecoutez! Ces instruments sonnent l'heure du souper, et les nobles messagers de Venise y assistent. Rentrez et ne pleurez plus. Tout ira bien. *(Sortent Desdémona et Emilia.)*

Entre Roderigo.

IAGO. — Comment va, Roderigo?

RODERIGO. — Je ne trouve pas que tu agisses loyalement envers moi.

IAGO. — Qu'ai-je fait de déloyal?

RODERIGO. — Chaque jour tu m'éconduis avec un nouveau prétexte, Iago; et, je m'en aperçois maintenant, tu éloignes de moi toutes les chances, loin de me fournir la moindre occasion d'espoir; en vérité, je ne le supporterai pas plus longtemps; et même je ne suis plus disposé à tolérer paisiblement ce que j'ai eu la bêtise de souffrir jusqu'ici.

IAGO. — Voulez-vous m'écouter, Roderigo?

RODERIGO. — Ma foi! je vous ai trop écouté; car vos paroles et vos actions n'ont entre elles aucune parenté.

IAGO. — Vous m'accusez bien injustement.

RODERIGO. — De rien qui ne soit vrai. J'ai épuisé toutes mes ressources. Les bijoux que vous avez eus de moi pour les offrir à Desdémona auraient à demi corrompu une vestale. Vous m'avez dit qu'elle les avait reçus, et vous m'avez rapporté le consolant espoir d'une faveur et d'une récompense prochaine; mais je ne vois rien encore.

IAGO. — Bien, continuez! Fort bien!

RODERIGO. — Fort bien! continuez!... Je ne puis continuer, l'homme! et ce n'est pas fort bien. Par cette main levée! je dis que c'est fort laid, et je commence à trouver que je suis dupe.

IAGO. — Fort bien!

RODERIGO. — Je vous dis que ce n'est pas fort bien. Je me ferai connaître à Desdémona. Si elle me rend mes bijoux, j'abandonne ma poursuite, et je me repens de mes sollicitations illégitimes. Sinon, soyez sûr que je réclamerai de vous satisfaction.

IAGO. — Avez-vous tout dit?

RODERIGO. — Oui, et je n'ai rien dit que je ne sois hautement résolu à faire.

IAGO. — Comment! mais je vois qu'il y a de la fougue en toi; et même, à dater de ce moment, je fonde sur toi une opinion meilleure que jamais. Donne-moi ta main, Roderigo. Tu as pris contre moi un juste déplaisir; mais pourtant je proteste que j'ai agi dans ton affaire avec la plus grande droiture.

RODERIGO. — Il n'y a pas paru.

IAGO. — J'accorde, en vérité, qu'il n'y a pas paru; et ta défiance n'est pas dénuée d'esprit ni de jugement. Mais, Roderigo, si tu as vraiment en toi ce que j'ai de meilleures raisons que jamais de te croire, c'est-à-dire de la résolution, du courage et de la valeur, que cette nuit même le montre! Et si, la nuit prochaine, tu ne possèdes pas Desdémona, enlève-moi de ce monde par un guet-apens, et imagine pour ma mort toutes les tortures.

RODERIGO. — Voyons! de quoi s'agit-il? Est-ce dans les limites de la raison et du possible?

IAGO. — Seigneur, il est arrivé des ordres exprès de Venise pour mettre Cassio à la place d'Othello.

RODERIGO. — Vraiment? Alors, Othello et Desdémona retournent à Venise.

IAGO. — Oh! non. Il va en Mauritanie, et il emmène avec lui la belle Desdémona, à moins que son séjour ici ne soit prolongé par quelque accident; or, il ne peut y en avoir de plus décisif que l'éloignement de Cassio.

RODERIGO. — Qu'entendez-vous par son éloignement?

IAGO. — Eh bien! le rendre incapable de remplacer Othello : lui faire sauter la cervelle.

RODERIGO. — Et c'est là ce que vous voulez que je fasse?

IAGO. — Oui ! si vous osez vous rendre à vous-même service et justice. Il soupe cette nuit avec une drôlesse, et je dois aller le rejoindre : il ne sait rien encore de son honorable promotion. Si vous voulez le guetter à sa sortie de la maison (je ferai en sorte qu'elle ait lieu entre minuit et une heure), vous pourrez l'assaillir à votre aise; je serai tout près pour seconder votre attaque, et il tombera entre nous deux... Allons! ne restez pas ébahi, mais marchez avec moi. Je vous montrerai si bien la nécessité de sa mort que vous vous croirez tenu de la hâter. Il est maintenant tout à fait l'heure de souper, et la nuit s'avance rapidement. A l'œuvre!

RODERIGO. — Je veux entendre de nouvelles raisons pour me décider.

IAGO. — Vous serez satisfait. *(Ils sortent.)*

SCÈNE III

Une chambre dans le château.

Entrent OTHELLO, LODOVICO, DESDÉMONA, EMILIA *et leur suite.*

LODOVICO. — Je vous en supplie, monsieur, ne vous dérangez pas davantage.

OTHELLO. — Oh! pardonnez-moi; cela me fera du bien de marcher.

LODOVICO. — Madame, bonne nuit! je remercie humblement Votre Grâce.

DESDÉMONA. — Votre Honneur est le très bienvenu.

OTHELLO. — Marchons-nous, monsieur?... Ah! Desdémona!

DESDÉMONA. — Monseigneur?

OTHELLO. — Mettez-vous au lit tout de suite. Je serai de retour immédiatement. Congédiez votre suivante... Vous entendez bien?

DESDÉMONA. — Oui, monseigneur. *(Sortent Othello, Lodovico et la suite.)*

EMILIA. — Comment cela va-t-il à présent? Il a l'air plus doux que tantôt.

DESDÉMONA. — Il dit qu'il va revenir sur-le-champ. Il m'a commandé de me mettre au lit et de vous congédier.

EMILIA. — Me congédier!

DESDÉMONA. — C'est son ordre. Ainsi, ma bonne Emilia, donne-moi mes vêtements de nuit, et adieu! N'allons pas lui déplaire à présent.

EMILIA. — Je voudrais que vous ne l'eussiez jamais vu.

DESDÉMONA. — Je ne le voudrais pas, moi! Mon amour est si partial pour lui, que même sa rigueur, ses brusqueries et ses colères... dégrafe-moi, je te prie... ont de la grâce et du charme à mes yeux.

EMILIA. — J'ai mis au lit les draps que vous m'avez dits.

DESDÉMONA. — Rien n'y fait, ma foi!... Têtes folles que nous sommes!... Si je meurs avant toi, je t'en prie, ensevelis-moi dans un de ces draps.

EMILIA. — Allons, allons! vous babillez.

DESDÉMONA. — Ma mère avait une servante, appelée Barbarie, qui était amoureuse; celui qu'elle aimait devint capricieux et l'abandonna. Elle avait une chanson du *Saule;* c'était une vieille chose, mais qui exprimait bien sa situation; et elle mourut en la chantant. Ce soir, ce chant-là ne peut pas me sortir de l'esprit; j'ai grand-peine à m'empêcher d'incliner la tête de côté et de la chanter, comme la pauvre Barbarie... Je t'en prie, dépêche-toi.

EMILIA. — Irai-je chercher votre robe de nuit?

DESDÉMONA. — Non! dégrafe-moi ici... Ce Lodovico est un homme distingué.

EMILIA. — Un très bel homme.

DESDÉMONA. — Il parle bien.

EMILIA. — Je connais une dame, à Venise, qui serait allée pieds nus en Palestine pour un attouchement de sa lèvre inférieure.

DESDÉMONA, *chantant.*

La pauvre âme assise soupirait près d'un sycomore...
Chantez tous le saule vert!
Sa main sur sa poitrine, sa tête sur ses genoux.
Chantez le saule, le saule, le saule!

Les frais ruisseaux coulaient près d'elle et murmuraient
Chantez le saule, le saule, le saule! [ses plaintes.
En tombant, ses larmes amères amollissaient les pierres.

(Donnant quelque objet de toilette à Emilia.) Mets ceci de côté.

Chantez le saule, le saule, le saule!

Je t'en prie, hâte-toi. Il va rentrer.

Chantez tous le saule vert dont je ferai ma guirlande!
Que personne ne le blâme! J'approuve son dédain...

Non, ce n'est pas là ce qui vient après... Ecoute! Qui est-ce qui frappe?

EMILIA. — C'est le vent.

DESDÉMONA

J'appelais mon amour, amour trompeur! Mais, lui, que [me répondait-il?
Chantez le saule, le saule, le saule!
Si je courtise d'autres femmes, couchez avec d'autres [hommes!

Allons, va-t'en! bonne nuit! Mes yeux me démangent; est-ce un présage de larmes?

EMILIA. — Cela ne signifie rien.

DESDÉMONA. — Je l'ai entendu dire ainsi... Oh! ces hommes! ces hommes... Penses-tu, en conscience, dis-moi, Emilia, qu'il y a des femmes qui trompent leurs maris d'une si grossière façon?

EMILIA. — Il y en a, sans nul doute.

DESDÉMONA. — Ferais-tu une action pareille pour le monde entier?

EMILIA. — Voyons! ne la feriez-vous pas?

DESDÉMONA. — Non! par cette lumière céleste!

EMILIA. — Ni moi non plus, par cette lumière céleste : je la ferais aussi bien dans l'obscurité!

DESDÉMONA. — Ferais-tu une action pareille pour le monde entier?

EMILIA. — Le monde est chose considérable; c'est un grand prix pour un petit péché.

DESDÉMONA. — Ma foi! je crois que tu ne la ferais pas.

EMILIA. — Ma foi! je crois que je la ferais, quitte à la défaire quand je l'aurais faite. Pardieu! je ne ferais pas une pareille chose pour une bague double, pour quelques mesures de linon, pour des robes, des jupons, des chapeaux ni autre menue parure, mais pour le monde entier!... Voyons! qui ne ferait pas son mari cocu pour le faire monarque? Je risquerais le purgatoire pour ça.

DESDÉMONA. — Que je sois maudite, si je fais une pareille faute pour le monde entier!

EMILIA. — Bah! la faute n'est faute que dans ce monde. Or, si vous aviez le monde pour la peine, la faute n'existerait que dans votre propre monde et vous pourriez vite l'ériger en mérite.

DESDÉMONA. — Moi je ne crois pas qu'il y ait des femmes pareilles.

EMILIA. — Si fait, une douzaine! et plus encore, et tout autant qu'en pourrait tenir le monde servant d'enjeu. Mais je pense que c'est la faute de leurs maris si les femmes succombent. S'il arrive à ceux-ci de négliger leurs devoirs et de verser nos trésors dans quelque giron étranger, ou d'éclater en maussades jalousies et de nous soumettre à la contrainte, ou encore de nous frapper ou de réduire par dépit notre budget accoutumé, eh bien! nous ne sommes pas sans fiel; et, quelque vertu que nous ayons, nous avons de la rancune. Que les maris le sachent! leurs femmes ont des sens comme eux; elles voient, elles sentent, elles ont un palais pour le doux comme pour l'aigre, ainsi que les maris. Qu'est-ce donc qui les fait agir quand ils nous changent pour d'autres? Est-ce le plaisir? Je le crois. Est-ce l'entraînement de la passion? Je le crois aussi. Est-ce l'erreur de la faiblesse? Oui encore. Eh bien! n'avons-nous pas des passions, des goûts de plaisir et des faiblesses, tout comme les hommes? Alors qu'ils nous traitent bien! Autrement, qu'ils sachent que leurs torts envers nous autorisent nos torts envers eux!

DESDÉMONA. — Bonne nuit, bonne nuit! Que le ciel m'inspire l'habitude, non de tirer le mal du mal, mais de faire servir le mal au mieux! *(Elles sortent.)*

ACTE V

SCÈNE PREMIÈRE

Une rue aux abords de la maison de Bianca.
Il fait nuit noire.

Entrent IAGO *et* RODERIGO.

IAGO. — Ici! Tiens-toi derrière ce pan de mur, il va venir à l'instant. Porte ta bonne rapière nue, et frappe au but. Vite! vite! Ne crains rien. Je serai à ton coude. Ceci nous sauve ou nous perd. Pense à cela, et fixe très fermement ta résolution.

RODERIGO. — Tiens-toi à portée : je puis manquer le coup.

IAGO. — Ici même, à ta portée... Hardi! et à ton poste! *(Il se retire à une petite distance.)*

RODERIGO. — Je n'ai pas une grande ferveur pour l'action, et cependant il m'a donné des raisons satisfaisantes. Ce n'est qu'un homme de moins! En avant, mon épée! il est mort. *(Il se met en place et tire son épée.)*

IAGO, *à part.* — J'ai frotté ce jeune ulcère presque au vif, et le voilà qui s'irrite. Maintenant, qu'il tue Cassio, ou que Cassio le tue, ou qu'ils se tuent l'un l'autre, tout est profit pour moi. Si Roderigo vit, il me somme de lui restituer tout l'or et tous les bijoux que je lui ai escamotés comme cadeaux à Desdémona; c'est ce qui ne doit pas être. Si Cassio survit, il a dans sa vie une beauté quotidienne qui me rend laid... Et puis, le More pourrait me dénoncer à lui; je vois là pour moi un grand péril. Non, il faut qu'il meure!... Mais voici que je l'entends venir.

Entre Cassio.

RODERIGO. — Je reconnais son pas. C'est lui! Misérable! tu es mort! *(Il s'élance de son poste et porte une botte à Cassio.)*

CASSIO, *dégainant.* — Ce coup m'aurait été fatal, en effet si ma cotte n'eût été meilleure que tu ne le pensais; je veux éprouver la tienne. *(Il frappe Roderigo.)*

RODERIGO *tombant.* — Oh! je suis tué! *(Iago s'élance de son poste, atteint Cassio par-derrière à la jambe, et s'enfuit.)*

CASSIO. — Je suis estropié pour toujours! Du secours! holà! Au meurtre! au meurtre! *(Il tombe.)*

Othello apparaît au fond du théâtre.

OTHELLO. — La voix de Cassio! Iago tient sa parole.

RODERIGO. — Oh! scélérat que je suis!

OTHELLO. — Oui c'est bien vrai!

CASSIO. — Oh! du secours! holà! De la lumière! un chirurgien!

OTHELLO. — C'est bien lui!... O brave Iago, cœur honnête et juste qui ressens si noblement l'outrage fait à ton ami, tu m'apprends mon devoir!... Mignonne, votre bien-aimé est mort, et votre heure maudite approche... Prostituée, j'arrive! Le charme de tes yeux est effacé de mon cœur. Il faut à ton lit, souillé de luxure, la tache de sang de la luxure! *(Il sort.)*

Entrent Lodovico et Gratiano. Ils se tiennent à distance.

CASSIO. — Holà!... Pas une patrouille! pas un passant! Au meurtre! au meurtre!

GRATIANO. — C'est quelque malheur. Ce cri est bien déchirant.

CASSIO. — Oh! du secours!

LODOVICO. — Ecoutez!

RODERIGO. — O misérable scélérat!

LODOVICO. — Deux ou trois voix gémissantes! Quelle nuit épaisse! C'est peut-être un piège. Il serait imprudent, croyez-moi, d'accourir aux cris sans avoir du renfort.

RODERIGO. — Personne ne vient! Vais-je donc saigner à mort?

Entre Iago, en vêtement de nuit, une torche à la main.

LODOVICO. — Ecoutez!

GRATIANO. — Voici quelqu'un qui vient en chemise avec une lumière et des armes.

IAGO. — Qui est là? D'où partent ces cris : Au meurtre?

LODOVICO, *à Iago.* — Nous ne savons.

IAGO, *à Lodovico.* — Est-ce que vous n'avez pas entendu crier?

CASSIO. — Ici! ici! Au nom du ciel! secourez-moi!

IAGO. — Que se passe-t-il?

GRATIANO, *à Lodovico.* — C'est l'enseigne d'Othello, il me semble.

LODOVICO. — Lui-même, en vérité : un bien vaillant compagnon!

IAGO, *se penchant sur Cassio.* — Qui êtes-vous, vous qui criez si douloureusement?

CASSIO. — Iago! Oh! je suis massacré, anéanti par des misérables! Porte-moi secours.

IAGO. — Ah! mon Dieu! lieutenant! quels sont les misérables qui ont fait ceci?

CASSIO. — Je pense que l'un d'eux est à quelques pas, et qu'il ne peut se sauver.

IAGO. — Oh! les misérables traîtres! *(A Lodovico et à Gratiano.)* Qui êtes-vous, là? Approchez et venez au secours.

RODERIGO. — Oh! secourez-moi! ici!

CASSIO. — Voilà l'un d'eux.

IAGO. — Oh! misérable meurtrier! Oh! scélérat! *(Il poignarde Roderigo.)*

RODERIGO. — Oh! damné Iago! Oh! chien inhumain! *(Il meurt.)*

IAGO. — Tuer les gens dans les ténèbres! Où sont tous ces sanglants bandits? Comme la ville est silencieuse! Holà! au meurtre! au meurtre! *(A Lodovico et à Gratiano.)* Qui donc êtes-vous, vous autres? Etes-vous hommes de bien ou de mal?

LODOVICO. — Jugez-nous à l'épreuve.

IAGO. — Le seigneur Lodovico!

LODOVICO. — Lui-même, monsieur.

IAGO. — J'implore votre indulgence : voici Cassio blessé par des misérables.

GRATIANO. — Cassio?

IAGO, *penché sur Cassio.* — Comment cela va-t-il, frère?

CASSIO. — Ma jambe est coupée en deux.

IAGO. — Oh! à Dieu ne plaise! De la lumière, messieurs! Je vais bander la plaie avec ma chemise.

Des gens portant des torches s'approchent. Iago bande la blessure de Cassio. Entre Bianca.

BIANCA. — Que se passe-t-il? Ho! qui a crié?

IAGO. — Qui a crié?

BIANCA, *se précipitant vers Cassio.* — O mon cher Cassio! mon bien-aimé Cassio! O Cassio! Cassio! Cassio!

IAGO. — O insigne catin!... Cassio, pouvez-vous soupçonner qui peuvent être ceux qui vous ont ainsi mutilé?

CASSIO. — Non.

GRATIANO, *à Cassio.* — Je suis désolé de vous trouver dans cet état : j'étais allé à votre recherche.

IAGO. — Prêtez-moi une jarretière... Bien! Oh! un brancard pour le transporter doucement d'ici.

BIANCA. — Hélas! il s'évanouit!... O Cassio! Cassio! Cassio!

IAGO. — Messieurs, je soupçonne cette créature d'avoir pris part à ce crime... Un peu de patience, mon brave Cassio!... Allons! allons! Eclairez-moi. Voyons! *(S'avançant vers Roderigo.)* Reconnaissons-nous ce visage ou non? Hélas! mon ami, mon cher compatriote! Roderigo!... Non... Si! pour sûr! O ciel! c'est Roderigo!

GRATIANO. — Quoi! Roderigo de Venise?

IAGO. — Lui-même, monsieur. Le connaissiez-vous?

GRATIANO. — Si je le connaissais! Certes.

IAGO. — Le seigneur Gratiano!... J'implore votre bienveillant pardon. Ces sanglantes catastrophes doivent excuser mon manque de forme à votre égard.

GRATIANO. — Je suis content de vous voir.

IAGO. — Comment êtes-vous, Cassio? Oh! un brancard! un brancard!

GRATIANO. — Roderigo!

IAGO. — Lui! lui! c'est bien lui! *(On apporte un brancard.)* Oh! à merveille! le brancard! *(Montrant les porteurs.)* Que ces braves gens l'emportent d'ici avec le plus grand soin! Moi, je vais chercher le chirurgien du général. *(A Bianca, qui sanglote.)* Quant à vous, dame, épargnez-vous toute cette peine. *(A Cassio, montrant Roderigo.)* Celui qui est là gisant, Cassio, était mon ami cher. Quelle querelle y avait-il donc entre vous?

CASSIO. — Nulle au monde. Je ne connais pas l'homme.

IAGO, *à Bianca.* — Eh bien! comme vous êtes pâle! *(Aux porteurs.)* Oh! emportez-le du grand air. *(On emporte Cassio et Roderigo. A Gratiano et à Lodovico.)* Restez, mes bons messieurs... Comme vous êtes pâle, petite dame! *(Montrant Bianca.)* Remarquez-vous l'effarement de son regard? *(A Bianca.)* Si vous êtes déjà si atterrée, nous en saurons davantage tout à l'heure... Observez-la bien; je vous prie, ayez l'œil sur elle. Voyez-vous, messieurs? Le crime parlera toujours, même quand les langues seraient muettes.

Entre Émilia.

EMILIA. — Hélas! qu'y a-t-il? Qu'y a-t-il donc, mon mari?

IAGO. — Cassio a été attaqué ici dans les ténèbres par Roderigo et des drôles qui se sont échappés. Il est presque tué, et Roderigo est mort.

EMILIA. — Hélas, bon seigneur! Hélas, bon Cassio!

IAGO. — Voilà ce que c'est que de courir les filles... Je t'en prie, Emilia, va demander à Cassio où il a soupé cette nuit. *(A Bianca.)* Quoi! est-ce que cela vous fait trembler?

BIANCA. — Il a soupé chez moi, mais cela ne me fait pas trembler.

IAGO. — Ah! il a soupé chez vous! Je vous somme de venir avec moi.

EMILIA. — Infamie! infamie sur toi, prostituée!

BIANCA. — Je ne suis pas une prostituée; j'ai une vie aussi honnête que vous qui m'insultez.

EMILIA. — Que moi! Fi! infamie sur toi!

IAGO. — Gracieux seigneurs, allons-nous voir panser le pauvre Cassio? Venez, petite dame, il va falloir nous en conter d'autres. Emilia, courez à la citadelle dire à Monseigneur et à Madame ce qui est arrivé... Partons, je vous prie. *(A part.)* Voici la nuit qui doit faire ma fortune ou ma ruine. *(Tous sortent.)*

SCÈNE II

Une chambre à coucher. Desdémona est au lit, endormie. Près d'elle un flambeau allumé.

Entre OTHELLO.

OTHELLO. — C'est la cause, c'est la cause, ô mon âme! Laissez-moi vous la cacher à vous, chastes étoiles! C'est la cause!... Pourtant je ne veux pas faire couler son sang ni faire de cicatrice à cette peau plus blanche que la neige et aussi lisse que l'albâtre monumental. *(Il dépose son épée.)* Pourtant il faut qu'elle meure; autrement, elle en trahirait d'autres. *(Montrant le flambeau.)* Eteignons d'abord cette lumière, et puis... *(Montrant Desdémona.)* Eteignons celle-ci. Si je souffle sur toi, ministre de flamme, je puis ressusciter ta clarté première, pour peu que je me ravise... Mais, la tienne une fois éteinte, ô modèle achevé de l'exquise nature, je ne sais pas où est le feu prométhéen qui pourra la rallumer! Quand j'aurai cueilli cette rose, je ne pourrai plus lui rendre sa sève vitale : il faudra qu'elle se flétrisse! Je veux la respirer sur la tige. *(Il l'embrasse.)* O haleine embaumée qui persuaderait presque à la justice de briser son glaive!... Encore un! encore un! *(Il la couvre de baisers.)* Sois ainsi quand tu seras morte, et je vais te tuer, et je t'aimerai après... Encore un! c'est le dernier! Jamais chose si douce ne fut aussi fatale. Il faut que je pleure, mais ce sont des larmes cruelles. Cette douleur-là tient du ciel, elle châtie qui elle aime... Elle s'éveille!

DESDÉMONA. — Qui est là? Othello?

OTHELLO. — Oui, Desdémona.

DESDÉMONA. — Voulez-vous venir au lit, monseigneur?

OTHELLO. — Avez-vous prié ce soir, Desdémona?

DESDÉMONA. — Oui, monseigneur.

OTHELLO. — Si vous vous souvenez de quelque crime que la grâce du ciel n'ait pas encore absous, implorez-la vite!

DESDÉMONA. — Hélas! monseigneur, que voulez-vous dire par là?

OTHELLO. — Allons! faites et soyez brève. Je vais marcher en attendant. Je ne voudrais pas tuer ton âme sans qu'elle fût préparée. Non! Le ciel m'en préserve! Je ne voudrais pas tuer ton âme.

DESDÉMONA. — Vous parlez de tuer?

OTHELLO. — Oui, j'en parle.

DESDÉMONA. — Alors, que le ciel ait pitié de moi!

OTHELLO. — Amen! de tout mon cœur!

DESDÉMONA. — Si vous parlez ainsi, j'espère que vous ne me tuerez pas.

OTHELLO. — Humph!

DESDÉMONA. — Et pourtant j'ai peur de vous; car vous êtes fatal quand vos yeux roulent ainsi. Pourquoi aurais-je peur? Je l'ignore, puisque j'ignore ma faute; cependant je sens que j'ai peur.

OTHELLO. — Pense à tes péchés.

DESDÉMONA. — Ce sont les tendresses que j'ai pour vous.

OTHELLO. — Oui! et c'est pour cela que tu meurs.

DESDÉMONA. — C'est une mort contre nature que celle qui tue pour crime d'amour. Hélas! pourquoi rongez-vous ainsi votre lèvre inférieure? Quelque passion sanglante agite tout votre être. Ce sont de mauvais présages; mais pourtant j'espère, j'espère que ce n'est pas moi qu'ils menacent.

OTHELLO. — Paix! et soyez calme.

DESDÉMONA. — J'obéis. Mais de quoi s'agit-il?

OTHELLO. — Ce mouchoir que j'aimais tant et que je t'avais donné, tu l'as donné à Cassio.

DESDÉMONA. — Non, sur ma vie et sur mon âme! Faites venir l'homme et interrogez-le.

OTHELLO. — Chère âme, prends garde, prends garde au parjure : tu es sur ton lit de mort.

DESDÉMONA. — Oui, mais pas pour y mourir encore!

OTHELLO. — Si! immédiatement! Donc confesse franchement ton crime; car tu aurais beau en nier sous serment tous les chefs, tu n'écarterais pas, tu n'étoufferais pas la forte conviction dont je gémis. Tu vas mourir.

DESDÉMONA. — Alors, que le Seigneur ait pitié de moi!

OTHELLO. — Amen! encore une fois.

DESDÉMONA. — Et vous aussi, ayez pitié! Jamais je ne vous ai offensé de ma vie. Jamais je n'ai aimé Cassio que de cette ordinaire affection à laquelle le ciel m'autorisait. Jamais je ne lui ai donné de gage.

OTHELLO. — Par le ciel! j'ai vu mon mouchoir à sa main. O femme parjure, tu pétrifies mon cœur, en voulant me faire voir dans l'action que j'ai résolue un meurtre, et non plus un sacrifice! J'ai vu le mouchoir!

DESDÉMONA. — Alors, c'est qu'il l'a trouvé. Je ne le lui ai jamais donné. Faites-le venir, et qu'il avoue la vérité!

OTHELLO. — Il a avoué.

DESDÉMONA. — Quoi, monseigneur?

OTHELLO. — Qu'il t'avait eue.

DESDÉMONA. — Quoi! illégitimement?

OTHELLO. — Oui.

DESDÉMONA. — Il ne le répétera pas.

OTHELLO. — Non! sa bouche est close; l'honnête Iago y a mis bon ordre.

DESDÉMONA. — Oh! ma frayeur devine! Quoi! il est mort!

OTHELLO. — Quand il aurait eu autant de vies que de cheveux, ma grande vengeance aurait eu de la rancune pour elles toutes.

DESDÉMONA. — Hélas! il est trahi, et je suis perdue!

OTHELLO. — Fi donc, prostituée! tu pleures pour lui devant ma face!

DESDÉMONA. — Oh! bannissez-moi, monseigneur, mais ne me tuez pas.

OTHELLO. — A bas, prostituée!

DESDÉMONA. — Tuez-moi demain! Laissez-moi vivre cette nuit!

OTHELLO. — Non! Si vous vous débattez...

DESDÉMONA. — Rien qu'une demi-heure!

OTHELLO. — A l'exécution pas de sursis!

DESDÉMONA. — Rien que le temps de dire une prière!

OTHELLO. — Il est trop tard! *(Il l'étouffe.)*

EMILIA, *dans l'intérieur du théâtre.* — Monseigneur! monseigneur! Holà! monseigneur! monseigneur!

OTHELLO. — Quel est ce bruit?... Pas morte! pas encore tout à fait morte! Tout cruel que je suis, je ne suis pas sans pitié : je ne voudrais pas prolonger ton supplice! Ainsi! ainsi! *(Il l'achève.)*

EMILIA, *de l'intérieur.* — Holà! Monseigneur! monseigneur!

OTHELLO. — Qui est là?

EMILIA. — Oh! mon bon seigneur, je voudrais vous dire un mot.

OTHELLO. — Oui... C'est Emilia... Tout à l'heure! Elle est morte... Il est probable qu'elle vient me parler de la mort de Cassio; le bruit a été grand... Ah! plus un mouvement! Calme comme la tombe... Est-il bon que je la laisse entrer? Je crois qu'elle remue encore... Non!... Que faire? Si elle entre, elle voudra sûrement parler à ma femme... Ma femme! ma femme! Quelle femme? Je n'ai pas de femme. Oh! insupportable idée! Oh! heure accablante! Il me semble qu'il devrait y avoir à présent une immense éclipse du soleil et de la lune, et que le globe épouvanté devrait s'entrouvrir à ce bouleversement.

EMILIA, *de l'intérieur.* — Je vous en conjure, laissez-moi vous parler, oh! mon bon seigneur!

OTHELLO. — Je t'avais oubliée. Allons! entre, Emilia. *(Il va à la porte, puis se ravise et revient précipitamment vers le lit, dont il ferme les rideaux.)* Doucement!...

Tout à l'heure! Tirons les rideaux... Où es-tu? Que me veux-tu à présent? *(Il ouvre la porte.)*

Entre Émilia.

EMILIA. — Oh! mon bon seigneur, il y a un meurtre affreux commis là-bas.

OTHELLO. — Quoi! à l'instant?

EMILIA. — A l'instant même, monseigneur!

OTHELLO. — C'est la conséquence de l'aberration de la lune : elle approche de la terre plus près que de coutume, et elle rend fous les hommes.

EMILIA. — Monseigneur, Cassio a tué un jeune Vénitien nommé Roderigo.

OTHELLO. — Roderigo tué! Et Cassio tué!

EMILIA. — Non, Cassio n'est pas tué.

OTHELLO. — Cassio n'est pas tué? Alors le meurtre détonne, et l'harmonieuse vengeance est faussée!

DESDÉMONA, *d'une voix expirante.* — O injustement! injustement tuée!

EMILIA. — Ciel! quel est ce cri?

OTHELLO. — Ce cri! Lequel?

EMILIA, *s'élançant vers le lit.* — Horreur!... Hélas! c'était la voix de madame... Au secours! au secours! Holà! au secours!... O madame, parlez encore! Douce Desdémona! ô douce maîtresse, parlez!

DESDÉMONA. — Je meurs innocente!

EMILIA. — Mais qui a commis cette action?

DESDÉMONA. — Personne! Moi! moi-même! Adieu! Recommande-moi à mon bon seigneur... Oh! adieu! *(Elle meurt.)*

OTHELLO. — Mais comment aurait-elle été assassinée?

EMILIA. — Hélas! qui sait?

OTHELLO. — Vous l'avez entendue le dire elle-même : ce n'est pas moi.

EMILIA. — Elle l'a dit : je suis tenue de rapporter la vérité.

OTHELLO. — Elle est allée, la menteuse, dans l'enfer brûlant : c'est moi qui l'ai tuée.

EMILIA. — Oh! elle n'en est que plus un ange, et vous n'en êtes qu'un plus noir démon.

OTHELLO. — Elle tournait au dévergondage, et c'était une putain.

EMILIA. — Tu la calomnies, et tu es un démon.

OTHELLO. — Elle était trompeuse comme l'onde.

EMILIA. — Tu es effréné comme la flamme d'oser dire qu'elle était trompeuse. Oh! elle était d'une loyauté céleste.

OTHELLO. — Cassio l'avait saillie! Demande à ton mari, d'ailleurs. Oh! je serais damné au-dessous de toutes les profondeurs de l'enfer, si je n'étais pas allé, sur le terrain du juste, jusqu'à cette extrémité. Ton mari a su tout cela.

EMILIA. — Mon mari?

OTHELLO. — Ton mari.

EMILIA. — Qu'elle était infidèle au lit nuptial?

OTHELLO. — Oui, avec Cassio. Si elle avait été fidèle, quand le ciel m'aurait offert un autre univers formé d'une seule topaze massive et pure, je ne l'aurais pas cédée en échange.

EMILIA. — Mon mari!

OTHELLO. — Oui, c'est lui qui m'a le premier parlé d'elle... C'est un honnête homme, et il a horreur de la fange qui s'attache aux actions immondes.

EMILIA. — Mon mari!

OTHELLO. — A quoi bon cette répétition, femme? Je dis ton mari.

EMILIA. — O ma maîtresse, la scélératesse a pris pour jouet l'amour. Mon mari a dit qu'elle était infidèle?

OTHELLO. — Lui-même, femme. Je dis ton mari; comprends-tu le mot? Mon ami, ton mari, l'honnête, l'honnête Iago!

EMILIA. — S'il a dit cela, puisse son âme pernicieuse pourrir d'un demi-atome chaque jour! Il a menti du fond du cœur. Elle n'était que trop follement éprise de son affreux choix.

OTHELLO, *menaçant*. — Ah!

EMILIA. — Fais ce que tu voudras. Ton action n'est pas plus digne du ciel que tu n'étais digne d'elle.

OTHELLO, *la main sur son épée*. — Taisez-vous, cela vaudra mieux!

EMILIA. — Tu n'as pas pour faire le mal la moitié de la force que j'ai pour le souffrir. O dupe! ô idiot! aussi ignorant que la crasse! Tu as commis une action... Je ne m'inquiète pas de ton épée... Je te ferai connaître, dussé-je perdre vingt vies!... Au secours! holà! au secours!... Le More a tué ma maîtresse! Au meurtre! au meurtre!

Entrent Montano, Gratiano et Iago.

MONTANO. — Que s'est-il passé? Qu'y a-t-il, général?

EMILIA. — Ah! vous voilà, Iago! Il faut que vous ayez bien agi pour que les gens vous jettent leurs meurtres sur les épaules.

GRATIANO. — Que s'est-il passé?

EMILIA, *à Iago, montrant Othello.* — Démens ce misérable, si tu es un homme! Il prétend que tu as dit que sa femme le trompait. Je sais bien que tu ne l'as pas dit : tu n'es pas un tel misérable. Parle, car mon cœur déborde.

IAGO. — Je lui ai dit ce que je pensais; et je ne lui ai rien dit qu'il n'ait trouvé lui-même juste et vrai.

EMILIA. — Mais lui avez-vous jamais dit qu'elle le trompait?

IAGO. — Oui.

EMILIA — Vous avez dit un mensonge, un odieux, un damné mensonge! Un mensonge, sur mon âme! un infâme mensonge! Elle, le tromper! avec Cassio!... Avez-vous dit avec Cassio?

IAGO. — Avec Cassio, dame! Allons! retenez votre langue!

EMILIA. — Je ne veux pas retenir ma langue. C'est mon devoir de parler. Ma maîtresse est ici gisante, assassinée dans son lit.

TOUS. — A Dieu ne plaise!

EMILIA. — Et ce sont vos rapports qui ont provoqué l'assassinat!

OTHELLO. — Çà! ne vous ébahissez pas, mes maîtres : c'est la vérité.

GRATIANO. — C'est une étrange vérité.

MONTANO. — O monstrueuse action!

EMILIA. — Trahison! trahison! trahison!... J'y songe, j'y songe... Je devine! Oh! trahison! trahison!... Je l'ai pensé alors!... Je me tuerai de douleur... Oh! trahison!

IAGO. — Allons! êtes-vous folle? Rentrez à la maison, je vous l'ordonne.

EMILIA. — Mes bons messieurs, ne me laissez pas interdire la parole! Il est juste que je lui obéisse, mais pas à présent! Il se peut, Iago, que je ne retourne jamais à la maison.

OTHELLO, *se jetant sur le corps de Desdémona.* — Oh! oh! oh!

EMILIA. — Oui, jette-toi là et rugis! Car tu as tué la plus adorable innocente qui ait jamais levé les yeux au ciel.

OTHELLO. — Oh! elle était impure! *(Se relevant.)* Je ne vous reconnaissais pas, mon oncle. Votre nièce est ici gisante. Ces mains viennent en effet de lui ôter le souffle. Je sais que cette action semble horrible et hideuse.

GRATIANO. — Pauvre Desdémona, je suis heureux que ton père ne soit plus! Ton mariage lui a été fatal et une pure douleur a tranché le fil usé de ses jours. S'il vivait encore, ce spectacle l'aurait jeté dans le désespoir; il aurait maudit son bon ange, et il serait tombé parmi les réprouvés.

OTHELLO. — C'est bien malheureux, mais Iago sait qu'elle a mille fois commis avec Cassio l'acte d'impudeur, Cassio l'a avoué. Et elle l'a récompensé de ses tendres labeurs en lui donnant le premier souvenir, le premier gage d'amour qu'elle avait eu de moi; je l'ai vu à la main de Cassio : c'était un mouchoir, antique offrande que ma mère avait reçue de mon père.

EMILIA. — O ciel, ô puissances célestes!

IAGO. — Allons! taisez-vous.

EMILIA. — Le jour se fera! le jour se fera!... Me taire, monsieur? Non! non! Je veux parler, libre comme l'air! Quand le ciel et les hommes et les démons, quand tous, tous, tous crieraient honte sur moi, je parlerai.

IAGO. — Soyez raisonnable, et rentrez.

EMILIA. — Je ne veux pas. *(Iago menace sa femme de son épée.)*

GRATIANO. — Fi! votre épée contre une femme!

EMILIA. — O More stupide! ce mouchoir dont tu parles, je l'avais trouvé par hasard et donné à mon mari; car, maintes fois, avec une insistance solennelle que ne méritait pas un pareil chiffon, il m'avait suppliée de le voler!

IAGO. — Misérable catin!

EMILIA. — Elle l'a donné à Cassio! Non. Hélas! c'est moi qui l'ai trouvé et qui l'ai donné à mon mari!

IAGO. — Carogne, tu mens!

EMILIA. — Par le ciel! je ne mens pas. Je ne mens pas, messieurs! *(A Othello.)* O meurtrier idiot! qu'est-ce qu'un fou pareil pouvait faire d'une si noble femme? *(Iago frappe Emilia de son épée, et se sauve.)*

OTHELLO. — N'y a-t-il donc de foudres au ciel que pour tonner? Oh! l'insigne scélérat! *(Pendant qu'Othello parle, Montano lui enlève son épée.)*

GRATIANO, *montrant Emilia qui chancelle.* — Elle tombe! Pour sûr, il a tué sa femme.

EMILIA. — Oui, oui. Oh! mettez-moi à côté de ma maîtresse. *(On la porte sur le lit.)*

GRATIANO. — Il s'est enfui, laissant sa femme assassinée.

MONTANO. — L'infâme scélérat! Prenez cette épée que je viens de retirer au More, et allez garder la porte en dehors; ne le laissez pas sortir, tuez-le plutôt. Moi, je cours après le fuyard, car c'est un misérable damné! *(Montano et Gratiano sortent.)*

OTHELLO. — Je ne suis même plus vaillant. Le premier marmouset venu me prend mon épée! Mais de quel droit l'honneur survivrait-il à l'honnêteté? Que tout finisse à la fois!

EMILIA, *d'une voix mourante.* — Que présageait ta chanson, maîtresse?... Ecoute! peux-tu m'entendre? Je vais faire comme le cygne et expirer en musique... *Le saule! le saule! le saule!...* More, elle était chaste; elle t'aimait, cruel More! Puisse mon âme n'aller à la béatitude que si je dis vrai! En disant ce que je pense, je meurs, je meurs! *(Elle expire.)*

OTHELLO. — J'ai une autre arme dans cette chambre : c'est une épée d'Espagne trempée dans l'eau glacée.

Oh! la voici. *(S'avançant vers la porte.)* Mon oncle, il faut que je sorte!

GRATIANO, *du dehors.* — Si tu essayes, il t'en coûtera cher. Tu n'as pas d'arme : il faut te résigner forcément.

OTHELLO. — Regarde-moi donc, et parle-moi; sinon, tout désarmé que je suis, je me jette sur toi.

Rentre Gratiano.

GRATIANO. — Qu'y a-t-il?

OTHELLO. — Regardez! j'ai une arme : jamais meilleure épée n'appuya sur la cuisse d'un soldat. J'ai vu le jour où, avec ce faible bras et cette bonne lame, je me suis fait un chemin à travers des obstacles vingt fois plus puissants que votre résistance. Mais, ô vaine forfanterie! qui peut maîtriser sa destinée? Il n'en est plus ainsi à présent! Ne vous effrayez pas, même en me voyant armé. Voici le terme de mon voyage, en voici le but, voici le point de repère de ma voile épuisée! Vous reculez d'effroi? Crainte superflue! Menacez seulement d'un roseau la poitrine d'Othello, et il reculera... Où donc irait Othello? *(Contemplant Desdémona.)* Ah! quelle mine tu as maintenant, fille de mauvaise étoile! Pâle comme ta chemise! Quand nous nous rencontrerons au jour du jugement, ton apparition précipitera mon âme du ciel, et les démons l'attraperont. Froide! froide, ma fille! froide comme ta chasteté!... O maudit, maudit scélérat!... Fouettez-moi, démons, loin des jouissances de cette vision céleste! Soufflez-moi dans vos ouragans! Rôtissez-moi dans le soufre! Lavez-moi aux torrents profonds de la flamme liquide!... O Desdémona! Desdémona! Morte! morte! Oh! oh! oh!

Entrent Lodovico, Montano, Cassio, porté sur un brancard, puis des officiers conduisant sous escorte Iago prisonnier.

LODOVICO. — Où est ce forcené? où est ce malheureux?

OTHELLO. — Voici celui qui fut Othello : me voici.

LODOVICO, *cherchant Iago.* — Où est cette vipère? Faites avancer ce scélérat!

OTHELLO, *apercevant Iago.* — Je regarde ses pieds... Mais c'est une fable. Si tu es un diable, je ne puis te tuer. *(Il blesse Iago.)*

LODOVICO. — Arrachez-lui son épée.

IAGO. — Mon sang coule, monsieur; mais je ne suis pas tué.

OTHELLO. — Je n'en suis pas fâché : je souhaite que tu vives; car, à mon sens, c'est un bonheur de mourir.

LODOVICO. — O Othello, toi qui, si bon jadis, es ainsi tombé dans le piège d'un scélérat maudit, que peut-on te dire?

OTHELLO. — Tout! tout! Appelez-moi honorable meurtrier, si vous voulez; car je n'ai rien fait par haine, j'ai fait tout par honneur.

LODOVICO. — Ce misérable a en partie confessé son crime. Etiez-vous d'accord avec lui pour la mort de Cassio?

OTHELLO. — Oui.

CASSIO. — Cher général, je ne vous ai jamais donné sujet de haine.

OTHELLO. — Je le crois, et j'implore votre pardon... Voulez-vous, je vous prie, demander à ce demi-démon pourquoi il m'a ainsi englué corps et âme?

IAGO. — Ne me demandez rien : ce que vous savez, vous le savez. Désormais, je ne dis plus une parole.

LODOVICO. — Quoi! pas même pour prier?

GRATIANO. — La torture vous ouvrira les lèvres.

OTHELLO, *à Iago.* — Tu fais bien, après tout.

LODOVICO. — Monsieur, vous allez apprendre ce qui est arrivé; car vous l'ignorez, je pense. Voici une lettre qu'on a trouvée dans la poche de Roderigo assassiné, et en voici une seconde. L'une prouve que Roderigo devait se charger du meurtre de Cassio.

OTHELLO. — O scélérat!

CASSIO. — Abomination païenne!

LODOVICO. — L'autre est une lettre de reproches trouvée aussi dans la poche du mort, que sans doute Roderigo voulait envoyer à ce damné scélérat, mais il paraît que dans l'intervalle Iago est survenu et l'a satisfait.

OTHELLO. — O le pernicieux drôle! Comment, Cassio, avez-vous eu ce mouchoir qui était à ma femme?

CASSIO. — Je l'ai trouvé dans ma chambre; et lui-même vient d'avouer à l'instant qu'il l'avait laissé tomber pour le projet spécial qui a réussi selon ses désirs.

OTHELLO. — O fou! fou! fou!

CASSIO. — En outre, dans cette même lettre, Roderigo reproche à Iago de l'avoir poussé à me braver sur la place de garde. Et tout à l'heure encore, quand on le croyait mort depuis longtemps, il a dit qu'Iago l'avait aposté et qu'Iago l'avait frappé.

LODOVICO, *à Othello.* — Vous allez quitter cette chambre et nous suivre. Votre pouvoir, votre commandement vous sont enlevés, et c'est Cassio qui gouverne à Chypre. Quant à ce gueux, s'il est quelque savant supplice qui puisse le torturer en le laissant vivre longtemps, il lui est réservé. *(A Othello.)* Vous, vous resterez prisonnier jusqu'à ce que la nature de votre faute soit connue du Sénat de Venise... Allons! qu'on l'emmène!

OTHELLO. — Doucement, vous! Un mot ou deux avant que vous partiez! J'ai rendu à l'Etat quelques services; on le sait : n'en parlons plus. Je vous en prie, dans vos lettres, quand vous raconterez ces faits lamentables, parlez de moi tel que je suis; n'atténuez rien, mais n'aggravez rien. Alors vous aurez à parler d'un homme qui a aimé sans sagesse, mais qui n'a que trop aimé! d'un homme peu accessible à la jalousie, mais qui, une fois travaillé par elle, a été entraîné jusqu'au bout! d'un homme dont la main, comme celle du Juif immonde, a jeté au loin une perle plus riche que toute sa tribu! d'un homme dont les yeux vaincus, quoique inaccoutumés à l'attendrissement, versent des larmes aussi abondamment que les arbres arabes leur gomme salutaire! Racontez cela, et dites en outre qu'une fois, dans Alep, voyant un Turc, un mécréant en turban, battre un Vénitien et insulter l'Etat, je saisis ce chien de circoncis à la gorge et le frappai ainsi. *(Il se perce de son épée.)*

LODOVICO. — O conclusion sanglante!

GRATIANO. — Toute parole serait perdue.

OTHELLO, *s'affaissant sur Desdémona.* — Je t'ai embrassée avant de te tuer... Il ne me restait plus qu'à me tuer pour mourir sur un baiser! *(Il expire en l'embrassant.)*

CASSIO. — Voilà ce que je craignais, mais je croyais qu'il n'avait pas d'arme; car il était grand de cœur!

LODOVICO, *à Iago.* — O limier de Sparte, plus féroce que l'angoisse, la faim ou la mer, regarde le fardeau tragique de ce lit! Voilà ton œuvre!... Ce spectacle empoisonne la vue : qu'on le voile! *(On tire les rideaux sur le lit.)* Gratiano, gardez la maison, et saisissez-vous des biens du More, car vous en héritez. *(A Cassio.)* A vous, seigneur gouverneur, revient le châtiment de cet infernal scélérat. Décidez l'heure, le lieu, le supplice... Oh! qu'il soit terrible! Quant à moi, je m'embarque à l'instant, et je vais au Sénat raconter, le cœur accablé, cette accablante aventure. *(Ils sortent.)*

LE ROI LEAR

NOTICE
SUR
LE ROI LEAR

On est étonné d'apprendre que *le Roi Lear* fut probablement représenté pour la première fois à l'occasion des fêtes de Noël en 1606, au palais de Whitehall, devant Jacques Ier. C'est en effet la plus sombre des pièces de la période sombre, le drame de l'ingratitude et de la folie.

C'est une très vieille histoire galloise, tirée — comme plusieurs autres tragédies — de la chronique de Holinshed. Et les événements qui y sont rapportés datent d'un passé lointain; 800 ans avant Jésus-Christ sans doute. Comme toujours, Shakespeare a modifié les choses : le roi Lear de la chronique, souffrant de l'ingratitude de ses filles, allait chercher appui en Gaule auprès de Cordélia, la cadette, « mariée à un des douzes princes de la Gaule », et, avec l'aide de leur armée, Lear reprenait son royaume, pour le laisser finalement à Cordélia.

Shakespeare a senti qu'il fallait un dénouement tragique à cette histoire lamentable. Et puis, comme pour en assombrir encore l'atmosphère, il a tiré de l'*Arcadie* de Sidney une intrigue secondaire dont la symétrie renforce l'intrigue principale et la rend plus affreuse : le comte de Gloster a deux fils, l'un légitime, l'autre bâtard; ce dernier, qui est son préféré, l'a trompé et dépossédé de son comté; et c'est l'autre qui, malgré l'injuste conduite de son père, le suivra, le protégera et le sauvera au bord de la mort.

Il y a entre les deux intrigues, sinon un lien logique — il est très mince — du moins une ressemblance évidente : deux pères frappés par l'ingratitude de leurs enfants et des enfants révoltés, oublieux de leurs devoirs jusqu'à la cruauté. Et dans un cas, une fille —

Cordélia — dans l'autre, un fils — Edgar — gardent intacte une piété filiale touchante, mais non toujours récompensée.

La conception du sujet a quelque chose de raide et de naïf qui se ressent de l'origine ancienne de la chronique et de la légende de Sidney. Mais on l'oublie, tant on se sent pris, dès le début, par la pitié et la terreur et aussi par la grandeur des personnages.

Lear domine tous les autres. Vieillard violent et tyrannique, qui a toujours su faire respecter ses volontés et même ses caprices, il veut obliger ses filles à lui dire combien elles l'aiment, ce que les deux aînées, fourbes et soumises, font avec emphase. Cordélia, la préférée, si semblable à son père, ne peut s'y résoudre. Elle est délibérément modérée, sèche dans ses protestations. Elle s'entête, comme le fait son père, et de ce conflit naît la tragédie. Chassée par un père qui se refuse à comprendre, elle s'en va au bras d'un époux, le roi de France.

Les deux autres filles reçoivent chacune la moitié du royaume en récompense de leur amour. Mais aussitôt en possession du pouvoir, elles vont reléguer leur vieux père dans une position subalterne. Le roi déchu se révolte; devant la dureté d'une de ses filles, il espère trouver asile et protection chez l'autre : celle-ci est plus cruelle encore. Peu à peu la colère de Lear monte. Il ne sait plus se contenir, sent l'égarement le saisir et s'en va par une nuit de tempête errer sur la lande, désespéré et insensé, avec son bouffon et son ami Kent, les seuls de ses compagnons qui lui soient restés fidèles. Dans la misérable hutte d'un berger où il cherche à s'abriter du vent et de la pluie, il rencontre Edgar, le fils de Gloucester, chassé par son père, et qui feint la folie. Ces scènes de violence et de désespoir au milieu des éléments déchaînés sont parmi les plus noires de l'œuvre de Shakespeare.

Souffrance et malheur sont pour les hommes un destin inévitable.

« Comme des mouches aux mains d'enfants qui jouent, nous sommes aux mains des dieux : ils nous tuent pour s'amuser ». Aussi les efforts de Cordélia et de son époux ne sauraient modifier le destin : l'armée française est battue. Comment pourrait-il en être autrement? C'est une armée étrangère sur le sol anglais... Cordélia captive est étranglée dans sa prison, et Lear saura sa mort avant de mourir lui-même : histoire désolante, pessimiste dans sa philosophie, si éloignée de notre expérience quotidienne qu'elle nous écrase et nous épouvante. La pièce est mal composée, pleine d'anachronismes, de folie vraie ou feinte. Cependant, les personnages en restent intelligibles : ce père découvrant la cruauté de ses enfants, ces enfants révoltés contre le joug paternel et qui revendiquent leurs droits, appartiennent-ils seulement à un passé lointain, barbare et révolu? Et si l'influence des astres semble par endroits la seule explication des malheurs des hommes, Edmond le sceptique répond : « Nous mettons nos désastres sur le compte du soleil, de la lune et des étoiles, comme si nous étions canailles à cause du destin, imbéciles par la volonté du ciel, ivrognes, menteurs et fourbes sous l'influence des planètes! ».

Ce sens de la responsabilité des hommes constitue-t-il un élément chrétien dans cette histoire barbare? On a qualifié la pièce de wagnérienne. Faguet, en 1904, y voyait un « affreux mélodrame ». S'il est vrai qu'elle reste difficile, il faut reconnaître qu'elle est également forte, riche et d'une beauté tragique rarement égalée.

PERSONNAGES

LEAR, roi de la Grande-Bretagne.
LE ROI DE FRANCE.
LE DUC DE BOURGOGNE.
LE DUC DE CORNOUAILLES.
LE DUC D'ALBANY.
LE COMTE DE KENT.
LE COMTE DE GLOUCESTER.
EDGAR, fils de Gloucester.
EDMOND, bâtard de Gloucester.
LE FOU DU ROI LEAR.
OSWALD, intendant de Goneril.
CURAN, courtisan.
UN VIEILLARD, vassal de Gloucester.
UN MÉDECIN.
UN OFFICIER au service d'Edmond.
UN GENTILHOMME attaché à Cordélia.
UN HÉRAUT.

GONERIL, }
RÉGANE, } filles du roi Lear.
CORDÉLIA, }

CHEVALIERS, OFFICIERS, MESSAGERS, SOLDATS, GENS DE LA SUITE.

La scène est dans la Grande-Bretagne.

ACTE PREMIER

SCÈNE PREMIÈRE

La grande salle du palais des rois de Grande-Bretagne.

Entrent KENT, GLOUCESTER *et* EDMOND.

KENT. — Je croyais le roi plus favorable au duc d'Albany qu'au duc de Cornouailles.

GLOUCESTER. — C'est ce qui nous avait toujours semblé; mais à présent, dans le partage du royaume, rien n'indique lequel des ducs il apprécie le plus, car les portions se balancent si également que le scrupule même ne saurait faire un choix entre l'une et l'autre.

KENT, *montrant Edmond.* — N'est-ce pas là votre fils, milord?

GLOUCESTER. — Son éducation, messire, a été à ma charge. J'ai si souvent rougi de le reconnaître que maintenant j'y suis bronzé.

KENT. — Je ne puis concevoir...

GLOUCESTER. — C'est ce que put, messire, la mère de ce jeune gaillard : si bien qu'elle vit son ventre s'arrondir, et que, ma foi! messire, elle eut un fils en son berceau avant d'avoir un mari dans son lit... Flairez-vous la faute?

KENT. — Je ne puis regretter une faute dont le fruit est si beau.

GLOUCESTER. — Mais j'ai aussi, messire, de l'aveu de la loi, un fils quelque peu plus âgé que celui-ci, qui pourtant ne m'est pas plus cher. Bien que ce chenapan soit venu au monde, un peu impudemment, avant d'être appelé, sa mère n'en était pas moins belle : il y eut grande liesse à le faire, et il faut bien reconnaître ce fils de putain... Edmond, connaissez-vous ce noble gentilhomme?

EDMOND. — Non, milord.

GLOUCESTER. — Milord de Kent. Saluez-le désormais comme mon honorable ami.

EDMOND, *s'inclinant.* — Mes services à Votre Seigneurie!

KENT. — Je suis tenu de vous aimer, et je demande à vous connaître plus particulièrement.

EDMOND. — Messire, je m'étudierai à mériter cette distinction.

GLOUCESTER. — Il a été neuf ans hors du pays, et il va en partir de nouveau... Le roi vient. *(Fanfares.)*

Entrent Lear, Cornouailles, Albany, Goneril, Régane, Cordélia et les gens du roi.

LEAR. — Gloucester, veuillez accompagner les seigneurs de France et de Bourgogne.

GLOUCESTER. — J'obéis, mon suzerain. *(Sortent Gloucester et Edmond.)*

LEAR. — Nous, cependant, nous allons révéler nos plus mystérieuses intentions... Qu'on me donne la carte! *(On déploie une carte devant le roi.)* Sachez que nous avons divisé en trois parts notre royaume, et que c'est notre intention formelle de soustraire notre vieillesse aux soins et aux affaires pour en charger de plus jeunes forces, tandis que nous nous traînerons sans encombre vers la mort... Cornouailles, notre fils, et vous, Albany, notre fils également dévoué, nous avons à cette heure la ferme volonté de régler publiquement la dotation de nos filles, pour prévenir dès à présent tout débat futur. Quant aux princes de France et de Bourgogne, ces grands rivaux qui, pour obtenir l'amour de notre plus jeune fille, ont prolongé à notre cour leur séjour galant, ils obtiendront réponse ici même... Parlez, mes filles : en ce moment où nous voulons renoncer au pouvoir, aux revenus du territoire comme aux soins de l'Etat, faites-nous savoir qui de vous nous aime le plus, afin que notre libéralité s'exerce le plus largement là où le mérite l'aura le mieux provoquée... Goneril, notre aînée, parle la première.

GONERIL. — Moi, sire, je vous aime plus que les mots n'en peuvent donner une idée, plus chèrement que la vue, l'espace et la liberté, de préférence à tout ce qui est précieux, riche ou rare, non moins que la vie avec la grâce, la santé, la beauté et l'honneur, du plus grand amour qu'enfant ait jamais ressenti ou père inspiré, d'un amour qui rend le souffle misérable et la voix impuissante; je vous aime au-delà de toute mesure.

CORDÉLIA, *à part.* — Que pourra faire Cordélia? Aimer, et se taire.

LEAR, *le doigt sur la carte.* — Tu vois, de cette ligne à celle-ci, tout ce domaine, couvert de forêts ombreuses et de riches campagnes, de rivières plantureuses et de vastes prairies : nous t'en faisons la dame. Que tes enfants et les enfants d'Albany le possèdent à perpétuité!... Que dit notre seconde fille, notre chère Régane, la femme de Cornouailles?... Parle.

RÉGANE. — Je suis faite du même métal que ma sœur, et je m'estime à sa valeur. En toute sincérité je reconnais qu'elle exprime les sentiments mêmes de mon amour; seulement, elle ne va pas assez loin : car je me déclare l'ennemie de toutes les joies contenues dans la sphère la plus exquise de la sensation, et je ne trouve de félicité que dans l'amour de Votre Chère Altesse.

CORDÉLIA, *à part.* — C'est le cas de dire : Pauvre Cordélia! Et pourtant non, car, j'en suis bien sûre, je suis plus riche d'amour que de paroles.

LEAR, *à Régane.* — A toi et aux tiens, en apanage héréditaire, revient cet ample tiers de notre beau royaume, égal en étendue, en valeur et en agrément à la portion de Goneril. *(A Cordélia.)* A votre tour, ô notre joie, la dernière, mais non la moindre! Vous dont le vin de France et le lait de Bourgogne se disputent la jeune prédilection, parlez : que pouvez-vous dire pour obtenir une part plus opulente que celle de vos sœurs?

CORDÉLIA. — Rien, monseigneur.

LEAR. — Rien?

CORDÉLIA. — Rien.

LEAR. — De rien rien ne peut venir : parlez encore.

CORDÉLIA. — Malheureuse que je suis, je ne puis soulever mon cœur jusqu'à mes lèvres. J'aime Votre Majesté comme je le dois, ni plus ni moins.

LEAR. — Allons, allons, Cordélia! Réformez un peu votre réponse, de peur qu'elle ne nuise à votre fortune.

CORDÉLIA. — Mon bon seigneur, vous m'avez mise au monde, vous m'avez élevée, vous m'avez aimée; moi, je vous rends en retour les devoirs auxquels je suis tenue, je vous obéis, vous aime et vous vénère. Pourquoi mes sœurs ont-elles des maris, si, comme elles le disent, elles n'aiment que vous? Peut-être, au jour de mes noces, l'époux dont la main recevra ma foi emportera-t-il avec lui une moitié de mon amour, de ma sollicitude et de mon dévouement; assurément je ne me marierai pas comme mes sœurs, pour n'aimer que mon père.

LEAR. — Mais parles-tu du fond du cœur?

CORDÉLIA. — Oui, mon bon seigneur.

LEAR. — Si jeune, et si peu tendre!

CORDÉLIA. — Si jeune, monseigneur, et si sincère!

LEAR. — Soit!... Eh bien, que ta sincérité soit ta dot! Car, par le rayonnement sacré du soleil, par les mystères d'Hécate et de la nuit, par toutes les influences des astres qui nous font exister et cesser d'être, j'abjure à ton égard toute ma sollicitude paternelle, toutes les relations et tous les droits du sang : je te déclare étrangère à mon cœur et à moi dès ce moment, pour toujours. Le Scythe barbare, l'homme qui dévore ses enfants pour assouvir son appétit, trouvera dans mon cœur autant de charité, de pitié et de sympathie que toi, ma ci-devant fille!

KENT. — Mon bon suzerain!...

LEAR. — Silence, Kent! Ne vous mettez pas entre le dragon et sa fureur. C'est elle que j'aimais le plus, et je pensais confier mon repos à la tutelle de sa tendresse... Arrière! hors de ma vue!... Puisse la tombe me refuser sa paix, si je ne lui retire ici le cœur de son père!... Appelez le Français!... M'obéit-on?... Appelez le Bourguignon!... Cornouailles, Albany, grossissez de ce tiers la dot de mes deux filles. Que l'orgueil, qu'elle appelle franchise, suffise à la marier! Je vous investis en commun de mon pouvoir, de ma prééminence et des vastes attributs qui escortent La Majesté. Nous-même, avec cent chevaliers que nous nous réservons et qui seront entretenus à vos frais, nous ferons alternativement chez chacun de vous un séjour mensuel. Nous ne voulons garder que le nom et les titres d'un roi. L'autorité, le revenu, le gouvernement des affaires, je vous abandonne tout cela, fils bien-aimés. Pour gage, voici la couronne : partagez-vous-la! *(Il se démet de la couronne.)*

KENT. — Royal Lear, que j'ai toujours honoré comme mon roi, comme mon père, suivi comme mon maître, et nommé dans mes prières comme mon patron sacré...

LEAR. — L'arc est bandé et ajusté : évite la flèche.

KENT. — Que plutôt elle tombe sur moi, dût son fer envahir la région de mon cœur! Que Kent soit discourtois quand Lear est insensé! Que prétends-tu, vieillard? Crois-tu donc que le devoir ait peur de parler, quand la puissance cède à la flatterie? L'honneur est obligé à la franchise, quand La Majesté succombe à la folie. Révoque ton arrêt, et, par une mûre réflexion, réprime cette hideuse vivacité. Que ma vie réponde de mon jugement! la plus jeune de tes filles n'est pas celle qui t'aime le moins : elle n'annonce pas un cœur vide, la voix grave qui ne retentit pas en un creux accent.

LEAR. — Kent, sur ta vie, assez!

KENT. — Ma vie, je ne l'ai jamais tenue que pour un enjeu à risquer contre tes ennemis, et je ne crains pas de la perdre, quand ton salut l'exige.

LEAR. — Hors de ma vue!

KENT. — Sois plus clairvoyant, Lear, et laisse-moi rester le point de mire constant de ton regard.

LEAR. — Ah! par Apollon!...

KENT. — Ah! par Apollon! roi, tu adjures tes dieux en vain.

LEAR, *mettant la main sur son épée*. — O vassal! mécréant!...

ALBANY et CORNOUAILLES. — Cher sire, arrêtez.

KENT. — Va! tue ton médecin, et nourris de son salaire le mal qui te ronge!... Révoque ta donation, ou, tant que je pourrai arracher un cri de ma gorge, je te dirai que tu as mal fait.

LEAR. — Ecoute-moi, félon! Sur ton allégeance, écoute-moi! Puisque tu as tenté de nous faire rompre un vœu, ce que jamais nous n'osâmes; puisque, dans ton orgueil outrecuidant, tu as voulu t'interposer entre notre sentence et notre autorité, ce que notre caractère et notre rang ne sauraient tolérer, fais pour ta récompense l'épreuve de notre pouvoir. Nous t'accordons cinq jours pour réunir les ressources destinées à te prémunir contre les détresses de ce monde. Le sixième, tu tourneras ton dos maudit à notre royaume; et si, le dixième, ta carcasse bannie est découverte dans nos domaines, ce moment sera ta mort. Arrière!... Par Jupiter! cet arrêt ne sera pas révoqué.

KENT. — Adieu! roi! Puisque c'est ainsi que tu veux apparaître, ailleurs est la liberté, et l'exil est ici! *(A Cordélia.)* Que les dieux te prennent sous leur tendre tutelle, ô vierge, qui penses si juste et qui as si bien dit! *(A Régane et à Goneril.)* Et puissent vos actes confirmer vos beaux discours, et de bons effets sortir de paroles si tendres! *(Aux ducs d'Albany et de Cornouailles.)* Ainsi, ô princes, Kent vous fait ses dieux. Il va acclimater ses vieilles habitudes dans une région nouvelle. *(Il sort.)*

Rentre Gloucester, accompagné du roi de France, du duc de Bourgogne et de leur suite.

GLOUCESTER, *à Lear.* — Voici les princes de France et de Bourgogne, mon noble seigneur.

LEAR. — Messire de Bourgogne, nous nous adressons d'abord à vous qui, en rivalité avec ce roi, recherchez notre fille. Que doit-elle au moins vous apporter en dot, pour que vous donniez suite à votre requête amoureuse?

LE DUC DE BOURGOGNE. — Très Royale Majesté, je ne réclame rien de plus que ce qu'a offert Votre Altesse; et vous n'accorderez pas moins.

LEAR. — Très noble Bourguignon, tant qu'elle nous a été chère, nous l'avons estimée à ce prix; mais maintenant sa valeur est tombée. La voilà devant vous, messire; si quelque trait de sa mince et spécieuse personne, si son ensemble, auquel s'ajoute notre défaveur et rien de plus, suffit à charmer Votre Grâce, la voilà : elle est à vous.

LE DUC DE BOURGOGNE. — Je ne sais que répondre.

LEAR. — Telle qu'elle est, messire, avec les infirmités qu'elle possède, orpheline nouvellement adoptée par notre haine, dotée de notre malédiction et reniée par notre serment, voulez-vous la prendre, ou la laisser?

LE DUC DE BOURGOGNE. — Pardonnez-moi, royal sire : un choix ne se fixe pas dans de telles conditions.

LEAR. — Laissez-la donc, seigneur : car, par la puissance qui m'a donné l'être! je vous ai dit toute sa fortune. *(Au roi de France.)* Quant à vous, grand roi, je ne voudrais pas faire à notre amitié l'outrage de vous unir à ce que je hais : je vous conjure donc de reporter votre sympathie sur un plus digne objet qu'une misérable que la nature a presque honte de reconnaître.

LE ROI DE FRANCE. — Chose étrange! que celle qui tout à l'heure était votre plus chère affection, le thème de vos éloges, le baume de votre vieillesse, votre incomparable, votre préférée, ait en un clin d'œil commis une action assez monstrueuse pour détacher d'elle une faveur qui la couvrait de tant de replis! Assurément, sa faute doit être bien contre nature et bien atroce, ou votre primitive affection pour elle était bien blâmable. Pour croire chose pareille, il faudrait une foi que la raison ne saurait m'inculquer sans un miracle.

CORDÉLIA, *à Lear.* — J'implore une grâce de Votre Majesté. Si mon tort est de ne pas posséder le talent disert et onctueux de dire ce que je ne pense pas, et de n'avoir que la bonne volonté qui agit avant de parler, veuillez déclarer la vérité, sire : ce n'est pas un crime dégradant, ni quelque autre félonie, ce n'est pas une action impure ni une démarche déshonorante, qui m'a privée de votre faveur; j'ai été disgraciée parce qu'il me manque (et c'est là ma richesse) un regard qui sollicite toujours, une langue que je suis bien aise de ne pas avoir bien qu'il m'en ait coûté la perte de votre affection.

LEAR. — Mieux vaudrait pour toi n'être pas née que de m'avoir à ce point déplu.

LE ROI DE FRANCE. — N'est-ce que cela? La timidité d'une nature qui souvent ne trouve pas de mots pour raconter ce qu'elle entend faire?... Monseigneur de Bourgogne, que dites-vous de madame?... L'amour n'est pas l'amour, quand il s'y mêle des considérations étrangères à son objet suprême. Voulez-vous d'elle? Elle est elle-même une dot.

LE DUC DE BOURGOGNE. — Royal Lear, donnez seulement la dot que vous-même aviez offerte, et à l'instant je prends par la main Cordélia, duchesse de Bourgogne!

LEAR. — Rien!... J'ai juré; je suis inébranlable.

LE DUC DE BOURGOGNE, *à Cordélia.* — Je suis fâché que, pour avoir ainsi perdu un père, vous deviez perdre un mari.

CORDÉLIA. — La paix soit avec messire de Bourgogne! Puisque des considérations de fortune font tout son amour, je ne serai pas sa femme.

LE ROI DE FRANCE. — Charmante Cordélia, toi que la misère rend plus riche, le délaissement plus auguste, l'outrage plus adorable, toi, et tes vertus, vous êtes à moi. Qu'il me soit permis de recueillir ce qu'on proscrit!... Dieux! dieux! N'est-ce pas étrange que leur froid dédain ait échauffé mon amour jusqu'à la passion ardente? *(A Lear.)* Roi, ta fille sans dot, jetée au hasard de mon choix, régnera sur nous, sur les nôtres et sur notre belle France. Et tous les ducs de l'humide Bourgogne ne rachèteraient pas de moi cette fille précieuse et dépréciée! Dis-leur adieu, Cordélia, si injustes qu'ils soient. Tu retrouveras mieux que tu n'as perdu.

LEAR. — Elle est à toi, Français : prends-la; une pareille fille ne nous est rien, et jamais nous ne reverrons son visage. *(A Cordélia.)* Pars donc, sans nos bonnes grâces, sans notre amour, sans notre bénédiction... Venez, noble Bourguignon. *(Fanfares. Sortent*

Lear, les ducs de Bourgogne, de Cornouailles et d'Albany, Gloucester et leur suite.)

LE ROI DE FRANCE, *à Cordélia.* — Dites adieu à vos sœurs.

CORDÉLIA. — Bijoux de notre père, c'est avec des larmes dans les yeux que Cordélia vous quitte. Je sais ce que vous êtes; et j'ai, comme sœur, une vive répugnance à appeler vos défauts par leurs noms. Aimez bien notre père : je le confie aux cœurs si bien vantés par vous. Mais, hélas! si j'étais encore dans ses grâces, je lui offrirais un trône en meilleur lieu. Sur ce, adieu à toutes les deux!

GONERIL. — Ne nous prescris pas nos devoirs.

RÉGANE. — Etudiez-vous à contenter votre mari, qui vous a jeté, en vous recueillant, l'aumône de la fortune. Vous avez marchandé l'obéissance; et vous avez mérité de perdre ce que vous avez perdu.

CORDÉLIA. — Le temps dévoilera ce que l'astuce cache en ses replis. La honte finira par confondre ceux qui dissimulent leurs vices. Puissiez-vous prospérer!

LE ROI DE FRANCE. — Viens, ma belle Cordélia! *(Il sort avec Cordélia.)*

GONERIL. — Sœur, j'ai beaucoup à vous dire sur un sujet qui nous intéresse toutes deux très vivement. Je pense que notre père partira d'ici ce soir.

RÉGANE. — Bien sûr, et avec vous; le mois prochain, ce sera notre tour.

GONERIL. — Vous voyez combien sa vieillesse est sujette au caprice. L'épreuve que nous en avons faite n'est pas insignifiante : il avait toujours préféré notre sœur, et la déraison avec laquelle il vient de la chasser est trop grossièrement manifeste.

RÉGANE. — C'est une infirmité de sa vieillesse; cependant il ne s'est jamais qu'imparfaitement possédé.

GONERIL. — Dans la force et dans la plénitude de l'âge, il a toujours eu de ces emportements. Nous devons donc nous attendre à subir, dans sa vieillesse, outre les défauts enracinés de sa nature, tous les accès d'impatience qu'amène avec elle une sénilité infirme et colère.

RÉGANE. — Nous aurons sans doute à supporter de lui maintes boutades imprévues, comme celle qui lui a fait bannir Kent.

GONERIL. — La cérémonie des adieux doit se prolonger encore entre le Français et lui. Entendons-nous donc, je vous prie! Si, avec les dispositions qu'il a, notre père garde aucune autorité, la dernière concession qu'il nous a faite deviendra dérisoire.

RÉGANE. — Nous aviserons.

GONERIL. — Il nous faut faire quelque chose, et dans la chaleur de la crise. *(Elles sortent.)*

SCÈNE II

Dans le château du comte de Gloucester.

Entre EDMOND, *une lettre à la main.*

EDMOND. — Nature, tu es ma déesse; c'est à ta loi que sont voués mes services. Pourquoi subirais-je le fléau de la coutume, et permettrais-je à la subtilité des nations de me déshériter, sous prétexte que je suis venu douze ou quatorze lunes plus tard que mon frère?... Bâtard! pourquoi? Ignoble! pourquoi? Est-ce que je n'ai pas la taille aussi bien prise, l'âme aussi généreuse, les traits aussi réguliers que la progéniture d'une honnête madame? Pourquoi nous jeter à la face l'ignominie et la bâtardise? Ignobles! Ignobles! Ignobles! Nous, qui, dans la furtive impétuosité de la nature, puisons plus de vigueur et de fougue que n'en exige, en un lit maussade, insipide et épuisé, la procréation de toute une tribu de damerets engendrés entre le sommeil et le réveil!... Ainsi donc, Edgar le légitime, il faut que j'aie votre patrimoine : l'amour de notre père appartient au bâtard Edmond, aussi bien qu'au fils légitime. Le beau mot : Légitime! Soit, mon légitime! Si cette lettre agit et si mon idée réussit, Edmond l'ignoble primera Edgar le légitime. Je grandis, je prospère. Allons, dieux, tenez pour les bâtards!

Entre Gloucester.

GLOUCESTER. — Kent banni ainsi! le Français s'éloignant furieux! et le roi parti ce soir même, renonçant à son pouvoir, et réduit à une pension! Tout cela coup sur coup!... Edmond, eh bien! quelles nouvelles?

EDMOND, *feignant de cacher la lettre.* — Aucune, n'en déplaise à Votre Seigneurie.

GLOUCESTER. — Pourquoi êtes-vous si pressé de serrer cette lettre?

EDMOND. — Je ne sais aucune nouvelle, monseigneur.

GLOUCESTER. — Quel papier lisiez-vous là?

EDMOND. — Ce n'est rien, monseigneur?

GLOUCESTER. — Vraiment? Pourquoi donc alors cette terrible promptitude à l'empocher? Ce qui n'est rien n'a pas besoin de se cacher ainsi. Faites voir. Allons! si ce n'est rien, je n'aurai pas besoin de besicles.

EDMOND. — Je vous supplie, monsieur, de me pardonner. C'est une lettre de mon frère que je n'ai pas lue en entier; mais, d'après ce que j'en connais, je ne la crois pas faite pour être mise sous vos yeux.

GLOUCESTER. — Donnez-moi cette lettre, monsieur.

EDMOND. — Je ferai mal, que je la détienne ou que je la donne. Le contenu, d'après le peu que j'ai compris, en est blâmable.

GLOUCESTER. — Voyons, voyons.

EDMOND. — J'espère, pour la justification de mon frère, qu'il n'a écrit cela que pour éprouver ou tâter ma vertu. *(Il remet la lettre au comte.)*

GLOUCESTER, *lisant.* — « Ce respect convenu pour la vieillesse nous fait une vie amère de nos plus belles années; il nous prive de notre fortune jusqu'à ce que l'âge nous empêche d'en jouir. Je commence à trouver une servitude lâche et niaise dans cette sujétion à une tyrannie sénile, qui gouverne, non parce qu'elle est puissante, mais parce qu'elle est tolérée. Venez me voir, que je puisse vous en dire davantage. Si notre père pouvait dormir jusqu'à ce que je l'eusse éveillé, vous posséderiez pour toujours la moitié de son revenu, et vous vivriez le bien-aimé de votre frère. Edgar. » Humph! une conspiration!... « Pouvait dormir jusqu'à ce que je l'eusse éveillé, vous posséderiez la moitié de son revenu!... » Mon fils Edgar! Sa main a-t-elle pu écrire ceci! Son cœur, son cerveau, le concevoir!... Quand cette lettre vous est-elle parvenue? Qui l'a apportée?

EDMOND. — Elle ne m'a pas été apportée, monseigneur; et voilà l'artifice : je l'ai trouvée jetée sur la fenêtre de mon cabinet.

GLOUCESTER. — Vous reconnaissez cet écrit pour être de votre frère?

EDMOND. — Si la teneur en était bonne, monseigneur, j'oserais jurer que oui; mais, puisqu'elle est telle, je voudrais me figurer que non.

GLOUCESTER. — C'est de lui.

EDMOND. — C'est de sa main, monseigneur; mais j'espère que son cœur n'y est pour rien.

GLOUCESTER. — Est-ce qu'il ne vous a jamais sondé sur ce sujet?

EDMOND. — Jamais, monseigneur. Mais si je lui ai souvent entendu maintenir que, quand les fils sont dans la force de l'âge et les pères sur le déclin, le père devrait être comme le pupille du fils, et le fils administrer les biens du père.

GLOUCESTER. — O scélérat, scélérat!... L'idée même de sa lettre... Scélérat abhorré, dénaturé, odieux! Misérable brute! Pire que la brute!... Allez le chercher, mon cher; je vais l'arrêter... Abominable scélérat!... Où est-il?

EDMOND. — Je ne sais au juste, monseigneur. Si vous voulez bien suspendre votre indignation contre mon frère, jusqu'à ce que vous puissiez tirer de lui des informations plus certaines sur ses intentions, vous suivrez une marche plus sûre; si, au contraire, vous méprenant sur ses desseins, vous procédez violemment contre lui, vous ferez une large brèche à votre honneur et vous ruinerez son obéissance ébranlée jusqu'au cœur. J'oserais gager ma tête qu'il a écrit ceci uniquement pour éprouver mon affection envers Votre Seigneurie, et sans aucune intention menaçante.

GLOUCESTER. — Le croyez-vous?

EDMOND. — Si Votre Seigneurie le juge convenable, je vous mettrai à même de nous entendre conférer sur tout ceci et de vous édifier par vos propres oreilles; et cela, pas plus tard que ce soir.

GLOUCESTER. — Il ne peut pas être un pareil monstre!

EDMOND. — Il ne l'est pas, je vous l'assure.

GLOUCESTER. — Envers son père qui l'aime si tendrement, si absolument!... Ciel et terre! Trouvez-le, Edmond; tâchez de le circonvenir, je vous prie; dirigez l'affaire au gré de votre sagesse : il faudrait que je cessasse d'être père, moi, pour avoir le sang-froid nécessaire ici.

EDMOND. — Je vais le chercher, monsieur, de ce pas; je mènerai l'affaire aussi habilement que je pourrai, et je vous tiendrai au courant.

GLOUCESTER, *rêveur.* — Ces dernières éclipses de soleil et de lune ne nous présagent rien de bon. La sagesse naturelle a beau les expliquer d'une manière ou d'autre, la nature n'en est pas moins bouleversée par leurs effets inévitables : l'amour se refroidit, l'amitié se détend, les frères se divisent; émeutes dans les cités; discordes dans les campagnes; dans les palais, trahisons; rupture de tout lien entre le père et le fils. Ce misérable, né de moi, justifie la prédiction : voilà le fils contre le père! Le roi se dérobe aux penchants de la nature : voilà le père contre l'enfant! Nous avons vu les meilleurs de nos jours. Machinations, perfidies, guets-apens, tous les désordres les plus sinistres nous harcèlent jusqu'à nos tombes... Trouve ce misérable, Edmond : tu n'y perdras rien. Fais la chose avec précaution... Et le noble, le loyal Kent banni! Son crime, l'honnêteté!... Etrange! étrange! *(Il sort.)*

EDMOND. — C'est bien là l'excellente fatuité des hommes. Quand notre fortune est malade, souvent par suite des excès de notre propre conduite, nous faisons responsables de nos désastres le soleil, la lune et les étoiles : comme si nous étions scélérats par nécessité, imbéciles par compulsion céleste, fourbes, voleurs et traîtres par la prédominance des sphères, ivrognes, menteurs et adultères par obéissance forcée à l'influence planétaire, et coupables en tout par violence divine! Admirable subterfuge de l'homme putassier : mettre ses instincts de bouc à la charge des étoiles! Mon père s'est conjoint avec ma mère sous la queue du Dragon, et la Grande Ourse a présidé à ma nativité : d'où il s'ensuit que je suis brutal et paillard. Bah! j'aurais été ce que je suis, quand la plus virginale étoile du firmament aurait cligné sur ma bâtardise... Edgar!

Entre Edgar.

Il arrive à point comme la catastrophe de la vieille comédie. Mon rôle, à moi, est une sombre mélancolie, accompagnée de soupirs comme on en pousse à Bedlam. *(Haut, d'un air absorbé.)* Oh! ces éclipses présagent toutes ces divisions... Fa, sol, la, mi!

EDGAR. — Eh bien! frère Edmond! Dans quelle sérieuse méditation êtes-vous donc?

EDMOND. — Je réfléchis, frère, à une prédiction que j'ai lue l'autre jour, sur ce qui doit suivre ces éclipses.

EDGAR. — Est-ce que vous vous occupez de ça?

EDMOND. — Les effets qu'elle énumère ne se manifestent, je vous assure, que trop, malheureusement : discordes contre nature entre l'enfant et le père, morts, disettes, dissolutions d'amitiés anciennes, divisions dans l'Etat, menaces et malédictions contre le roi et les nobles, dissidences sans motif, proscriptions d'amis, dispersions de cohortes, infidélités conjugales, et je ne sais quoi.

EDGAR. — Depuis quand êtes-vous adepte de l'astronomie?

EDMOND. — Allons, allons! Quand avez-vous quitté mon père?

EDGAR. — Eh bien! hier au soir.

EDMOND. — Lui avez-vous parlé?

EDGAR. — Oui, deux heures durant.

EDMOND. — Vous êtes-vous séparés en bons termes? Ne vous a-t-il manifesté aucun déplaisir, soit dans ses paroles, soit dans sa contenance?

EDGAR. — Aucun.

EDMOND. — Demandez-vous en quoi vous pouvez l'avoir offensé; et, je vous en supplie, évitez sa présence jusqu'à ce que la vivacité de son déplaisir ait eu le temps de s'apaiser. En ce moment il est à ce point exaspéré que la destruction de votre personne pourrait à peine le calmer.

EDGAR. — Quelque scélérat m'aura fait tort auprès de lui.

EDMOND. — C'est ce que je crains. Je vous en prie, gardez une patiente réserve, jusqu'à ce que la violence de sa rage se soit modérée. Ecoutez! retirez-vous chez moi dans mon logement; de là, je vous mettrai à même d'entendre parler milord. Allez! je vous prie. Voici ma clef. Pour peu que vous vous hasardiez dehors, marchez armé.

EDGAR. — Armé, frère?

EDMOND. — Frère, je vous conseille pour le mieux : marchez armé. Je ne suis pas un honnête homme, s'il est vrai qu'on vous veuille du bien. Je ne vous ai dit que très faiblement ce que j'ai vu et entendu : rien qui puisse vous donner idée de l'horrible réalité. Je vous en prie, partez.

EDGAR. — Aurai-je bientôt de vos nouvelles?

EDMOND. — Je suis tout à votre service en cette affaire. *(Edgar sort.)* Un père crédule, un noble frère dont la nature est si éloignée de faire le mal qu'il ne le soupçonne même pas!... Comme sa folle honnêteté est aisément dressée par mes artifices!... Je vois l'affaire... Que je doive mon patrimoine à mon esprit, sinon à ma naissance! Tout moyen m'est bon, qui peut servir à mon but. *(Il sort.)*

SCÈNE III

Dans le château du duc d'Albany.

Entrent GONERIL *et son intendànt* OSWALD.

GONERIL. — Est-il vrai que mon père ait frappé un de mes gentilshommes qui réprimandait son fou?

OSWALD. — Oui, madame.

GONERIL. — Nuit et jour il m'outrage; à toute heure il éclate en quelque grosse incartade qui nous met tous en désarroi : je ne l'endurerai pas. Ses chevaliers deviennent turbulents, et lui-même récrimine contre nous pour la moindre vétille... Quand il reviendra de la chasse, je ne veux pas lui parler; dites que je suis malade. Si vous vous relâchez dans votre service, vous ferez bien; je répondrai de la faute. *(Bruit de cors.)*

OSWALD. — Il arrive, madame; je l'entends.

GONERIL. — Affectez, autant qu'il vous plaira, la lassitude et la négligence, vous et vos camarades; je voudrais qu'il en fît un grief. Si ça lui déplaît, qu'il aille chez ma sœur dont la résolution, je le sais, est d'accord avec la mienne pour ne pas se laisser maîtriser!... Vieillard imbécile, qui voudrait encore exercer l'autorité dont il s'est dépouillé! Ah! sur ma vie! ces vieux fous redeviennent enfants, et il faut les traiter par la rigueur, quand ils abusent de nos cajoleries. Rappelez-vous ce que j'ai dit.

OSWALD. — Fort bien, madame.

GONERIL. — Et que ses chevaliers soient traités par vous plus froidement! Peu importe ce qui en résultera. Prévenez vos camarades à cet effet. Je voudrais, et j'y parviendrai, faire surgir une occasion de m'expliquer. Je vais vite écrire à ma sœur de suivre mon exemple... Préparez le dîner. *(Ils sortent.)*

SCÈNE IV

Une autre partie du château.

Entre KENT, *déguisé.*

KENT, *les yeux sur ses vêtements.* — Si je puis aussi bien, en empruntant un accent étranger, travestir mon langage, ma bonne intention obtiendra le plein succès pour lequel j'ai déguisé mes traits. Maintenant, Kent, le banni, si tu peux te rendre utile là même où tu es condamné (et puisses-tu y réussir!), le maître que tu aimes te trouvera plein de zèle. *(Bruit de cors.)*

Entre Lear, avec ses chevaliers et sa suite.

LEAR. — Que je n'attende pas le dîner un instant! Allez! faites-le servir. *(Quelqu'un de la suite sort. A Kent.)* Eh! toi, qui es-tu?

KENT. — Un homme, monsieur.

LEAR. — Quelle est ta profession? Que veux-tu de nous?

KENT. — Ma profession, la voici : ne pas être au-dessous de ce que je parais, servir loyalement qui veut m'accorder sa confiance, aimer qui est honnête, frayer avec qui est sage et qui parle peu, redouter les jugements, combattre, quand je ne puis faire autrement, et ne pas manger de poisson!

LEAR. — Qui es-tu?

KENT. — Un compagnon fort honnête et aussi pauvre que le roi.

LEAR. — Si tu es aussi pauvre comme sujet qu'il l'est comme roi, tu es assez pauvre en effet. Que veux-tu?

KENT. — Du service.

LEAR. — Qui voudrais-tu servir?

KENT. — Vous.

LEAR. — Me connais-tu, camarade?

KENT. — Non, monsieur; mais vous avez dans votre mine quelque chose qui me donne envie de vous appeler maître.

LEAR. — Quoi donc?

KENT. — L'autorité.

LEAR. — Quel service peux-tu faire?

KENT. — Je puis garder honnêtement un secret, monter à cheval, courir, gâter une curieuse histoire en la disant, et délivrer vivement un message simple. Je suis bon à tout ce que peut un homme ordinaire, et ce que j'ai de mieux est ma diligence.

LEAR. — Quel âge as-tu?

KENT. — Ni assez jeune, monsieur, pour aimer une femme à l'entendre chanter, ni assez vieux pour raffoler d'elle par n'importe quel motif : j'ai quarante-huit ans sur le dos.

LEAR. — Suis-moi : tu me serviras. Si tu ne me déplais pas davantage après dîner, je ne te renverrai pas de sitôt... Le dîner! Holà! le dîner!... Où est mon drôle! mon fou?... Qu'on aille chercher mon fou! *(Sort un chevalier.)*

Entre Oswald.

Eh! vous, l'ami, où est ma fille?

OSWALD. — Permettez... *(Il sort.)*

LEAR. — Que dit ce gaillard-là? Rappelez ce maroufle! *(Un chevalier sort.)* Où est mon fou? Holà!... Je crois que tout le monde dort.

Le chevalier rentre.

Eh bien! où est ce métis?

LE CHEVALIER. — Il dit, monseigneur, que votre fille n'est pas bien.

LEAR. — Pourquoi le maraud n'est-il pas revenu, quand je l'appelais?

LE CHEVALIER. — Sire, il m'a répondu fort rondement qu'il ne le voulait pas.

LEAR. — Qu'il ne le voulait pas!

LE CHEVALIER. — Je ne sais pas ce qu'il y a, monseigneur; mais, selon mon jugement, Votre Altesse n'est pas traitée avec la même affection cérémonieuse que par le passé. Il y a apparemment un grand relâchement de bienveillance, aussi bien parmi les gens de service que chez le duc lui-même et chez votre fille.

LEAR. — Ha! tu crois?

LE CHEVALIER. — Je vous conjure de m'excuser, monseigneur, si je me méprends; mais mon zèle ne saurait rester silencieux, quand je crois Votre Altesse lésée.

LEAR. — Tu me rappelles là mes propres observations. J'ai remarqué depuis peu une vague négligence; mais j'aimais mieux accuser ma jalouse susceptibilité qu'y voir une intention, un parti pris de malveillance. Je veux y regarder de plus près... Mais où est mon fou? Je ne l'ai pas vu ces deux jours-ci.

LE CHEVALIER. — Depuis que notre jeune maîtresse est partie pour la France, sire, le fou s'est beaucoup affecté.

LEAR. — Assez!... Je l'ai bien remarqué. *(A un chevalier.)* Allez dire à ma fille que je veux lui parler. *(A un autre.)* Vous, allez chercher mon fou. *(Les deux chevaliers sortent.)*

Rentre Oswald.

LEAR. — Holà! vous, monsieur! vous, monsieur! venez ici... Qui suis-je, monsieur?

OSWALD. — Le père de madame.

LEAR. — Le père de madame!... Ah! méchant valet de monseigneur! Engeance de putain! maraud! chien!

OSWALD. — Je ne suis rien de tout cela, monseigneur; je vous en demande pardon.

LEAR. — Osez-vous lancer vos regards sur moi, misérable! *(Il le frappe.)*

OSWALD. — Je ne veux pas être frappé, monseigneur.

KENT, *le renversant d'un croc-en-jambe.* — Ni faire la culbute, mauvais joueur de ballon!

LEAR. — Je te remercie, camarade : tu me sers, et je t'aimerai.

KENT, *à l'intendant.* — Allons! messire, levez-vous et détalez. Je vous apprendrai les distances. Détalez, détalez. Si vous voulez mesurer encore une fois votre longueur de bélître, restez... Détalez donc, vous dis-je! Etes-vous raisonnable? Vite! *(Il pousse Oswald dehors.)*

LEAR. — Ah! mon aimable valet, je te remercie : voici des arrhes sur ce service. *(Il lui donne sa bourse.)*

Entre le fou.

LE FOU. — Je veux le rétribuer, moi aussi! *(Offrant à Kent son bonnet.)* Voici mon bonnet d'âne.

LEAR. — Eh bien! mon drôle mignon, comment vas-tu?

LE FOU, *à Kent.* — L'ami, prenez donc mon bonnet d'âne.

KENT. — Pourquoi, fou?

LE FOU. — Pourquoi? Parce que vous prenez le parti d'un disgracié!... Ah! si tu ne sais pas sourire du côté où souffle le vent, tu attraperas bien vite un rhume. Tiens! voici mon bonnet d'âne. *(Montrant Lear.)* Oui-da, ce compagnon a banni deux de ses filles et a donné la bénédiction à la troisième, malgré lui : si tu t'attaches à lui, tu dois absolument porter mon bonnet d'âne... Comment va, m'n oncle? Je voudrais avoir deux bonnets d'âne, si j'avais deux filles!

LEAR. — Pourquoi, mon gars?

LE FOU. — Dans le cas où je leur donnerais tout mon bien, je garderais les bonnets d'âne pour moi seul. *(Tendant son bonnet à Lear.)* Je te donne le mien; que tes filles te fassent aumône de l'autre!

LEAR. — Gare le fouet, coquin!

LE FOU. — La vérité est une chienne qui se relègue au chenil : on la chasse à coups de fouet, tandis que la braque grande dame peut s'étaler au coin du feu et puer.

LEAR. — Sarcasme cruellement amer pour moi!

LE FOU, *à Kent.* — L'ami, je vais t'apprendre une oraison.

LEAR. — Va!

LE FOU. — Attention, m'n oncle!

Aie plus que tu ne montres,
Parle moins que tu ne sais,
Prête moins que tu n'as,
Chevauche plus que tu ne marches,
Apprends plus que tu ne crois,
Risque moins que tu ne gagnes,
Renonce à ta boisson et à ta putain,
Et reste au logis;
Et tu obtiendras
Plus de deux dizaines à la vingtaine.

KENT. — Cela ne vaut rien, fou.

LE FOU. — Alors, c'est comme la parole d'un avocat sans salaire : vous ne m'avez rien donné pour ça. Pourriez-vous pas, m'n oncle, tirer parti de rien?

LEAR. — Eh! non, enfant : rien ne peut se faire de rien.

LE FOU, *à Kent.* — C'est justement à quoi se monte la rente de sa terre; je t'en prie, dis-le-lui : il n'en voudrait pas croire un fou.

LEAR. — Mauvais fou!

LE FOU. — Sais-tu la différence, mon garçon, entre un mauvais fou et un bon fou?

LEAR. — Non, mon gars; apprends-le-moi.

LE FOU.

Que le seigneur qui t'a conseillé
De renoncer à tes terres
Vienne se mettre près de moi!
Ou prends sa place, toi.
Le bon fou et le mauvais
Vont apparaître immédiatement.
(Se désignant.)
Voici l'un en livrée,
(Montrant Lear.)
Et l'autre, le voilà!

LEAR. — Est-ce que tu m'appelles fou, garnement?

LE FOU. — Tous les autres titres, tu les as abdiqués; celui-là, tu es né avec.

KENT. — Ceci n'est pas folie entière, monseigneur.

LE FOU. — Non, ma foi! Les seigneurs et les grands ne veulent pas que je l'accapare toute. Quand j'en aurais le monopole, ils en voudraient leur part. Les dames, non plus, ne veulent pas me laisser le privilège de la folie : il faut qu'elles grappillent... Donne-moi un œuf, m'n oncle, et je te donnerai deux couronnes.

LEAR. — Deux couronnes! De quelle sorte?

LE FOU. — Eh bien! les deux couronnes de la coquille, après que j'aurai cassé l'œuf par le milieu et mangé le contenu. Le jour où tu as fendu ta couronne par le milieu pour en donner les deux moitiés, tu as porté ton âne sur ton dos pour passer le bourbier. Tu avais peu d'esprit sous ta couronne de cheveux blancs, quand tu t'es défait de ta couronne d'or. Ai-je parlé en fou que je suis? Que le premier qui dira que oui reçoive le fouet! *(Il chante.)*

Les fous n'ont jamais eu de moins heureuse année,
Car les sages sont devenus sots
Et ne savent plus comment porter leur esprit,
Tant leurs mœurs sont extravagantes.

LEAR. — Depuis quand, maraud, êtes-vous tant en veine de chansons?

LE FOU. — Eh bien! m'n oncle, c'est depuis que tu t'es fait l'enfant de tes filles; car, le jour où tu leur as livré la verge en mettant bas tes culottes *(chantant :)*

Soudain elles ont pleuré de joie,
Et moi j'ai chanté de douleur,
A voir un roi jouer à cligne-musette,
Et se mettre parmi les fous!

Je t'en prie, m'n oncle, trouve un précepteur qui enseigne à ton fou à mentir; je voudrais bien apprendre à mentir.

LEAR. — Si vous mentez, coquin, vous serez fouetté.

LE FOU. — Quelle merveilleuse parenté peut-il y avoir entre toi et tes filles? Elles veulent me faire fouetter si je dis vrai; toi, tu veux me faire fouetter si je mens. Et parfois je suis fouetté si je garde le silence. J'aimerais mieux être n'importe quoi que fou, et pourtant je ne voudrais pas être toi, m'n oncle : tu as épluché ton bon sens des deux côtés et tu n'as rien laissé au milieu. Voici venir une des épluchures.

Entre Goneril.

LEAR. — Eh bien! ma fille, pourquoi ce sombre diadème? Il me semble que depuis peu vous avez le front bien boudeur.

LE FOU. — Tu étais un joli gaillard quand tu n'avais pas à t'inquiéter de sa bouderie; maintenant tu es un zéro sans valeur; je suis plus que toi maintenant : je suis un fou, tu n'es rien. *(A Goneril.)* Oui, morbleu! je vais retenir ma langue : votre visage me l'ordonne, quoique vous ne disiez rien... Chut! chut!

Qui ne garde ni mie ni croûte,
Par dégoût de tout s'expose au besoin.

(Montrant Lear.) Voici une cosse vide.

GONERIL, *à Lear.* — Monsieur, ce n'est pas seulement votre fou qui a toute licence : les autres gens de votre suite insolente récriminent et querellent à toute heure, se portant à des excès ignobles et intolérables. Monsieur, j'avais cru, en vous faisant connaître ces abus, en assurer le redressement; mais maintenant j'ai grand-peur, vous voyant si lent à parler et à agir, que vous ne les autorisiez et ne les couvriez de votre tolérance.

Si cela était, un pareil tort n'échapperait pas à la censure, et l'on aurait recours à des remèdes qui, appliqués dans un état salutaire, pourraient vous blesser, mais qui, dans une situation autre, seraient une humiliation justifiée par la nécessité comme un acte de sagesse.

LE FOU. — Car vous savez, m'n oncle *(fredonnant :)*

Le passereau nourrit si longtemps le coucou
Qu'il eut la tête arrachée par ses petits.

Sur ce, s'éteignit la chandelle et nous restâmes à tâtons !

LEAR, *à Goneril.* — Etes-vous notre fille?

GONERIL. — Je voudrais que vous fissiez usage du bon sens dont je vous sais pourvu : débarrassez-vous donc de ces humeurs qui depuis peu vous rendent tout autre que ce que vous devez être.

LE FOU. — L'âne peut-il pas savoir quand la charrette remorque le cheval? Hue, Aliboron! je t'aime.

LEAR. — Quelqu'un me reconnaît-il ici? Bah! ce n'est point Lear. Est-ce ainsi que Lear marche, ainsi qu'il parle? Où sont ses yeux? Ou sa perception s'affaiblit, ou son discernement est une léthargie... Lui! éveillé! Cela n'est pas... Qui est-ce qui peut me dire qui je suis?

LE FOU. — L'ombre de Lear!

LEAR. — Je voudrais le savoir, car, par le témoignage souverain de l'entendement et de la raison, je serais induit à me figurer que j'ai eu des filles.

LE FOU. — Lesquelles veulent faire de toi un père obéissant.

LEAR, *à Goneril.* — Votre nom, belle dame?

GONERIL. — Allons! monsieur, cet ébahissement est à l'avenant de vos autres récentes fredaines. Je vous adjure de bien comprendre ma pensée; vieux et vénérable comme vous l'êtes, vous devriez être sage. Ici même vous entretenez cent chevaliers et écuyers, tous si désordonnés, si débauchés, si impudents, que notre cour, souillée par leur conduite, a l'air d'une auberge en pleine orgie. L'épicurisme et la luxure en font une taverne ou un lupanar plutôt qu'un palais princier. La pudeur même réclame un remède immédiat. Accédez donc au désir de celle qui autrement pourrait bien exiger la chose qu'elle demande : réduisez un peu votre suite, et que ceux qui resteront dans votre dépendance soient des gens qui conviennent à votre âge et sachent ce qu'ils sont et ce que vous êtes!

LEAR. — Ténèbres et enfer! qu'on selle mes chevaux, qu'on rassemble ma suite! Dégénérée bâtarde, je ne te troublerai plus! Il me reste une fille.

GONERIL. — Vous frappez mes gens; et tous les insolents de votre bande font des serviteurs de leurs supérieurs!...

Entre Albany.

LEAR. — Malheur à qui se repent trop tard! *(A Albany.)* Ah! vous voilà, monsieur! Est-ce là votre volonté?... Parlez, monsieur... Qu'on prépare mes chevaux! Ingratitude, démon au cœur de marbre, plus horrible, quand tu te révèles dans un enfant, que le monstre des mers!

ALBANY. — De grâce, sire, patience!

LEAR, *à Goneril.* — Orfraie détestée, tu mens! Mes gens sont des hommes d'élite, du mérite le plus rare, qui connaissent toutes les exigences du devoir, et qui supportent avec la plus scrupuleuse dignité l'honneur de leur nom... O faute si légère, comment m'as-tu paru si hideuse dans Cordélia! Tu as pu, ainsi qu'un chevalet, disloquer toutes les fibres de mon être, et arracher tout l'amour de mon cœur pour en faire du fiel! *(Se frappant le front.)* O Lear, Lear, Lear! frappe cette porte qui laisse entrer ta démence et échapper ta chère raison! *(A sa suite.)* Allez, allez, mes gens.

ALBANY. — Sire, je suis aussi innocent qu'ignorant de ce qui vous a ému.

LEAR. — C'est possible, milord... *(Montrant Goneril.)* Ecoute, nature, écoute! Chère déesse, écoute! Suspends ton dessein, si tu t'es proposé de rendre cette créature féconde! Porte la stérilité dans sa matrice! Dessèche en elle les organes de la génération, et que jamais de son corps dégradé il ne naisse un enfant qui l'honore! S'il faut qu'elle conçoive, forme de fiel son nourrisson, en sorte qu'il vive pour la tourmenter de sa perversité dénaturée! Puisse-t-il imprimer les rides sur son jeune front, creuser à force de larmes des ravins sur ses joues, et payer toutes les peines, tous les bienfaits de sa mère en dérision et en mépris, afin qu'elle reconnaisse combien la morsure d'un reptile est moins déchirante que l'ingratitude d'un enfant... Partons! partons! *(Il sort.)*

ALBANY. — Dieu que nous adorons, d'où vient tout ceci?

GONERIL. — Ne vous tourmentez pas d'en savoir le motif, et laissez son humeur prendre l'essor que lui donne le radotage.

Rentre Lear.

LEAR. — Quoi! cinquante de mes écuyers d'un coup!... au bout de quinze jours!

ALBANY. — Qu'y a-t-il, monsieur?

LEAR. — Je vais te le dire. *(Il pleure. A Goneril.)* Vie et mort! quelle honte pour moi que tu puisses ébranler ainsi ma virilité, et que ces larmes brûlantes qui m'échappent malgré moi te fassent digne d'elles!... Tombent sur toi ouragans et brouillards!... Que les insondables plaies de la malédiction d'un père rongent ton être tout entier! *(Il essuie ses larmes.)* Ah! mes vieux yeux débiles, pleurez encore pour ceci, et je vous arrache, et je vous envoie saturer la fange des larmes que vous perdez... Quoi! les choses en sont venues là! Soit! il me reste encore une fille qui, j'en suis sûr, est bonne et secourable. Quand elle apprendra ceci sur toi, de ses ongles elle déchirera ton visage de louve. Tu le verras! je reprendrai cet appareil que tu crois pour toujours dépouillé par moi; tu le verras, je te le garantis! *(Sortent Lear, Kent et sa suite.)*

GONERIL. — Entendez-vous cela, milord?

ALBANY. — Goneril, je ne saurais être tellement partial pour la grande affection que je vous porte...

GONERIL. — De grâce! soyez calme... Holà! Oswald! *(Au fou.)* Vous, l'ami, plus fourbe que fou, suivez votre maître.

LE FOU. — M'n oncle Lear, m'n oncle Lear, attends, emmène ton fou avec toi. *(Il fredonne :)*

Une renarde qu'on aurait prise
En compagnie d'une telle fille
Serait bientôt au charnier,
Si ma cape pouvait payer une corde!
Sur ce, le fou ferme la marche.

(Il sort.)

GONERIL. — Cet homme a eu une bonne idée!... Cent chevaliers! Vraiment, il est politique et prudent de lui laisser garder cent chevaliers tout armés!... Oui, afin qu'à la première hallucination, sur une boutade ou une fantaisie, à la moindre contrariété, au moindre déplaisir, il puisse renforcer son imbécillité de leurs violences et tenir nos existences à sa merci... Oswald! allons!

ALBANY. — Pourtant, vous pouvez exagérer la crainte.

GONERIL. — C'est plus sûr que d'exagérer la confiance. Laissez! j'aime mieux prévenir les malheurs que je crains, que craindre toujours d'être prévenue par eux. Je connais sa pensée. J'ai écrit à ma sœur ce qu'il a déclaré. Si elle le supporte, lui et ses cent chevaliers, quand je lui en ai montré les inconvénients... Eh bien! Oswald!

Entre l'intendant Oswald.

Avez-vous écrit cette lettre à ma sœur?

OSWALD. — Oui, madame.

GONERIL. — Prenez une escorte, et vite à cheval! Informez-la en détail de mes inquiétudes, et ajoutez-y de vous-même tous les arguments qui peuvent leur donner consistance. Partez vite, et hâtez votre retour. *(L'intendant sort. A Albany.)* Non, non, milord, cette mielleuse indulgence qui règle votre conduite, je ne la réprouve pas; mais, pardonnez-moi cette franchise, vous méritez plus de reproches par votre imprudence que d'éloges par cette inoffensive douceur.

ALBANY. — Jusqu'où s'étend la portée de votre regard, c'est ce que je ne puis dire; en visant au mieux, nous gâtons souvent ce qui est bien.

GONERIL. — Mais alors...

ALBANY. — Bien, bien! attendons l'événement. *(Ils sortent.)*

SCÈNE V

Une cour devant le château du duc d'Albany.

Entrent LEAR, KENT *et* LE FOU.

LEAR, *remettant un pli à Kent.* — Partez en avant pour Gloucester avec cette lettre. Instruisez ma fille de ce que vous savez, mais en vous bornant à répondre aux questions que lui suggérera ma lettre. Si vous ne faites pas prompte diligence, je serai là avant vous.

KENT. — Je ne dormirai pas, sire, que je n'aie remis votre lettre. *(Il sort.)*

LE FOU. — Si la cervelle de l'homme était dans ses talons, ne risquerait-elle pas d'avoir des engelures?

LEAR. — Oui, enfant.

LE FOU. — Alors, réjouis-toi, je te prie : ton esprit n'ira jamais en savates.

LEAR. — Ha! ha! ha!

LE FOU. — Tu verras que ton autre enfant te traitera aussi filialement : car, bien qu'elle ressemble à sa sœur comme une pomme sauvage à une pomme, pourtant je sais ce que je sais.

LEAR. — Eh bien! que sais-tu, mon gars?

LE FOU. — Que celle-là différera de goût avec celle-ci autant qu'une pomme sauvage avec une pomme sauvage... Saurais-tu dire pourquoi on a le nez au milieu de la face?

LEAR. — Non.

LE FOU. — Eh bien! pour avoir un œil de chaque côté du nez, en sorte qu'on puisse apercevoir ce qu'on ne peut flairer.

LEAR, *absorbé.* — J'ai eu tort envers elle.

LE FOU. — Saurais-tu dire comment l'huître fait son écaille?

LEAR. — Non.

LE FOU. — Moi non plus; mais je saurais dire pourquoi un colimaçon a une maison.

LEAR. — Pourquoi?

LE FOU. — Eh bien! pour y caser sa tête, et non pour la donner à ses filles et laisser ses cornes sans abri.

LEAR, *toujours absorbé.* — Je veux oublier ma nature... Un père si affectueux!... Mes chevaux sont-ils prêts?

LE FOU. — Tes ânes sont allés y voir. La raison pour laquelle les sept planètes ne sont pas plus de sept est une jolie raison.

LEAR. — Parce qu'elles ne sont pas huit?

LE FOU. — C'est cela, vraiment! Tu ferais un bouffon parfait.

LEAR, *toujours rêveur.* — Reprendre la chose de force!... Monstrueuse ingratitude!

LE FOU. — Si tu étais mon bouffon, m'n oncle, je te ferais battre pour être devenu vieux avant le temps.

LEAR. — Comment ça?

LE FOU. — Tu n'aurais pas dû être vieux avant d'être raisonnable.

LEAR. — Oh! que je ne devienne pas fou, pas fou, cieux propices! Maintenez-moi dans mon bon sens. Je ne veux pas devenir fou!

Entre un gentilhomme.

Eh bien! les chevaux sont-ils prêts?

LE GENTILHOMME. — Tout prêts, sire.

LEAR, *au fou.* — Viens, mon gars.

LE FOU.

Celle qui, vierge en ce moment, rit en me voyant partir,
Ne sera pas vierge longtemps, à moins que la chose ne
[soit coupée court.

(Ils sortent.)

ACTE II

SCÈNE PREMIÈRE

Une cour du château de Gloucester
sur laquelle donne l'appartement d'Edmond.

Il fait nuit. EDMOND *et* CURAN *se rencontrent.*

EDMOND. — Salut à toi, Curan!

CURAN. — Et à vous, messire! J'ai vu votre père, et lui ai notifié que le duc de Cornouailles et Régane, sa duchesse, seront chez lui ce soir.

EDMOND. — Comment ça se fait-il?

CURAN. — Vraiment, je ne sais pas. Vous avez su les nouvelles qui courent; je veux dire, celles qu'on dit tout bas, car ce ne sont encore que des rumeurs à fleur d'oreille.

EDMOND. — Nullement. Quelles sont-elles, je vous prie?

CURAN. — Avez-vous pas ouï parler d'une guerre probable entre les ducs de Cornouailles et d'Albany?

EDMOND. — Pas un mot.

CURAN. — Vous en saurez bientôt quelque chose. Adieu, messire! *(Il sort.)*

EDMOND. — Le duc ici ce soir! Tant mieux!... A merveille!... Voilà qui s'adapte naturellement à ma trame. Mon père a mis le guet sur pied pour prendre mon frère. Et j'ai un rôle de nature délicate à jouer... Activité, et toi, fortune, à l'œuvre! *(Appelant.)* Frère, un mot!... Descendez, frère, holà!

Entre Edgar.

EDMOND. — Mon père vous surveille! Oh! monsieur, fuyez de ce lieu : on a appris où vous étiez caché.

Heureusement vous avez la faveur de la nuit... N'avez-vous pas parlé contre le duc de Cornouailles?... Il arrive ici ce soir même, en hâte, et Régane avec lui! N'avez-vous rien dit de ses menées contre le duc d'Albany? Songez-y bien.

EDGAR. — Pas un mot, j'en suis sûr.

EDMOND, *dégainant.* — J'entends venir mon père... Pardon! Pour la forme, il faut que je tire l'épée contre vous : dégainez! Faites semblant de vous défendre. Maintenant faites bonne retraite. *(Haussant la voix.)* Rendez-vous! Venez devant mon père... Des lumières, holà! Par ici. *(Bas.)* Fuyez, frère. *(Haut.)* Des torches! des torches! *(Bas.)* Bien, adieu! *(Edgar s'enfuit.)* Quelques gouttes de sang tiré de moi feraient croire à un plus rude effort de ma part. *(Il se pique le bras.)* J'ai vu des ivrognes faire pis que cela pour rire... Père, père! Arrête! arrête!... Pas de secours!

Entre Gloucester, suivi de serviteurs portant des torches.

GLOUCESTER. — Eh bien! Edmond, où est le scélérat?

EDMOND. — Il était ici dans les ténèbres, agitant la pointe de son épée, marmonnant de coupables incantations et adjurant la lune d'être sa patronne tutélaire...

GLOUCESTER. — Mais où est-il?

EDMOND. — Voyez, monsieur! je saigne.

GLOUCESTER. — Où est le scélérat, Edmond?

EDMOND. — Enfui de ce côté... Quand il a reconnu que par aucun moyen...

GLOUCESTER, *à ses gens.* — Qu'on le poursuive! Holà! courez-lui sus! *(Les serviteurs sortent.)* Que par aucun moyen?

EDMOND. — Il ne pouvait me décider à l'assassinat de Votre Seigneurie; que je lui parlais des dieux vengeurs qui dirigent tous leurs tonnerres contre les parricides, et des liens multiples et puissants qui attachent l'enfant au père; enfin, monsieur, dès qu'il a vu mon invincible horreur pour son projet dénaturé, dans un mouvement sauvage, il s'est élancé, l'épée nue, sur ma personne découverte et m'a percé le bras; mais, voyant que mon énergie alerte, hardie pour le bon droit, s'animait à la riposte, ou effrayé peut-être par le bruit que je faisais, il s'est enfui soudain.

GLOUCESTER. — Qu'il fuie à sa guise! Il n'échappera pas aux poursuites en ce pays; et une fois pris, expédié! Le noble duc, mon maître, mon digne chef et patron, arrive ce soir : de par son autorité, je ferai proclamer que ma reconnaissance attend quiconque découvrira le lâche assassin et le livrera à l'échafaud. Quiconque le cachera, à mort!

EDMOND. — Quand, en dépit de mes avis, je l'ai trouvé inébranlable dans sa résolution, je l'ai, dans les termes les plus véhéments, menacé de tout découvrir. Il m'a répondu : « Bâtard déshérité! crois-tu que, si je te donnais un démenti, l'ascendant de ta loyauté, de ta vertu, ou de ton mérite, suffirait à donner créance à tes paroles? Non! Avec une simple dénégation (et je nierais la chose, quand tu produirais ma propre écriture), j'imputerais tout à tes suggestions, à tes complots, à tes damnés artifices! Il faudrait que le monde entier fût ta dupe, pour ne pas s'apercevoir que les profits espérés de ma mort sont les stimulants énergiques et puissants qui te la font chercher! »

GLOUCESTER. — Rare et fieffé scélérat! Il nierait donc sa lettre!... Il n'est pas né de moi... *(Fanfares.)* Écoutons! Les trompettes du duc! Je ne sais pourquoi il vient. Je ferai fermer tous les ports : le misérable n'échappera pas. Il faut que le duc m'accorde cela. En outre, je veux envoyer partout son signalement, afin que le royaume entier puisse le reconnaître. Et quant à ma succession, ô mon loyal, mon véritable enfant, je trouverai moyen de te la rendre accessible.

Entrent le duc de Cornouailles, Régane et leur suite.

CORNOUAILLES. — Eh bien! mon noble ami, depuis mon arrivée ici, c'est-à-dire depuis un moment, j'ai appris d'étranges nouvelles.

RÉGANE. — Si cela est, trop faibles sont tous les châtiments qui peuvent atteindre le criminel. Comment va milord?

GLOUCESTER. — O madame! mon vieux cœur est brisé, est brisé!

RÉGANE. — Quoi! le filleul de mon père attenter à vos jours! Celui que mon père a nommé! Votre Edgar!

GLOUCESTER. — O milady! milady! c'est ce que ma honte aurait voulu cacher!

RÉGANE. — N'était-il pas le compagnon de ces chevaliers libertins qui escortent mon père?

GLOUCESTER. — Je ne sais pas, madame... C'est trop coupable, trop coupable.

EDMOND. — Oui, madame, il était de cette bande.

RÉGANE. — Je ne m'étonne plus alors de ses mauvaises dispositions : ce sont eux qui l'auront poussé à tuer le vieillard, pour pouvoir dissiper et piller ses revenus. Ce soir même, un avis de ma sœur m'a pleinement informée de leur conduite; et je suis si bien avertie, que, s'ils viennent pour séjourner chez moi, je n'y serai pas.

CORNOUAILLES. — Ni moi, je t'assure, Régane... Edmond, j'apprends que vous avez montré pour votre père un dévouement filial.

EDMOND. — C'était mon devoir, seigneur.

GLOUCESTER. — C'est lui qui a révélé ses machinations; il a reçu la blessure que vous voyez, en essayant de l'appréhender.

CORNOUAILLES. — Est-on à sa poursuite?

GLOUCESTER. — Oui, mon bon seigneur.

CORNOUAILLES. — S'il est pris, il cessera pour jamais d'être à craindre : faites à votre guise usage de ma puissance. Pour vous, Edmond, dont la vertueuse obéissance s'est à l'instant même si bien distinguée, vous êtes désormais à nous. Nous avons grand besoin de caractères aussi profondément loyaux. Nous vous retenons.

EDMOND. — Je vous servirai, milord, fidèlement, à défaut d'autre mérite.

GLOUCESTER. — Je remercie pour lui Votre Grâce.

CORNOUAILLES. — Vous ne savez pas ce qui nous amène près de vous...

RÉGANE. — A cette heure insolite, sous le sombre regard de la nuit! D'importantes affaires, noble Gloucester, sur lesquelles votre avis nous est nécessaire. Notre père et notre sœur m'ont fait part de leur mésintelligence, et j'ai cru bon de ne pas leur répondre de chez moi : les courriers emporteront d'ici notre message... Notre bon vieux ami, que votre cœur se console ! et accordez-nous vos utiles conseils pour une affaire qui réclame une immédiate décision.

GLOUCESTER. — Je suis à vos ordres, madame. Vos Grâces sont les très bien venues. *(Ils sortent.)*

SCÈNE II

Devant le château de Gloucester.

La lune brille. On distingue vaguement à l'horizon les premières lueurs du jour qui va se lever.

L'intendant OSWALD *et* KENT *se rencontrent.*

OSWALD. — La matinée te soit propice, ami ! Es-tu de la maison?

KENT. — Oui.

OSWALD. — Où pouvons-nous mettre nos chevaux?

KENT. — Dans la boue.

OSWALD. — Je t'en prie, dis-le-moi en ami.

KENT. — Je ne suis pas ton ami.

OSWALD. — Aussi bien, je ne me soucie pas de toi.

KENT. — Si je te tenais dans la fourrière de Lipsbury, je t'obligerais bien à te soucier de moi.

OSWALD. — Pourquoi me traites-tu ainsi? Je ne te connais pas.

KENT. — Compagnon, je te connais.

OSWALD. — Et pour qui me connais-tu?

KENT. — Pour un drôle ! un maroufle, un mangeur de reliefs, un infâme, un insolent, un sot, un gueux à trois livrées, un cuistre à cent écus, un drôle en sales bas de laine, un lâche au foie de lis, un vil chicanier, un fils de putain, un lorgneur de miroir, un flagorneur, un faquin, un maraud héritant de toutes les défroques ! un gredin qui voudrait être maquereau à force de bons offices, et qui n'est qu'un composé du fourbe, du mendiant, du couard, et de l'entremetteur ! le fils et héritier d'une lice bâtarde ! un gaillard que je veux faire éclater en hurlements plaintifs, si tu oses nier la moindre syllabe de ton signalement !

OSWALD. — Eh! quel monstrueux coquin es-tu donc, pour déblatérer ainsi contre un homme qui n'est pas connu de toi et ne te connaît pas?

KENT. — Il faut que tu sois un manant à face bien bronzée, pour nier que tu me connaisses. Il n'y a pas deux jours que je t'ai culbuté et battu devant le roi. Dégaine, coquin. Quoiqu'il soit nuit encore, la lune brille, je vais t'infiltrer un rayon de lune... Dégaine, putassier, couillon! dégaine, dameret! *(Il met l'épée à la main.)*

OSWALD. — Arrière! je n'ai pas affaire à toi.

KENT. — Dégainez, misérable! Ah! vous arrivez avec des lettres contre le roi; vous prenez le parti de la poupée Vanité contre la majesté de son père. Dégainez, coquin, ou je vais vous hacher les jarrets avec ceci... Dégainez, misérable! en garde!

OSWALD. — Au secours! holà! au meurtre! au secours!

KENT, *le frappant.* — Poussez donc, manant! Ferme, coquin, ferme!... Poussez donc, fieffé manant.

OSWALD. — Au secours, holà! au meurtre! au meurtre!

Entrent Edmond, Cornouailles, Régane et leur suite, puis Gloucester.

EDMOND. — Eh bien! qu'y a-t-il? Séparez-vous.

KENT, *se tournant vers Edmond.* — A vous, s'il vous plaît, mon petit bonhomme!... Venez! je vais vous égratigner. Venez donc, mon jeune maître.

GLOUCESTER. — Des épées! des armes! Que se passe-t-il ici?

CORNOUAILLES. — Sur votre vie! respectez la paix... Celui qui frappe est mort. Qu'y a-t-il?

RÉGANE. — Ce sont les messagers de ma sœur et du roi.

CORNOUAILLES. — Pourquoi cette altercation entre vous? Parlez!

OSWALD. — Je puis à peine respirer, milord.

KENT. — Ce n'est pas étonnant : vous avez tant surmené votre valeur. Lâche coquin, la nature te désavoue : c'est un tailleur qui t'a fait.

CORNOUAILLES. — Tu es un étrange gaillard : un tailleur faire un homme!

KENT. — Oui, messire, un tailleur! Un sculpteur ou un peintre ne l'aurait pas si mal ébauché, n'eussent-ils été que deux heures à la besogne.

CORNOUAILLES, *à Oswald.* — Parlez donc! comment a surgi cette querelle?

OSWALD. — Ce vieux ruffian, seigneur, dont j'ai épargné la vie, à la requête de sa barbe grise...

KENT. — Zed bâtard! lettre inutile!... Milord, si vous me le permettez, je vais piler en mortier ce scélérat brut et en crépir le mur des latrines... Toi, épargner ma barbe grise, chétif hoche-queue!

CORNOUAILLES. — Paix, drôle!... Grossier manant, ignores-tu le respect?

KENT. — Non, monsieur; mais la colère a ses privilèges.

CORNOUAILLES. — Qu'est-ce qui te met en colère?

KENT. — C'est de voir porter l'épée par un maraud qui ne porte pas l'honneur. Ces maroufles souriants rongent, comme des rats, les liens sacrés trop étroitement serrés pour être dénoués; ils caressent toutes les passions qui se rebellent dans le cœur de leurs maîtres, jettent l'huile sur le feu, la neige sur les glaciales froideurs, nient, affirment, et tournent leur bec d'alcyon à tous les vents du caprice de leurs maîtres! Ainsi que les chiens, ils ne savent que suivre! *(A Oswald.)* Peste soit de votre visage épileptique! Vous souriez de mes discours, comme si j'étais un imbécile! Oison, si je vous tenais dans la place de Sarum, je vous pourchasserais toujours caquetant jusqu'à Camelot!

CORNOUAILLES. — Çà! es-tu fou, vieux?

GLOUCESTER. — Quel est le motif de votre rixe? Dites.

KENT. — Il n'y a pas plus d'antipathie entre les contraires, qu'entre moi et un pareil fourbe.

CORNOUAILLES. — Pourquoi le traites-tu de fourbe? Quel est son crime?

KENT. — Sa physionomie me déplaît.

CORNOUAILLES. — Pas plus que la mienne, peut-être! *(Montrant Edmond.)* Ou la sienne! *(Montrant Régane.)* Ou la sienne!

KENT. — Monsieur, c'est mon habitude d'être franc : j'ai vu dans ma vie de meilleurs visages que ceux que je vois sur maintes épaules devant moi, en ce moment.

CORNOUAILLES. — C'est quelque drôle qui, ayant été loué pour sa rusticité, affecte une insolente rudesse et exagère la simplicité, au mépris de tout naturel... Il ne saurait flatter, lui!... c'est une âme honnête et franche! il faut qu'il dise la vérité : si elle est bien reçue, tant mieux; sinon, n'accusez que son franc-parler. Je connais de ces drôles qui, dans leur franchise, recèlent plus d'astuce et de pensées corrompues que vingt naïfs faiseurs de courbettes qui se confondent en hommages obséquieux.

KENT, *d'un ton doucereux.* — Seigneur, en vérité, en toute sincérité, sous le bon plaisir de Votre Grandeur dont l'influence, comme l'auréole de flamme radieuse qui ondoie au front de Phébus...

CORNOUAILLES. — Qu'entends-tu par là?

KENT. — Changer mon style, puisque vous le désapprouvez si fort. Je le reconnais, monsieur, je ne suis pas un flatteur; mais celui qui vous a trompé avec l'accent de la franchise était un franc coquin; ce que, pour ma part, je ne serai jamais, quand l'espoir d'apaiser votre déplaisir m'inviterait à l'être.

CORNOUAILLES, *à Oswald.* — Quelle offense lui avez-vous faite?

OSWALD. — Aucune. Il plut naguère au roi son maître de me frapper dans un malentendu. Cet homme lui prêta main-forte, et, flattant son emportement, me culbuta par-derrière; dès que je fus à bas, il m'insulta, m'injuria, fit maintes prouesses qui le distinguèrent, et obtint les éloges du roi pour cet attentat sur un homme sans défense. Tout à l'heure, dans l'exaltation de cet auguste exploit, il a même tiré l'épée contre moi.

KENT. — Il n'est pas un de ces chenapans et de ces lâches près de qui Ajax ne soit un couard!

CORNOUAILLES. — Holà! qu'on aille chercher les ceps!... Vieux coquin têtu, vénérable effronté, nous vous apprendrons...

KENT. — Monsieur, je suis trop vieux pour apprendre : ne mettez pas vos ceps en réquisition pour moi. Je sers le roi; c'est par ses ordres que j'ai été envoyé près de vous. Ce serait témoigner peu de respect et montrer une malveillance par trop insolente pour la gracieuse personne de mon maître, que de mettre aux ceps son messager.

CORNOUAILLES. — Qu'on aille chercher les ceps! Sur ma vie et mon honneur! il y restera jusqu'à midi.

RÉGANE. — Jusqu'à midi!... jusqu'à ce soir, milord, et toute la nuit encore.

KENT. — Mais, madame, si j'étais le chien de votre père, vous ne me traiteriez pas ainsi.

RÉGANE. — Je traite ainsi sa valetaille. *(On apporte des ceps.)*

CORNOUAILLES. — C'est un drôle du même acabit que ceux dont parle notre sœur... Allons! approchez les ceps.

GLOUCESTER. — Laissez-moi supplier Votre Grâce de n'en rien faire. Sa faute est grave, et le bon roi son maître saura l'en punir. La dégradante correction que vous lui infligez ne s'applique qu'aux plus vils et aux plus méprisés des misérables, pour des vols et de vulgaires délits. Le roi trouvera nécessairement mauvais qu'on l'ait humilié dans son messager, en le soumettant à une pareille contrainte.

CORNOUAILLES. — Je réponds de tout.

RÉGANE. — Ma sœur pourra trouver plus mauvais encore que son gentilhomme ait été insulté et maltraité dans l'accomplissement de ses ordres. *(Aux valets.)* Entravez-lui les jambes. *(On met Kent dans les ceps. A Cornouailles.)* Allons! mon cher seigneur, partons. *(Tous sortent, excepté Gloucester et Kent.)*

GLOUCESTER, *à Kent.* — Ami, j'en suis fâché pour toi. C'est le bon plaisir du duc; et son humeur, tout le monde le sait, n'admet ni froissement ni obstacle... J'intercéderai pour toi.

KENT. — De grâce! n'en faites rien, monsieur. J'ai veillé et parcouru une longue route; je dormirai une partie du temps, et je sifflerai le reste. *(D'un ton amer.)* La fortune d'un honnête homme peut bien avoir ces ailes-là aux talons. Je vous souhaite le bonjour.

GLOUCESTER. — Le duc est à blâmer pour cela : ce sera mal pris. *(Il sort. L'aurore se lève.)*

KENT, *seul.* — Bon roi, faut-il donc que tu justifies le dicton populaire, et que tu passes d'un ciel tolérable sous un soleil brûlant! *(Il tire un papier et le déploie.)* Rapproche-toi, fanal de ce globe inférieur, qu'avec le secours de tes rayons je puisse lire cette lettre!... Il ne se fait guère de miracles que pour la détresse... C'est de Cordélia, je suis sûr : elle a été fort heureusement informée de mon travestissement, et elle prendra occasion des énormités qui s'accomplissent, pour apporter à tous les maux leurs remèdes. *(Il resserre le papier.)* Vous qu'ont épuisés les veilles, ô mes yeux, profitez de votre accablement pour ne pas voir cette ignoble logette. Bonne nuit, fortune! souris encore une fois et fais tourner ta roue. *(Il s'endort.)*

SCÈNE III

Une bruyère.

Entre EDGAR.

EDGAR. — J'ai entendu la proclamation lancée contre moi; et, grâce au creux d'un arbre, j'ai esquivé les poursuites. Pas un port qui ne soit fermé; pas une place où il n'y ait une vedette, où la plus rigoureuse vigilance ne cherche à me surprendre! Tant que je puis échapper, je suis sauvé... J'ai pris le parti d'assumer la forme la plus abjecte et la plus pauvre à laquelle la misère ait jamais ravalé l'homme pour le rapprocher de la brute. Je veux grimer mon visage avec de la fange, ceindre mes reins d'une couverture, avoir tous les cheveux noués comme par un sortilège; je veux, en leur présentant ma nudité, braver les vents et les persécutions du ciel. Le pays m'offre pour modèles ces mendiants de Bedlam qui, en poussant des rugissements, enfoncent dans la chair nue de leurs bras inertes et gangrenés des épingles, des échardes de bois, des clous, des brindilles de romarin, et, sous cet horrible aspect, extorquent la charité des pauvres fermes, des petits villages, des bergeries et des moulins, tantôt par des imprécations de lunatiques, tantôt par des prières... Je suis le pauvre Turlupin! le pauvre Tom! C'est quelque chose... Edgar n'est plus rien. *(Il sort.)*

SCÈNE IV

Devant le château de Gloucester.

KENT *est toujours dans les ceps. Entrent* LEAR, LE FOU, UN GENTILHOMME.

LEAR. — Il est étrange qu'ils soient ainsi partis de chez eux sans me renvoyer mon messager.

LE GENTILHOMME. — J'ai su que la nuit précédente ils n'avaient aucune intention de s'éloigner.

KENT. — Salut à toi, noble maître!

LEAR. — Quoi! Te fais-tu un passe-temps de cette ignominie?

KENT. — Non, monseigneur.

LE FOU. — Ha! ha! vois donc! il porte là de cruelles jarretières! Les chevaux s'attachent par la tête, les chiens et les ours par le cou, les singes par les reins, et les hommes par les jambes : quand un homme est trop gaillard de ses jambes, alors il porte des chausses de bois.

LEAR. — Et qui donc a méconnu ton rang jusqu'à te mettre là?

KENT. — C'est lui et elle, votre fils et votre fille.

LEAR. — Non.

KENT. — Si fait.

LEAR. — Non, te dis-je.

KENT. — Je vous dis que oui.

LEAR. — Non, non! ils ne feraient pas cela.

KENT. — Oui, ils l'ont fait.

LEAR. — Par Jupiter! je jure que non.

KENT. — Par Junon! je jure que oui.

LEAR. — Ils n'auraient pas osé le faire; ils n'auraient pas pu, ils n'auraient pas voulu le faire. C'est pis qu'un assassinat de faire au respect un si violent outrage. Réponds-moi avec toute la promptitude raisonnable : comment as-tu pu mériter, comment as-tu pu subir un pareil traitement, venant de notre part?

KENT. — Seigneur, je venais d'arriver chez eux et de leur remettre la lettre de Votre Altesse; avant même que j'eusse redressé l'attitude de mon hommage agenouillé, est survenu un courrier fumant et ruisselant de sueur; à demi essoufflé, il a balbutié les compliments de Goneril sa maîtresse, et a présenté une lettre que, sans souci de mon message, ils ont lue immédiatement. Sur son contenu, ils ont réuni leurs gens, sont vite montés à cheval, m'ont commandé de les suivre et d'attendre le loisir de leur réponse, en me jetant un regard glacial. Ici, j'ai rencontré le messager dont l'ambassade avait empoisonné la mienne : c'est ce même drôle qui, dernièrement, s'est montré si insolent envers Votre Altesse. Ecoutant mon sentiment plus que ma réflexion, j'ai dégainé; le lâche a par ses hauts cris mis en émoi toute la maison. Votre fils et votre fille ont trouvé cette infraction digne de l'humiliation qu'elle subit ici.

LE FOU. — L'hiver n'est pas encore fini, si les oies sauvages volent dans cette direction.

Les pères qui portent guenilles
Font aveugles leurs enfants;
Mais les pères qui portent sacs
Verront tendres leurs enfants.
Fortune, cette fieffée putain,
Jamais n'ouvre sa porte au pauvre.

Bah! après tout, tu auras de tes filles plus de douleurs que tu ne pourrais compter de dollars en un an!

LEAR. — Oh! comme cette humeur morbide monte à mon cœur! *Historica passio!* Arrière, envahissante mélancolie, c'est plus bas qu'est ton élément!... Où est-elle, cette fille?

KENT. — Avec le comte, ici dans le château.

LEAR. — Ne me suivez pas. Restez ici.

Il entre dans le château.

LE GENTILHOMME, *à Kent.* — N'avez-vous pas commis d'autre offense que celle qùe vous venez de dire?

KENT. — Aucune. Mais comment le roi vient-il avec un si mince cortège?

LE FOU. — Si tu avais été mis aux ceps pour cette question-là, tu l'aurais bien mérité.

KENT. — Pourquoi, fou?

LE FOU. — Nous t'enverrons à l'école chez la fourmi, pour t'apprendre qu'il y a chômage en hiver. Tous ceux qui suivent leur nez sont dirigés par leurs yeux, excepté les aveugles; et entre vingt aveugles il n'est pas un nez qui ne flaire l'homme qui pue... Lâche la grande roue, si elle roule en bas de la côte : tu te romprais le cou en la suivant; mais si elle remonte la côte, fais-toi remorquer par elle. Quand un sage te donnera un meilleur conseil, rends-moi le mien. Je veux qu'il n'y ait que des coquins à le suivre, puisque c'est un fou qui le donne.

Celui qui sert par intérêt, messire,
Et n'est attaché que pour la forme,
Pliera bagage dès qu'il pleuvra,
Et te laissera dans l'orage.

Mais, moi, je demeurerai : le fou veut rester.
Et laisser le sage s'enfuir.
Coquin devient le fou qui s'esquive;
Et fou, pardi! n'est pas le coquin.

KENT. — Où avez-vous appris ça, fou?

LE FOU. — Pas dans les ceps, fou!

Rentre Lear, accompagné de Gloucester.

LEAR. — Refuser de me parler! Ils sont malades! Ils sont fatigués! Ils ont fait une longue route cette nuit! Purs prétextes, faux-fuyants de la révolte et de la désertion! Rapportez-moi une meilleure réponse.

GLOUCESTER. — Mon cher seigneur, vous connaissez la nature bouillante du duc, combien il est inébranlable et déterminé dans sa résolution.

LEAR. — Vengeance! peste! mort! confusion! Il s'agit bien de bouillante nature! Eh! Gloucester! Gloucester! je veux parler au duc de Cornouailles et à sa femme.

GLOUCESTER. — Mais, mon bon seigneur, je viens de les en informer.

LEAR. — Les en informer!... Çà, me comprends-tu, l'homme?

GLOUCESTER. — Oui, mon bon seigneur.

LEAR. — Le roi veut parler à Cornouailles; le père chéri veut parler à sa fille et réclame ses services. Sont-ils informés de cela?... Souffle et sang!... Bouillant! le duc bouillant!... Dis à ce duc ardent que... mais non, pas encore!... Il se peut qu'il ne soit pas bien : la maladie a toujours négligé les devoirs auxquels s'astreint la santé. Nous ne sommes plus nous-mêmes, quand la nature accablée force l'esprit à souffrir avec le corps. Je prendrai patience. J'en veux à mon impétueuse opiniâtreté de prendre la boutade morbide d'un malade pour la décision d'une saine volonté... Mort de ma vie! *(Regardant Kent.)* Pourquoi est-il assis là? Cet acte me prouve que la réclusion du duc et de ma fille n'est qu'un artifice. *(Haussant la voix.)* Qu'on me rende mon serviteur! *(A Gloucester.)* Allez dire au duc et à sa femme que je veux leur parler. Vite, sur-le-champ! Dites-leur de venir m'entendre, ou j'irai à leur porte battre le tambour, jusqu'à ce que mes cris tuent leur sommeil!

GLOUCESTER. — Je voudrais tout arranger entre vous. *(Il sort.)*

LEAR. — Oh! mon cœur!... Mon cœur se soulève!... Allons! à bas!

LE FOU. — Crie-lui, m'n oncle, ce que la ménagère criait aux anguilles, au moment où elle les mettait toutes vives dans la pâte. Elle leur frappait la tête avec une baguette en criant : « A bas, coquines, à bas! » C'est le frère de celle-là qui, par pure bonté pour son cheval, lui beurrait son foin.

Entrent Cornouailles, Régane, Gloucester et leur suite.

LEAR. — Bonjour à tous deux!

CORNOUAILLES. — Salut à Votre Grâce! *(On met Kent en liberté.)*

RÉGANE. — Je suis heureuse de voir Votre Altesse.

LEAR. — Je le crois, Régane, je sais que de raisons j'ai pour le croire. Si tu n'en étais pas heureuse, je divorcerais avec la tombe de ta mère, sépulcre d'une adultère. *(A Kent.)* Ah! vous voilà libre! Nous parlerons de cela dans un autre moment... Bien-aimée Régane, ta sœur est une méchante... O Régane, elle a attaché ici, comme un vautour, sa dévorante ingratitude. *(Il met la main sur son cœur.)* Je puis à peine te parler... Tu ne saurais croire avec quelle perversité... ô Régane!

RÉGANE. — Je vous en prie, sire, prenez patience. Vous êtes, je l'espère, plus apte à méjuger son mérite qu'elle ne l'est à manquer au devoir.

LEAR. — Eh! qu'est-ce à dire?

RÉGANE. — Je ne puis croire que ma sœur ait en rien failli à ses obligations. Si par hasard, sire, elle a réprimé les excès de vos gens, c'est pour des motifs et dans un but si légitimes qu'elle est pure de tout blâme.

LEAR. — Ma malédiction sur elle!

RÉGANE. — Oh! sire, vous êtes vieux. La nature en vous touche à la limite extrême de sa carrière : vous devriez vous laisser gouverner et mener par quelque discrète tutelle, mieux instruite de votre état que vous-même. Aussi, je vous en prie, retournez auprès de ma sœur, et dites-lui que vous avez eu tort, sire.

LEAR. — Moi, lui demander pardon! Voyez donc comme ce langage ferait honneur à une famille : « Chère fille, je confesse que je suis vieux; la vieillesse est parasite; je demande à genoux que vous daigniez m'accorder le vêtement, le lit et la nourriture. »

RÉGANE. — Bon sire, assez! Ce sont des plaisanteries peu gracieuses. Retournez près de ma sœur.

LEAR. — Jamais, Régane. Elle a restreint ma suite de moitié, m'a jeté de sombres regards, et m'a frappé au fond du cœur de sa langue de serpent. Que toutes les vengeances accumulées du ciel tombent sur sa tête ingrate! Frappez ses jeunes os de paralysie, souffles néfastes!

CORNOUAILLES. — Fi! sire! fi!

LEAR. — Vous, éclairs agiles, dardez vos aveuglantes flammes dans ses yeux dédaigneux! Empoisonnez sa beauté, vapeurs aspirées des marais par le puissant soleil, et flétrissez sa vanité!

RÉGANE. — O dieux propices! Vous ferez les mêmes vœux pour moi, dans un accès de colère!

LEAR. — Non, Régane; jamais tu n'auras ma malédiction. Ta nature palpitante de tendresse ne t'abandonnera pas à la dureté. Son regard est féroce; mais le tien ranime et ne brûle pas. Ce n'est pas toi qui voudrais lésiner sur mes plaisirs, mutiler ma suite, me lancer de brusques paroles, réduire mon train, et, pour conclusion, opposer les verrous à mon entrée. Tu connais trop bien les devoirs de la nature, les obligations de l'enfance, les règles de la courtoisie, les exigences de la gratitude; tu n'as pas oublié cette moitié de royaume dont je t'ai dotée.

RÉGANE. — Bon sire, venez au fait. *(Bruit de trompettes.)*

LEAR. — Qui donc a mis mon homme aux ceps?

CORNOUAILLES. — Quelle est cette fanfare?

Entre Oswald.

RÉGANE. — Je la reconnais, c'est celle de ma sœur. Sa lettre annonçait en effet qu'elle serait bientôt ici. *(A Oswald.)* Votre maîtresse est-elle arrivée?

LEAR. — Voilà un maraud dont la fierté d'emprunt s'étaye sur la capricieuse faveur de celle qu'il sert... Hors de ma vue, valet!

CORNOUAILLES. — Que veut dire Votre Grâce?

LEAR. — Qui a mis aux ceps mon serviteur? Régane, j'aime à croire que tu n'en savais rien... Qui vient ici?

Entre Goneril.

O cieux, si vous aimez les vieillards, si votre doux pouvoir encourage l'obéissance, si vous-mêmes êtes vieux, faites de cette cause la vôtre, lancez vos foudres, et prenez mon parti! *(A Goneril.)* Peux-tu regarder cette barbe sans rougir?... O Régane, tu consens à la prendre par la main?

GONERIL. — Et pourquoi pas, monsieur? En quoi suis-je coupable? N'est pas coupable tout ce que réprouve l'irréflexion et condamne la caducité.

LEAR. — O mes flancs, vous êtes trop tenaces! Quoi! vous résistez encore!... Comment se fait-il qu'un de mes familiers ait été mis aux ceps?

CORNOUAILLES. — C'est moi qui l'y ai mis, monsieur; mais ses méfaits ne méritaient certes pas tant d'honneur.

LEAR. — Vous! Quoi! c'est vous!

RÉGANE. — Je vous en prie, père, résignez-vous à votre faiblesse. Si, jusqu'à l'expiration de ce mois, vous voulez retourner et séjourner chez ma sœur, après avoir congédié la moitié de votre suite, venez me trouver alors. Je suis pour le moment hors de chez moi, et je n'ai pas fait les préparatifs indispensables pour vous recevoir.

LEAR. — Retourner chez elle! cinquante de mes gens congédiés! Non! Je préférerais abjurer tout abri, lutter contre l'inimitié de l'air, être le camarade du loup et de la chouette, poignantes rigueurs de la nécessité... Retourner près d'elle! Ah! bouillant roi de France, qui as pris sans dot notre plus jeune fille, j'aimerais autant m'agenouiller devant ton trône et mendier de toi la pension d'un écuyer pour soutenir ma servile existence!... Retourner près d'elle! Conseille-moi plutôt de me faire l'esclave et la bête de somme de ce détestable valet! *(Il montre Oswald.)*

GONERIL. — A votre guise, monsieur!

LEAR. — Je t'en prie, ma fille, ne me rends pas fou! Je ne veux plus te troubler, mon enfant; adieu! Nous ne nous rencontrerons plus, nous ne nous reverrons plus. Et pourtant tu es ma chair, mon sang, ma fille, ou plutôt tu es dans ma chair une plaie, que je suis forcé d'appeler mienne! Tu es un clou, un ulcère empesté, un anthrax tuméfié dans mon sang corrompu! Mais je ne veux pas te gronder. Que la confusion vienne quand elle voudra; je ne l'appellerai pas. Je ne veux pas sommer le porte-foudre de te frapper, ni te dénoncer au souverain juge Jupiter. Réforme-toi quand tu pourras, deviens meilleure à ton loisir. Je puis prendre patience; je puis rester chez Régane, moi et mes cent chevaliers.

RÉGANE. — Pas tout à fait, monsieur. Je ne vous attendais pas encore, et ne suis pas préparée pour vous recevoir convenablement. Ecoutez ma sœur, monsieur; car ceux qui font contrôler votre passion par la raison doivent se borner à croire que vous êtes vieux et conséquemment... Mais Goneril sait ce qu'elle fait.

LEAR. — Est-ce donc là bien parler?

RÉGANE. — J'ose l'affirmer, monsieur. Quoi! cinquante écuyers, n'est-ce pas assez? Qu'avez-vous besoin de plus, ou même d'autant? La dépense, le danger, tout parle contre un si nombreux cortège. Comment, dans une seule maison, sous deux autorités, tant de gens peuvent-ils vivre d'accord? C'est difficile, presque impossible.

GONERIL. — Et ne pourriez-vous pas, milord, être servi par ses domestiques en titre ou par les miens?

RÉGANE. — Pourquoi pas, milord? Si alors il leur arrivait de vous négliger, nous pourrions y mettre ordre... Si vous voulez venir chez moi (car à présent j'aperçois le danger), je vous prie de n'en amener que vingt-cinq. A un plus grand nombre je refuse de donner place ou hospitalité.

LEAR. — Moi, je vous ai tout donné.

RÉGANE. — Et il était grand temps.

LEAR. — J'ai fait de vous mes gardiennes, mes déléguées, mais en réservant pour ma suite un nombre fixe de serviteurs. Quoi! il faut qu'en venant chez vous je n'en aie que vingt-cinq! Régane, avez-vous dit cela?

RÉGANE. — Et je le répète, milord : pas un de plus chez moi!

LEAR, *regardant Goneril, puis Régane.* — Ces méchantes créatures ont encore l'air bon à côté de plus méchantes. N'être pas ce qu'il y a de pire, c'est encore être au niveau d'un éloge. *(A Goneril.)* J'irai avec toi. Les cinquante que tu accordes sont le double de ses vingt-cinq, et ton amour vaut deux fois le sien.

GONERIL. — Ecoutez-moi, milord. Qu'avez-vous besoin de vingt-cinq personnes, de dix, de cinq, pour vous suivre dans une maison où un domestique deux fois aussi nombreux a ordre de vous servir?

RÉGANE. — Qu'avez-vous besoin d'un seul?

LEAR. — Oh! ne raisonnez pas le besoin. Nos plus vils mendiants trouvent le superflu dans la plus pauvre chose. N'accordez à la nature que ce dont la nature a besoin, et l'homme vit au même prix que la brute. Tu es une grande dame : eh bien! si l'unique luxe était de se tenir chaudement, qu'aurait besoin la nature de cette luxueuse parure qui te tient chaud à peine? Mais, quant au vrai besoin... Ciel, accorde-moi la patience : c'est de patience que j'ai besoin! Vous voyez ici, ô dieux, un pauvre vieillard accablé, double misère! par la douleur et par les années. Si c'est vous qui soulevez les cœurs de ces filles contre leur père, ne m'affolez pas au point que je l'endure placidement; animez-moi d'une noble colère. Oh! ne laissez pas les pleurs, ces armes de femme, souiller mes joues mâles!... Non!... Stryges dénaturées, je veux tirer de vous deux une telle vengeance que le monde entier... Je veux faire des choses... Ce qu'elles seront, je ne le sais pas encore; mais elles feront l'épouvante de la terre. Vous croyez que je vais pleurer. Non, je ne pleurerai pas. J'ai certes sujet de pleurer; mais ce cœur se brisera en cent mille éclats avant que je pleure... O bouffon, je deviendrai fou! *(Sortent Lear, Gloucester, Kent et le fou.)*

CORNOUAILLES. — Retirons-nous, il va faire de l'orage. *(Bruit lointain d'un orage.)*

RÉGANE. — Ce manoir est petit; le vieillard et ses gens ne sauraient s'y loger à l'aise.

GONERIL. — C'est sa faute : il s'est lui-même privé d'asile; il faut qu'il souffre de sa folie.

RÉGANE. — Pour lui personnellement, je le recevrais volontiers, mais pas un seul de ses gens.

GONERIL. — C'est aussi ma résolution. Où est milord de Gloucester?

CORNOUAILLES. — Il a accompagné le vieillard...

Gloucester revient.

Mais le voici de retour.

GLOUCESTER. — Le roi est dans une rage violente.

CORNOUAILLES. — Où va-t-il?

GLOUCESTER. — Il commande les chevaux, mais je ne sais où il va.

CORNOUAILLES. — Le mieux est de le laisser faire... Qu'il se dirige!

GONERIL, *à Gloucester.* — Milord, ne le pressez nullement de rester.

GLOUCESTER. — Hélas! la nuit vient, et les vents glacés se déchaînent furieusement. A plusieurs milles à la ronde, il y a à peine un fourré.

RÉGANE. — Ah! messire, aux hommes obstinés les injures qu'eux-mêmes s'attirent doivent servir de leçon... Fermez vos portes : il a pour escorte des forcenés, et les excès auxquels il peut être entraîné par eux, lui dont l'oreille est facilement abusée, doivent mettre en garde la prudence.

CORNOUAILLES. — Fermez vos portes, milord; il fait une horrible nuit. Ma Régane vous donne un bon conseil. Dérobons-nous à l'orage. *(Ils sortent.)*

ACTE III

SCÈNE PREMIÈRE

Aux environs du château de Gloucester.

Tempête avec éclairs et tonnerre. KENT *et* UN CHEVALIER *se rencontrent.*

KENT. — Qui est là, par cet affreux temps?

LE CHEVALIER. — Un homme dont l'âme est aussi tourmentée que le temps.

KENT. — Je vous reconnais. Où est le roi?

LE CHEVALIER. — En lutte avec les éléments courroucés : il somme le vent de lancer la terre dans l'Océan, ou d'élever au-dessus du continent les vagues dentelées, en sorte que tout change ou périsse. Il arrache ses cheveux blancs, que les impétueuses rafales, avec une aveugle rage, emportent dans leur furie et mettent à néant. Dans son petit monde humain, il cherche à dépasser en violence le vent et la pluie entrechoqués. Dans cette nuit où l'ourse aux mamelles taries reste dans son antre, où le lion et le loup, mordus par la faim, tiennent leur fourrure à l'abri, il court la tête nue et invoque la destruction.

KENT. — Mais qui est avec lui?

LE CHEVALIER. — Nul autre que le fou, qui s'évertue à couvrir de railleries les injures dont souffre son cœur.

KENT. — Je vous connais, monsieur, et j'ose, sur la foi de mon diagnostic, vous confier une chose grave. La division existe, bien que cachée encore sous le masque d'une double dissimulation, entre Albany et Cornouailles. Ils ont (comme tous ceux que leur haute étoile a exaltés sur un trône) des serviteurs non moins dissimulés qu'eux-mêmes. Parmi ces gens-là, le roi de

France a des espions qui, observateurs intelligents de notre situation, lui ont révélé ce qu'ils ont vu, les intrigues hostiles des ducs, le dur traitement que tous deux ont infligé au vieux roi, et le mal profond dont tous ces faits ne sont peut-être que les symptômes. Ce qui est certain, c'est qu'une armée française arrive dans ce royaume divisé. Déjà, forte de notre incurie, elle a secrètement débarqué dans plusieurs de nos meilleurs ports, et elle est sur le point d'arborer ouvertement son étendard... Maintenant je m'adresse à vous. Si vous avez confiance en moi, partez vite pour Douvres; vous y trouverez quelqu'un qui vous remerciera, quand vous aurez fait le fidèle récit des souffrances surhumaines et folles dont le roi a à gémir. Je suis un gentilhomme de race et d'éducation, et c'est en connaissance de cause que je vous propose cette mission.

LE CHEVALIER. — Nous en reparlerons.

KENT. — Non, assez de paroles! Pour vous convaincre que je suis plus que je ne parais, ouvrez cette bourse, et prenez ce qu'elle contient. Si vous voyez Cordélia, et je ne doute pas que vous ne la voyiez, montrez-lui cet anneau; elle vous dira ce que vous ne savez pas, le nom de votre compère... Maudite tempête! Je vais chercher le roi.

LE CHEVALIER. — Donnez-moi votre main. N'avez-vous rien à ajouter?

KENT. — Il me reste peu à dire, mais à faire plus que je n'ai fait encore. Tâchons de trouver le roi; cherchez par ici, moi par là. Le premier qui le découvrira appellera l'autre. *(Ils se séparent.)*

SCÈNE II

Une bruyère.

Il fait nuit. La tempête continue. Entrent LEAR *et* LE FOU.

LEAR. — Vents, soufflez à crever vos joues! faites rage! soufflez! Cataractes et ouragans, dégorgezvous jusqu'à ce que vous ayez submergé nos clochers et noyé leurs coqs! Vous, éclairs sulfureux, actifs comme l'idée, avant-coureurs de la foudre qui fend les chênes, venez roussir ma tête blanche! Et toi, tonnerre exterminateur, écrase le globe massif du monde, brise les moules de la nature et détruis en un instant tous les germes qui font l'ingrate humanité.

LE FOU. — O m'n oncle, de l'eau bénite de cour dans une maison bien sèche vaudrait mieux que cette pluie en plein air. Rentre, bon oncle, et demande la charité à tes filles. Voilà une nuit qui n'épargne ni sages ni fous. *(Coups de foudre.)*

LEAR, *les yeux au ciel.* — Gronde de toutes tes entrailles!... Crache, flamme; jaillis, pluie! Pluie, vent, foudre, flamme, vous n'êtes point mes filles : ô vous, éléments, je ne vous taxe pas d'ingratitude! jamais je ne vous ai donné de royaume, je ne vous ai appelés mes enfants! vous ne me devez pas obéissance! laissez donc tomber sur moi l'horreur à plaisir : me voici votre souffre-douleur, pauvre vieillard infirme, débile et méprisé... Mais non... je vous déclare serviles ministres, vous qui, ligués avec deux filles perfides, lancez les légions d'en haut contre une tête si vieille et si blanche! Oh! oh! c'est affreux.

LE FOU. — Quiconque a une maison où fourrer sa tête a un bon couvre-chef. *(Il chante.)*

Celui qui met sa braguette en lieu sûr
Avant d'y mettre sa tête,
Attrapera vite les poux
Qu'épouse le mendiant.
L'homme qui fait pour son orteil
Ce qu'il devrait faire pour son cœur,
Se plaindra vite d'un cor
Et changera son sommeil en veille.

Car il n'y a jamais eu de jolie femme qui n'ait fait des mines devant un miroir.

Entre Kent.

LEAR. — Non, je veux être le modèle de toute patience, je ne veux plus rien dire.

KENT. — Qui est là?

LE FOU. — Morbleu! une majesté et une braguette, c'est-à-dire un sage et un fou.

KENT. — Hélas! sire, vous ici! Les êtres qui aiment la nuit n'aiment pas de pareilles nuits. Les cieux en fureur éprouvent jusqu'aux rôdeurs des ténèbres et les enferment dans leur antre. Depuis que je suis homme, je ne me rappelle pas avoir vu de tels jets de flamme, entendu d'aussi effrayantes explosions de tonnerre, de tels gémissements de vent et de pluie. La nature de l'homme ne saurait supporter pareil déchaînement ni pareille horreur.

LEAR. — Que les dieux grands, qui suspendent au-dessus de nos têtes ce terrible fracas, distinguent maintenant leurs ennemis! Tremble, misérable qui recèles en toi des crimes non divulgués, non flagellés par la justice! Cache-toi, main sanglante, et toi, parjure, et toi, incestueux, qui simules la vertu! Tremble à te briser, infâme, qui, sous le couvert d'une savante hypocrisie, attentas à la vie de l'homme! Forfaits mis au secret, forcez vos mystérieuses geôles et demandez grâce à ces terribles recors!... Moi, je suis plus victime que coupable.

KENT. — Hélas! tête nue!... Mon gracieux seigneur, près d'ici est une hutte, qui vous prêtera un secours contre la tempête. Allez vous y reposer, tandis que je me dirigerai vers cette dure maison, plus dure que la pierre dont elle est bâtie. Tout à l'heure encore, quand je vous y demandais, elle a refusé de me recevoir; mais je vais y retourner et forcer son avare hospitalité.

LEAR. — Mes esprits commencent à s'altérer... *(Au fou.)* Viens, mon enfant. Comment es-tu, mon enfant? As-tu froid? J'ai froid moi-même. *(A Kent.)* Où est ce chaume, mon ami! La nécessité a l'art étrange de rendre précieuses les plus viles choses. Voyons votre hutte. Pauvre diable de fou, j'ai une part de mon cœur qui souffre aussi pour toi!

LE FOU.

Celui qui a le plus léger bon sens,
O gué! par la pluie et le vent,

Doit mesurer sa résignation à son sort,
Car la pluie tombe tous les jours.

LEAR. — C'est vrai, enfant. *(A Kent.)* Allons! mène-nous à cette hutte. *(Sortent Lear et Kent.)*

LE FOU. — La belle nuit à refroidir une courtisane!... Je vais dire une prophétie avant de partir :

Quand les prêtres seront plus verbeux que savants,
Quand les brasseurs gâteront leur bière avec de l'eau,
Quand les nobles enseigneront le goût à leur tailleur,
Qu'il n'en cuira plus aux hérétiques, mais seulement aux [*coureurs de filles,*
Quand tous les procès seront dûment jugés,
Quand il n'y aura plus d'écuyer endetté ni de chevalier [*pauvre,*
Quand la calomnie n'aura plus de langue où se poser,
Que les coupe-bourses ne viendront plus dans les foules,
Quand les usuriers compteront leur or en plein champ,
Que maquereaux et putains bâtiront des églises,
Alors le royaume d'Albion
Tombera en grande confusion,
Alors viendra le temps où qui vivra verra
Les gens marcher sur leurs pieds.

Voilà la prophétie que Merlin fera un jour; car je vis avant son temps. *(Il sort.)*

SCÈNE III

Dans le château de Gloucester.

GLOUCESTER. — Hélas! hélas! Edmond, je n'aime pas cette conduite dénaturée. Quand je leur ai demandé la permission de le prendre en pitié, ils m'ont retiré le libre usage de ma propre maison, et, sous peine de leur perpétuel déplaisir, m'ont défendu de parler de lui, d'intercéder pour lui, et de lui prêter aucun appui.

EDMOND. — Que cela est sauvage et dénaturé!

GLOUCESTER. — Allez! ne dites rien. Il y a division entre les ducs, et il y a pis que cela. J'ai reçu ce soir une lettre... Il est dangereux seulement d'en parler... Cette lettre, je l'ai serrée dans mon cabinet. Les injures que le roi essuie maintenant seront pleinement vengées; déjà une armée est en partie débarquée. Nous devons tenir pour le roi. Je vais le chercher et le secourir secrètement. Allez, vous, tenir conversation avec le duc, qu'il ne s'aperçoive pas de ma charité. S'il me demande, je suis malade et au lit. Dussé-je subir la mort dont on m'a menacé, le roi, mon vieux maître, doit être secouru. Quelque étrange événement se prépare, Edmond. Je vous en prie, soyez circonspect. *(Il sort.)*

EDMOND. — Cette courtoisie qui t'est interdite, je vais sur-le-champ en parler au duc, ainsi que de cette lettre... Ce beau service prétendu me fera gagner ce que mon père va perdre, oui, tout ce qu'il possède. Les jeunes s'élèvent quand les vieux tombent. *(Il sort.)*

SCÈNE IV

Sur la bruyère. Devant une hutte.

La tempête continue. Entrent LEAR, KENT *et* LE FOU.

KENT, *montrant la hutte.* — Voici l'endroit, monseigneur : mon bon seigneur, entrez. La tyrannie à plein ciel de la nuit est trop rude pour qu'une créature puisse la supporter.

LEAR, *la main sur son cœur.* — Laissez-moi.

KENT. — Mon bon seigneur, entrez ici.

LEAR. — Veux-tu me rompre le cœur?

KENT. — Je me romprais plutôt le mien... Mon bon seigneur, entrez.

LEAR. — Tu trouves bien pénible que ce furieux orage nous pénètre jusqu'aux os; c'est pénible pour toi; mais là où s'est fixée la plus grande douleur, la moindre est à peine sentie. Tu fuirais un ours; mais, si ta fuite t'entraînait vers la mer rugissante, tu te retournerais sur la gueule de l'ours. Quand l'âme est sereine, le corps est délicat. La tempête qui est dans mon âme m'empêche de sentir toute autre émotion que celle qui retentit là... L'ingratitude filiale! n'est-ce pas comme si la bouche déchirait la main qui lui apporte les aliments?... Mais je veux une punition exemplaire... Non, je ne veux plus pleurer... Par une nuit pareille me retenir dehors! *(Les yeux au ciel.)* Tombe à verse, j'endurerai tout... Par une nuit pareille!... O Régane! Goneril!... Votre bon vieux père dont le généreux cœur vous a tout donné!... Oh! la folie est sur cette pente : évitons-la... Assez!

KENT, *montrant la hutte.* — Mon bon seigneur, entrez ici.

LEAR. — Je t'en prie, entre toi-même; cherche tes propres aises. Cette tempête me permet de ne pas m'appesantir sur des choses qui me feraient plus de mal!... Mais, soit! entrons. *(Au fou.)* Va! enfant, entre le premier... O détresse sans asile!... Allons! entre... Moi, je vais prier, et puis dormir. *(Le fou entre dans la hutte.)* Pauvres indigents tout nus, où que vous soyez, vous que ne cesse de lapider cet impitoyable orage, têtes inabritées, estomacs inassouvis, comment, sous vos guenilles trouées et percées à jour, vous défendez-vous contre des temps pareils? Oh! j'ai pris trop peu de souci de cela... Luxe, essaie du remède : expose-toi à souffrir ce que souffrent les misérables, pour savoir ensuite leur émietter ton superflu et leur montrer des cieux plus justes.

EDGAR, *de l'intérieur de la hutte.* — Une brasse et demie! une brasse et demie!... Pauvre Tom! *(Le fou s'élance effaré hors de la cabane.)*

LE FOU. — N'entre pas là, m'n oncle : il y a un esprit. A l'aide! à l'aide!

KENT. — Donne-moi ta main. Qui est là?

LE FOU. — Un esprit, un esprit : il dit qu'il s'appelle pauvre Tom.

KENT, *à l'entrée de la hutte.* — Qui es-tu, toi qui grognes là dans la paille? Sors.

Entre Edgar, vêtu avec le désordre d'un homme en démence.

EDGAR. — Arrière! le noir démon me suit! A travers l'aubépine hérissée souffle le vent glacial. Humph! va donc te réchauffer sur un lit si froid.

LEAR. — Tu as donc tout donné à tes deux filles, que tu en es venu là?

EDGAR. — Qui donne quelque chose au pauvre Tom? Le noir démon l'a promené à travers feu et flamme, à travers gués et tourbillons, par les bourbiers et les fondrières; il a placé des couteaux sous son oreiller, une hart sur son banc à l'église, a mis de la mort-aux-rats dans son potage; il l'a rendu orgueilleux de cœur, et l'a fait chevaucher sur un trotteur bai, par des ponts larges de quatre pouces, à la poursuite de son ombre, prise pour un traître... Le ciel bénisse tes cinq sens!... Tom a froid. Oh! doudi, doudi, doudi!... Le ciel te préserve des trombes, des astres néfastes et des maléfices!... Faites la charité au pauvre Tom que le noir démon tourmente. Tenez! je pourrais l'attraper là, et là, et là, et là encore, et là! *(L'orage continue.)*

LEAR. — Quoi! ses filles l'ont réduit à cet état!... N'as-tu pu rien garder! Leur as-tu tout donné?

LE FOU. — Nenni! il s'est réservé une couverture, autrement toutes nos pudeurs auraient été choquées.

LEAR. — Eh bien! que tous les fléaux qui dans l'air ondoyant planent fatidiques au-dessus des fautes humaines tombent sur tes filles!

KENT. — Il n'a pas de filles, sire.

LEAR. — A mort, imposteur! Rien n'a pu ravaler une créature à une telle abjection, si ce n'est l'ingratitude de ses filles. Est-ce donc la mode que les pères reniés obtiennent si peu de pitié de leur propre chair? Juste châtiment! c'est de cette chair qu'ont été engendrées ces filles de pélican.

EDGAR. — Pillicock était assis sur le mont Pillicock... Halloo, halloo, loo, loo!

LE FOU. — Cette froide nuit nous rendra tous fous et frénétiques.

EDGAR. — Prends garde au noir démon, obéis à tes parents, tiens scrupuleusement ta parole, ne jure pas, ne te commets pas avec la compagne jurée du prochain, ne pare pas ta bien-aimée d'éclatants atours. Tom a froid.

LEAR. — Qu'étais-tu jadis?

EDGAR. — Un cavalier servant, fier de cœur et d'esprit! Je frisais mes cheveux, portais des gants à mon chapeau, servais l'ardente convoitise de ma maîtresse, et commettais l'acte de ténèbres avec elle; je proférais autant de serments que je disais de paroles, et les brisais à la face auguste du ciel; je m'endormais sur des projets de luxure et m'éveillais pour les accomplir. J'aimais le vin profondément, les dés chèrement; et pour la passion des femmes je dépassais le Turc. Cœur perfide, oreille avide, main sanglante; pourceau pour la paresse, renard pour le larcin, loup pour la voracité, chien pour la rage, lion pour ma proie!... Que le craquement d'un soulier, le bruissement de la soie, ne livrent pas à la femme ton pauvre cœur. Garde ton pied des bordels, ta main des gorgerettes, ta plume de l'usurier, et défie ensuite le noir démon... Toujours à travers l'aubépine souffle le vent glacial; il mugit : *suum, mun! hey! nonony!* Dauphin, mon gars, mon gars, arrête! Laissez-le filer. *(La tempête continue.)*

LEAR. — Eh! mieux vaudrait pour toi être dans ta tombe qu'essuyer sur ton corps découvert les rigueurs de ce ciel... L'homme n'est donc rien de plus que ceci? Considérons-le bien. Tu ne dois pas au ver sa soie, à la bête sa fourrure, au mouton sa laine, à la civette son parfum. *(Montrant Kent et le fou.)* Ha! nous sommes ici trois êtres sophistiqués... Toi, tu es la créature même : l'homme au naturel n'est qu'un pauvre animal, nu et bifurqué comme toi. *(Il arrache ses vêtements.)* Loin, loin de moi, postiches!... Allons! soyons vrai!

LE FOU. — Je t'en prie, m'n oncle, calme-toi : cette nuit est impropre à la natation... Pour le moment, un peu de feu dans cette plaine sauvage serait comme le cœur d'un vieux paillard : une faible étincelle dans un corps glacé du reste... Regardez! voici un feu follet.

EDGAR. — C'est le noir démon Flibbertigibbet : il se meut au couvre-feu et rôde jusqu'au premier chant du coq; il donne la cataracte et la taie, fait loucher, et frappe du bec-de-lièvre; il moisit le froment blanc et moleste les pauvres créatures de la terre.

Saint Withold parcourut trois fois la dune,
Il rencontra l'incube et ses neuf familiers,
Lui dit de disparaître,
Et le lui fit jurer.
Arrière, sorcière, arrière!

KENT. — Comment se trouve Votre Grâce?

Arrive Gloucester, portant une torche.

LEAR. — Quel est cet homme?

KENT, *à Gloucester.* — Qui est là? Que cherchez-vous?

GLOUCESTER. — Qui êtes-vous, là? Vos noms?

EDGAR. — Le pauvre Tom, celui qui mange la grenouille plongeuse, le crapaud, le têtard, le lézard de muraille et le lézard d'eau; celui qui, dans la furie de son cœur, quand se démène le noir démon, mange la bouse de vache pour salade, dévore les vieux rats et les chiens noyés, avale l'écume verdâtre des marécages stagnants; celui qui, d'étape en étape, est fouetté, mis aux ceps, puni et emprisonné, et qui pourtant a eu trois costumes pour son dos, six chemises pour son corps, un cheval entre ses jambes et une épée à son côté.

Mais les souris et les rats et toutes ces menues bêtes fauves
Ont été l'aliment de Tom pendant sept longues années.

Gare, mon persécuteur!... Paix, Smolkin! Paix, démon!

GLOUCESTER, *à Lear*. — Quoi ! Votre Grâce n'a pas de meilleure compagnie ?

EDGAR. — Le prince des ténèbres est gentilhomme ; il a noms Modo et Mahu.

GLOUCESTER, *à Lear*. — Notre chair et notre sang, milord, se sont tellement corrompus qu'ils détestent qui les engendre.

EDGAR. — Pauvre Tom a froid.

GLOUCESTER, *à Lear*. — Rentrez avec moi. Ma loyauté ne peut se résigner à obéir en tout aux ordres cruels de vos filles. Elles ont eu beau m'enjoindre de barrer mes portes et de vous laisser à la merci de cette nuit tyrannique ; je me suis néanmoins aventuré à venir vous chercher, pour vous ramener là où vous trouverez du feu et des aliments.

LEAR, *montrant Edgar*. — Laissez-moi d'abord causer avec ce philosophe. *(A Edgar.)* Quelle est la cause du tonnerre ?

KENT. — Mon bon seigneur, acceptez son offre : allez sous son toit.

LEAR. — Je veux dire un mot à ce savant Thébain... Quelle est votre étude ?

EDGAR. — Dépister le démon et tuer la vermine.

LEAR. — Laissez-moi vous demander une chose en particulier.

KENT, *à Gloucester*. — Pressez-le encore une fois de partir, milord. Ses esprits commencent à se troubler.

GLOUCESTER. — Peux-tu l'en blâmer ? Ses filles veulent sa mort... Ah ! ce bon Kent ! Il avait dit qu'il en serait ainsi. Pauvre banni ! Tu dis que le roi devient fou ; je te le déclare, ami, je suis presque fou moi-même. J'avais un fils, que j'ai proscrit de ma race : il a attenté à ma vie, récemment, tout récemment. Je l'aimais, ami... Jamais fils ne fut plus cher à son père. A te dire vrai, la douleur a altéré mes esprits. *(L'orage continue.)* Quelle nuit ! *(A Lear.)* Je conjure Votre Grâce...

LEAR. — Oh ! je vous demande pardon, messire. *(A Edgar.)* Noble philosophe, votre compagnie...

EDGAR. — Tom a froid.

GLOUCESTER, *à Edgar*. — Rentre, camarade ! Là, à la hutte ! Tiens-toi chaud.

LEAR. — Allons, entrons-y tous.

KENT, *montrant la route du château.* — Par ici, milord.

LEAR. — Avec lui. Je ne veux pas me séparer de mon philosophe.

KENT, *à Gloucester.* — Mon bon seigneur, cédez-lui : laissez-le emmener ce garçon.

GLOUCESTER, *à Lear.* — Emmenez-le.

KENT. — Allons! l'ami; viens avec nous.

LEAR. — Viens, mon bon Athénien.

GLOUCESTER. — Plus un mot, plus un mot! Silence!

EDGAR.

L'enfant Roland à la tour noire arriva;
Sa langue était muette... Fi! pouah! hum!
Je flaire le sang d'un Breton.

(Ils sortent.)

SCÈNE V

Dans le château de Gloucester.

Entrent CORNOUAILLES, EDMOND *un papier à la main.*

CORNOUAILLES. — J'aurai ma vengeance avant de quitter cette maison.

EDMOND. — Je puis être blâmé, milord, pour faire céder ainsi la nature à la loyauté, et cette pensée m'inquiète.

CORNOUAILLES. — Je le vois maintenant, ce n'est pas uniquement la disposition criminelle de votre frère qui l'a porté à attenter aux jours de son père : l'indignité de celui-ci ne provoquait que trop chez celui-là une blâmable perversité.

EDMOND. — Que mon sort est cruel! Ne pouvoir être honnête sans remords!... Voici la lettre dont il parlait : elle prouve qu'il était l'agent des intérêts de la France. Plût aux cieux que cette trahison n'existât pas, ou que je n'en fusse pas le délateur!

CORNOUAILLES. — Viens avec moi chez la duchesse,

EDMOND. — Si la teneur de cette lettre est exacte. vous avez une sérieuse affaire sur les bras.

CORNOUAILLES. — Vraie ou fausse, elle te fait comte de Gloucester. Cherche où est ton père, que nous n'ayons plus qu'à l'arrêter.

EDMOND, *à part*. — Si je le trouve en train d'assister le roi, cela fortifiera les soupçons contre lui. *(Haut.)* Je persévérerai dans ma loyauté, si pénible que soit le conflit entre elle et mon sang.

CORNOUAILLES. — Je veux mettre toute ma confiance en toi, et tu retrouveras dans mon amour la plus tendre affection d'un père. *(Ils sortent.)*

SCÈNE VI

Une salle dans un bâtiment attenant au château de Gloucester.

Entrent GLOUCESTER, LEAR, KENT, LE FOU *et* EDGAR.

GLOUCESTER. — On est mieux ici qu'en plein air. Acceptez gracieusement cette hospitalité; j'en comblerai les lacunes par toutes les prévenances possibles. Je ne serai pas longtemps éloigné de vous.

KENT, *à Gloucester*. — Toute l'énergie de sa raison a succombé à son désespoir. Que les dieux récompensent votre bonté! *(Sort Gloucester.)*

EDGAR. — Frateretto m'appelle et me dit que Néron pêche dans le lac de ténèbres. Prie, innocent, et gardetoi du noir démon.

LE FOU. — Je t'en prie, m'n oncle, dis-moi donc : un fou est-il gentilhomme ou bourgeois?

LEAR. — Roi! roi!

LE FOU. — Non! c'est un bourgeois qui a pour fils un gentilhomme; car fou est le bourgeois qui souffre que son fils soit gentilhomme avant lui.

LEAR. — Oh! en avoir un millier qui, avec des broches rougies à blanc, fondraient en rugissant sur elles!

EDGAR. — Le noir démon me mord le dos.

LE FOU. — Fou encore est celui qui se fie à la douceur d'un loup, à la santé d'un cheval, à l'amour d'un gars, ou au serment d'une putain.

LEAR. — C'est décidé : je vais les accuser immédiatement. *(A Edgar.)* Allons! assieds-toi ici, très savant justicier. *(Au fou.)* Et toi, docte sire, assieds-toi ici. *(Le fou s'assied.)* A vous maintenant, renardes!

EDGAR. — Voyez quelle attitude et quelles œillades!... Veux-tu donc séduire tes juges, madame?

Viens à moi sur la rivière, Bessy.

LE FOU.

Sa barque a une voie d'eau,
Et elle ne doit pas dire
Pourquoi elle n'ose venir à toi.

EDGAR. — Le noir démon hante le pauvre Tom dans la voix d'un rossignol. Hopdance crie dans le ventre de Tom pour avoir deux harengs blancs. Cesse de croasser, ange noir : je n'ai rien à manger pour toi.

KENT, *au roi.* — Comment êtes-vous, sire? Ne restez pas ainsi effaré. Voulez-vous vous coucher et reposer sur ces coussins?

LEAR. — Je veux les voir juger d'abord... Qu'on amène les témoins! *(A Edgar.)* Toi, robin, prends ta place. *(Au fou.)* Et toi, son compère en équité, siège à côté de lui. *(A Kent.)* Vous êtes de la commission : asseyez-vous aussi.

EDGAR. — Procédons avec justice.

Que tu veilles ou que tu dormes, joyeux berger,
Si tes brebis s'égarent dans les blés,
Un signal de ta bouche mignonne
Préservera tes brebis d'un malheur.

Pish! le chat est gris.

LEAR. — Produisez celle-ci d'abord : c'est Goneril. Je jure ici, devant cette honorable assemblée, qu'elle a chassé du pied le pauvre roi son père.

LE FOU. — Venez ici, mistress. Votre nom est-il Goneril?

LEAR. — Elle ne peut le nier.

LE FOU. — J'implore votre merci, je vous prenais pour un tabouret.

LEAR. — Et en voici une autre dont les regards obliques proclament de quelle nature est son cœur... Arrêtez-la! Des armes, des armes, une épée, du feu!... La corruption est ici! Juge félon, pourquoi l'as-tu laissée échapper?

EDGAR. — Bénis soient tes cinq esprits!

KENT. — O pitié!... Sire, où est donc cette patience que si souvent vous vous vantiez de garder?

EDGAR, *à part*. — Mes larmes commencent à prendre parti pour lui, au point de gâter mon rôle.

LEAR. — Les petits chiens et toute la meute, Sébile, Blanche et Favorite, aboient après moi.

EDGAR. — Tom va leur jeter sa tête. Arrière, molosses!

Que ta gueule soit noire ou blanche,
Que ta dent empoisonne en mordant,
Mâtin lévrier, métis hargneux,
Dogue, épagneul, braque ou limier,
Basset à queue courte ou torse,
Tom les fera tous gémir et hurler.
Je n'ai qu'à leur jeter ainsi ma tête
Pour que tous les chiens sautent la barrière et
[*fuient.*

Loudla! Loudla! allons, rendons-nous aux veillées, aux foires et aux marchés... Pauvre Tom, ton sac est vide.

LEAR. — Maintenant, qu'on dissèque Régane et qu'on voie ce qu'elle a du côté du cœur! Y a-t-il quelque cause naturelle qui produise ces cœurs si durs? *(A Edgar.)* Vous, monsieur, je vous prends pour un de mes cent gardes. Seulement je n'aime pas votre costume : vous dites qu'il est à la mode persane; n'importe, changez-en.

KENT. —Voyons! mon bon seigneur, couchez-vous là et reposez un peu. *(Lear s'étend sur un lit de repos, dans un retrait, au fond de la salle.)*

LEAR. — Ne faites pas de bruit, ne faites pas de bruit. Tirez les rideaux... Ainsi, ainsi, ainsi... Nous souperons dans la matinée... Ainsi, ainsi, ainsi. *(Il s'endort.)*

LE FOU. — Et moi, je me mettrai au lit à midi.

Rentre Gloucester.

GLOUCESTER, *à Kent.* — Approche, ami. Où est le roi, mon maître?

KENT. — Ici, seigneur. Mais ne le dérangez pas : sa raison est partie.

GLOUCESTER. — Je t'en prie, mon bon ami, enlève-le dans tes bras. J'ai surpris un complot contre sa vie. Il y a ici une litière toute prête, étends-le dedans, et conduis-le à Douvres, ami : là, tu trouveras hospitalité et protection. Enlève ton maître. Si tu tardes une demi-heure, sa vie, la tienne et celle de quiconque osera le défendre sont sûrement perdues. Emporte-le, emporte-le, et suis-moi, que je te conduise bien vite hors de danger.

KENT. — La nature accablée s'assoupit. Ce repos aurait pu être un baume sauveur pour sa raison brisée; si les circonstances le troublent, la guérison sera difficile. *(Au fou.)* Allons! aide-moi à porter ton maître; tu ne dois pas rester en arrière!

GLOUCESTER. — Allons, allons, en marche! *(Kent, Gloucester et le fou sortent en portant le roi.)*

EDGAR, *seul.* — Quand nous voyons nos supérieurs partager nos misères, à peine nos malheurs nous semblent-ils ennemis. Celui qui souffre seul, souffre surtout par imagination, en pensant aux destinées privilégiées, aux éclatants bonheurs qu'il laisse derrière lui; mais l'âme dompte aisément la souffrance, quand sa douleur a des camarades d'épreuve. Comme ma peine me semble légère et tolérable, à présent que l'adversité qui me fait courber fait plier le roi!... Il est frappé comme père, et moi comme fils!... Tom, éloigne-toi; sois attentif aux grands bruits, et reparais dès que l'opinion qui te salissait de ses outrageantes pensées, ramenée à toi par l'évidence, t'aura réhabilité. Advienne que pourra cette nuit, pourvu que le roi soit sauvé! Aux aguets, aux aguets! *(Il sort.)*

SCÈNE VII

Dans le château de Gloucester.

Entrent CORNOUAILLES, RÉGANE, GONERIL, EDMOND *et des serviteurs.*

CORNOUAILLES, *à Goneril.* — Rendez-vous en toute hâte près de milord votre mari; montrez-lui cette lettre. L'armée française est débarquée. *(Aux serviteurs.)* Qu'on aille chercher le misérable Gloucester! *(Quelques serviteurs sortent.)*

RÉGANE. — Qu'on le pende sur-le-champ!

GONERIL. — Qu'on lui arrache les yeux!

CORNOUAILLES. — Abandonnez-le à mon déplaisir... Edmond, accompagnez notre sœur. Le châtiment que nous sommes tenus d'infliger à votre perfide père ne doit pas vous avoir pour témoin. Conseillez au duc chez qui vous vous rendez de hâter ses préparatifs; nous nous engageons à en faire autant. Nos courriers établiront entre nous de rapides intelligences. Adieu, chère sœur! *(A Edmond.)* Adieu, milord de Gloucester!

Entre Oswald, l'intendant.

CORNOUAILLES. — Eh bien! où est le roi?

OSWALD. — Milord de Gloucester l'a fait emmener d'ici. Trente-cinq ou trente-six de ses chevaliers, ardents à le chercher, l'ont rejoint aux portes, ainsi que plusieurs des seigneurs feudataires; et tous sont partis pour Douvres, où ils se vantent d'avoir des amis bien armés.

CORNOUAILLES. — Préparez des chevaux pour votre maîtresse. *(Oswald sort.)*

GONERIL. — Adieu, cher duc! Adieu, sœur!

CORNOUAILLES. — Adieu, Edmond! *(Goneril et Edmond sortent.)* Qu'on aille chercher le traître Gloucester, qu'on le garrotte comme un brigand, et qu'on l'amène devant nous! *(D'autres serviteurs sortent.)* Bien que nous n'ayons pas le droit de disposer de sa vie sans forme de procès, notre pouvoir favorisera notre colère que les hommes peuvent blâmer, mais non contrôler. Qui est là?... Le traître!

Rentrent les serviteurs, amenant Gloucester.

RÉGANE. — L'ingrat renard! C'est lui.

CORNOUAILLES. — Attachez bien ses bras racornis.

GLOUCESTER. — Que prétendent Vos Grâces?... Mes bons amis, considérez que vous êtes mes hôtes. Ne me jouez pas quelque horrible tour, mes amis.

CORNOUAILLES. — Attachez-le, vous dis-je. *(Les serviteurs attachent Gloucester.)*

RÉGANE. — Ferme, ferme! O l'immonde traître!

GLOUCESTER. — Impitoyable femme, je ne suis pas un traître.

CORNOUAILLES. — Attachez-le à ce fauteuil... Misérable, tu apprendras... *(Régane lui arrache la barbe.)*

GLOUCESTER. — Par les dieux bons! c'est un acte infâme de m'arracher la barbe.

RÉGANE. — Si blanche! un pareil traître!

GLOUCESTER. — Femme méchante, ces poils que tu arraches de mon menton s'animeront pour t'accuser. Je suis votre hôte. Vous ne devriez pas lacérer de ces mains de brigands ma face hospitalière. Que me voulez-vous?

CORNOUAILLES. — Allons! monsieur, quelle lettres avez-vous reçues de France récemment?

RÉGANE. — Répondez franchement, car nous savons la vérité.

CORNOUAILLES. — Et quel complot avez-vous fait avec les traîtres récemment débarqués dans le royaume?

RÉGANE. — A qui avez-vous envoyé le roi lunatique? Parlez.

GLOUCESTER. — J'ai reçu une lettre, toute de conjectures, qui me vient d'un neutre, et non d'un ennemi.

CORNOUAILLES. — Artifice!

RÉGANE. — Imposture!

CORNOUAILLES. — Où as-tu envoyé le roi?

GLOUCESTER. — A Douvres.

RÉGANE. — Pourquoi à Douvres? Ne t'avait-on pas enjoint, au péril...

CORNOUAILLES. — Pourquoi à Douvres? Qu'il réponde à cela!

GLOUCESTER. — Je suis attaché au poteau, et je dois faire face à la meute.

RÉGANE. — Pourquoi à Douvres?

GLOUCESTER. — Parce que je ne voulais pas voir tes ongles cruels arracher ses pauvres vieux yeux, ni ta féroce sœur enfoncer ses crocs d'hyène dans sa chair sacrée. Par une tempête comme celle que sa tête nue a supportée dans cette nuit infernale, la mer se serait soulevée et aurait éteint les feux des constellations; mais lui, pauvre vieux cœur, il ne faisait que grossir de ses larmes les pluies du ciel. Si les loups avaient hurlé à ta porte dans ces moments terribles, tu aurais dit : *Ouvre, bon portier*. Les plus féroces auraient fléchi... Mais je verrai la vengeance ailée s'abattre sur de pareils enfants.

CORNOUAILLES. — Jamais tu ne la verras... Camarades, tenez le fauteuil... Je vais mettre mon talon sur tes yeux.

GLOUCESTER. — Que celui qui espère vivre vieux m'accorde du secours! O cruels!... O dieux!

RÉGANE. — Un côté ferait grimacer l'autre. L'autre aussi!

CORNOUAILLES. — Si vous voyez la vengeance!...

UN SERVITEUR, *à Cornouailles*. — Arrêtez, milord. Je vous ai servi depuis mon enfance, mais je ne vous rendis jamais de plus grand service qu'en vous sommant d'arrêter.

RÉGANE. — Qu'est-ce à dire, chien?

LE SERVITEUR. — Si vous portiez une barbe au menton, je la secouerais pour une pareille querelle... Que prétendez-vous?

CORNOUAILLES. — Mon vassal! *(Il se jette sur le serviteur, l'épée à la main.)*

LE SERVITEUR, *dégainant*. — Eh bien! avancez donc, et affrontez les chances de la colère. *(Ils se battent. Cornouailles est blessé.)*

RÉGANE, *à un autre serviteur.* — Donne-moi ton épée!... Un paysan nous tenir tête ainsi! *(Elle saisit une épée et frappe par-derrière l'adversaire de Cornouailles.)*

LE SERVITEUR, — Oh! je suis tué! *(Montrant Cornouailles à Gloucester.)* Milord, il vous reste un œil pour voir le malheur qui lui arrive!... Oh!... *(Il meurt.)*

CORNOUAILLES. — Empêchons qu'il n'en voie davantage... A bas, vile gelée! Où est ton lustre, à présent?

GLOUCESTER. — Tout est ténèbres et désespoir!... Où est mon fils Edmond? Edmond, allume tous les éclairs de la nature pour venger cette horrible action.

RÉGANE. — Fi, infâme traître! Tu implores qui te hait : c'est lui qui nous a révélé tes trahisons. Il est trop bon pour t'avoir en pitié.

GLOUCESTER. — Oh! ma folie! Edgar était donc calomnié! Dieux bons, pardonnez-moi, et faites-le prospérer.

RÉGANE. — Qu'on le jette à la porte, et qu'on le laisse flairer son chemin d'ici à Douvres! Qu'est-ce donc, milord? Vous changez de visage!

CORNOUAILLES. — J'ai été blessé... Suivez-moi, madame. Qu'on chasse ce scélérat sans yeux!... Jetez cet esclave au fumier... Régane, je saigne à flots. Cette blessure arrive mal... Donnez-moi votre bras. *(Cornouailles sort, soutenu par Régane. Les serviteurs détachent Gloucester et l'emmènent.)*

PREMIER SERVITEUR. — Je consens à commettre n'importe quel forfait si cet homme prospère.

DEUXIÈME SERVITEUR. — Si elle vit longtemps, si elle ne trouve la mort qu'au bout de la vieillesse, les femmes vont toutes devenir des monstres.

PREMIER SERVITEUR. — Suivons le vieux comte, et chargeons le maniaque de Bedlam de le conduire : sa folie vagabonde se prête à tout.

DEUXIÈME SERVITEUR. — Va, toi! Moi, je vais chercher du linge et des blancs d'œufs pour panser sa face sanglante. Que désormais le ciel l'assiste! *(Ils sortent de différents côtés.)*

ACTE IV

SCÈNE PREMIÈRE

Une bruyère.

Entre EDGAR.

EDGAR. — Mieux vaut être méprisé et le savoir qu'être méprisé et s'entendre flatter. L'être le plus vil, le plus infime, le plus disgracié de la fortune, est dans une perpétuelle espérance, et vit hors d'inquiétude. Il n'est de changement lamentable que pour le bonheur : le malheur a pour revers la joie. Sois donc la bienvenue, bise impalpable que j'embrasse! Le misérable que tu as jeté dans la détresse est quitte envers tes orages. Mais qui vient ici?

Entre Gloucester, conduit par un vieillard.

Mon père! Si pauvrement escorté!... Monde, monde, ô monde! Il faut donc que d'étranges vicissitudes te rendent odieux, pour que la vie se résigne à la destruction!

LE VIEILLARD. — O mon bon seigneur, j'ai été votre vassal, et le vassal de votre père, depuis quatre-vingts ans.

GLOUCESTER. — Va, éloigne-toi, mon bon ami, pars! Tes secours me sont inutiles et peuvent t'être funestes.

LE VIEILLARD. — Hélas! messire, vous ne pouvez pas voir votre chemin.

GLOUCESTER. — Je n'ai pas de chemin, je n'ai donc pas besoin d'yeux. Je suis tombé quand j'y voyais. Cela arrive souvent : nos ressources nous leurrent, tandis que nos privations mêmes tournent à notre avantage... Oh! cher fils Edgar, toi sur qui s'est assouvie la fureur de ton père abusé, si je pouvais seulement te voir par le toucher, je dirais que j'ai retrouvé mes yeux.

LE VIEILLARD. — Hé! qui est là?

EDGAR, *à part.* — O dieux! Qui peut dire : *Je suis au comble du malheur ?* Je suis plus malheureux que jamais je ne l'ai été.

LE VIEILLARD. — C'est Tom, le pauvre fou.

EDGAR, *à part.* — Et je puis être plus malheureux encore. Le malheur n'est pas comblé tant qu'on peut dire : *En voilà le comble!*

LE VIEILLARD. — L'ami, où vas-tu?

GLOUCESTER. — Est-ce un mendiant?

LE VIEILLARD. — Fou et mendiant à la fois.

GLOUCESTER. — Il lui reste quelque raison : sans quoi il ne pourrait mendier. Pendant la tempête de la nuit dernière, j'ai vu un de ces gens-là et je me suis pris à croire que l'homme est un ver de terre. Mon fils s'est présenté alors à ma pensée; et pourtant ma pensée ne lui était guère sympathique alors. J'ai été éclairé depuis. Ce que les mouches sont pour des enfants espiègles, nous le sommes pour les dieux : ils nous tuent pour leur plaisir.

EDGAR, *à part.* — Comment cela est-il arrivé?... Triste métier que de jouer la folie devant la douleur et de navrer les autres en se navrant soi-même! *(Haut,)* Sois béni, maître!

GLOUCESTER. — Est-ce là le pauvre déguenillé?

LE VIEILLARD. — Oui, milord.

GLOUCESTER. — Eh bien! je t'en prie, retire-toi. Si, dans ton zèle pour moi, tu veux nous rejoindre, à un mille ou deux d'ici, sur la route de Douvres, fais-le, mon vieux serviteur, et apporte quelques vêtements pour couvrir ce déguenillé; je vais le prier de me guider.

LE VIEILLARD. — Hélas! messire, il est fou.

GLOUCESTER. — C'est le malheur des temps que les fous guident les aveugles. Fais ce que je te dis, ou plutôt fais comme il te plaira. Avant tout, retire-toi.

LE VIEILLARD. — Je lui apporterai le meilleur habillement que je possède. Advienne que pourra! *(Il sort.)*

GLOUCESTER. — Holà, déguenillé !

EDGAR. — Le pauvre Tom a froid. *(A part.)* Je ne puis feindre plus longtemps.

GLOUCESTER. — Viens ici, l'ami.

EDGAR. — Et pourtant il le faut. *(Haut.)* Bénis soient tes doux yeux ! Ils saignent.

GLOUCESTER. — Connais-tu le chemin de Douvres ?

EDGAR. — Barrières et grilles, chaussée et trottoir, j'en connais tout. De frayeur le pauvre Tom a perdu son bon sens. Le ciel te préserve du noir démon, homme de bien ! Cinq démons à la fois sont entrés dans le pauvre Tom : celui de la luxure, *Obidicut; Hobbididance*, le prince du mutisme ; le démon du vol, *Mahu;* celui du meurtre, *Modo;* celui des grimaces et des contorsions, *Flibbertigibbet*, qui maintenant possède les chambrières et les servantes. Sur ce, sois béni, maître !

GLOUCESTER. — Tiens ! prends cette bourse, toi que les fléaux du ciel ont ployé à tous les coups : ma misère va te rendre plus heureux. Cieux, agissez toujours ainsi ! A l'homme fastueux et gorgé de voluptés, qui foule aux pieds vos lois et ne veut pas voir parce qu'il ne sent pas, faites vite sentir votre puissance, en sorte que le partage réforme l'excès, et que chacun ait le nécessaire... Connais-tu Douvres ?

EDGAR. — Oui, maître.

GLOUCESTER. — Il y a là un rocher dont la tête haute et penchée regarde avec terreur la mer qu'il domine ; mène-moi seulement au bord de l'abîme, et je réparerai la misère que tu supportes par quelque libéralité. Une fois là, je n'aurai plus besoin de guide.

EDGAR. — Donne-moi ton bras ; le pauvre Tom va te conduire. *(Ils sortent.)*

SCÈNE II

Devant le palais du duc d'Albany.

Entrent GONERIL *et* EDMOND. OSWALD *vient au-devant d'eux.*

GONERIL, *à Edmond.* — Soyez le bienvenu, milord! Je m'étonne que notre débonnaire mari ne soit pas venu à notre rencontre. *(A Oswald.)* Eh bien! où est votre maître?

OSWALD. — Au château, madame. Mais jamais homme ne fut si changé. Je lui ai parlé de l'armée qui est débarquée; il a souri. Je lui ai dit que vous arriviez; il a répondu : *Tant pis.* Quand je lui ai appris la trahison de Gloucester et les loyaux services de son fils, il m'a appelé sot, et m'a dit que j'avais mis l'endroit à l'envers. Il semble charmé de ce qui devrait lui déplaire, et contrarié de ce qui devrait lui plaire.

GONERIL, *à Edmond.* — Alors ne venez pas plus loin. Ce sont les lâches terreurs de son caractère qui l'empêchent de rien oser. Il se refuse à sentir les outrages qui l'obligeraient à des représailles. Les vœux que nous faisions sur la route pourraient bien s'accomplir. Edmond, retournez près de mon frère : hâtez ses levées et commandez ses troupes. Il faut que je change de titre chez moi, et que je remette la quenouille aux mains de mon mari. *(Montrant Oswald.)* Ce fidèle serviteur sera notre intermédiaire : avant peu vous recevrez peut-être, si vous savez oser dans votre intérêt, les ordres d'une maîtresse. *(Elle lui remet un nœud de rubans.)* Portez ceci; épargnez les paroles; penchez la tête. *(Elle lui donne furtivement un baiser et lui parle à voix basse.)* Ce baiser, s'il osait parler, porterait aux nues tes ardeurs; comprends, et sois heureux.

EDMOND. — A vous jusque dans les rangs de la mort!

GONERIL. — Mon très cher Gloucester! *(Edmond sort.)* Oh! quelle différence entre un homme et un homme! C'est à toi que sont dus les services d'une femme. Un imbécile usurpe mon lit.

OSWALD. — Madame, voici monseigneur. *(Oswald sort.)*

Entre Albany.

GONERIL. — Je croyais valoir la peine d'être appelée.

ALBANY. — O Goneril, vous ne valez pas la poussière que l'âpre vent vous souffle à la face. Je redoute votre caractère. Une nature qui outrage son origine ne saurait être retenue par aucun frein. La branche qui se détache elle-même du tronc nourricier doit forcément se flétrir et servir à un mortel usage.

GONERIL. — Assez! la leçon est ridicule.

ALBANY. — La sagesse et la bonté semblent viles aux vils; la corruption n'a de goût que pour elle-même... Qu'avez-vous fait? Vous, des filles! non!... Qu'avez-vous commis, tigresses? Un père, un gracieux vieillard dont l'ours à tête lourde eût léché la majesté, vous l'avez rendu fou, barbares dégénérées! Mon noble frère a-t-il pu vous laisser faire? Un homme, un prince, comblé par lui de tant de bienfaits! Si les cieux ne se hâtent pas d'envoyer leurs esprits visibles pour punir ces forfaits infâmes, le temps va venir où les hommes devront s'entre-dévorer comme les monstres de l'Océan.

GONERIL. — Homme au foie de lait, qui tends la joue aux horions et la tête à l'outrage, qui n'as pas d'yeux pour distinguer l'honneur de la patience, qui ne sais pas que les dupes seules plaignent les misérables dont le châtiment a prévenu le méfait!... Où est ton tambour? Le Français arbore ses bannières sur notre terre silencieuse; déjà ton égorgeur te menace du panache de son cimier; et toi, scrupuleux imbécile, tu restes là, tranquille, à t'écrier : *Hélas! pourquoi fait-il cela ?*

ALBANY. — Regarde-toi donc, diablesse! La difformité est moins horrible encore dans le démon que dans la femme.

GONERIL. — Oh! vain imbécile!

ALBANY. — Créature dégradée, et méconnaissable par pudeur! ne prends pas les traits d'un monstre. S'il me convenait de laisser mes mains obéir à mon sang, elles pourraient bien te disloquer, t'arracher la chair et les os! Tout démon que tu es, la forme de la femme te protège.

GONERIL. — Morbleu! vous redevenez un homme!

Entre un messager.

ALBANY. — Quelles nouvelles?

LE MESSAGER. — Oh! mon bon seigneur, le duc de Cornouailles est mort, tué par un de ses gens, au moment où il allait crever un des yeux de Gloucester.

ALBANY. — Les yeux de Gloucester!

LE MESSAGER. — Un serviteur qu'il avait nourri, frémissant de pitié, s'est opposé à cette action, en tirant l'épée contre son puissant maître, qui, exaspéré, s'est élancé sur lui et l'a étendu mort au milieu des autres, mais non sans avoir reçu un coup fatal, qui depuis l'a emporté.

ALBANY. — Ceci prouve que vous êtes là-haut, vous, justiciers, qui savez si promptement venger nos crimes d'ici-bas... Mais, ô pauvre Gloucester! Il a donc perdu un de ses yeux?

LE MESSAGER. — Tous deux, tous deux, milord. Cette lettre, madame, réclame une prompte réponse. Elle est de votre sœur.

GONERIL, *à part.* — Par un côté, ceci me plaît assez. Mais maintenant qu'elle est veuve et que mon Gloucester est près d'elle, l'édifice de mes rêves pourrait bien s'écrouler tout entier sur ma vie désolée. Par un autre côté, la nouvelle n'est pas si amère... Lisons, et répondons. *(Elle sort.)*

ALBANY. — Où donc était son fils, quand on lui ôtait la vue?

LE MESSAGER. — Il venait ici avec milady.

ALBANY. — Il n'est pas ici.

LE MESSAGER. — Non, mon bon seigneur; je l'ai rencontré qui s'en retournait.

ALBANY. — Connaît-il l'infamie?

LE MESSAGER. — Oui, mon bon seigneur : c'est lui qui avait dénoncé son père, et il avait quitté le château, afin que la punition pût avoir un plus libre cours.

ALBANY. — Gloucester, je suis là pour reconnaître l'attachement que tu as montré au roi, et pour venger tes yeux... Viens, ami, dis-moi tout ce que tu sais encore. *(Ils sortent.)*

SCÈNE III

Le camp français, près de Douvres.

Entrent KENT *et* UN CHEVALIER.

KENT. — Pourquoi le roi de France est-il reparti si soudainement? Savez-vous la raison?

LE CHEVALIER. — Il avait négligé une affaire d'Etat, qui depuis son départ est revenue à sa pensée. Elle importe tellement au salut et à l'existence du royaume que son retour en personne était tout à fait urgent et nécessaire.

KENT. — Qui a-t-il laissé général à sa place?

LE CHEVALIER. — Le maréchal de France, monsieur Lafare.

KENT. — Votre lettre a-t-elle arraché à la reine quelque démonstration de douleur?

LE CHEVALIER. — Oui, monsieur. Elle l'a prise, l'a lue en ma présence; de temps à autre une grosse larme oscillait sur sa joue délicate; on eût dit qu'elle dominait en reine son émotion qui, rebelle obstinée, cherchait à régner sur elle.

KENT. — Oh! elle a donc été émue?

LE CHEVALIER. — Pas jusqu'à l'emportement : la patience et la douleur luttaient à qui lui donnerait la plus suave expression. Vous avez vu le soleil luire à travers la pluie : ses sourires et ses larmes apparaissaient comme au plus beau jour de mai. Ces heureux sourires, qui se jouaient sur sa lèvre mûre, semblaient ignorer les hôtes qui étaient dans ses yeux et qui s'en échappaient comme des perles tombant de deux diamants... Bref, la douleur serait la plus adorable rareté, si tous pouvaient l'embellir ainsi.

KENT. — N'a-t-elle pas fait quelque observation?

LE CHEVALIER. — Oui, une fois ou deux elle a soupiré le nom de *père*, haletante comme s'il lui oppressait le cœur. Elle s'est écriée : *Mes sœurs! mes sœurs!... Opprobre des femmes! Mes sœurs! Kent! Mon père! Mes sœurs! Quoi! pendant l'orage! pendant la nuit! Qu'on ne croie plus à la pitié!* Alors elle a secoué l'eau sainte de ses yeux célestes et en a mouillé ses sanglots; puis brusquement elle s'est échappée pour être toute à sa douleur.

KENT. — Ce sont les astres, les astres d'en haut, qui gouvernent nos natures; autrement jamais même père et même mère ne pourraient mettre au monde des enfants si dissemblables. Vous ne lui avez pas parlé depuis?

LE CHEVALIER. — Non.

KENT. — Cette entrevue a-t-elle eu lieu avant le départ du roi?

LE CHEVALIER. — Non, depuis.

KENT. — C'est bien, monsieur... Lear est dans la ville, le pauvre affligé! Parfois, dans ses meilleurs moments, il se rappelle ce qui nous amène ici, et il se refuse absolument à voir sa fille.

LE CHEVALIER. — Pourquoi, cher monsieur?

KENT. — Une impérieuse honte le talonne. La dureté avec laquelle il lui a retiré sa bénédiction et l'a abandonnée à de lointains hasards pour transmettre ses droits les plus précieux à des filles au cœur d'hyène, est pour son âme un remords si venimeux qu'une brûlante confusion l'éloigne de Cordélia.

LE CHEVALIER. — Hélas! pauvre gentilhomme!

KENT. — Avez-vous des nouvelles des armées d'Albany et de Cornouailles?

LE CHEVALIER. — Oui, elles sont en campagne.

KENT. — Eh bien! monsieur, je vais vous mener à Lear, notre maître, et vous laisser veiller sur lui. Un intérêt puissant m'attache pour quelque temps encore à ce déguisement. Quand je me ferai connaître, vous ne regretterez pas de m'avoir accordé cette familiarité. Je vous en prie, venez avec moi. *(Ils sortent.)*

SCÈNE IV

La tente royale dans le camp français.

Entrent CORDÉLIA, UN MÉDECIN, *des officiers et des soldats.*

CORDÉLIA. — Hélas! c'est lui. Il a été rencontré à l'instant, aussi frénétique que la mer irritée, chantant à voix haute, couronné de fumeterre sauvage, de folle avoine, de sénevé, de ciguë, d'ortie, de fleur de coucou, d'ivraie, et de toutes les plantes parasites qui croissent aux dépens de nos blés. *(A un officier.)* Détachez une centurie; fouillez en tous sens les hautes herbes de la plaine, et amenez-le devant nous. *(L'officier sort.)* Que peut la sagesse de l'homme pour restaurer sa raison évanouie? Que celui qui le guérira dispose de toutes mes richesses extérieures!

LE MÉDECIN — Il y a un moyen, madame : le repos est le souverain nourricier de la nature. C'est le repos qu'il lui faut : pour le provoquer chez lui, nous avons des simples dont la puissance fermerait les yeux même de l'angoisse.

CORDÉLIA. — O vous tous, secret bénis, vertus encore inconnues de la terre, jaillissez sous mes larmes! Soyez secourables et salutaires à la détresse du bon vieillard!... Cherchez, cherchez-le, de peur que sa rage indomptée ne brise une existence qui n'a plus de guide.

Entre un messager.

LE MESSAGER. — Un nouvelle, madame! L'armée britannique s'avance.

CORDÉLIA. — Nous le savions : nos préparatifs sont faits pour la recevoir... O père chéri! ce sont tes intérêts qui m'occupent. Aussi la grande France a-t-elle eu pitié de mon deuil et de mes larmes suppliantes. Ce n'est pas une vaine ambition qui stimule nos armes, c'est l'amour, l'amour le plus tendre, c'est la cause de notre vieux père. Puissé-je bientôt le voir et l'entendre! *(Tous sortent.)*

SCÈNE V

Dans le château de Gloucester.

Entrent RÉGANE *et* OSWALD.

RÉGANE. — Mais les troupes de mon frère sont-elles en marche?

OSWALD. — Oui, madame.

RÉGANE. — S'est-il mis à leur tête en personne?

OSWALD. — Oui, madame, mais à grand-peine; votre sœur est un meilleur soldat.

RÉGANE. — Est-ce que milord Edmond n'a pas parlé à votre maître au château?

OSWALD. — Non, madame.

RÉGANE. — Que peut contenir la lettre à lui écrite par ma sœur?

OSWALD. — Je ne sais pas, milady.

RÉGANE. — Au fait, c'est pour de graves motifs qu'il s'en est allé si vite. Après avoir retiré la vue à Gloucester, ç'a été une grande imprudence de le laisser vivre : partout où il passera, il soulèvera tous les cœurs contre nous; je pense qu'Edmond est parti, prenant sa misère en pitié, pour le délivrer d'une vie vouée aux ténèbres, en même temps que pour reconnaître les forces de l'ennemi.

OSWALD. — Il faut que je le rejoigne, madame, pour lui remettre cette lettre.

RÉGANE. — Nos troupes se mettent en marche demain; restez avec nous, les routes sont dangereuses.

OSWALD. — Je ne puis, madame; ma maîtresse m'a recommandé l'empressement dans cette affaire.

RÉGANE. — Pourquoi écrit-elle à Edmond? N'auriez-vous pas pu transmettre son message de vive voix? Sans doute, quelque raison, je ne sais laquelle... Je t'aimerai fort de me laisser décacheter cette lettre.

OSWALD. — Madame, je préférerais...

RÉGANE. — Je sais que votre maîtresse n'aime pas son mari; je suis sûre de cela : la dernière fois qu'elle était ici, elle lançait d'étranges œillades et de bien éloquents regards au noble Edmond. Je sais que vous êtes son confident.

OSWALD. — Moi, madame?

RÉGANE. — Je parle à bon escient : vous l'êtes, je le sais. Aussi, écoutez bien l'avis que je vous donne. Mon mari est mort; Edmond et moi, nous nous sommes entendus : il est naturel qu'il ait ma main plutôt que celle de votre maîtresse. Vous pouvez deviner ce que je ne dis pas. Si vous trouvez Edmond, remettez-lui ceci, je vous prie. *(Elle lui donne un anneau.)* Quand vous informerez votre maîtresse de ce que vous savez, dites-lui, je vous prie, de rappeler à elle sa raison. Sur ce, adieu! Si par hasard vous entendez parler de cet aveugle traître, les faveurs pleuvront sur celui qui l'expédiera.

OSWALD. — Si je pouvais le rencontrer, madame! je montrerais à quel parti j'appartiens.

RÉGANE. — Adieu! *(Ils sortent.)*

SCÈNE VI

La campagne aux environs de Douvres.

Entre GLOUCESTER *conduit par* EDGAR *vêtu en paysan.*

GLOUCESTER. — Quand arriverons-nous au sommet de cette côte?

EDGAR. — Vous la gravissez à présent : voyez comme nous nous évertuons.

GLOUCESTER. — Il me semble que le terrain est plat.

EDGAR. — Horriblement escarpé. Ecoutez! entendez-vous la mer?

GLOUCESTER. — Non, vraiment.

EDGAR. — Eh! il faut que vos autres sens soient affaiblis par la douleur de vos yeux.

GLOUCESTER. — C'est possible, en effet. Il me semble que ta voix est changée et que tu parles en meilleurs termes et plus sensément que tu ne faisais.

EDGAR. — Vous vous trompez grandement : il n'y a de changé en moi que le costume.

GLOUCESTER. — Il me semble que vous vous exprimez mieux.

EDGAR. — Avancez, monsieur; voici l'endroit... Halte-là! Que c'est effrayant et vertigineux de plonger si bas ses regards! Les corbeaux et les corneilles qui fendent l'air au-dessous de nous ont tout au plus l'ampleur des escargots. A mi-côte pend un homme qui cueille du percepierre : terrible métier! Ma foi! il ne semble pas plus gros que sa tête. Les pêcheurs qui marchent sur la plage apparaissent comme des souris; et là-bas, ce grand navire à l'ancre fait l'effet de sa chaloupe; sa chaloupe, d'une bouée à peine distincte pour la vue. Le murmure de la vague qui fait rage sur les galets innombrables et inertes ne peut s'entendre de si haut... Je ne veux plus regarder : la cervelle me tournerait, et le trouble de ma vue m'entraînerait tête baissée dans l'abîme.

GLOUCESTER. — Placez-moi où vous êtes.

EDGAR. — Donnez-moi votre main... Vous êtes maintenant à un pied de l'extrême bord. Pour tout ce qu'il y a sous la lune, je ne voudrais pas faire un bond.

GLOUCESTER. — Lâche ma main. Voici une autre bourse, ami; il y a dedans un joyau qui n'est pas à dédaigner pour un pauvre homme. Que les fées et les dieux te rendent ce don prospère! Eloigne-toi; dis-moi adieu, et que je t'entende partir!

EDGAR. — Adieu donc, mon bon monsieur! *(Il fait mine de s'éloigner.)*

GLOUCESTER. — Merci de tout cœur!

EDGAR, *à part.* — Si je joue ainsi avec son désespoir, c'est pour le guérir.

GLOUCESTER. — O dieux puissants! je renonce à ce monde; et, en votre présence, je me soustrais sans colère à mon accablante affliction; si je pouvais la supporter plus longtemps sans me mettre en révolte contre vos volontés inéluctables, je laisserais le lumignon misérable de mes derniers moments s'éteindre de lui-même... Si Edgar vit encore, oh! bénissez-le!... A présent, camarade, adieu!

EDGAR. — Me voilà parti, monsieur; adieu! *(Gloucester s'élance et tombe à terre de toute sa hauteur.)* Pourtant je ne sais si l'imagination ne serait pas de force à dérober le trésor de la vie, quand la vie elle-même se prête à ce vol. S'il avait été où il pensait, déjà c'en serait fait pour lui de toute pensée. *(Il s'approche de Gloucester.)* Mort, ou vivant? Holà, monsieur! ami!... Entendez-vous, monsieur?... Parlez!... Il a bien pu se tuer ainsi, vraiment!... Mais non, il se ranime. Qui êtes-vous, monsieur?

GLOUCESTER. — Arrière! laissez-moi mourir.

EDGAR. — A moins d'être un fil de la Vierge, une plume ou un souffle, tu n'aurais pas pu être précipité de si haut sans te briser comme un œuf. Mais tu respires, tu es un corps pesant, tu ne saignes pas, tu parles, tu es sain et sauf! Dix mâts, les uns au bout des autres, ne mesureraient pas la hauteur dont tu viens de tomber perpendiculairement. Ta vie est un miracle. Parle encore.

GLOUCESTER. — Mais suis-je tombé, ou non?

EDGAR. — De l'effrayant sommet de cette falaise crayeuse. Regarde là-haut : de cette distance l'alouette stridente ne pourrait être vue ni entendue : regarde.

GLOUCESTER. — Hélas! je n'ai plus d'yeux. La misère n'a donc pas la ressource de se détruire par la mort? C'est pourtant une consolation pour le malheur de pouvoir tromper la rage du tyran et frustrer son orgueilleux arrêt.

EDGAR, *l'aidant à se relever.* — Donnez-moi votre bras. Debout!... C'est cela! Comment êtes-vous? Sentez-vous vos jambes?... Vous vous soutenez?

GLOUCESTER. — Trop bien, trop bien.

EDGAR. — Ceci dépasse toute étrangeté. Quel était cet être qui, sur la crête de la montagne, s'est éloigné de vous?

GLOUCESTER. — Un pauvre infortuné mendiant.

EDGAR. — D'ici-bas il m'a semblé que ses yeux étaient deux pleines lunes; il avait mille nez, des cornes hérissées et ondulant comme la mer houleuse. C'était quelque démon. Ainsi, mon heureux père, sois persuadé que les dieux tutélaires, qui tirent leur gloire des impossibilités humaines, ont préservé tes jours.

GLOUCESTER. — Je me rappelle à présent. A l'avenir, je supporterai la douleur, jusqu'à ce que d'elle-même elle me crie : *Assez, assez! meurs!* L'être dont vous parlez, je l'ai pris pour un homme; il répétait souvent : *Démon! démon!* C'est lui qui m'a conduit là.

EDGAR. — Que votre âme reprenne force et patience!... Mais qui vient ici?

Entre Lear, fantasquement paré de fleurs.

Jamais cerveau sain n'affublera ainsi son maître.

LEAR. — Non, ils ne peuvent me toucher pour avoir battu monnaie : je suis le roi en personne.

EDGAR. — O déchirant spectacle!

LEAR. — Sous ce rapport, la nature est au-dessus de l'art... Voici l'argent de votre engagement. Ce gaillard brandit son arc comme un épouvantail à corbeaux... Lâche donc ton aune de fer... Voyez! voyez! une souris! Paix! ce morceau de fromage grillé suffira... Voici mon gantelet; je veux le lancer à un géant... Apportez les hallebardes... Oh! bien volé, mon oiseau! Dans le but! dans le but! *(A Edgar.)* Holà! le mot de passe!

EDGAR. — Suave marjolaine.

LEAR. — Passez!

GLOUCESTER. — Je connais cette voix.

LEAR. — Ah! Goneril! une barbe blanche!... On me flattait comme un chien; on me disait que j'avais eu des poils blancs au menton avant d'en avoir de noirs. On répondait oui et non à tout ce que je disais. Ces oui et ces non n'étaient pas texte sacré. Du moment où la pluie est venue me mouiller, où le vent m'a fait claquer les dents, où le tonnerre a refusé de se taire sur mon ordre, alors j'ai reconnu, alors j'ai senti leur sincérité. Allez! ce ne sont pas des gens de parole : à les entendre, j'étais tout; c'est un mensonge : je ne suis pas à l'épreuve de la fièvre.

GLOUCESTER. — Je me rappelle le son de cette voix : n'est-ce pas le roi?

LEAR. — Oui, de la tête aux pieds, un roi! Sous mon regard fixe voyez comme mes sujets tremblent! Je fais grâce de la vie à cet homme... Quel est ton délit? L'adultère! Tu ne mourras pas. Mourir pour adultère! Non! Le roitelet s'accouple, et la petite mouche dorée paillarde, sous mes yeux. Laissons prospérer la copulation : le fils bâtard de Gloucester a été plus tendre pour son père que mes filles, engendrées entre les draps légitimes. A l'œuvre, luxure! à la mêlée! car j'ai besoin de soldats. Voyez-vous là-bas cette dame au sourire béat, dont le visage ferait croire qu'il neige entre ses cuisses, qui minaude la vertu, et baisse la tête rien qu'à entendre parler de plaisir? Le putois et l'étalon ne vont pas en besogne avec une ardeur plus dévergondée. Centaures au-dessous de la taille, femmes au-dessus! Les dieux ne les possèdent que jusqu'à la ceinture; au-dessous, tout est aux démons : là, tout est enfer, ténèbres, gouffre sulfureux, incendie, bouillonnement, infection, consomption! Fi, fi, fi! Pouah! pouah!... Donne-moi une once de civette, bon apothicaire, pour parfumer mon imagination. Voilà de l'argent pour toi.

GLOUCESTER. — Oh! laissez-moi baiser cette main!

LEAR. — Laisse-moi d'abord l'essuyer : elle sent la mortalité.

GLOUCESTER. — O œuvre ruinée de la nature! Ce grand univers sera ainsi réduit à néant!... Me reconnais-tu?

LEAR. — Je me rappelle assez bien tes yeux. Tu me regardes de travers! Bah! acharne-toi, aveugle Cupidon! je ne veux plus aimer... Lis ce cartel, remarque seulement comme il est rédigé.

GLOUCESTER. — Quand toutes les lettres en seraient des soleils, je ne pourrais les voir.

EDGAR. — On raconterait cela, que je ne le croirais pas; cela est, et mon cœur se brise.

LEAR. — Lisez.

GLOUCESTER. — Quoi! avec ces orbites vides?

LEAR. — Oh! oh! vous en êtes là avec moi? Pas d'yeux dans votre tête, ni d'argent dans votre bourse? En ce cas, l'état de vos yeux est aussi accablant qu'est léger celui de votre bourse. Vous n'en voyez pas moins comment va le monde.

GLOUCESTER. — Je le vois par ce que je ressens.

LEAR. — Quoi! es-tu fou? Un homme peut voir sans yeux comment va le monde. Regarde avec tes oreilles. Vois-tu comme ce juge déblatère contre ce simple filou? Ecoute, un mot à l'oreille! Change-les de place, et puis devine lequel est le juge, lequel est le filou... Tu as vu le chien d'un fermier aboyer après un mendiant?

GLOUCESTER. — Oui, seigneur.

LEAR. — Et la pauvre créature se sauver du limier? Eh bien! tu as vu là la grande image de l'autorité : un chien au pouvoir qui se fait obéir! Toi, misérable sergent, retiens ton bras sanglant : pourquoi fouettes-tu cette putain? Flagelle donc tes propres épaules : tu désires ardemment commettre avec elle l'acte pour lequel tu la fouettes. L'usurier fait pendre l'escroc. Les moindres vices se voient à travers les haillons; les manteaux et les simarres fourrées les cachent tous. Cuirasse d'or le péché, et la forte lance de la justice s'y brise impuissante; harnache-le de guenilles, le fétu d'un pygmée le transperce. Il n'est pas un coupable, pas un, te dis-je, pas un! Je les absous tous. Accepte ceci de moi, mon ami : j'ai les moyens de sceller les lèvres de l'accusateur. Procure-toi des besicles et, en homme d'Etat taré, affecte de voir les choses que tu ne vois pas... Allons, allons, allons, allons! ôtez-moi mes bottes; ferme, ferme! c'est ça.

EDGAR. — Oh! mélange de bon sens et d'extravagance! La raison dans la folie!

LEAR. — Si tu veux pleurer sur mon sort, prends mes yeux. Je te connais fort bien : ton nom est Gloucester. Il te faut prendre patience : nous sommes venus ici-bas en pleurant. Tu le sais! la première fois que nous humons l'air, nous vagissons et nous crions... Je vais prêcher pour toi; attention!

GLOUCESTER. — Hélas! Hélas!

LEAR. — Dès que nous naissons, nous pleurons d'être venus sur ce grand théâtre de fous... Le bon couvre-chef! Ce serait un délicat stratagème que de ferrer avec du feutre un escadron de chevaux; j'en veux faire l'essai; et puis je surprendrai ces gendres, et alors tue, tue, tue, tue, tue, tue!

Entre un officier, suivi d'une escorte.

L'OFFICIER, *montrant Lear.* — Oh! le voici; mettez la main sur lui... Seigneur, votre très chère fille...

LEAR. — Personne à la rescousse! Quoi! prisonnier! Je suis donc toujours le misérable bouffon de la fortune... Traitez-moi bien : je vous payerai rançon. Procurez-moi des chirurgiens, je suis blessé à la cervelle.

L'OFFICIER. — Vous aurez ce que vous voudrez.

LEAR. — Pas de seconds! on me laisse tout seul! Ah! c'en serait assez pour qu'un homme, un homme de cœur, fît de ses yeux des arrosoirs et abattît sous ses pleurs la poussière d'automne!

L'OFFICIER. — Bon sire!

LEAR. — Je veux mourir vaillant comme un nouveau marié... Eh! je veux être jovial. Allons, allons! je suis roi! Savez-vous cela, mes maîtres?

L'OFFICIER. — Vous êtes une Majesté, et nous vous obéissons.

LEAR. — Il y a encore de la vie dans cette Majesté-là. Même, si vous l'attrapez, vous ne l'attraperez qu'à la course! Vite, vite, vite, vite! *(Il sort en courant. L'escorte le poursuit.)*

L'OFFICIER. — Spectacle lamentable dans le plus vil des malheureux, inqualifiable dans un roi!... Lear, tu as une fille qui rachète la nature humaine de la malédiction que les deux autres ont attirée sur elle.

EDGAR, *s'approchant de l'officier.* — Salut, mon gentilhomme!

L'OFFICIER. — Le ciel vous garde, l'ami! Que désirez-vous?

EDGAR. — Avez-vous ouï parler, monsieur, d'une bataille prochaine?

L'OFFICIER. — Rien de plus sûr et de plus avéré : pour en ouïr quelque chose, il suffit de savoir distinguer un son.

EDGAR. — Mais, de grâce! à quelle distance est l'armée ennemie?

L'OFFICIER. — Tout près d'ici. Elle s'avance à marche forcée. Ses masses peuvent être signalées d'un moment à l'autre.

EDGAR. — Je vous remercie, monsieur; c'est tout ce que je voulais savoir.

L'OFFICIER. — La reine est restée ici pour des causes spéciales, mais son armée est en mouvement.

EDGAR. — Je vous remercie, monsieur. *(L'officier sort.)*

GLOUCESTER. — Dieux toujours propices, à vous seuls de me retirer le souffle! Que jamais mon mauvais génie ne me pousse à mourir, avant que cela vous plaise!

EDGAR. — Bonne prière, mon père!

GLOUCESTER. — Maintenant, mon bon monsieur, qui êtes-vous?

EDGAR. — Un fort pauvre homme, apprivoisé aux coups de la fortune, que l'expérience encore douloureuse de ses propres chagrins a rendu tendre à la pitié. Donnez-moi votre main, je vais vous conduire à quelque gîte.

GLOUCESTER. — Merci de tout cœur! Que les faveurs et les bénédictions du ciel pleuvent et pleuvent sur toi!

Entre Oswald.

OSWALD, *désignant Gloucester.* — A moi ce proscrit!... O bonheur! Voilà une tête sans yeux faite tout exprès pour fonder mon élévation... Misérable vieux traître, fais vite tes réflexions. *(Il dégaine.)* L'épée est tirée qui doit te détruire.

GLOUCESTER. — Va! que ton bras ami lui donne la force nécessaire! *(Edgar se jette devant Gloucester.)*

OSWALD. — Comment, effronté paysan, oses-tu soutenir un traître hors la loi? Retire-toi, de peur que la contagion de sa destinée ne t'atteigne toi-même. Lâche son bras.

EDGAR, *prenant l'accent d'un paysan.* — Je n'le lâcherai pas, monsieu, sans queuque bonne raison.

OSWALD. — Lâche, maraud, ou tu es mort.

EDGAR. — Mon bon gentilhomme, allez votre chemin et laissez passer le pauvre monde. Si aveuc des fanfaronnades, l'en pouvait me débouter de la vie, ignia plus de quinze jours que ça serait fait. Jarni, n'approchez point du vieil homme; tenez-vous à distance, morguienne, ou j'vas éprouver ce qu'ignia de plus dur de votre caboche ou de mon bâton. Je veux être franc aveuc vous.

OSWALD. — Arrière, fumier!

EDGAR, *allongeant son bâton.* — J'vas vous rompre les dents, monsieu. Avancez, je me soucie bien de vos parades! *(Ils se battent. Edgar abat Oswald d'un coup de bâton.)*

OSWALD. — Misérable! tu m'as tué!... Manant, prends ma bourse : si jamais tu veux prospérer, ensevelis mon corps et remets la lettre que tu trouveras sur moi à Edmond de Gloucester; cherche-le dans l'armée britannique... O mort prématurée! *(Il expire.)*

EDGAR. — Je te reconnais bien, officieux scélérat, aussi complaisant pour les vices de ta maîtresse que pouvait le souhaiter sa perversité.

GLOUCESTER. — Quoi! il est mort.

EDGAR. — Asseyez-vous, père, et reposez-vous. *(Fouillant le cadavre.)* Voyons ses poches : cette lettre dont il parle pourrait bien m'être amie... Il est mort; je suis fâché seulement qu'il n'ait pas eu un autre exécuteur. *(Il trouve la lettre, puis la décachette.)* Voyons! Permets, douce cire, et vous, scrupules, ne me blâmez pas. Pour savoir la pensée de nos ennemis, nous ouvririons leurs cœurs; ouvrir leurs papiers est plus légitime. *(Il lit.)*

« Rappelez-vous nos vœux réciproques. Vous avez maintes occasions de l'expédier. Si la volonté ne vous manque pas, le temps et le lieu s'offriront avantageusement à vous. Il n'y a rien de fait, s'il revient vainqueur. Alors je suis sa prisonnière, et son lit est ma geôle! Délivrez-moi de son odieuse tiédeur, et, pour votre peine, prenez sa place.

« Votre affectionnée servante qui voudrait se dire votre femme. GONERIL. »

O abîme insondé des désirs d'une femme! Un complot contre la vie de son vertueux mari, pour lui substituer mon frère!... C'est ici, dans le sable, que je vais t'enfouir, messager sacrilège des luxures meurtrières. Et, le moment venu, je veux que ce papier impie frappe les regards du duc dont on conspire la perte. Il est heureux pour lui que je puisse l'informer à la fois de ta mort et de ta mission. *(Edgar s'éloigne, traînant le cadavre.)*

GLOUCESTER. — Le roi est fou. Combien ma vile raison est tenace, puisque je persiste à garder l'ingénieux sentiment de mes immenses souffrances! Mieux vaudrait pour moi la démence : mes pensées alors seraient distraites de mes chagrins et mes malheurs dans les errements de l'imagination perdraient la conscience d'eux-mêmes. *(Edgar revient.)*

EDGAR. — Donnez-moi votre main. Il me semble entendre au loin battre le tambour. Venez, père, je vais vous confier à un ami. *(Ils sortent.)*

SCÈNE VII

Une tente dans le camp français.

Au fond de la scène, LEAR *est sur un lit, endormi;* UN MÉDECIN, UN GENTILHOMME *et des serviteurs sont auprès de lui. Musique. Entrent* CORDÉLIA *et* KENT.

CORDÉLIA. — O mon Kent, comment pourrais-je vivre et faire assez pour être à la hauteur de ton dévouement? Ma vie sera trop courte, et toute ma gratitude impuissante.

KENT. — Un service ainsi reconnu, madame, est déjà trop payé. Tous mes récits sont conformes à la modeste vérité : je n'ai rien ajouté, rien retranché, j'ai tout dit.

CORDÉLIA. — Prends un costume plus digne de toi. Ces vêtements rappellent des heures trop tristes : je t'en prie, quitte-les.

KENT. — Pardonnez-moi, chère madame. Révéler déjà qui je suis, ce serait gêner mon projet. Faites-moi la grâce de ne pas me connaître, avant le moment fixé par les circonstances et par moi.

CORDÉLIA. — Soit, mon bon seigneur! *(Au médecin.)* Comment va le roi?

LE MÉDECIN. — Madame, il dort toujours.

CORDÉLIA. — O dieux propices! réparez la vaste brèche faite à sa nature accablée! Oh! remettez en ordre les idées faussées et discordantes de ce père redevenu enfant!

LE MÉDECIN. — Plaît-il à Votre Majesté que nous éveillions le roi? Il a dormi longtemps.

CORDÉLIA. — N'obéissez qu'à votre art, et procédez selon les prescriptions de votre propre volonté. Est-il habillé?

UN GENTILHOMME. — Oui, madame; grâce à la pesanteur de son sommeil, nous avons pu lui mettre de nouveaux vêtements.

LE MÉDECIN. — Soyez près de lui, bonne madame, quand nous l'éveillerons; je ne doute pas qu'il ne soit calme.

CORDÉLIA. — Fort bien.

LE MÉDECIN. — Je vous en prie, approchez. *(Cordélia s'approche du lit.)* Plus haut, la musique!

CORDÉLIA, *penchée sur son père.* — O mon père chéri!... Puisse la guérison suspendre son baume à mes lèvres, et ce baiser réparer les lésions violentes que mes deux sœurs ont faites à ta Majesté!

KENT. — Bonne et chère princesse!

CORDÉLIA. — Quand vous n'auriez pas été leur père, ces boucles blanches auraient dû provoquer leur pitié. Cette tête était-elle faite pour être exposée aux vents ameutés, pour lutter contre le tonnerre redoutable et profond en dépit du terrible feu croisé des rapides éclairs, pour veiller, pauvre sentinelle perdue, sous ce mince cimier? *(Elle montre les cheveux blancs de son père.)* Le chien de mon ennemie, quand il m'aurait mordue, serait cette nuit-là resté au coin de mon feu! Et tu as été forcé, pauvre père, de te loger avec les pourceaux et les misérables sans asile sur un fumier infect! Hélas! hélas!... C'est merveille que la vie et la raison ne t'aient pas été enlevées du même coup!... Il s'éveille. *(Au médecin.)* Parlez-lui.

LE MÉDECIN. — Parlez-lui vous-même, madame : cela vaut mieux.

CORDÉLIA. — Comment va mon royal seigneur? Comment se trouve Votre Majesté?

LEAR, *s'éveillant.* — Vous avez tort de me retirer ainsi de la tombe... *(A Cordélia.)* Tu es une âme bienheureuse; mais moi je suis lié sur une roue de feu, en sorte que mes propres larmes me brûlent comme du plomb fondu.

CORDÉLIA. — Sire, me reconnaissez-vous?

LEAR. — Vous êtes un esprit, je le sais : quand êtes-vous morte?

CORDÉLIA, *au médecin.* — Toujours, toujours égaré!

LE MÉDECIN. — Il est à peine éveillé; laissons-le seul un moment. *(Ils s'écartent du lit.)*

LEAR. — Où ai-je été? où suis-je? Le beau jour!... Je suis étrangement abusé... Moi, je mourrais de pitié à voir un autre ainsi... Je ne sais que dire... Je ne jurerais pas que ce soient là mes mains... Voyons! Je sens cette épingle me piquer. Que je voudrais être sûr de mon état!

CORDÉLIA. — Oh! regardez-moi, sire, et étendez vos mains sur moi pour me bénir... *(Lear veut se mettre à genoux devant elle. Elle le retient.)* Non, sire, ce n'est pas à vous de vous agenouiller.

LEAR. — De grâce! ne vous moquez pas de moi! Je suis un pauvre vieux radoteur de quatre-vingts ans et au-delà... pas une heure de plus ni de moins. Et, à parler franchement, je crains de n'être pas dans ma parfaite raison... Il me semble que je dois vous connaître, et connaître cet homme. Pourtant, je suis dans le doute; car j'ignore absolument quel est ce lieu; et tous mes efforts de mémoire ne peuvent me rappeler ce costume; je ne sais même pas où j'ai logé la nuit dernière... Ne riez pas de moi; car, aussi vrai que je suis homme, je crois que cette dame est mon enfant Cordélia.

CORDÉLIA. — Oui, je la suis, je la suis.

LEAR. — Vos larmes mouillent-elles? Oui, ma foi! Je vous en prie, ne pleurez pas. Si vous avez du poison pour moi, je le boirai. Je sais que vous ne m'aimez pas; car vos sœurs, autant que je me rappelle, m'ont fait bien du mal. Vous, vous avez quelque motif; elles, n'en avaient pas.

CORDÉLIA. — Nul motif! nul motif!

LEAR. — Est-ce que je suis en France?

KENT. — Dans votre propre royaume, sire.

LEAR. — Ne m'abusez pas.

LE MÉDECIN. — Rassurez-vous, bonne madame : la crise de frénésie, vous le voyez, est guérie chez lui; mais il y aurait encore danger à ramener sa pensée sur le temps qu'il a perdu. Engagez-le à rentrer; ne le troublez plus jusqu'à ce que le calme soit affermi.

CORDÉLIA. — Plairait-il à Votre Altesse de marcher?

LEAR. — Il faut que vous ayez de l'indulgence pour moi. Je vous en prie, oubliez et pardonnez : je suis vieux et imbécile. *(Lear, soutenu par Cordélia, le médecin et les serviteurs sortent.)*

LE GENTILHOMME. — Est-il bien vrai, monsieur, que le duc de Cornouailles ait été tué ainsi?

KENT. — C'est très certain, monsieur.

LE GENTILHOMME. — Et qui commande ses gens?

KENT. — C'est, dit-on, le fils bâtard de Gloucester.

LE GENTILHOMME. — On dit qu'Edgar, son fils banni, est avec le comte de Kent en Germanie.

KENT. — Les rapports varient. Il est temps de se mettre en garde : les armées du royaume approchent en hâte.

LE GENTILHOMME. — La contestation semble devoir être sanglante. Adieu, monsieur! *(Il sort.)*

KENT. — Mon plan et mes efforts vont avoir leur résultat, bon ou mauvais, selon le succès de cette bataille. *(Il sort.)*

ACTE V

SCÈNE PREMIÈRE

Le camp des troupes britanniques, à Douvres.

Entrent, tambour battant, couleurs déployées, EDMOND *et* RÉGANE, *suivis d'officiers et de soldats.*

EDMOND, *à un officier.* — Sachez du duc si son dernier projet tient toujours, ou s'il s'est décidé à changer d'idée. Il est plein d'hésitation et de contradictions. Rapportez-nous ses volontés définitives. *(L'officier sort.)*

RÉGANE. — Il est certainement arrivé malheur à l'homme de notre sœur.

EDMOND. — C'est à craindre, madame.

RÉGANE. — Maintenant, doux seigneur, vous savez tout le bien que je vous veux. Mais, dites-moi! vraiment, avouez la vérité, n'aimez-vous pas ma sœur?

EDMOND. — D'un respectueux amour.

RÉGANE. — Mais n'avez-vous jamais pris la place de mon frère à l'endroit prohibé?

EDMOND. — Cette pensée vous abuse.

RÉGANE. — Je soupçonne que vous vous êtes uni et accolé à elle aussi étroitement que possible.

EDMOND. — Non, sur mon honneur! madame.

RÉGANE. — Jamais je ne pourrai la souffrir. Mon cher seigneur, ne soyez pas familier avec elle.

EDMOND. — Ne craignez rien. Elle et le duc son mari...

Entrent Albany, Goneril et des soldats.

GONERIL, *à part.* — J'aimerais mieux perdre la bataille que voir cette sœur le détacher de moi.

ALBANY, *à Régane.* — Charmé de rencontrer notre bien-aimée sœur. *(A Edmond.)* Messire, voici ce que j'apprends : le roi a rejoint sa fille avec d'autres que les rigueurs de notre gouvernement ont forcés à la révolte. Je n'ai jamais été vaillant, lorsque je n'ai pu l'être honnêtement. En cette affaire, si nous nous émouvons, c'est parce que la France envahit notre pays, mais non parce qu'elle soutient le roi, et tant d'autres qui, je le crains, ont, pour nous combattre, de trop justes et trop douloureux griefs.

EDMOND, *d'un ton ironique.* — Messire, vous parlez noblement!

RÉGANE. — Et à quoi bon raisonner ainsi?

GONERIL. — Combinons toutes nos forces contre l'ennemi; ces querelles domestiques et personnelles ne sont pas la question ici.

ALBANY. — Déterminons avec les vétérans notre plan de bataille.

EDMOND. — Je vais vous retrouver immédiatement à votre tente.

RÉGANE. — Sœur, venez-vous avec nous?

GONERIL. — Non.

RÉGANE. — C'est le plus convenable; de grâce! venez avec nous.

GONERIL, *à part.* — Oh! oh! je devine l'énigme. *(Haut.)* J'y vais. *(Au moment où tous vont se retirer, Edgar, déguisé, entre et prend à part le duc d'Albany.)*

EDGAR. — Si jamais Votre Grâce daigne parler à un si pauvre homme, qu'elle écoute un mot!

ALBANY, *à ceux qui s'éloignent.* — Je vous rejoins. *(A Edgar.)* Parle. *(Sortent Edmond, Régane, Goneril, les officiers, les soldats et les gens de la suite.)*

EDGAR, *remettant un papier au duc.* — Avant de livrer la bataille, ouvrez cette lettre. Si vous êtes victorieux, que la trompette sonne pour celui qui vous l'a remise! si misérable que je semble, je puis produire un champion qui attestera ce qui est affirmé ici. Si vous échouez, tout en ce monde est fini pour vous, et les machinations cessent d'elles-mêmes. Que la fortune vous aime!

ALBANY. — Attends que j'aie lu la lettre.

EDGAR. — Défense m'en est faite. Quand il en sera temps, que le héraut donne seulement le signal, et je reparaîtrai. *(Il sort.)*

ALBANY. — Soit! adieu!... Je veux parcourir ce papier.

Rentre Edmond.

EDMOND. — Mettez vos troupes en ligne : l'ennemi est en vue. Voici l'évaluation de ses forces effectives faite sur d'actives reconnaissances; mais toute votre célérité est maintenant réclamée de vous.

ALBANY. — Nous ferons honneur aux circonstances. *(Il sort.)*

EDMOND, *seul.* — J'ai juré amour aux deux sœurs : chacune fait horreur à l'autre, comme la vipère à l'être mordu. Laquelle prendrai-je? Toutes deux? l'une des deux? ni l'une ni l'autre? Je ne pourrai posséder ni l'une ni l'autre, si toutes deux restent vivantes. Prendre la veuve, c'est exaspérer, c'est rendre folle sa sœur Goneril; et je ne pourrai guère mener à fin mon plan, tant que vivra le mari de celle-ci. En tout cas, servons-nous de son concours pour la bataille : cela fait, si elle désire tant se débarrasser de lui, qu'elle trouve moyen de le dépêcher! Quant à la clémence qu'il prétend montrer pour Lear et pour Cordélia, le combat une fois fini et leurs personnes en notre pouvoir, elle ne se manifestera jamais, car mon état, c'est de me défendre et non de parlementer. *(Il sort.)*

SCÈNE II

Les abords du champ de bataille.

Alarme. Passent, tambour battant, couleurs déployées, LEAR, CORDÉLIA, *entourés de troupes. Dès que l'armée s'est éloignée, entrent* EDGAR *et* GLOUCESTER.

EDGAR. — Ici, père! Acceptez à l'ombre de cet arbre une hospitalité tutélaire. Priez pour que le droit triomphe. Si jamais je reviens près de vous, ce sera pour vous rapporter la consolation. *(Il sort.)*

GLOUCESTER. — Que la grâce soit avec vous, monsieur!

Alarme, puis retraite au loin.
Rentre Edgar.

EDGAR. — Fuyons, vieillard, donne-moi ta main, fuyons. Le roi Lear est battu; lui et sa fille sont prisonniers. Donne-moi ta main. En marche!

GLOUCESTER. — Non! pas plus loin, monsieur! Un homme peut pourrir aussi bien ici.

EDGAR. — Quoi! encore de sinistres pensées! L'homme doit être passif, pour partir d'ici comme pour y venir. Le tout est d'être prêt. En marche!

GLOUCESTER. — Oui, c'est vrai. *(Ils sortent.)*

SCÈNE III

Le camp britannique, près de Douvres.

Entre, tambour battant, couleurs déployées, EDMOND, *triomphant; derrière lui viennent* LEAR *et* CORDÉLIA, *prisonniers, puis des officiers et des soldats.*

EDMOND. — Que quelques officiers les emmènent, et qu'on les tienne sous bonne garde jusqu'à ce que soit connue la volonté suprême de ceux qui doivent les juger!

CORDÉLIA, *à Lear.* — Nous ne sommes pas les premiers qui, avec la meilleure intention, aient encouru malheur. C'est pour toi, roi opprimé, que je m'afflige; seule, j'affronterais aisément les affronts de la fortune perfide. Est-ce que nous ne verrons pas ces filles et ces sœurs?

LEAR. — Non, non, non, non. Viens, allons en prison : tous deux ensemble nous chanterons comme des oiseaux en cage. Quand tu me demanderas ma bénédiction, je me mettrai à genoux et je te demanderai pardon. Ainsi nous passerons la vie à prier, et à chanter, et à conter de vieux contes, et à rire aux papillons dorés, et à entendre de pauvres hères causer des nouvelles de la cour; et causant avec eux nous-mêmes, nous dirons qui perd et qui gagne, qui monte et qui tombe, et nous expliquerons les mystères des choses, comme si nous étions les confidents des dieux. Et nous épuiserons, dans les murs d'une prison, les séries et les groupes des grands qu'apportent et remportent les changements de lune.

EDMOND. — Qu'on les emmène!

LEAR. — Sur de tels sacrifices, ma Cordélia, les dieux eux-mêmes jettent l'encens. T'ai-je donc retrouvée? Celui qui nous séparera devra apporter un brandon du ciel et nous chasser par le feu, comme des renards de leur terrier. Essuie tes yeux. La lèpre les dévorera jusqu'aux os, avant qu'ils nous fassent pleurer! Oui, nous les verrons plutôt mourir de faim. Viens. *(Lear et Cordélia sortent, escortés par des gardes.)*

EDMOND, *à un officier.* — Ici, capitaine!... Ecoute! prends ce billet. *(Il lui remet un billet.)* Va les rejoindre à la prison... Je t'ai avancé d'un grade; si tu fais ce qui t'est commandé ici, tu t'ouvres le chemin d'une noble destinée. Sache bien ceci : les hommes sont ce qu'est leur temps; un cœur tendre ne sied pas à une épée. Ce grave mandat ne comporte pas de discussion : ou dis que tu vas l'exécuter, ou cherche fortune par d'autres moyens.

L'OFFICIER. — Je vais l'exécuter, monseigneur.

EDMOND. — A l'œuvre! et estime-toi heureux, quand tu auras agi. Ecoute bien. Je dis : tout de suite! et expédie la chose comme je l'ai ordonné.

L'OFFICIER. — Je ne saurais traîner une charrette ni manger de l'avoine sèche; mais si c'est la besogne d'un homme, je la ferai. *(Il sort.)*

Fanfares. Entrent Albany, Goneril, Régane, suivis de plusieurs officiers et d'une escorte.

ALBANY, *à Edmond.* — Monsieur, vous avez aujourd'hui montré votre vaillante ardeur, et la fortune vous a bien guidé. Vous tenez captifs ceux qui ont été nos adversaires dans cette journée : nous les réclamons de vous, pour prendre à leur égard la détermination que leurs mérites et notre salut pourront réclamer de notre équité.

EDMOND. — Monsieur, j'ai jugé bon d'envoyer le vieux et misérable roi, sous bonne garde, en un lieu de détention. Son âge et surtout son titre ont un charme capable d'attirer à lui le cœur de la multitude, et de tourner nos lances mercenaires contre nous-mêmes qui les commandons. Avec lui j'ai envoyé la reine, pour les mêmes raisons. Et ils seront prêts, demain ou tout autre jour, à comparaître là où vous tiendrez votre tribunal. En ce moment, nous sommes en sueur et en sang; l'ami a perdu son ami; et les guerres les plus justes sont, dans le feu de l'action, maudites par ceux qui en subissent les rigueurs. Le sort de Cordélia et de son père veut être décidé en un lieu plus convenable.

ALBANY. — Permettez, monsieur! Je vous tiens dans cette guerre pour un sujet, et non pour un frère.

RÉGANE. — Cela dépend du titre que nous voudrons lui conférer. Vous auriez pu, ce me semble, consulter notre bon plaisir avant de parler si haut. Il a commandé nos forces, il a revêtu l'autorité de mon nom et de ma personne : pareil pouvoir peut bien lever la tête et vous traiter de frère.

GONERIL, *à Régane.* — Pas tant de chaleur! Il tient sa grandeur de son propre mérite, bien plus que de votre protection.

RÉGANE. — Grâce à mes droits, dont je l'ai investi, il va de pair avec les meilleurs.

GONERIL. — C'est tout au plus ce que vous pourriez dire, s'il vous épousait.

RÉGANE. — Raillerie est souvent prophétie.

GONERIL. — Halte! halte! L'œil qui vous a montré cet avenir était tout à fait louche.

RÉGANE. — Madame, je ne suis pas bien; autrement je vous renverrais la réplique d'un cœur qui déborde. *(A Edmond.)* Général, prends mes soldats, mes prisonniers, mon patrimoine; dispose d'eux, de moi-même; la place est à toi. Le monde m'est témoin que je te crée ici mon seigneur et maître.

GONERIL. — Prétendez-vous le posséder?

ALBANY, *à Goneril.* — A cela votre volonté ne peut rien.

EDMOND, *à Albany.* — Ni la tienne, milord

ALBANY. — Si fait, compagnon à demi né.

RÉGANE, *à Edmond.* — Fais battre le tambour, et prouve que mes titres sont les tiens.

ALBANY. — Patientez un moment, et entendez raison... Edmond, je t'arrête pour haute trahison, et, comme complice de ton crime, j'arrête ce serpent doré *(Il montre Goneril. A Régane.)* Quant à vos prétentions, charmante sœur, je les repousse dans l'intérêt de ma femme : car elle est liée par un contrat secret avec ce seigneur; et moi, son mari, je m'oppose à vos bans. Si vous voulez vous marier, faites-moi votre cour. Madame lui est fiancée.

GONERIL. — Quelle parade!

ALBANY. — Tu es armé, Gloucester... Que la trompette sonne! Si nul ne paraît pour te jeter à la face tes trahisons hideuses, manifestes, multipliées, voici mon gage. *(Il jette son gantelet.)* Je te prouverai par la gorge, avant de toucher un morceau de pain, que tu es tout ce que je viens de te déclarer!

RÉGANE, *chancelant.* — Malade! oh! bien malade!

GONERIL, *à part.* — Si tu ne l'étais pas, je cesserais à jamais de me fier au poison.

EDMOND. — Voici mon gage en échange! *(Il jette son gantelet.)* S'il est au monde quelqu'un qui m'appelle traître, il en a menti comme un vilain. Que la trompette fasse l'appel! et contre quiconque ose approcher, contre toi, contre tous, je maintiendrai fermement ma loyauté et mon honneur.

ALBANY. — Un héraut! holà!

EDMOND. — Un héraut! holà! un héraut!

ALBANY. — Compte sur ta seule vaillance : car tes soldats, tous levés en mon nom, en mon nom ont été congédiés.

RÉGANE. — Le mal m'envahit.

Entre un héraut.

ALBANY, *montrant Régane à ses gardes.* — Elle n'est pas bien; emmenez-la dans ma tente. *(Régane sort, soutenue par les gardes.)* Approche, héraut... Que la trompette sonne!... Et lis ceci à voix haute. *(Il remet un écrit au héraut.)*

UN OFFICIER. — Sonne, trompette. *(La trompette sonne.)*

LE HÉRAUT, *lisant.* — « S'il est dans les lices de l'armée un homme de qualité ou de rang qui veuille maintenir contre Edmond, prétendu comte de Gloucester, qu'il est plusieurs fois traître, qu'il paraisse au troisième son de la trompette! Edmond est déterminé à se défendre. »

EDMOND. — Sonnez! *(Première fanfare.)*

LE HÉRAUT. — Encore! *(Seconde fanfare.)* Encore! *(Troisième fanfare.)*

Une fanfare répond au fond du théâtre. Entre Edgar, armé de toutes pièces et précédé par un trompette.

ALBANY, *montrant Edgar au héraut.* — Demande-lui quels sont ses desseins et pourquoi il paraît ainsi à l'appel de la trompette.

LE HÉRAUT, *à Edgar.* — Qui êtes-vous? Votre nom, votre qualité? Et pourquoi répondez-vous, à la première sommation?

EDGAR. — Sache que mon nom est perdu : la dent de la trahison l'a rongé et gangrené; pourtant je suis noble, autant que l'adversaire avec qui je viens me mesurer.

ALBANY. — Quel est cet adversaire?

EDGAR. — Quel est celui qui parle pour Edmond, comte de Gloucester?

EDMOND. — Lui-même. Qu'as-tu à lui dire?

EDGAR. — Tire ton épée, afin que, si mes paroles offensent un noble cœur, ton bras puisse te faire réparation. *(Il tire son épée.)* Voici la mienne. Apprends que j'exerce ici le privilège de mon rang, de mon serment et de ma profession. J'atteste, malgré ta force, ta jeunesse, ton titre et ta grandeur, en dépit de ton épée victorieuse, de ta fortune incandescente, de ta valeur et de ton cœur, que tu es un traître, fourbe envers les dieux, envers ton frère, envers ton père, conspirant contre ce haut et puissant prince *(Il montre Albany.)*, un traître depuis l'extrême sommet de la tête jusqu'à la poussière tombée sous tes pieds, un traître à bave de crapaud. Si tu dis : *non*, cette épée, ce bras et mon plus ardent courage devront te prouver, par ta gorge à qui je m'adresse, que tu en as menti.

EDMOND. — En bonne sagesse, je devrais te demander ton nom; mais, puisque ton aspect est à ce point fier et martial, et puisque ton langage respire je ne sais quelle noblesse, arrière les objections d'une prudence méticuleuse! Je pourrais m'en prévaloir, selon la règle de la chevalerie, mais je les dédaigne et les repousse. Je te rejette à la tête les trahisons que tu m'imputes; mon démenti les refoule sur ton cœur, avec l'exécration de l'enfer; elles éclatent au-dehors sans que tu en sois froissé; mais mon épée va leur frayer immédiatement une voie dans le gouffre où elles doivent s'abîmer pour toujours... Trompettes, parlez! *(Fanfares d'alarme. Ils se battent. Edmond tombe.)*

ALBANY. — Oh! épargnez-le! épargnez-le!

GONERIL, *à Edmond.* — C'est un vrai guet-apens, Gloucester. Par la loi des armes, tu n'étais pas tenu de répondre à un adversaire inconnu; tu n'es pas vaincu, mais trompé et trahi.

ALBANY, *tirant la lettre que lui a remise Edgar.* — Fermez la bouche, madame, ou je vais vous la clore avec ce papier... Tenez, monsieur. *(Il présente le papier à Edmond, puis à Goneril, qui essaie en vain de le lui arracher.)* Et toi, pire qu'aucun surnom, lis tes propres forfaits... Ne l'arrachez pas, madame!... Je vois que vous le connaissez.

GONERIL. — Et quand je le connaîtrais! Les lois sont à moi, non à toi. Qui pourrait me juger? *(Elle s'éloigne.)*

ALBANY. — Monstrueuse! *(A Edmond.)* Connais-tu ce papier?

EDMOND. — Ne me demandez pas ce que je connais.

ALBANY, *montrant à un officier Goneril, qui sort.* — Suivez-la. Elle est désespérée. Contenez-la. *(L'officier sort.)*

EDMOND. — J'ai fait ce dont vous m'avez accusé, et plus, bien plus encore. Le temps révélera tout. Tout cela est passé, et moi aussi. Mais qui es-tu, toi qui as sur moi un tel avantage? Si tu es noble, je te pardonne.

EDGAR. — Faisons échange de charité. Je ne suis pas de moins grande race que toi, Edmond; et, si je suis de plus grande, plus grands sont tes torts envers moi. Mon nom est Edgar, et je suis le fils de ton père. Les dieux sont justes : de nos vices favoris ils font des instruments pour nous châtier : la ténébreuse impureté dans laquelle il t'a engendré lui a coûté la vue.

EDMOND. — Tu as dit vrai : la roue a achevé sa révolution, et me voici.

ALBANY, *à Edgar*. — Ta seule allure me semblait prophétiser une noblesse royale... Que je t'embrasse! Et puisse l'affliction me briser le cœur, si jamais j'eus de la haine contre toi ou contre ton père!

EDGAR. — Digne prince, je le sais.

ALBANY. — Où vous êtes-vous caché? Comment avez-vous connu les misères de votre père?

EDGAR. — En veillant sur elles, milord. Ecoutez un court récit; et, quand il sera terminé, oh! puisse mon cœur se fendre! Pour échapper à la proclamation sanglante qui me poursuivait de si près (ô charme de la vie, qui nous fait préférer les angoisses d'une mort de tous les instants à la mort immédiate!) j'imaginai de m'affubler des haillons d'un forcené; j'assumai des dehors répulsifs aux chiens mêmes; et c'est sous ce déguisement que je rencontrai mon père avec ses anneaux saignants qui venaient de perdre leurs pierres précieuses. Je devins son guide, je le dirigeai, je mendiai pour lui, je le sauvai du désespoir... Jamais (oh! quelle faute!) je ne m'étais révélé à lui, quand, il y a une demi-heure, tout armé déjà, n'ayant pas la certitude, quoique ayant l'espoir de ce bon succès, je lui ai demandé sa bénédiction, et de point en point lui ai conté mon pèlerinage. Mais son cœur délabré était trop faible, hélas! pour supporter un tel choc : pressé entre deux émotions extrêmes, la joie et la douleur, il s'est brisé dans un sourire.

EDMOND. — Vos paroles m'ont remué, et peut-être auront-elles un bon effet. Mais poursuivez, vous semblez avoir quelque chose de plus à dire.

ALBANY. — S'il s'agit encore de choses tristes, gardez-les pour vous; car je me sens prêt à défaillir pour en avoir tant appris.

EDGAR. — Le malheur semble avoir atteint son période à ceux qui redoutent la souffrance; mais ur surcroît d'affliction doit amplifier une douleur déjà comble et en outrer les angoisses. Tandis que j'éclatais en lamentations, survient un homme qui, m'ayant vu dans l'état le plus abject, avait fui jusque-là ma société abhorrée; mais alors, reconnaissant l'infortuné qui avait tant souffert, il enlace mon cou dans l'étreinte de ses bras, pousse des hurlements à effondrer le ciel, se jette sur le corps de mon père, et me fait sur Lear et sur lui-même le plus lamentable récit que jamais oreille ait recueilli. Tandis qu'il racontait, le désespoir le gagnait, et les fils de sa vie commençaient à craquer... C'est alors que la trompette a sonné deux fois, et je l'ai laissé là évanoui.

ALBANY. — Mais qui était cet homme?

EDGAR. — Kent, seigneur! Kent, le banni, qui, sous un déguisement, avait suivi le roi, son persécuteur, et lui avait rendu des services que ne rendrait pas un esclave.

Entre précipitamment un gentilhomme, tenant à la main un couteau sanglant.

LE GENTILHOMME. — Au secours! au secours! au secours!

EDGAR. — De quel secours est-il besoin?

ALBANY. — Parle, l'homme!

EDGAR. — Que signifie ce couteau sanglant?

LE GENTILHOMME. — Il est chaud encore, il fume, il sort du cœur même de... Oh! elle est morte!

ALBANY. — Qui morte? Parle, l'homme!

LE GENTILHOMME. — Votre femme, seigneur, votre femme; et sa sœur a été empoisonnée par elle: elle l'a confessé.

EDMOND. — J'étais fiancé à l'une et à l'autre, et tous trois nous nous marions au même instant.

EDGAR. — Voici Kent qui vient.

ALBANY. — Mortes ou vives, qu'on apporte leurs corps! Cet arrêt du ciel nous fait trembler, mais n'émeut pas notre pitié. *(Sort le gentilhomme.)*

Entre Kent.

Oh! est-ce bien lui? Les circonstances ne permettent pas les compliments que réclame la simple courtoisie.

KENT. — Je suis venu pour souhaiter à mon roi, à mon maître, l'éternel bonsoir : n'est-il point ici?

ALBANY. — Quel oubli! Parle, Edmond : où est le roi? où est Cordélia? Kent, vois-tu ce spectacle? *(On apporte les corps de Régane et de Goneril.)*

KENT. — Hélas! pourquoi ceci?

EDMOND. — Edmond était aimé pourtant! L'une a empoisonné l'autre par passion pour moi et s'est tuée ensuite.

ALBANY. — C'est vrai... Couvrez leurs visages!

EDMOND. — Ma vie est haletante... Je veux faire un peu de bien, en dépit de ma propre nature... Envoyez vite... sans plus tarder... au château, car mes ordres mettent en danger la vie de Lear et de Cordélia... Ah! envoyez à temps.

ALBANY. — Courez, courez! Oh! courez!

EDGAR. — Vers qui, milord? *(A Edmond.)* Qui est chargé de cet office?... Envoie ton gage de contrordre.

EDMOND. — Bonne idée! Prends mon épée; remets-la au capitaine.

ALBANY. — Hâte-toi, comme s'il y allait de ta vie. *(Edgar sort.)*

EDMOND, *à Albany.* — Il a reçu de ta femme et de moi le mandat de pendre Cordélia dans sa prison et d'accuser son propre désespoir d'un prétendu suicide.

ALBANY. — Que les dieux la protègent! *(Montrant Edmond à ses gardes.)* Emportez-le à distance. *(On emporte Edmond.)*

Entre Lear, tenant Cordélia morte dans ses bras. Edgar, un officier et d'autres le suivent.

LEAR. — Hurlez, hurlez, hurlez, hurlez!... Oh! vous êtes des hommes de pierre; si j'avais vos voix et vos yeux, je m'en servirais à faire craquer la voûte des cieux... Oh! elle est partie pour toujours!... Je sais quand on est mort et quand on est vivant : elle est morte comme l'argile... Prêtez-moi un miroir; si son haleine en obscurcit ou en ternit la glace, eh bien! c'est qu'elle vit.

KENT. — Est-ce là la fin promise au monde?

EDGAR. — Ou bien l'image de son horreur?

ALBANY. — Qu'il s'abîme donc et disparaisse!

LEAR. — Cette plume remue! Elle vit! S'il en est ainsi, voilà une chance qui rachète toutes les souffrances que j'ai supportées jusqu'ici.

KENT, *se jetant aux genoux du roi.* — O mon bon maître!

LEAR. — Arrière, je te prie!

EDGAR. — C'est le noble Kent, votre ami.

LEAR. — Peste soit de vous tous, meurtriers et traîtres! J'aurais pu la sauver : maintenant elle est partie pour toujours!... Cordélia! Cordélia! attends un peu. Ha! qu'est-ce que tu dis? Sa voix était toujours douce, calme et basse; chose excellente dans une femme... J'ai tué le misérable qui t'étranglait.

L'OFFICIER. — C'est vrai, messeigneurs, il l'a tué.

LEAR. — N'est-ce pas, camarade? J'ai vu le temps où, avec ma bonne rapière mordante, je les aurais fait tous sauter. Je suis vieux maintenant, et tous ces tracas me ruinent... *(A Kent.)* Qui êtes-vous? Mes yeux ne sont pas des meilleurs... Je vais vous le dire tout à l'heure.

KENT. — S'il est deux hommes que la fortune peut se vanter d'avoir aimés et haïs, l'un et l'autre se regardent.

LEAR. — C'est un triste spectacle... N'êtes-vous pas Kent?

KENT. — Lui-même, Kent, votre serviteur. Où est votre serviteur Caïus?

LEAR. — C'est un bon garçon, je puis vous le dire : il sait frapper, et vivement encore! Il est mort et pourri.

KENT. — Non, mon bon seigneur : cet homme, c'est moi.

LEAR. — Je vais voir ça tout de suite.

KENT. — C'est moi qui, dès le commencement de vos revers et de vos malheurs, ai suivi vos pénibles pas.

LEAR. — Vous êtes le bienvenu ici.

KENT. — Non, ni moi, ni personne. Tout est désolé, sombre et funèbre... Vos filles aînées ont devancé leur arrêt, et sont mortes en désespérées.

LEAR. — Oui, je le crois.

ALBANY. — Il ne sait pas ce qu'il voit, et c'est en vain que nous nous présentons à ses regards.

EDGAR. — Oh! bien inutilement.

Entre un officier.

L'OFFICIER. — Edmond est mort, monseigneur.

ALBANY. — Peu importe ici... Seigneurs, nobles amis, apprenez nos intentions. *(Montrant Lear.)* Toutes les consolations qui peuvent venir en aide à cette grande infortune lui seront prodiguées. Pour nous, nous voulons, sa vie durant, remettre à l'auguste vieillard notre pouvoir absolu. *(A Edgar et à Kent.)* Vous, vous recouvrerez tous vos droits, avec le surcroît de dignités que votre honorable conduite a plus que mérité... A tous les amis sera offerte la récompense de leur vertu; à tous les ennemis, la coupe de l'expiation... Oh! voyez, voyez!

LEAR. — Ainsi, ma pauvre folle est étranglée!... Non, non, plus de vie!... Pourquoi un chien, un cheval, un rat, ont-ils la vie, quand tu n'as même plus le souffle? Oh! tu ne reviendras plus! jamais, jamais, jamais, jamais, jamais!... Défaites-moi ce bouton, je vous prie. Merci, monsieur! Voyez-vous ceci? Regardez, là, regardez... Ses lèvres! Regardez, là! Regardez, là! *(Il expire.)*

EDGAR. — Il s'évanouit... Monseigneur, monseigneur!

KENT. — Cœur, brise-toi! brise-toi, je te prie.

EDGAR, *penché sur le roi.* — Ouvrez les yeux, monseigneur.

KENT. — Ne troublez pas son âme... Oh! laissez-le partir! C'est le haïr que vouloir sur la roue de cette rude vie l'étendre plus longtemps.

EDGAR. — Oh! il est parti, en effet.

KENT. — L'étonnant, c'est qu'il ait souffert si longtemps : il usurpait sa vie.

ALBANY, *montrant les quatre cadavres.* — Emportez-les d'ici... Notre soin présent est un deuil général.

(A Edgar et à Kent.) Amis de mon cœur, tous deux gouvernez ce royaume et soutenez l'Etat délabré.

KENT. — Monsieur, j'ai à partir bientôt pour un voyage; mon maître m'appelle, et je ne dois pas lui dire non.

ALBANY. — Il nous faut subir le fardeau de cette triste époque; dire ce que nous sentons, non ce que nous devrions dire. Les plus vieux ont le plus souffert. Nous qui sommes jeunes, nous ne verrons jamais tant de choses, nous ne vivrons jamais si longtemps. *(Ils sortent au son d'une marche funèbre.)*

MACBETH

NOTICE
SUR
MACBETH

La date à laquelle *Macbeth* fut composé reste incertaine. On la fixe généralement à 1606 en se fondant d'une part sur des allusions à des faits historiques que l'on a cru pouvoir relever dans le texte, par exemple la Conspiration des Poudres de 1605, d'autre part sur des références à la pièce que l'on trouve en 1607 dans deux œuvres dramatiques, *le Puritain* dont l'auteur est inconnu et *le Chevalier au Pilon ardent* de Beaumont et Fletcher. Comme c'est le cas pour plusieurs autres drames, le sujet de celui-ci est tiré des chroniques de Holinshed. Mais Shakespeare a réuni en une seule action deux récits, deux assassinats : celui du roi Duff par Donwald et celui du roi Duncan par Macbeth.

Macbeth, un chef de clan écossais qui devint roi, vivait au temps d'Edouard le Confesseur. Selon la chronique, son règne aurait duré dix-sept ans. Celui du Macbeth de Shakespeare est bien plus court. L'action est ainsi plus dramatique. Elle est aussi plus « morale », car le criminel n'a pas le temps de jouir des fruits de son crime. Dès le début, avant même l'accomplissement de son forfait, il est tourmenté; ensuite, c'est le fantôme de Banquo qu'il a fait assassiner et qui lui apparaîtra comme un reproche au milieu d'un festin. La folie et la mort de sa femme, moins capable que lui de supporter le souvenir du meurtre initial, ne sont qu'un châtiment de plus, après tant d'autres.

Habilement Shakespeare nous peint Duncan comme un roi bon et juste, alors que celui de la chronique était un incapable, laissant l'Écosse livrée aux bandits et aux exactions des grands féodaux. Banquo devient une victime innocente, bien que dans la réalité il ait sans doute été le complice de Macbeth : mais n'oublions pas qu'il était à l'origine de la dynastie des Stuarts, à laquelle le roi Jacques appartenait.

Shakespeare a fait vivre avec une force admirable le personnage de Lady Macbeth que le chroniqueur avait à peine mentionné. C'était une gageure de nous présenter deux criminels devant le même crime, mais leurs traits à tous deux se renforcent ou s'opposent avec des effets frappants.

D'ailleurs, toute la pièce est faite d'oppositions, « chaos désordonné de choses étranges et criminelles, où le sol tremble sous nos pieds », dit Hazlitt dans son étude sur les *Personnages des pièces de Shakespeare*. On n'a pas craint de comparer l'auteur à Eschyle, et ses sorcières aux Furies de la tragédie grecque. Dans *Macbeth* pourtant, elles ne sont guère que « les ignobles instruments de l'Enfer », les formes que prend pour le héros la tentation. Mais l'atmosphère où elles apparaissent, leur langue étrange et pleine de mystérieuses incantations les élèvent presque jusqu'aux divines Euménides.

Et cependant, quel drame humain que celui de Macbeth, honnête soldat qui se laisse persuader par une prophétie ambiguë qu'il deviendra roi ! Il doit tuer pour cela, mais il est malaisé de résister à la tentation quand l'occasion se présente tout à coup (le roi passera la nuit sous son toit) — et que Lady Macbeth, plus ambitieuse et moins retenue par de nobles scrupules, le pousse au meurtre, l'aide à l'exécuter. Dès que le crime est accompli, Macbeth est pris dans un engrenage infernal. Il faut qu'il tue son ami Banquo, témoin gênant de la rencontre avec les sorcières ; et ensuite d'autres victimes, cet endurcissement au crime étant le pire châtiment pour un homme naguère encore noble et pur. Si bien que la mort, lorsqu'elle arrive, est accueillie comme une délivrance, parce que le criminel sait qu'il l'a méritée, et parce qu'elle va lui rendre le sommeil qu'il a perdu, le sommeil de Duncan dans sa tombe.

Tout est sombre dans cette histoire écossaise où le soleil ne luit jamais : la lande balayée par la tempête où apparaissent les sorcières, le château de Macbeth où se prépare le crime annoncé par les corbeaux, les champs de bataille, les salles de banquet qu'éclairent des torches. Mais est-elle aussi pessimiste qu'on veut bien le dire? Certes, une âme noble qui se laisse entraîner au crime est un sujet tragique. Pourtant, Shakespeare a rarement dit aussi clairement qu'ici que l'homme est libre, qu'il choisit librement le mal, qu'il peut le refuser. Les sorcières sont la tentation, non le destin. Macbeth délibère, hésite et sait ce qu'il fait quand il décide de tuer. Et ce châtiment auquel il semble parfois espérer échapper, il l'attend aussi, le châtiment des hommes comme celui de Dieu : héros tragique, mais non victime accablée par un sort inéluctable.

On peut dire que ce drame historique qui est l'histoire d'un crime et d'un châtiment, qui est plongé dans le surnaturel et dont l'action se passe en un lointain passé est une des pièces les plus humaines de Shakespeare.

PERSONNAGES

DUNCAN, roi d'Écosse.
MALCOLM, DONALBAIN, } ses fils.
MACBETH, BANQUO, } généraux de l'armée du roi.
MACDUFF, LENOX, ROSS, MENTEITH, ANGUS, CAITHNESS, } nobles d'Écosse.
FLÉANCE, fils de Banquo.
SIWARD, comte de Northumberland, général de l'armée anglaise.
LE JEUNE SIWARD, son fils.
SEYTON, officier de la suite de Macbeth.
LE FILS DE MACDUFF.
UN MÉDECIN ANGLAIS.
UN MÉDECIN ÉCOSSAIS.
UN SOLDAT.
UN PORTIER.
UN VIEILLARD.

LADY MACBETH.
LADY MACDUFF.
UNE SUIVANTE DE LADY MACBETH.

HÉCATE ET TROIS SORCIÈRES.
LE SPECTRE DE BANQUO ET AUTRES APPARITIONS.

SEIGNEURS, GENTILSHOMMES, OFFICIERS, SOLDATS.
ASSASSINS, SERVITEURS ET MESSAGERS.

La scène est, partie, en Écosse, partie, en Angleterre.

ACTE PREMIER

SCÈNE PREMIÈRE

En Écosse. — Un lieu découvert. Tonnerre et éclairs.

LES TROIS SORCIÈRES *entrent.*

PREMIÈRE SORCIÈRE. — Quand nous réunirons-nous de nouveau toutes les trois, en coup de tonnerre, en éclair ou en pluie?

DEUXIÈME SORCIÈRE. — Quand le hourvari aura cessé, quand la bataille sera perdue et gagnée.

TROISIÈME SORCIÈRE. — Ce sera avant le coucher du soleil.

PREMIÈRE SORCIÈRE. — En quel lieu?

DEUXIÈME SORCIÈRE. — Sur la bruyère.

TROISIÈME SORCIÈRE. — Pour y rencontrer Macbeth.

PREMIÈRE SORCIÈRE. — J'y vais, Graymalkin!

LES TROIS SORCIÈRES. — Paddock appelle... Tout à l'heure!... Le beau est affreux, et l'affreux est beau. Planons à travers le brouillard et l'air impur. *(Les sorcières s'évanouissent.)*

SCÈNE II

Un camp près de Forres. — Alarme derrière le théâtre.

Entrent LE ROI DUNCAN, MALCOLM, DONALBAIN, LENOX *et leur suite. Ils rencontrent* UN SOLDAT *ensanglanté.*

DUNCAN. — Quel est cet homme sanglant? Il peut, à en juger par l'état où il est, nous donner les plus récentes nouvelles de la révolte.

MALCOLM. — C'est le sergent qui a combattu en bon et hardi soldat pour me sauver de la captivité. Salut, brave ami! Dis au roi ce que tu sais de la mêlée, telle que tu l'as quittée.

LE SOLDAT. — Elle restait douteuse. On eût dit deux nageurs épuisés qui se cramponnent l'un à l'autre et étouffent leur savoir-faire... L'implacable Macdonald (bien digne d'être un rebelle, tant les vilenies multipliées de la nature pullulent en lui) avait reçu des îles de l'Ouest un renfort de Kernes et de Gallowglasses; et la Fortune, souriant à sa révolte damnée, semblait se prostituer au rebelle. Mais tout cela a été trop faible. Car le brave Macbeth (il mérite bien ce nom), dédaignant la Fortune et brandissant son épée toute fumante de ses sanglantes exécutions, en vrai mignon de la Valeur, s'est taillé un passage jusqu'à ce misérable; et il ne lui a serré la main et ne lui a dit adieu qu'après l'avoir pourfendu du nombril à la mâchoire et avoir fixé sa tête sur nos créneaux.

DUNCAN. — O vaillant cousin! digne gentilhomme!

LE SOLDAT. — De même que, souvent, au point d'où partent les rayons du soleil, surgissent des tempêtes grosses de naufrages et d'effrayants tonnerres, ainsi de ce qui semblait être une source de joie jaillissent les alarmes. Ecoutez, roi d'Ecosse, écoutez. A peine la Justice, armée de la Valeur, avait-elle forcé les Kernes bondissants à se fier à leurs talons. qu'épiant l'occasion, le lord de Norvège, avec des armes fraîchement fourbies et de nouveaux renforts, a commencé un autre assaut.

DUNCAN. — Cela n'a-t-il pas effrayé nos capitaines, Macbeth et Banquo?

LE SOLDAT. — Oui, comme le moineau effraye l'aigle, ou le lièvre le lion. Pour dire vrai, je dois déclarer qu'ils étaient comme deux canons chargés à double mitraille, tant ils frappaient sur l'ennemi à coups redoublés! Voulaient-ils se baigner dans des blessures fumantes, ou immortaliser un second Golgotha? je ne puis le dire... Mais je suis épuisé : mes plaies crient au secours!

DUNCAN. — Tes paroles te vont aussi bien que tes blessures : elles sentent également l'honneur. Allez, qu'on lui donne des chirurgiens! *(Le soldat sort, s'appuyant sur des aides.)* Qui vient ici?

Entrent Ross et Angus.

MALCOLM. — C'est le digne thane de Ross.

LENOX. — Quel empressement dans ses regards! Il a l'air d'un homme qui a d'étranges choses à dire.

ROSS. — Dieu sauve le roi!

DUNCAN. — D'où viens-tu, digne thane?

ROSS. — De Fife, grand roi, où les bannières norvégiennes narguent le ciel et éventent notre peuple frisonnant. Le roi de Norvège lui-même, avec ses masses terribles, assisté par le plus déloyal des traîtres, le thane de Cawdor, engageait une lutte fatale, quand Macbeth, le fiancé de Bellone, cuirassé à l'épreuve, a affronté le rebelle, dans une joute corps à corps, pointe contre pointe, bras contre bras, et a dompté sa valeur sauvage. Pour conclure, la victoire nous est échue.

DUNCAN. — O bonheur!

ROSS. — Si bien que maintenant Swéno, roi de Norvège, demande à entrer en composition. Nous n'avons pas daigné lui laisser enterrer ses hommes, qu'il n'eût déboursé, à Saint-Colmes-Inch, dix mille dollars pour notre usage général.

DUNCAN. — On ne verra plus ce thane de Cawdor trahir notre plus cher intérêt. Allez! qu'on prononce sa mort, et que du titre qu'il portait on salue Macbeth!

ROSS. — Je veillerai à ce que ce soit fait.

DUNCAN. — Ce qu'il a perdu, le noble Macbeth l'a gagné. *(Ils sortent.)*

SCÈNE III

Une bruyère. — Tonnerre.

LES TROIS SORCIÈRES *entrent.*

PREMIÈRE SORCIÈRE. — Où as-tu été, sœur?

DEUXIÈME SORCIÈRE. — Tuer le cochon.

TROISIÈME SORCIÈRE. — Et toi, sœur?

PREMIÈRE SORCIÈRE. — La femme d'un matelot avait dans son tablier des châtaignes qu'elle mâchait, mâchait, mâchait... *Donne-m'en*, lui dis-je. — *Décampe, sorcière!* crie la carogne nourrie de rebut. Son mari est parti pour Alep, comme patron du *Tigre*, mais je vais m'embarquer à sa poursuite dans un crible, et, sous la forme d'un rat sans queue, j'agirai, j'agirai, j'agirai!

DEUXIÈME SORCIÈRE. — Je te donnerai un vent.

PREMIÈRE SORCIÈRE. — Tu es bien bonne.

TROISIÈME SORCIÈRE. — Et moi un autre.

PREMIÈRE SORCIÈRE. — Et moi-même j'ai tous les autres; je sais les ports mêmes où ils soufflent, et tous les points marqués sur la carte des marins. Je le rendrai sec comme du foin : le sommeil, ni jour ni nuit, ne se pendra à l'auvent de sa paupière. Il vivra comme un excommunié. Neuf fois neuf accablantes semaines le rendront malingre, hâve, languissant; et, si sa barque ne peut se perdre, elle sera du moins battue des tempêtes. Regardez ce que j'ai là.

DEUXIÈME SORCIÈRE. — Montre-moi, montre-moi.

PREMIÈRE SORCIÈRE. — C'est le pouce d'un pilote qui a fait naufrage en revenant dans son pays. *(Bruit de tambours sur le théâtre.)*

TROISIÈME SORCIÈRE. — Le tambour! le tambour! Macbeth arrive!

TOUTES TROIS, *dansant*. — Les sœurs fatidiques, la main dans la main, messagères de terre et de mer, ainsi vont en rond, en rond. Trois tours pour toi, et trois pour moi, et trois de plus, pour faire neuf. Paix!... Le charme est dans le cercle.

Entrent Macbeth et Banquo.

MACBETH. — Je n'ai jamais vu un jour si sombre et si beau.

BANQUO. — A quelle distance sommes-nous de Forres? Quelles sont ces créatures si flétries et si farouches dans leur accoutrement, qui ne ressemblent pas aux habitants de la terre, et pourtant sont sur la terre?... Vivez-vous? Etes-vous quelque chose qu'un homme puisse questionner? On dirait que vous me comprenez, à voir chacune de vous placer son doigt noueux sur ses lèvres de parchemin... Vous devez être femmes, et pourtant vos barbes m'empêchent de croire que vous l'êtes.

MACBETH. — Parlez, si vous pouvez... Qui êtes-vous?

PREMIÈRE SORCIÈRE. — Salut, Macbeth! salut à toi, thane de Glamis!

DEUXIÈME SORCIÈRE. — Salut, Macbeth! salut à toi, thane de Cawdor!

TROISIÈME SORCIÈRE. — Salut, Macbeth, qui plus tard seras roi!

BANQUO. — Mon bon seigneur, pourquoi tressaillez-vous, et semblez-vous craindre des choses qui sonnent si bien? *(Aux sorcières.)* Au nom de la vérité, êtes-vous fantastiques, ou êtes-vous vraiment ce qu'extérieurement vous paraissez? Vous saluez mon noble compagnon de ses titres présents et de la haute prédiction d'une noble fortune et d'un avenir royal, si bien qu'il en semble ravi. A moi vous ne parlez pas. Si vous pouvez voir dans les germes du temps, et dire quelle graine grandira et quelle ne grandira pas, parlez-moi donc, à moi qui ne mendie et ne redoute ni vos faveurs ni votre haine.

PREMIÈRE SORCIÈRE. — Salut!

DEUXIÈME SORCIÈRE. — Salut!

TROISIÈME SORCIÈRE. — Salut!

PREMIÈRE SORCIÈRE. — Moindre que Macbeth, et plus grand!

DEUXIÈME SORCIÈRE. — Pas si heureux, pourtant bien plus heureux!

TROISIÈME SORCIÈRE. — Tu engendreras des rois, sans être roi toi-même... Donc, salut, Macbeth et Banquo!

PREMIÈRE SORCIÈRE. — Banquo et Macbeth, salut!

MACBETH. — Demeurez, oracles imparfaits! dites-m'en davantage. Par la mort de Sinel, je le sais, je suis thane de Glamis; mais comment de Cawdor? Le thane de Cawdor vit, gentilhomme prospère... Et, quant à être roi, cela n'est pas plus dans la perspective de ma croyance que d'être thane de Cawdor. Dites de qui vous tenez cet étrange renseignement, ou pourquoi sur cette bruyère désolée vous barrez notre chemin de ces prophétiques saluts. Parlez! je vous l'ordonne. *(Les sorcières s'évanouissent.)*

BANQUO. — La terre a, comme l'eau, des bulles d'air, et celles-ci en sont : où se sont-elles évanouies?

MACBETH. — Dans l'air, et ce qui semblait avoir un corps s'est fondu comme un souffle dans le vent... Que ne sont-elles restées!

BANQUO. — Les êtres dont nous parlons étaient-ils ici vraiment? ou avons-nous mangé de cette racine insensée qui fait la raison prisonnière?

MACBETH. — Vos enfants seront rois!

BANQUO. — Vous serez roi!

MACBETH. — Et thane de Cawdor aussi! Ne l'ont-elles pas dit?

BANQUO. — En propres termes, avec le même accent... Qui va là?

Entrent Ross et Angus.

ROSS. — Le roi a reçu avec bonheur, Macbeth, la nouvelle de ton succès; et, à la lecture de tes aventures personnelles dans le combat contre les révoltés, son admiration et son enthousiasme hésitent à s'exprimer autant qu'à se taire. Interdit par tes exploits, dans le cours de la même journée, il te trouve au plus épais des rangs norvégiens, impassible devant tous ces spectres étranges que tu fais toi-même. Avec la rapidité de la parole, les courriers succédaient aux courriers, et chacun d'eux rapportait tes prouesses dans cette grandiose défense de son royaume et les versait à ses pieds.

ANGUS. — Nous sommes envoyés pour te transmettre les remerciements de notre royal maître : chargés seulement de t'introduire en sa présence, et non de te récompenser.

ROSS. — Et, comme arrhes d'un plus grand honneur, il m'a dit de t'appeler, de sa part, thane de Cawdor. Salut donc, digne thane, sous ce titre nouveau, car il est à toi!

BANQUO, *à part.* — Quoi donc! le diable peut-il dire vrai?

MACBETH. — Le thane de Cawdor vit; pourquoi me revêtez-vous de manteaux empruntés?

ANGUS. — Celui qui était thane de Cawdor vit encore; mais un lourd jugement pèse sur sa vie, qu'il a mérité de perdre. Etait-il ouvertement ligué avec ceux de Norvège? ou a-t-il appuyé le rebelle par des secours et des subsides cachés? ou bien a-t-il travaillé par une double complicité au naufrage de son pays? Je ne sais pas; mais le crime de haute trahison prouvé et avoué a causé sa chute.

MACBETH, *à part.* — Glamis, et thane de Cawdor! Le plus grand est encore à venir! *(Haut, à Angus.)* Merci pour votre peine! *(Bas, à Banquo.)* N'espérez-vous pas que vos enfants seront rois, puisque celles qui m'ont donné le titre de Cawdor ne leur ont pas promis moins qu'un trône?

BANQUO, *bas, à Macbeth.* — Une conviction aussi absolue pourrait bien élever votre ardeur jusqu'à la couronne, au-dessus du titre de Cawdor. Mais c'est étrange. Souvent, pour nous attirer à notre perte, les instruments des ténèbres nous disent des vérités; ils nous séduisent par d'innocentes bagatelles, pour nous pousser en traîtres aux conséquences les plus profondes. *(A Ross et à Angus.)* Cousins, un mot, je vous prie!

MACBETH, *à part.* — Deux vérités ont été dites, heureux prologues à ce drame gros d'un dénouement impérial. *(A Ross et à Angus.)* Merci, messieurs! *(A part.)* Cette sollicitation surnaturelle ne peut être mauvaise, ne peut être bonne... Si elle est mauvaise, pourquoi m'a-t-elle donné un gage de succès, en commençant par une vérité? Je suis thane de Cawdor... Si elle est bonne, pourquoi cédé-je à une suggestion dont l'épouvantable image fait que mes cheveux se dressent et que mon cœur si ferme se heurte à mes côtes, malgré les lois de la nature? L'inquiétude présente est moindre que l'horreur imaginaire. Ma pensée, où le meurtre n'est encore que fantastique, ébranle à ce point ma faible nature d'homme que ses fonctions sont paralysées par une conjecture; et rien n'est pour moi que ce qui n'est pas.

BANQUO. — Voyez comme notre compagnon est absorbé.

MACBETH, *à part*. — Si la chance veut me faire roi, eh bien! la chance peut me couronner sans que je m'en mêle.

BANQUO. — Les honneurs nouveaux se posent sur lui comme des vêtements encore étrangers : ils n'adhéreront à leur moule que par l'usage.

MACBETH, *à part*. — Advienne que pourra! Le temps et l'occasion passent à travers la plus orageuse journée.

BANQUO. — Digne Macbeth, nous attendons votre bon plaisir.

MACBETH, *à Ross et à Angus*. — Excusez-moi : mon sombre cerveau était travaillé par des choses oubliées. Bons seigneurs, vos services sont consignés sur un registre dont je tourne chaque jour la feuille pour les lire. Allons vers le roi. *(A Banquo.)* Pensez à ce qui est arrivé; et, dans quelque temps, après un intérim de réflexions, nous nous parlerons l'un à l'autre à cœur ouvert.

BANQUO. — Très volontiers.

MACBETH. — Jusque-là, assez!... Allons, amis! *(Ils sortent.)*

SCÈNE IV

Forres. — Une chambre dans le palais. Fanfare.

Entrent LE ROI DUNCAN, MALCOLM, DONALBAIN, LENOX *et leur suite*.

DUNCAN. — A-t-on exécuté Cawdor? Est-ce que ceux de la commission ne sont pas encore de retour?

MALCOLM. — Mon suzerain, ils ne sont pas encore revenus; mais j'ai parlé à quelqu'un qui l'a vu mourir. D'après son rapport, Cawdor a très franchement avoué sa trahison, imploré le pardon de Votre Altesse et montré un profond repentir; rien dans sa vie ne l'honore plus que la façon dont il l'a quittée : il est mort en homme qui s'était étudié à mourir, jetant son bien le plus précieux comme un futile colifichet.

DUNCAN. — Il n'y a pas d'art pour découvrir sur le visage les dispositions de l'âme : c'était un gentilhomme sur qui j'avais fondé une confiance absolue... Oh! mon noble cousin!

Entrent Macbeth, Banquo, Ross et Angus.

(A Macbeth.) Le péché de mon ingratitude me pesait déjà. Tu es si loin en avant que la reconnaissance volant à tire-d'aile est lente à te rattraper. Que n'as-tu mérité moins! Une juste proportion de remerciements et de récompenses m'eût été possible. Tout ce qui me reste à dire, c'est qu'il t'est dû plus que je ne puis te payer.

MACBETH. — L'obéissance et la loyauté que je vous dois se payent elles-mêmes en agissant. Le rôle de Votre Altesse est de recevoir nos devoirs; et nos devoirs sont, pour votre trône et pour l'Etat, des enfants, des serviteurs, qui ne font que le juste en faisant tout consciencieusement pour votre bonheur et votre gloire.

DUNCAN, *à Macbeth.* — Sois le bienvenu ici! Je viens de te planter, et je travaillerai à te faire parvenir à la plus haute croissance. *(A Banquo.)* Noble Banquo, toi qui n'as pas moins mérité, et dont les services doivent être également reconnus, laisse-moi t'embrasser et te tenir sur mon cœur.

BANQUO. — Si j'y jette racine, la récolte est pour vous.

DUNCAN. — Ma joie exubérante, débordant dans sa plénitude, cherche à se déguiser en larmes de tristesse. Mes fils, mes parents, vous, thanes, et vous, les plus près d'eux en dignité, sachez que nous voulons léguer notre empire à notre aîné, Malcolm, que nous nommons désormais prince de Cumberland. Ces honneurs, à lui conférés, ne doivent pas être isolés; mais les signes nobiliaires brilleront, comme des étoiles, sur tous ceux qui les méritent. Partons pour Inverness, et attachez-nous plus étroitement à vous.

MACBETH. — Le loisir que je n'emploie pas pour vous est fatigue. Je serai moi-même votre courrier, et je rendrai joyeuse ma femme à l'annonce de votre approche. Sur ce, je prends humblement congé de vous.

DUNCAN. — Mon digne Cawdor!

MACBETH, *à part*. — Le prince de Cumberland! Voilà une marche que je dois franchir sous peine de faire une chute, car elle est en travers de mon chemin. Etoiles, cachez vos feux! Que la lumière ne voie pas mes sombres et profonds désirs! Que l'œil se ferme sur le geste! Et pourtant puissé-je voir accomplie la chose dont l'œil s'effraye! *(Il sort.)*

DUNCAN. — C'est vrai, digne Banquo : il est aussi vaillant que tu le dis. Je me nourris des éloges qu'il reçoit; c'est un banquet pour moi. Suivons-le, lui dont le zèle nous a devancé pour nous préparer la bienvenue. C'est un parent sans égal. *(Fanfares. Ils sortent.)*

SCÈNE V

Inverness. — Une salle dans le château de Macbeth.

Entre LADY MACBETH, *lisant une lettre.*

LADY MACBETH. — « .. Elles sont venues à ma rencontre au jour du succès, et j'ai appris par la plus complète révélation qu'elles ont en elles une connaissance plus qu'humaine. Quand je brûlais du désir de les questionner plus à fond, elles sont devenues l'air même, dans lequel elles se sont évanouies. J'étais encore ravi par la surprise quand sont arrivés des messagers du roi, qui m'ont proclamé thane de Cawdor, titre dont venaient de me saluer les sœurs fatidiques en m'ajournant aux temps à venir par ces mots : *Salut à toi, qui seras roi!* J'ai trouvé bon de te confier cela, compagne chérie de ma grandeur, afin que tu ne perdes pas ta part légitime de joie, dans l'ignorance de la grandeur qui t'est promise. Garde cela dans ton cœur, et adieu! »

Tu es Glamis et Cawdor, et tu seras ce qu'on t'a promis... Mais je me défie de ta nature : elle est trop pleine du lait de la tendresse humaine pour que tu saisisses le plus court chemin. Tu veux bien être grand; tu as de l'ambition, mais pourvu qu'elle soit sans malaise. Ce que tu veux hautement, tu le veux saintement : tu ne voudrais pas tricher, et tu voudrais bien mal gagner. Ton but, noble Glamis, te crie : « Fais cela pour m'atteindre. » Et cela, tu as plutôt peur de le faire que désir de ne pas le faire. Accours ici, que je verse mes esprits dans ton oreille, et que ma langue valeureuse chasse tout ce qui t'écarte du cercle d'or dont le destin et une puissance surnaturelle semblent t'avoir couronné!

Entre un serviteur.

Quelles nouvelles apportez-vous?

LE SERVITEUR. — Le roi arrive ici ce soir.

LADY MACBETH. — Tu es fou de dire cela. Est-ce que ton maître n'est pas avec lui? Si cela était, il m'aurait avertie de faire des préparatifs.

LE SERVITEUR. — La chose est certaine, ne vous en déplaise! Notre thane approche; il s'est fait devancer par un de mes camarades, qui, presque mort d'essoufflement, a eu à peine la force d'accomplir son message.

LADY MACBETH. — Qu'on prenne soin de lui! il apporte une grande nouvelle. *(Le serviteur sort.)* Le corbeau lui-même s'est enroué à croasser l'entrée fatale de Duncan sous mes créneaux. Venez, venez, esprits qui assistez les pensées meurtrières! Désexez-moi ici, et, du crâne au talon, remplissez-moi toute de la plus atroce cruauté; épaississez mon sang; fermez en moi tout accès, tout passage au remords. Qu'aucun retour compatissant de la nature n'ébranle ma volonté farouche et ne s'interpose entre elle et l'exécution! Venez à mes mamelles de femme, et changez mon lait en fiel, vous, ministres du meurtre, quel que soit le lieu où, invisibles substances, vous aidiez à la violation de la nature. Viens, nuit épaisse, et enveloppe-toi de la plus sombre fumée de l'enfer : que mon couteau aigu ne voie pas la blessure qu'il va faire; et que le ciel ne puisse pas poindre à travers le linceul des ténèbres et me crier : « Arrête! arrête! »

Entre Macbeth.

Grand Glamis! digne Cawdor! plus grand que tout cela par le salut futur! Ta lettre m'a transportée au-delà de ce présent ignorant, et je ne sens plus dans l'instant que l'avenir.

MACBETH. — Mon cher amour, Duncan arrive ici ce soir.

LADY MACBETH. — Et quand repart-il?

MACBETH. — Demain... C'est son intention.

LADY MACBETH. — Oh! jamais le soleil ne verra ce demain!... Votre visage, mon thane, est comme un livre où les hommes peuvent lire d'étranges choses. Pour tromper le monde, paraissez comme le monde : ayez la cordialité dans le regard, dans le geste, dans la voix; ayez l'air de la fleur innocente, mais soyez le serpent qu'elle couvre... Il faut pourvoir à celui qui va venir; et c'est moi que vous chargerer de dépêcher la grande affaire de cette nuit, qui, pour toutes les nuits et tous les jours à venir, nous assurera une autocratie souveraine et l'empire absolu.

MACBETH. — Nous en reparlerons.

LADY MACBETH. — Ayez seulement le front serein : il faut toujours craindre de changer de visage. Pour le reste, laissez-moi faire. *(Ils sortent.)*

SCÈNE VI

Inverness. — Devant le château. Hautbois.

Les serviteurs de MACBETH *font la haie. Entrent* LE ROI DUNCAN, MALCOLM, DONALBAIN, BANQUO, LENOX, MAÇDUFF, ROSS, ANGUS *et la suite.*

DUNCAN. — La situation de ce château est charmante; l'air se recommande légèrement et doucement à nos sens délicats.

BANQUO. — Cet hôte de l'été, le martinet familier des temples, prouve, par sa chère résidence, que l'haleine du ciel a ici des caresses embaumées : pas de saillie, de frise, d'arc-boutant, de coin favorable, où cet oiseau n'ait suspendu son lit et son berceau fécond! J'ai observé qu'où cet oiseau habite et multiplie, l'air est très pur.

Entre lady Macbeth.

DUNCAN. — Voyez! voyez! Notre hôtesse honorée! L'amour qui nous poursuit a beau nous déranger parfois : il a toujours nos remerciements, comme amour. C'est vous dire qu'il vous faut demander à Dieu de nous bénir pour vos peines, et nous remercier de vous déranger.

LADY MACBETH. — Tous nos services, fussent-ils en tout point doublés et quadruplés, seraient une pauvre et solitaire offrande, opposés à cette masse profonde d'honneurs dont Votre Majesté accable notre maison. Vos bienfaits passés et les dignités récentes que vous y avez ajoutées font de nous des ermites voués à prier pour vous.

DUNCAN. — Où est le thane de Cawdor? Nous courions après lui, dans l'intention d'être son maréchal des logis, mais il est bon cavalier, et son grand amour, aussi excitant que l'éperon, l'a amené avant nous chez lui. Belle et noble hôtesse, nous sommes votre hôte cette nuit.

LADY MACBETH. — Vos serviteurs tiennent leur existence même et tout ce qui est à eux pour un dépôt dont ils doivent compte à Votre Altesse, afin de lui rendre toujours ce qui lui est dû.

DUNCAN. — Donnez-moi votre main; conduisez-moi à mon hôte. Nous l'aimons grandement, et nous lui continuerons nos faveurs. Hôtesse, avec votre permission! *(Ils sortent.)*

SCÈNE VII

Une chambre dans le château.

Hautbois et torches. UN ÉCUYER *tranchant et* DES VALETS, *faisant le service et portant aes plats, entrent et traversent le théâtre. Puis entre* MACBETH.

MACBETH. — Si, une fois fait, c'était fini, il serait bon que ce fût vite fait. Si l'assassinat pouvait entraver les conséquences, et par son accomplissement assurer le succès; si ce coup pouvait être tout et la fin de tout, ici-bas, rien qu'ici-bas, sur le sable mouvant de ce monde, je me jetterais tête baissée dans la vie à venir. Mais ces actes-là trouvent toujours ici-bas leur sentence. Les leçons sanglantes que nous enseignons reviennent, une fois apprises, châtier le précepteur. La justice à la main impartiale présente le calice empoisonné par nous à nos propres lèvres... Il est ici sous une double sauvegarde. D'abord, je suis son parent et son sujet : deux raisons puissantes contre l'action; ensuite, je suis son hôte : à ce titre, je devrais fermer la porte au meurtrier, et non porter moi-même le couteau. Et puis, ce Duncan a usé si doucement de son pouvoir, il a été si pur dans ses hautes fonctions, que ses vertus emboucheraient la trompette des anges pour dénoncer le crime damné qui l'aurait fait disparaître; et la pitié, pareille à un nouveau-né tout nu chevauchant sur l'ouragan, ou à un chérubin céleste qui monte les coursiers invisibles de l'air, soufflerait l'horrible action dans les yeux de tous, jusqu'à noyer le vent dans un déluge de larmes... Je n'ai, pour presser les flancs de ma volonté, que l'éperon d'une ambition qui prend trop d'élan et se laisse désarçonner...

Entre lady Macbeth.

Eh bien! quoi de nouveau?

LADY MACBETH. — Il a presque soupé... Pourquoi avez-vous quitté la salle?

MACBETH. — M'a-t-il demandé?

LADY MACBETH. — Ne le savez-vous pas?

MACBETH. — Nous n'irons pas plus loin dans cette affaire. Il vient de m'honorer; et j'ai acheté de toutes les classes du peuple une réputation dorée qu'il convient de porter maintenant dans l'éclat de sa fraîcheur, et non de jeter sitôt de côté.

LADY MACBETH. — Était-elle donc ivre, l'espérance dans laquelle vous vous drapiez? s'est-elle endormie depuis? et ne fait-elle que se réveiller pour verdir et pâlir ainsi devant ce qu'elle contemplait si volontiers? Désormais je ferai le même cas de ton amour. As-tu peur d'être dans tes actes et dans ta résolution le même que dans ton désir? Voudrais-tu avoir ce que tu estimes être l'ornement de la vie, et vivre couard dans ta propre estime, laissant un *je n'ose pas* suivre un *je voudrais*, comme le pauvre chat de l'adage?

MACBETH. — Paix! je te prie. J'ose tout ce qui sied à un homme : qui ose au-delà n'en est plus un.

LADY MACBETH. — Quelle est donc la bête qui vous a poussé à me révéler cette affaire? Quand vous l'avez osé, vous étiez un homme; maintenant, soyez plus que vous n'étiez, vous n'en serez que plus homme. Ni l'occasion, ni le lieu ne s'offraient alors, et vous vouliez pourtant les créer tous deux. Ils se sont créés d'eux-mêmes, et voilà que leur concours vous anéantit. J'ai allaité, et je sais combien j'aime tendrement le petit qui me tète : eh bien! au moment où il souriait à ma face, j'aurais arraché le bout de mon sein de ses gencives sans os, et lui aurais fait jaillir la cervelle, si je l'avais juré comme vous avez juré ceci!

MACBETH. — Si nous allions échouer?

LADY MACBETH. — Nous, échouer! Chevillez seulement votre courage au point résistant, et nous n'échouerons pas. Lorsque Duncan sera endormi (et le rude voyage d'aujourd'hui va l'inviter bien vite à un somme profond), j'aurai raison de ses deux chambellans avec du vin et de l'ale, à ce point que la mémoire, gardienne de leur cervelle, ne sera que fumée, et le récipient de leur raison qu'un alambic. Quand le sommeil du porc tiendra gisant, comme une mort, leur être submergé, que ne pourrons-nous, vous et moi, exécuter sur Duncan sans défense? Que ne pourrons-nous imputer à ses officiers, placés là, comme des éponges, pour absorber le crime de ce grand meurtre?

MACBETH. — Ne mets au monde que des enfants mâles! car ta nature intrépide ne doit former que des hommes... Ne sera-t-il pas admis par tous, quand nous aurons marqué de sang ses deux chambellans endormis et employé leurs propres poignards, que ce sont eux qui ont fait la chose?

LADY MACBETH. — Qui osera admettre le contraire, quand nous ferons rugir notre douleur et nos lamentations sur sa mort?

MACBETH. — Me voilà résolu : je vais tendre tous les ressorts de mon être vers cet acte terrible. Allons! et jouons notre monde par la plus sereine apparence. Un visage faux doit cacher ce que sait un cœur faux. *(Ils sortent.)*

ACTE II

SCÈNE PREMIÈRE

Inverness. — Cour dans l'intérieur du château.

Entrent BANQUO *et* FLÉANCE *portant un flambeau.*

BANQUO. — Où en est la nuit, enfant?

FLÉANCE. — La lune est couchée; je n'ai pas entendu l'horloge.

BANQUO. — Et elle se couche à minuit.

FLÉANCE. — Je conclus qu'il est plus tard, monsieur.

BANQUO. — Tiens! prends mon épée... Le ciel fait de l'économie : il a éteint toutes ses chandelles... Emporte ça aussi. La sommation de la fatigue pèse sur moi comme du plomb, et pourtant je ne voudrais pas dormir. Puissances miséricordieuses, réprimez en moi les pensées maudites auxquelles notre nature donne accès dans le repos!... Donnez-moi mon épée.

Entrent Macbeth et un serviteur qui porte un flambeau.

Qui va là?

MACBETH. — Un ami.

BANQUO. — Quoi! monsieur, pas encore au lit! Le roi est couché. Il a été d'une bonne humeur rare, et il a fait de grandes largesses à vos gens. Il présente ce diamant à votre femme, comme à la plus aimable hôtesse; et il s'est retiré dans un contentement inexprimable.

MACBETH. — Prise à l'improviste, notre hospitalité a été assujettie à l'insuffisance; sans cela, elle se fût exercée largement.

BANQUO. — Tout est bien... J'ai rêvé, la nuit dernière, des trois sœurs fatidiques... Pour vous, elles se sont montrées assez véridiques.

MACBETH. — Je n'y pense plus. Cependant, quand nous aurons une heure à notre service, nous échangerons quelques mots sur cette affaire, si vous y consentez.

BANQUO. — A votre convenance.

MACBETH. — Si vous adhérez à mes vues, le moment venu... Vous y gagnerez de l'honneur.

BANQUO. — Pourvu que je ne le perde pas en cherchant à l'augmenter, et que je garde toujours ma conscience libre et ma loyauté nette, je me laisse conseiller.

MACBETH. — Bonne nuit, en attendant!

BANQUO. — Merci, monsieur! Même souhait pour vous! *(Sortent Banquo et Fléance.)*

MACBETH, *au serviteur.* — Va dire à ta maîtresse que, quand ma boisson sera prête, elle frappe sur la cloche. Va te mettre au lit. *(Sort le serviteur.)* Est-ce un poignard que je vois là devant moi, la poignée vers ma main? Viens, que je te saisisse! Je ne te tiens pas, et pourtant je te vois toujours. N'es-tu pas, vision fatale, sensible au toucher, comme à la vue? ou n'es-tu qu'un poignard imaginaire, fausse création émanée d'un cerveau en feu? Je te vois pourtant, aussi palpable en apparence que celui que je tire en ce moment. Tu m'indiques le chemin que j'allais prendre, et tu es bien l'instrument que j'allais employer. Ou mes yeux sont les jouets de mes autres sens, ou seuls ils les valent tous. Je te vois toujours, et, sur ta lame et sur ton manche, des gouttes de sang qui n'y étaient pas tout à l'heure... Mais non, rien de pareil! C'est cette sanglante affaire qui prend forme ainsi à ma vue... Maintenant, sur la moitié de ce monde, la nature semble morte, et les mauvais rêves abusent le sommeil sous ses rideaux; maintenant, la sorcellerie offre ses sacrifices à la pâle Hécate; et le meurtre hâve, éveillé en sursaut par le loup, sa sentinelle, dont le hurlement est son cri d'alerte, s'avance ainsi d'un pas furtif, avec les allures du ravisseur Tarquin, et marche à son projet comme un spectre... Toi, terre solide et ferme, n'entends point mes pas, quelque chemin qu'ils prennent, de peur que les pierres mêmes ne jasent de mon approche, et ne retirent à ce moment la muette horreur qui lui va si bien!... Tandis que je menace, l'autre vit. Les mots jettent un souffle trop froid sur le feu de l'action. *(La cloche sonne.)* J'y vais, et c'est fait : la cloche m'invite. Ne l'entends pas, Duncan, car c'est le glas qui t'appelle au ciel ou en enfer. *(Il sort.)*

SCÈNE II

Entre LADY MACBETH.

LADY MACBETH. — Ce qui les a rendus ivres m'a rendue hardie. Ce qui les a éteints m'a enflammée. Écoutez! paix!... C'est le hibou qui a crié, fatal carillonneur qui donne le plus sinistre bonsoir... Il est à l'œuvre! Les portes sont ouvertes, et les grooms gorgés narguent leur office par des ronflements : j'ai drogué leur potion du soir, si bien que la mort et la nature disputent entre elles s'ils vivent ou s'ils meurent.

MACBETH, *apparaissant au fond du théâtre.* — Qui est là?... Holà! *(Il disparaît.)*

LADY MACBETH. — Hélas! j'ai peur qu'ils ne se soient éveillés et que ce ne soit pas fait : la tentative, sans le succès, nous perd. Écoutons... J'avais disposé leurs poignards : il a dû forcément les trouver... S'il n'avait pas ressemblé dans son sommeil à mon père, j'aurais fait la chose... Mon mari!

Entre Macbeth.

MACBETH. — J'ai fait l'action... N'as-tu pas entendu un bruit?

LADY MACBETH. — J'ai entendu le hibou huer et le grillon crier. N'avez-vous pas parlé?

MACBETH. — Quand?

LADY MACBETH. — A l'instant même.

MACBETH. — Quand je descendais?

LADY MACBETH. — Oui.

MACBETH. — Écoute! Qui couche dans la seconde chambre?

LADY MACBETH. — Donalbain.

MACBETH, *regardant ses mains.* — Voilà un triste spectacle!

LADY MACBETH. — Niaise idée de dire : « Triste spectacle! »

MACBETH. — Il y en a un qui a ri dans son sommeil et un qui a crié : « Au meurtre! » Si bien qu'ils se sont éveillés l'un l'autre. Je me suis arrêté en les écoutant; mais ils ont dit leurs prières, et se sont remis à dormir.

LADY MACBETH. — Ils sont tous deux logés ensemble.

MACBETH. — L'un a crié : « Dieu nous bénisse! » et l'autre : « Amen » comme s'ils m'avaient vu avec ces mains de bourreau. Écoutant leur frayeur, je n'ai pu dire : « Amen » quand ils ont dit : « Dieu nous bénisse! »

LADY MACBETH. — Ne vous préoccupez pas tant de cela.

MACBETH. — Mais pourquoi n'ai-je pas pu prononcer « amen »? J'avais le plus grand besoin de bénédiction, et le mot « amen » s'est arrêté dans ma gorge!

LADY MACBETH. — On ne doit pas penser à ces actions-là de cette façon; ce serait à nous rendre fous.

MACBETH. — Il m'a semblé entendre une voix crier : « Ne dors plus! Macbeth a tué le sommeil! » Le sommeil innocent, le sommeil qui démêle l'écheveau embrouillé du souci, le sommeil, mort de la vie de chaque jour, bain du labeur douloureux, baume des âmes blessées, second service de la grande nature, aliment suprême du banquet de la vie!

LADY MACBETH. — Que voulez-vous dire?

MACBETH. — Et cette voix criait toujours par toute la maison : « Ne dors plus! Glamis a tué le sommeil; et aussi Cawdor ne dormira plus, Macbeth ne dormira plus! »

LADY MACBETH. — Qui donc criait ainsi? Ah! digne thane, vous ébranlez votre noble énergie par ces réflexions d'un cerveau malade. Allez chercher de l'eau, et lavez votre main de cette tache accusatrice. Pourquoi n'avez-vous pas laissé à leur place ces poignards? Il faut qu'ils restent là-haut : allez les reporter; et barbouillez de sang les chambellans endormis.

MACBETH. — Je n'irai plus; j'ai peur de penser à ce que j'ai fait. Regarder cela encore! je n'ose pas!

LADY MACBETH. — Faible de volonté! Donne-moi les poignards. Les dormants et les morts ne sont que des images; c'est l'œil de l'enfance qui s'effraye d'un diable peint. S'il saigne, je dorerai de son sang la figure de ses gens, car il faut qu'ils semblent coupables. *(Elle sort. On entend frapper derrière le théâtre.)*

MACBETH. — De quel côté frappe-t-on? Dans quel état suis-je donc, que le moindre bruit m'épouvante? *(Regardant ses mains.)* Quelles sont ces mains-là? Ah! elles m'arrachent les yeux! Tout l'océan du grand Neptune suffira-t-il à laver ce sang de ma main? Non! C'est plutôt ma main qui donnerait son incarnat aux vagues innombrables, en faisant de l'eau verte un flot rouge.

Rentre lady Macbeth.

LADY MACBETH. — Mes mains ont la couleur des vôtres; mais j'aurais honte d'avoir le cœur aussi blême. *(On frappe.)* J'entends frapper à l'entrée du sud. Retirons-nous dans notre chambre. Un peu d'eau va nous laver de cette action. Comme c'est donc aisé! Votre résolution vous a laissé en route. *(On frappe.)* Écoutez! on frappe encore. Mettez votre robe de nuit, de peur qu'un accident ne nous appelle et ne montre que nous avons veillé. Ne vous perdez pas si misérablement dans vos pensées.

MACBETH. — Connaître ce que j'ai fait! Mieux vaudrait ne plus me connaître! *(On frappe.)* Éveille Duncan avec ton tapage! Je voudrais que tu le pusses. *(Ils sortent.)*

SCÈNE III

Entre UN PORTIER. *On frappe derrière le théâtre.*

LE PORTIER. — Voilà qui s'appelle frapper! Un homme qui serait portier de l'enfer serait habitué à tourner la clef. *(On frappe.)* Frappe, frappe, frappe!... Qui est là, au nom de Belzébuth? C'est un fermier qui s'est pendu à force d'attendre une bonne récolte. Il fallait venir à l'heure; mettez-vous force mouchoirs autour de vous; car vous allez suer ici pour la peine. *(On frappe.)* Frappe, frappe!... Qui est là, au nom de l'autre diable? Ma foi! ce doit être un casuiste qui pouvait jurer indifféremment par un des plateaux contre l'autre, et qui, après avoir commis suffisamment de trahisons pour l'amour de Dieu, n'a pas pu cependant équivoquer avec le ciel. Oh! entrez, maître casuiste. *(On frappe.)* Frappe, frappe, frappe!... Qui est là? Ma foi! c'est un tailleur anglais venu ici pour avoir volé sur un haut-de-chausses français. Entrez, tailleur, vous pourrez chauffer ici votre carreau. *(On frappe.)* Frappe, frappe!... Jamais en repos!... Qui êtes-vous?... Décidément, cette place est trop froide pour un enfer. Je ne veux plus faire le portier du diable. Je serais censé devoir ouvrir aux gens de toutes professions qui s'en vont par un chemin fleuri de primevères au feu de joie éternel. *(On frappe.)* Tout à l'heure, tout à l'heure! N'oubliez pas le portier, je vous prie. *(Il ouvre la porte.)*

Macduff et Lenox entrent.

MACDUFF. — Il était donc bien tard, l'ami, quand tu t'es mis au lit, que tu restes couché si tard?

LE PORTIER. — Ma foi! monsieur, nous avons fait des libations jusqu'au second chant du coq; et le boire, monsieur, est le grand provocateur de trois choses.

MACDUFF. — Quelles sont les trois choses que le boire provoque spécialement?

Le Portier. — Dame! monsieur, le nez rouge, le sommeil et l'urine. Quant à la paillardise, monsieur, il la provoque et la réprime : il provoque le désir et empêche l'exécution. On peut donc dire que le boire excessif est le casuiste de la paillardise : il la crée et la détruit; il l'excite et la dissipe; il la stimule et la décourage; il la met en train et pas en train; pour conclusion, il la mène à un sommeil équivoque et l'abandonne en lui donnant le démenti.

Macduff. — Je crois que le boire t'a donné un démenti la nuit dernière.

Le Portier. — Oui, monsieur, un démenti par la gorge; mais je le lui ai bien rendu : car, étant, je crois, plus fort que lui, bien qu'il m'ait tenu quelque temps les jambes, j'ai trouvé moyen de m'en débarrasser.

Macduff. — Ton maître est-il levé? Nos coups de marteau l'ont éveillé. Le voici.

Macbeth entre.

Lenox. — Bonjour, noble seigneur!

Macbeth. — Bonjour à tous deux!

Macduff. — Le roi est-il levé, digne thane?

Macbeth. — Pas encore.

Macduff. — Il m'a ordonné de venir le voir de bon matin; j'ai presque laissé échapper l'heure.

Macbeth. — Je vais vous mener à lui.

Macduff. — C'est un dérangement plein de charme pour vous, je le sais; mais pourtant c'en est un.

Macbeth. — Le plaisir d'un travail en guérit la peine. Voici la porte.

Macduff. — Je prendrai la liberté d'entrer; car c'est une prescription de mon service. *(Sort Macduff.)*

Lenox. — Le roi s'en va-t-il d'ici aujourd'hui?

Macbeth. Oui... Il l'a ainsi décidé.

Lenox. — La nuit a été tumultueuse. Là où nous couchions, les cheminées ont été renversées par le vent; on a, dit-on, entendu des lamentations dans l'air; d'étranges cris de mort et des voix prophétisant avec un accent terrible d'affreux embrasements et des événements confus qui couvent une époque de calamités. L'oiseau obscur a glapi toute la nuit. On dit même que la terre avait la fièvre et a tremblé.

MACBETH. — Ç'a été une rude nuit.

LENOX. — Ma jeune mémoire ne m'en rappelle pas une pareille.

Rentre Macduff.

MACDUFF. — O horreur! horreur! horreur! Il n'est ni langue ni cœur qui puisse te concevoir ou te nommer!

MACBETH et LENOX. — Qu'y a-t-il?

MACDUFF. — Le chaos vient de faire son chef-d'œuvre. Le meurtre le plus sacrilège a ouvert par effraction le temple sacré du Seigneur et en a volé la vie qui l'animait.

MACBETH. — Que dites-vous? la vie?

LENOX. — Voulez-vous parler de Sa Majesté?

MACDUFF. — Entrez dans la chambre, et aveuglez-vous devant une nouvelle Gorgone... Ne me dites pas de parler; voyez, et alors parlez vous-mêmes. *(Sortent Macbeth et Lenox.)* Éveillez-vous! éveillez-vous! Sonnez la cloche d'alarme... Au meurtre! trahison!... Banquo! Donalbain! Malcolm! éveillez-vous! Secouez sur le duvet ce sommeil, contrefaçon de la mort, et regardez la mort elle-même... Debout, debout! et voyez l'image du jugement dernier... Malcolm! Banquo! levez-vous comme de vos tombeaux, et avancez comme des spectres pour être à l'avenant de cette horreur!... Sonnez la cloche. *(La cloche sonne.)*

Entre lady Macbeth.

LADY MACBETH. — Que se passe-t-il? Pourquoi cette fanfare sinistre convoque-t-elle les dormeurs de la maison? Parlez! parlez!

MACDUFF. — O gentille dame! vous n'êtes pas faite pour entendre ce que je puis dire... Ce récit, fait à l'oreille d'une femme, la blesserait mortellement.

Entre Banquo.

O Banquo! Banquo! notre royal maître est assassiné!

LADY MACBETH. — Quel malheur! hélas! dans notre maison!

BANQUO. — Malheur trop cruel, n'importe où. Cher Duff, démens-toi, par grâce! et dis que cela n'est pas.

Rentrent Macbeth et Lenox.

MACBETH. — Que ne suis-je mort une heure avant cet événement! j'aurais eu une vie bénie. Dès cet instant, il n'y a plus rien de sérieux dans ce monde mortel : tout n'est que hochet. La gloire et la grâce sont mortes; le vin de la vie est tiré, et la lie seule reste à cette cave pompeuse.

Entrent Malcolm et Donalbain.

DONALBAIN. — Quel malheur y a-t-il?

MACBETH. — Vous existez, et vous ne le savez pas! La fontaine primitive et suprême de votre sang est tarie, tarie dans sa source.

MACDUFF. — Votre royal père est assassiné.

MALCOLM. — Oh! par qui?

LENOX. — Par les gens de sa chambre, suivant toute apparence. Leurs mains et leurs visages étaient tout empourprés de sang, ainsi que leurs poignards que nous avons trouvés, non essuyés, sur leur oreiller. Ils avaient l'œil fixe, et étaient effarés. A les voir, on ne leur eût confié la vie de personne.

MACBETH. — Oh! pourtant je me repens du mouvement de fureur qui me les a fait tuer!

MACDUFF. — Pourquoi les avez-vous tués?

MACBETH. — Qui peut être sage et éperdu, calme et furieux, loyal et neutre à la fois? Personne. La précipitation de mon dévouement violent a devancé la raison plus lente. Ici gisait Duncan; sa peau argentine était lamée de son sang vermeil, et ses blessures béantes semblaient une brèche à la nature faite pour l'entrée dévastatrice de la ruine. Là étaient les meurtriers, teints des couleurs de leur métier, leurs poignards ayant une gaine monstrueuse de caillots. Quel est donc l'être qui, ayant un cœur pour aimer et du courage au cœur, eût pu s'empêcher de prouver alors son amour?

LADY MACBETH. — A l'aide! Emmenez-moi d'ici.

MACDUFF. — Prenez soin de madame.

MALCOLM, *à part, à Donalbain.* — Pourquoi gardons-nous le silence, nous qui avons tout droit de revendiquer cette cause comme la nôtre?

DONALBAIN, *à part, à Malcolm.* — Pourquoi parlerions-nous ici où la fatalité, cachée dans un trou de vrille, peut se ruer sur nous et nous accabler? Fuyons! Nos larmes ne sont pas encore brassées.

MALCOLM, *à part, à Donalbain.* — Et notre désespoir n'est pas en mesure d'agir.

BANQUO. — Prenez soin de madame. *(On emporte lady Macbeth.)* Puis quand nous aurons couvert nos frêles nudités, ainsi exposées à un froid dangereux, réunissons-nous, et questionnons ce sanglant exploit pour le mieux connaître. Les craintes et les doutes nous agitent. Moi, je me mets dans la main immense de Dieu, et de là je combats les prétentions encore ignorées d'une criminelle trahison.

MACDUFF. — Et moi aussi.

TOUS. — Et nous tous.

MACBETH. — Revêtons vite un appareil viril, et réunissons-nous dans la grande salle.

TOUS. — C'est convenu. *(Tous sortent, excepté Malcolm et Donalbain.)*

MALCOLM. — Que voulez-vous faire? Ne nous associons pas avec eux : faire montre d'une douleur non sentie est un rôle aisé pour l'homme faux. J'irai en Angleterre.

DONALBAIN. — Moi, en Irlande. En séparant nos fortunes, nous serons plus en sûreté. Où nous sommes, il y a des poignards dans les sourires : le plus près de notre sang est le plus près de le verser.

MALCOLM. — La flèche meurtrière qui a été lancée n'a pas encore atteint le but; et le parti le plus sûr pour nous est de nous mettre hors de portée. Ainsi, à cheval! Ne soyons pas scrupuleux sur les adieux, mais esquivons-nous. Le vol qui consiste à se dérober est permis quand il n'y a plus de merci à attendre. *(Ils sortent.)*

SCÈNE IV

Inverness. — Aux abords du château.

Entrent ROSS *et* UN VIEILLARD.

LE VIEILLARD. — J'ai la mémoire nette de soixante-dix années; dans l'espace de ce temps, j'ai vu des heures terribles et des choses étranges; mais cette nuit sinistre rend puéril tout ce que j'ai vu.

ROSS. — Ah! bon père, tu le vois, les cieux, troublés par l'acte de l'homme, en menacent le sanglant théâtre. D'après l'horloge, il est jour, et pourtant une nuit noire étouffe le flambeau voyageur. Est-ce le triomphe de la nuit ou la honte du jour qui fait que les ténèbres ensevelissent la terre, quand la lumière vivante devrait la baiser au front?

LE VIEILLARD. — Cela est contre nature, comme l'action qui a été commise. Mardi dernier, un faucon, planant dans toute la fierté de son essor, a été saisi au vol et tué par un hibou chasseur de souris.

ROSS. — Et, chose étrange et certaine, les chevaux de Duncan, si beaux, si agiles, ces mignons de leur race, sont redevenus sauvages, ont brisé leurs stalles, et se sont échappés, résistant à toute obéissance comme s'ils allaient faire la guerre à l'homme.

LE VIEILLARD. — On dit qu'ils se sont mangés.

ROSS. — Oui, au grand étonnement de mes yeux. Je l'ai vu. Voici le bon Macduff.

Entre Macduff.

Comment va le monde à présent, monsieur?

MACDUFF. — Quoi! ne le voyez-vous pas?

ROSS. — Sait-on qui a commis cette action plus que sanglante?

MACDUFF. — Ceux que Macbeth a tués.

ROSS. — Hélas! à quel avantage pouvaient-ils prétendre?

MACDUFF. — Ils ont été subornés, Malcolm et Donalbain, les deux fils du roi, se sont dérobés et enfuis : ce qui jette sur eux les soupçons.

ROSS. — Encore une chose contre nature ! O ambition désordonnée, qui dévores ainsi la suprême ressource de ta propre existence !... Alors, il est probable que la souveraineté va échoir à Macbeth.

MACDUFF. — Il est déjà proclamé et parti pour Scone, où il doit être couronné.

ROSS. — Où est le corps de Duncan ?

MACDUFF. — Il a été transporté à Colmeskill, au sanctuaire où sont gardés les os de ses prédécesseurs.

ROSS. — Allez-vous à Scone ?

MACDUFF. — Non, cousin, je vais à Fife.

ROSS. — C'est bien, j'irai à Scone.

MACDUFF. — Soit ! Puissiez-vous y voir les choses se bien passer !... Adieu ! J'ai peur que nos manteaux neufs ne soient moins commodes que nos vieux.

ROSS, *au vieillard.* — Adieu, mon père !

LE VIEILLARD. — Que la bénédiction de Dieu soit avec vous et avec tous ceux qui veulent changer le mal en bien et les ennemis en amis ! *(Ils sortent.)*

ACTE III

SCÈNE PREMIÈRE

Forres. — Une salle dans le palais.

Entre BANQUO.

BANQUO. — Roi! Cawdor! Glamis! tu possèdes maintenant tout ce que t'avaient promis les femmes fatidiques; et j'ai peur que tu n'aies joué dans ce but un jeu bien sinistre. Cependant elles ont dit que ta postérité n'hériterait pas de tout cela, et que, moi, je serais la racine et le père d'une foule de rois. Si la vérité est sortie de leur bouche, ainsi que leurs prophéties sur toi, Macbeth, en sont la preuve éclatante, pourquoi, véridiques à ton égard, ne pourraient-elles pas aussi bien être des oracles pour moi et autoriser mon espoir? Mais, chut! taisons-nous.

Fanfares. Entrent Macbeth, en costume de roi, lady Macbeth, en costume de reine, Lenox, Ross, seigneurs, dames et gens de la suite.

MACBETH. — Voici notre principal convive.

LADY MACBETH. — S'il avait été oublié, c'eût été dans cette grande fête un vide qui eût tout déparé.

MACBETH. — Nous donnons ce soir un souper solennel, seigneur; et j'y sollicite votre présence.

BANQUO. — Que Votre Altesse me commande! Mon obéissance est pour toujours attachée à elle par des liens indissolubles.

MACBETH. — Montez-vous à cheval cet après-midi?

BANQUO. — Oui, mon bon seigneur.

MACBETH. — Sans cela nous vous aurions demandé vos avis, qui ont toujours été graves et heureux, en tenant conseil aujourd'hui; mais nous les prendrons demain. Irez-vous loin?

BANQUO. — Assez loin, monseigneur, pour remplir le temps d'ici au souper. Si mon cheval ne marche pas très bien, il faudra que j'emprunte à la nuit une ou deux de ses heures sombres.

MACBETH. — Ne manquez pas à notre fête.

BANQUO. — Monseigneur, je n'y manquerai pas.

MACBETH. — Nous apprenons que nos sanguinaires cousins sont réfugiés, l'un en Angleterre, l'autre en Irlande; pour ne pas avouer leur cruel parricide, ils en imposent à ceux qui les écoutent par des inventions étranges. Mais nous en parlerons demain, ainsi que des affaires d'État, qui réclament également notre réunion. Vite, à cheval, vous! et adieu jusqu'à votre retour, ce soir! Fléance va-t-il avec vous?

BANQUO. — Oui, mon bon seigneur. Le temps nous presse.

MACBETH. — Je vous souhaite des chevaux vifs et sûrs; et je vous recommande à leurs croupes. Bon voyage! *(Sort Banquo.)* Que chacun soit maître de son temps jusqu'à sept heures du soir! Pour que la société n'en soit que mieux venue près de nous, nous resterons seul jusqu'au souper. Jusque-là, que Dieu soit avec vous! *(Sortent lady Macbeth, les seigneurs, les dames, etc.)* Drôle, un mot! Ces hommes attendent-ils nos ordres?

LE SERVITEUR. — Ils sont là, monseigneur, à la porte du palais.

MACBETH. — Amène-les devant nous. *(Sort le serviteur.)* Être ceci n'est rien; il faut l'être sûrement. Nos craintes se fixent profondément sur Banquo : dans sa royale nature règne tout ce qui est redoutable. Il est homme à oser beaucoup; et à la trempe intrépide de son âme il joint une sagesse qui guide sa valeur à une action sûre. Il est le seul dont je redoute l'existence, et mon génie est dominé par le sien, comme, dit-on, Marc-Antoine l'était par César. Il a apostrophé les sœurs, quand elles m'ont décerné le nom de roi, et il les a sommées de lui parler. Alors, d'une voix prophétique, elles l'ont salué père d'une lignée de rois! Elles m'ont placé sur la tête une couronne infructueuse et mis au poing un sceptre stérile, que doit m'arracher une main étrangère, puisque nul fils ne doit me succéder. S'il en est ainsi, c'est pour les enfants de Banquo que j'ai souillé mon âme, pour eux que j'ai assassiné le gracieux Duncan, pour eux que j'ai versé le remords dans la coupe de mon repos, pour eux seuls! Mon éternel joyau, je l'ai donné à l'ennemi commun du genre humain pour les faire rois! pour faire rois les rejetons de Banquo! Ah! viens plutôt dans la lice, fatalité, et jette-moi un défi à outrance!... Qui est là?

Rentre le serviteur, suivi de deux assassins.

Maintenant retourne à la porte, et restes-y jusqu'à ce que nous appelions. *(Sort le serviteur.)* N'est-ce pas hier que nous nous sommes parlé?

PREMIER ASSASSIN. — C'était hier, s'il plaît à Votre Altesse.

MACBETH. — Eh bien! maintenant, avez-vous réfléchi à mes paroles? Sachez que c'est lui qui jusqu'ici vous a relégués dans une si humble fortune, tandis que vous en accusiez notre innocente personne. Je vous l'ai démontré dans notre dernier entretien. Je vous ai prouvé comment vous avez été dupés, contrecarrés, quels étaient les instruments, qui les employait, et mille autres choses qui feraient dire à une moitié d'âme, à un entendement fêlé : « Voilà ce qu'a fait Banquo. »

PREMIER ASSASSIN. — Vous nous l'avez fait connaître.

MACBETH. — Oui; et j'en suis venu ainsi à ce qui est maintenant l'objet de notre seconde entrevue. Croyez-vous la patience à ce point dominante dans votre nature, que vous puissiez laisser passer cela? Êtes-vous évangéliques au point de prier pour ce brave homme et sa postérité, lui dont la lourde main vous a courbés vers la tombe et à jamais appauvris?

PREMIER ASSASSIN. — Nous sommes hommes, mon suzerain.

MACBETH. — Oui, vous passez pour hommes dans le catalogue; de même que les limiers, les lévriers, les métis, les épagneuls, les mâtins, les barbets, les caniches les chiens-loups sont désignés tous sous le nom de chiens; mais un classement supérieur distingue le chien agile, le lent, le subtil, le chien de garde, le chien de chasse, chacun selon les qualités que la bienfaisante nature lui a départies et qui lui font donner un titre particulier dans la liste où tous sont communément inscrits. Il en est de même des hommes. Eh bien! si vous avez une place à part dans le classement, en dehors des rangs infimes de l'humanité, dites-le; et alors je confierai à vos consciences un projet dont l'exécution fera disparaître votre ennemi et vous attachera notre cœur et notre affection, sa vie nous faisant à nous-même une santé languissante que rétablirait sa mort.

SECOND ASSASSIN. — Je suis un homme, mon suzerain, que les coups avilissants et les rebuffades du monde ont tellement exaspéré, que je ferais n'importe quoi pour braver le monde.

PREMIER ASSASSIN. — Et moi, un homme tellement accablé de désastres, tellement surmené par la fortune, que je jouerais ma vie sur un hasard pour l'améliorer ou la perdre.

MACBETH. — Vous savez tous deux que Banquo était votre ennemi.

SECOND ASSASSIN. — C'est vrai, monseigneur.

MACBETH. — Il est aussi le mien, et avec une si sanglante hostilité que chaque minute de son existence est un coup qui menace ma vie. Je pourrais le balayer de ma vue de vive force, et mettre la chose sur le compte de ma volonté; mais je ne dois pas le faire, par égard pour plusieurs de mes amis qui sont aussi les siens, et dont je ne puis garder l'affection qu'en pleurant la chute de celui que j'aurai moi-même renversé. Voilà pourquoi je réclame affectueusement votre assistance, voulant masquer l'affaire aux regards de tous, pour maintes raisons puissantes.

SECOND ASSASSIN. — Nous exécuterons, monseigneur, ce que vous nous commanderez.

PREMIER ASSASSIN. — Dussent nos vies...

MACBETH. — Votre ardeur rayonne en vous. Dans une heure, au plus, je vous désignerai le lieu où vous

vous posterez, je vous ferai connaître le meilleur moment pour l'embuscade, l'instant suprême. Il faut que ce soit fait ce soir, à une certaine distance du palais, avec cette idée constante que j'ai besoin de rester pur. Et (pour qu'il n'y ait ni accroc ni pièce à l'ouvrage) Fléance, son fils, qui l'accompagne, et dont l'absence m'est aussi essentielle que celle du père, devra embrasser, comme lui, la destinée de cette heure sombre. Consultez ensemble vos résolutions; je reviens à vous dans un instant.

LES DEUX ASSASSINS. — Nous sommes résolus, monseigneur.

MACBETH. — Je vous rejoins immédiatement; restez dans le palais. L'affaire est conclue... Banquo, si ton âme envolée doit trouver le ciel, elle le trouvera ce soir. *(Ils sortent.)*

SCÈNE II

Une autre salle du palais.

Entrent LADY MACBETH *et* UN SERVITEUR.

LADY MACBETH. — Banquo a-t-il quitté la cour?

LE SERVITEUR. — Oui, madame, mais il revient ce soir.

LADY MACBETH. — Va prévenir le roi que j'attends son bon plaisir pour lui dire quelques mots.

LE SERVITEUR. — J'y vais, madame. *(Sort le serviteur.)*

LADY MACBETH. — On a dépensé tout pour ne rien avoir, quand on a obtenu son désir sans satisfaction. Mieux vaut être celui qu'on détruit que vivre par sa destruction dans une joie pleine de doutes.

Entre Macbeth.

Qu'avez-vous, monseigneur? Pourquoi restez-vous seul, faisant vos compagnes des plus tristes rêveries, et nourrissant des pensées qui auraient bien dû mourir avec ceux auxquels elles pensent? Les choses sans remède ne valent plus la réflexion : ce qui est fait est fait.

MACBETH. — Nous avons entamé, mais non tué, le serpent. Il rejoindra ses tronçons et redeviendra lui-même, et notre haine misérable sera comme auparavant exposée à ses morsures. Mais puissions-nous voir craquer la machine des choses et s'abîmer les deux mondes, plutôt que de manger toujours dans la crainte et de dormir dans l'affliction de ces rêves terribles qui nous agitent chaque nuit! Mieux vaudrait être avec le mort que nous avons envoyé reposer pour gagner notre place, que d'être soumis par la torture de l'esprit à une infatigable angoisse. Duncan est dans son tombeau : après la fièvre convulsive de cette vie, il dort bien; la trahison a tout épuisé contre lui; l'acier, le poison, la perfidie domestique, l'invasion étrangère, rien ne peut le toucher désormais.

LADY MACBETH. — Allons! mon doux seigneur, déridez ce front renfrogné, soyez serein et enjoué ce soir au milieu de vos convives.

MACBETH. — Je le serai, mon amour! et vous, soyez de même, je vous prie. Que vos attentions se concentrent sur Banquo! conférez-lui la prééminence par vos regards et par vos paroles. Temps d'inquiétude, où il nous faut laver nos honneurs au torrent des flatteries, et faire de notre face le masque de notre cœur, pour le déguiser!

LADY MACBETH. — Ne pensez plus à cela.

MACBETH. — Oh! pleine de scorpions est mon âme, chère femme! Tu sais que Banquo et son Fléance vivent.

LADY MACBETH. — Mais l'image de l'humanité n'est pas éternelle en eux.

MACBETH. — Oui, il y a là une consolation : ils sont attaquables. Sois donc joyeuse. Avant que la chauve-souris ait fait à tire-d'aile son tour de cloître, avant qu'à l'appel de la noire Hécate, l'escarbot aux ailes d'écaille ait de ses bourdonnements sourds sonné le carillon somnolent du soir, il sera fait une action d'un formidable éclat.

LADY MACBETH. — Quelle action?

MACBETH. — Ah! chère poule, sois innocente de la confidence jusqu'à ce que tu applaudisses à l'exécution... Viens, noir fauconnier de la nuit, bande les yeux sensibles du jour compatissant, et, de ta main sanglante et invisible, arrache et mets en pièces le fil de cette grande existence qui me fait pâlir!... La lumière s'obscurcit, et le corbeau vole vers son bois favori; les bonnes créatures du jour commencent à s'assoupir et à dormir, tandis que les noirs agents de la nuit se dressent vers leur proie. Tu t'étonnes de mes paroles; mais sois tranquille : les choses que le mal a commencées se consolident par le mal. Sur ce, viens avec moi, je t'en prie. *(Ils sortent.)*

SCÈNE III

Une avenue conduisant à la porte d'entrée du palais.

Entrent TROIS ASSASSINS.

PREMIER ASSASSIN. — Mais qui t'a dit de te joindre à nous?

TROISIÈME ASSASSIN. — Macbeth.

DEUXIÈME ASSASSIN. — Nous n'avons pas à nous méfier de lui, puisqu'il nous indique notre tâche, et tout ce que nous avons à faire, avec une précision parfaite.

PREMIER ASSASSIN. — Reste donc avec nous. Le couchant est encore rayé de quelques lueurs du jour. C'est l'heure où le voyageur attardé presse les éperons pour gagner à temps l'auberge; et voici qu'approche le personnage que nous guettons.

TROISIÈME ASSASSIN. — Écoutez! j'entends les chevaux.

BANQUO, *derrière le théâtre.* — Éclairez-nous là! hé!

DEUXIÈME ASSASSIN. — Alors c'est lui : tous les autres invités qu'on attendait sont déjà au palais.

PREMIER ASSASSIN. — Ses chevaux s'en retournent.

TROISIÈME ASSASSIN. — A près d'un mille d'ici; mais il a l'habitude, comme tout le monde, d'aller d'ici à la porte du palais en se promenant.

Entrent Banquo et Fléance portant une torche.

DEUXIÈME ASSASSIN. — Une lumière! une lumière!

TROISIÈME ASSASSIN. — C'est lui.

PREMIER ASSASSIN. — Tenons ferme.

BANQUO. — Il y aura de la pluie, ce soir.

PREMIER ASSASSIN. — Qu'elle tombe! *(Il attaque Banquo.)*

BANQUO. — Oh! trahison! Fuis, bon Fléance, fuis, fuis, fuis; tu peux me venger.... O misérable *(Il meurt. Fléance s'échappe.)*

TROISIÈME ASSASSIN. — Qui a éteint la lumière?

PREMIER ASSASSIN. — N'était-ce pas le plus sûr?

TROISIÈME ASSASSIN. — Il n'y en a qu'un de tombé; le fils s'est échappé.

DEUXIÈME ASSASSIN. — Nous avons manqué la plus belle moitié de notre affaire.

PREMIER ASSASSIN. — Allons toujours dire ce qu'il y a de fait. *(Ils sortent.)*

SCÈNE IV

La grande salle du palais. Un banquet est préparé.

Entrent MACBETH, LADY MACBETH, ROSS, LENOX, *des* SEIGNEURS, *des gens de service.*

MACBETH. — Vous connaissez vos rangs respectifs, prenez vos places. Pour premier mot et pour dernier, cordiale bienvenue à tous!

LES SEIGNEURS. — Merci à Votre Majesté!

MACBETH. — Quant à nous, nous nous mêlerons à la société, comme l'hôte le plus humble. Notre hôtesse gardera sa place d'honneur; mais, en temps opportun, nous irons lui demander la bienvenue.

LADY MACBETH. — Exprimez pour moi, sire, à tous nos amis, ce que dit mon cœur : ils sont les bienvenus.

Le premier assassin paraît à la porte de la salle.

MACBETH. — Vois ! ils te répondent par un remerciement du cœur... Les deux côtés sont au complet. Je vais m'asseoir ici, au milieu. Faisons des largesses de gaieté ; tout à l'heure, nous boirons une rasade à la ronde. *(Bas, à l'assassin.)* Il y a du sang sur ton visage.

L'ASSASSIN, *bas, à Macbeth.* — C'est celui de Banquo, alors.

MACBETH. — Il est mieux sur toi que dans ses veines. Est-il expédié ?

L'ASSASSIN. — Monseigneur, il a la gorge coupée. J'ai fait cela pour lui.

MACBETH. — Tu es le meilleur des coupe-gorge. Il est bien bon pourtant, celui qui en a fait autant pour Fléance. Si c'est toi, tu n'as pas ton pareil.

L'ASSASSIN. — Très royal seigneur, Fléance s'est échappé.

MACBETH. — Voilà mon accès qui revient : sans cela, j'aurais été à merveille, entier comme un marbre, solide comme un roc, dégagé et libre comme l'air ambiant. Mais, à présent, me voilà claquemuré, encagé, confiné, enchaîné dans des inquiétudes et des craintes insolentes. Mais Banquo est-il en sûreté ?

L'ASSASSIN. — Oui, mon bon seigneur, en sûreté dans un fossé qu'il occupe, avec vingt balafres dans la tête, dont la moindre serait la mort d'une créature.

MACBETH. — Merci, pour cela ! Voilà le vieux serpent écrasé. Le reptile qui s'est sauvé est de nature à donner du venin un jour, mais il n'a pas de dents encore. Va-t'en ! demain, une fois rendu à nous-même, nous t'écouterons. *(Sort l'assassin.)*

LADY MACBETH. — Mon royal maître, vous n'encouragez pas vos convives : c'est leur faire payer la fête que de ne pas leur rappeler souvent, tandis qu'elle est en train, qu'elle est donnée de tout cœur. Pour ne faire que manger, mieux vaut rester chez soi ; hors de là, la courtoisie est la meilleure sauce des mets ; sans elle, la réunion serait fade.

MACBETH. — Douce sermonneuse !... Allons ! qu'une bonne digestion seconde l'appétit, et que la santé suive !

LENOX. — Plaît-il à Votre Altesse de s'asseoir ?

Le spectre de Banquo entre et s'assoit à la place de Macbeth.

MACBETH. — La gloire de notre pays aurait eu ici son faîte, si la gracieuse personne de notre Banquo eût été présente. Puissé-je avoir à l'accuser d'une incivilité plutôt qu'à le plaindre d'un malheur!

ROSS. — Son absence, sire, jette le blâme sur sa promesse. Plaît-il à Votre Altesse de nous honorer de sa royale compagnie?

MACBETH. — La table est au complet.

LENOX. — Voici une place réservée pour vous, sire.

MACBETH. — Où?

LENOX. — Ici, mon bon seigneur... Qu'est-ce donc qui émeut Votre Altesse?

MACBETH. — Qui de vous a fait cela?

LES SEIGNEURS. — Quoi, mon bon seigneur?

MACBETH. — Tu ne peux pas dire que je l'aie fait! Ne secoue pas contre moi tes boucles sanglantes.

ROSS. — Messieurs, levez-vous; Son Altesse n'est pas bien.

LADY MACBETH. — Non, dignes amis, asseyez-vous. Mon seigneur est souvent ainsi, et cela depuis sa jeunesse. De grâce, restez assis! C'est un accès momentané : rien que le temps d'y songer, il sera remis. Si vous faites trop attention à lui, vous l'offenserez, et vous augmenterez son mal; mangez, et ne le regardez pas... Êtes-vous un homme?

MACBETH. — Oui, et un homme hardi à oser regarder en face ce qui épouvanterait le démon.

LADY MACBETH. — La bonne niaiserie! C'est encore une image créée par votre frayeur, comme ce poignard aérien qui, disiez-vous, vous guidait vers Duncan! Oh! ces effarements et ces tressaillements, singeries de la terreur, conviendraient bien à un conte de bonne femme débité au coin d'un feu d'hiver sous l'autorité d'une grand-mère. C'est la honte même! Pourquoi faites-vous toutes ces mines-là? Après tout, vous ne regardez qu'un tabouret.

MACBETH. — Je t'en prie, vois! examine! regarde! là... Eh bien! que dis-tu? Bah! qu'est-ce que cela me fait? Puisque tu peux secouer la tête, parle... Ah! si les cimetières et les tombeaux doivent nous renvoyer ainsi ceux que nous enterrons, pour monument nous leur donnerons la panse des milans! *(Le spectre disparaît.)*

LADY MACBETH. — Quoi! la folie n'a rien laissé de l'homme?

MACBETH. — Aussi vrai que je suis ici, je l'ai vu.

LADY MACBETH. — Fi! quelle honte!

MACBETH. — Ce n'est pas d'aujourd'hui que le sang a été versé : dans les temps anciens, avant que la loi humaine eût purifié la société adoucie, oui, et depuis lors, il a été commis des meurtres trop terribles pour l'oreille. Il fut un temps où, quand la cervelle avait jailli, l'homme mourait, et tout était fini. Mais aujourd'hui on ressuscite, avec vingt blessures mortelles dans le crâne, et on nous chasse de nos sièges. Voilà qui est plus étrange que le meurtre lui-même.

LADY MACBETH. — Mon digne seigneur, vos nobles amis ont besoin de vous.

MACBETH. — J'oubliais... Ne vous étonnez pas, mes très dignes amis : j'ai une étrange infirmité qui n'est rien pour ceux qui me connaissent. Allons! amitié et santé à tous! Maintenant je vais m'asseoir. Donnez-moi du vin; remplissez jusqu'au bord!

Entre le spectre.

Je bois à la joie de toute la table, et à notre cher ami Banquo qui nous manque. Que n'est-il ici! A lui et à tous, notre soif! Buvons tous à tous!

LES SEIGNEURS. — Nous vous rendons hommage en vous faisant raison.

MACBETH. — Arrière! ôte-toi de ma vue! Que la terre te cache! Tes os sont sans moelle; ton sang est glacé; tu n'as pas de regard dans ces yeux qui éblouissent.

LADY MACBETH. — Ne voyez là, nobles pairs, qu'un fait habituel. Ce n'est pas autre chose. Seulement cela gâte le plaisir du moment.

MACBETH. — Tout ce qu'ose un homme, je l'ose. Approche sous la figure de l'ours velu de Russie, du rhinocéros armé ou du tigre d'Hyrcanie, prends toute autre forme que celle-ci, et mes nerfs impassibles ne trembleront pas. Ou bien redeviens vivant, et provoque-moi au désert avec ton épée; si alors je m'enferme en tremblant, déclare-moi le marmot d'une fille. Hors d'ici, ombre horrible! *(Le spectre disparaît.)* Moqueuse illusion, hors d'ici!... Oui! c'est cela... Dès qu'il s'en va, je redeviens homme... De grâce, restez assis!

LADY MACBETH. — Vous avez fait fuir la gaieté et rompu notre bonne réunion par ce désordre surprenant.

MACBETH. — De telles choses peuvent-elles arriver et fondre sur nous, comme un nuage d'été, sans nous causer un étonnement particulier? Vous me faites méconnaître mon propre caractère, quand je songe que, devant de pareils spectacles, vous pouvez conserver le rubis naturel de vos joues, alors que les miennes sont blanches de frayeur.

ROSS. — Quels spectacles, monseigneur?

LADY MACBETH. — Je vous en prie, ne lui parlez pas! Il va de pire en pire; toute question l'exaspère. Bonsoir en même temps à tous! N'attendez pas votre tour de partir, mais partez tous à la fois.

LENOX. — Bonsoir! et puisse une meilleure santé être accordée à Sa Majesté!

LADY MACBETH. — Affectueux bonsoir à tous! *(Sortent les seigneurs et les gens de la suite.)*

MACBETH. — Il y aura du sang versé; on dit que le sang veut du sang. On a vu les pierres remuer et les arbres parler. Des augures, des révélations intelligibles ont, par la voix des pies, des corbeaux et des corneilles, dénoncé l'homme de sang le mieux caché... Où en est la nuit!

LADY MACBETH. — A l'heure encore indécise de sa lutte avec le matin.

MACBETH. — Que dis-tu de Macduff, qui refuse de se rendre en personne à notre solennelle invitation?

LADY MACBETH. — Lui avez-vous envoyé quelqu'un, sire?

MACBETH. — Non! j'en suis prévenu indirectement; mais j'enverrai. Il n'y a pas un d'eux chez qui je ne tienne un homme à mes gages. J'irai demain, de bonne heure, trouver les sœurs fatidiques. Il faut qu'elles parlent encore; car je suis maintenant décidé à savoir le pire, fût-ce par les pires moyens : devant mes intérêts, tout doit céder. J'ai marché si loin dans le sang que, si je ne traverse pas le gué, j'aurai autant de peine à retourner qu'à avancer. J'ai dans la tête d'étranges choses qui réclament ma main et veulent être exécutées avant d'être méditées.

LADY MACBETH. — Vous avez besoin du cordial de toute créature, le sommeil.

MACBETH. — Viens, nous allons dormir. Mon étrange oubli de moi-même est une timidité novice qui veut être aguerrie par l'épreuve. Nous sommes encore jeunes dans l'action. *(Ils sortent.)*

SCÈNE V

La bruyère.

Tonnerre. HÉCATE *entre;* LES TROIS SORCIÈRES *vont à sa rencontre.*

PREMIÈRE SORCIÈRE. — Eh bien! qu'avez-vous, Hécate? Vous paraissez irritée.

HÉCATE. — N'ai-je pas raison de l'être, mégères, quand vous êtes si insolentes et si effrontées? Comment avez-vous osé commercer et trafiquer avec Macbeth d'oracles et d'affaires de mort, sans que moi, la maîtresse de vos enchantements, l'agent mystérieux de tout maléfice, j'aie été appelée à intervenir ou à montrer la gloire de notre art? Et, qui pis est, vous avez fait tout cela pour un fils entêté, rancuneux, colère, qui, comme les autres, vous aime pour lui-même, non pour vous. Mais réparez votre faute maintenant : partez, et venez au trou de l'Achéron me rejoindre demain matin : il doit s'y rendre pour connaître sa destinée. Préparez vos vases, vos sortilèges, vos enchantements, tout enfin. Moi, je vais dans l'air; j'emploierai cette nuit à une œuvre terrible et fatale. Une grande affaire doit être achevée avant midi. A la pointe de la lune pend une goutte de vapeur profonde, je l'attraperai avant qu'elle tombe à terre. Cette goutte, distillée par des procédés magiques, fera surgir des apparitions fantastiques qui, par la force de leurs illusions, l'entraîneront à sa ruine. Il insultera le destin, narguera la mort, et mettra ses espérances au-dessus de la sagesse, de la religion et de la crainte. Et, vous le savez toutes, la sécurité est la plus grande ennemie des mortels. *(Chant derrière le théâtre.)*

Venez, venez...

HÉCATE. — Écoutez! on m'appelle. Vous voyez! mon petit esprit m'attend, assis dans un nuage de brume. *(Elle sort.)*

PREMIÈRE SORCIÈRE. — Allons, hâtons-nous! Elle sera bientôt de retour. *(Sortent les sorcières.)*

SCÈNE VI

Forres. — Une salle dans le palais.

Entrent LENOX *et* UN AUTRE SEIGNEUR.

LENOX. — Mes dernières paroles ont frappé votre pensée, qui peut maintenant conclure. Je répète seulement que les choses ont été étrangement arrangées. Macbeth s'est apitoyé sur le gracieux Duncan?... Pardieu, il était mort!... Quant au vaillant Banquo, il s'est promené trop tard... Vous pouvez dire, si cela vous plaît, que c'est Fléance qui l'a tué, car Fléance s'est sauvé... On ne doit pas se promener trop tard. Comment se refuser à voir tout ce qu'il y a eu de monstrueux de la part de Malcolm et de Donalbain à tuer leur auguste père? Exécrable action! Combien elle a affligé Macbeth! N'a-t-il pas immédiatement, dans une rage pieuse, mis en pièces les deux coupables, qui étaient esclaves de l'ivresse et captifs du sommeil? N'est-ce pas là une noble action?... Oui, et fort prudente aussi, car cela aurait pu irriter un cœur vif d'entendre ces hommes nier le fait... Bref, je dis qu'il a bien arrangé les choses; et je pense que, s'il tenait sous clef les fils de Duncan (ce qui n'arrivera pas, s'il plaît à Dieu), ils verraient ce que c'est que de tuer un père; et Fléance aussi! Mais, silence! car, pour avoir parlé trop haut et manqué de paraître à la fête du tyran, j'apprends que Macduff est en disgrâce. Pouvez-vous me dire, monsieur, où il s'est réfugié?

LE SEIGNEUR. — Le fils de Duncan, dont ce tyran usurpe les droits héréditaires, vit à la cour d'Angleterre, où il est reçu par le très pieux Édouard avec tant de grâce que la malveillance de la fortune ne lui fait rien perdre des honneurs qui lui sont dus. Macduff aussi s'est rendu là : il va prier le saint roi de lancer à son aide Northumberland, le belliqueux Siward, afin que, grâce à ce secours et à la sanction du Très-Haut, nous puissions de nouveau mettre le couvert sur notre table, dormir toutes nos nuits, délivrer nos fêtes et nos banquets des couteaux sanglants, rendre un légitime hommage et recevoir de purs honneurs, toutes satisfactions auxquelles nous ne pouvons qu'aspirer aujourd'hui. Cette nouvelle a tellement exaspéré le roi qu'il fait des préparatifs de guerre.

LENOX. — Avait-il fait mander Macduff?

LE SEIGNEUR. — Oui! et Macduff ayant répondu résolument : « Non, monsieur! » le messager lui a tourné le dos d'un air nébuleux, en grondant, comme s'il voulait dire : « Vous déplorerez le moment où vous m'embarrassez de cette réponse. »

LENOX. — Voilà qui doit bien engager Macduff à être prudent et à garder la distance que la sagesse lui indique. Puisse, avant son arrivée, quelque saint ange voler à la cour d'Angleterre et y révéler son message, en sorte que la paix bénie soit rendue au plus vite à notre patrie accablée sous une main maudite!

LE SEIGNEUR. — Mes prières l'accompagneront! *(Ils sortent.)*

ACTE IV

SCÈNE PREMIÈRE

Une caverne obscure. Au milieu, un chaudron bouillant. Tonnerre.

Entrent LES TROIS SORCIÈRES.

PREMIÈRE SORCIÈRE.

Trois fois le chat tacheté a miaulé.

DEUXIÈME SORCIÈRE.

Trois fois; et une fois le hérisson a grogné.

TROISIÈME SORCIÈRE.

La harpie crie : « Il est temps! il est temps! »

PREMIÈRE SORCIÈRE.

Tournons en rond autour du chaudron,
Et jetons-y les entrailles empoisonnées.
Crapaud, qui, sous la froide pierre,
Endormi trente-un jours et trente-une nuits
As mitonné dans ton venin,
Bous le premier dans le pot enchanté.

TOUTES TROIS.

Double, double, peine et trouble!
Feu, brûle; et, chaudron, bouillonne!

DEUXIÈME SORCIÈRE.

Filet de couleuvre de marais.
Dans le chaudron bous et cuis.
Œil de salamandre, orteil de grenouille,
Poil de chauve-souris et langue de chien,

Langue fourchue de vipère, dard de reptile aveugle,
Patte de lézard, aile de hibou,
Pour faire un charme puissant en trouble,
Bouillez et écumez comme une soupe d'enfer.

TOUTES TROIS.

Double, double, peine et trouble!
Feu brûle; et, chaudron, bouillonne!

TROISIÈME SORCIÈRE.

Écaille de dragon, dent de loup,
Momie de sorcière, estomac et gueule
Du requin dévorant des mers,
Racine de ciguë arrachée dans l'ombre,
Foie de juif blasphémateur,
Fiel de bouc, branches d'if
Cassées dans une éclipse de lune,
Nez de Turc et lèvre de Tartare,
Doigt d'un marmot étranglé en naissant
Et mis bas par une drôlesse dans un fossé,
Faites une bouillie épaisse et visqueuse;
Ajoutons les boyaux de tigre,
Comme ingrédient, dans notre chaudron.

TOUTES TROIS.

Double, double, peine et trouble!
Feu, brûle; et, chaudron, bouillonne!

DEUXIÈME SORCIÈRE.

Refroidissons le tout avec du sang de babouin,
Et le charme sera solide et bon.

Entre Hécate.

HÉCATE. — Oh! c'est bien! J'approuve votre besogne, et chacune aura part au profit. Maintenant, tout autour du chaudron, entonnez une ronde comme les elfes et les fées, pour enchanter ce que vous y avez mis.

CHANSON

Noirs esprits,... (Hécate sort.)

DEUXIÈME SORCIÈRE. — Au picotement de mes pouces, je sens qu'un maudit vient par ici. Ouvrez, serrures, à quiconque frappe!

On frappe. Entre Macbeth.

MACBETH. — Eh bien! mystérieuses et noires larves de minuit, que faites-vous?

TOUTES TROIS. — Une œuvre sans nom.

MACBETH. — Je vous en conjure! au nom de la chose que vous professez, quels que soient vos moyens de savoir, répondez-moi! Dussiez-vous déchaîner les vents et les lancer à l'assaut des églises; dussent les vagues écumantes détruire et engloutir toutes les marines; dussent les blés en épis être couchés, et les arbres abattus; dussent les châteaux s'écrouler sur ceux qui les gardent; dussent les palais et les pyramides renverser leurs têtes sur leurs fondements; dussent du trésor de la nature tomber pêle-mêle tous les germes, jusqu'à ce que la destruction même soit écœurée, répondez à ce que je vous demande!

PREMIÈRE SORCIÈRE. — Parle.

DEUXIÈME SORCIÈRE. — Questionne.

TROISIÈME SORCIÈRE. — Nous répondrons.

PREMIÈRE SORCIÈRE. — Dis! aimes-tu mieux tout savoir de notre bouche ou de celle de nos maîtres?

MACBETH. — Appelez-les! faites-les-moi voir!

PREMIÈRE SORCIÈRE. — Versons le sang d'une truie qui a mangé ses neuf pourceaux; prenons de la graisse qui a suinté du gibet d'un meurtrier, et jetons-la dans la flamme.

TOUTES TROIS. — Viens d'en bas ou d'en haut, et montre-toi adroitement dans ton œuvre.

Tonnerre. Une tête armée d'un casque apparaît hors de terre.

MACBETH. — Dis-moi, puissance inconnue...

PREMIÈRE SORCIÈRE. — Il connaît ta pensée. Écoute ses paroles, mais ne dis rien.

LE FANTOME. — Macbeth! Macbeth! Macbeth! défie-toi de Macduff! défie-toi du thane de Fife!... Renvoyez-moi. C'est assez. *(Le fantôme redescend.)*

MACBETH. Qui que tu sois, merci de ton bon avis! Tu as fait vibrer la corde de mon inquiétude. Mais un mot encore!

PREMIÈRE SORCIÈRE. — Il ne se laisse pas commander... En voici un autre plus puissant que le premier.

Tonnerre. Le fantôme d'un enfant ensanglanté sort de terre.

LE FANTOME. — Macbeth! Macbeth! Macbeth!

MACBETH. — Je t'écouterais de trois oreilles, si je les avais.

LE FANTOME. — Sois sanguinaire, hardi et résolu : ris-toi du pouvoir de l'homme, car nul être né d'une femme ne pourra nuire à Macbeth.

Le fantôme redescend.

MACBETH. — Alors, vis, Macduff. Qu'ai-je besoin de te craindre? Mais, n'importe! Je veux avoir une garantie double et engager le destin : tu ne vivras pas! Ainsi, je pourrai dire à la Peur au cœur blême qu'elle ment, et dormir en dépit de la foudre.

Tonnerre. Le fantôme d'un enfant couronné s'élève ayant un arbre dans la main.

Quel est celui qui surgit, pareil au fils d'un roi, et qui porte sur son front enfantin le cercle fermé de la souveraineté?

LES TROIS SORCIÈRES. — Écoute, mais ne lui parle pas.

LE FANTOME. — Sois d'humeur léonine, sois fier; et ne t'inquiète pas de ceux qui ragent, s'agitent ou conspirent : jamais Macbeth ne sera vaincu, avant que la grande forêt de Birnam marche contre lui jusqu'à la haute colline de Dunsinane.

Le fantôme redescend.

MACBETH. — Cela ne sera jamais. Qui peut faire la presse sur une forêt et sommer un arbre de détacher sa racine fixée en terre? Douces prédictions! O bonheur! Révolte, ne lève pas la tête avant que la forêt de Birnam se lève, et notre Macbeth vivra dans les grandeurs tout le bail de la nature, pour ne rendre qu'à l'heure coutumière de la mort le dernier soupir... Cependant mon cœur palpite pour savoir encore une chose : dites-moi, autant que votre art peut le deviner, si la lignée de Banquo régnera jamais dans ce royaume.

LES TROIS SORCIÈRES. — Ne cherche pas à en savoir davantage.

MACBETH. — Je veux être satisfait. Si vous me le refusez, qu'une éternelle malédiction tombe sur vous! Dites-moi tout. Pourquoi ce chaudron s'enfonce-t-il? et quel est ce bruit? *(Symphonie de hautbois.)*

PREMIÈRE SORCIÈRE. — Montrez-vous!

DEUXIÈME SORCIÈRE. — Montrez-vous!

TROISIÈME SORCIÈRE. — Montrez-vous!

TOUTES TROIS. — Montrez-vous à ses yeux, et affligez son cœur. Venez, puis disparaissez, ombres légères.

Huit rois paraissent et traversent le théâtre à la file; le dernier avec un miroir à la main. Banquo les suit.

MACBETH — Tu ressembles trop à l'esprit de Banquo : à bas! ta couronne brûle mes prunelles... Tes cheveux, à toi, autre front cerclé d'or, sont comme ceux du premier... Le troisième ressemble au précédent... Sales stryges, pourquoi me montrez-vous cela?... Un quatrième!... Écartez-vous, mes yeux!... Quoi! cette ligne se prolongera-t-elle jusqu'aux craquements de la fin du monde? Un autre encore!... Un septième!... Je n'en veux plus voir. Et pourtant le huitième apparaît, tenant un miroir qui m'en montre une foule d'autres, et j'en vois qui portent un double globe et un triple sceptre! Horrible vision! A présent, je le vois, c'est la vérité; car voici Banquo, tout barbouillé de sang, qui sourit et me montre ses enfants dans ces rois... Quoi! en serait-il ainsi?

PREMIÈRE SORCIÈRE. — Oui, seigneur, tout cela est exact... Mais pourquoi Macbeth reste-t-il ainsi stupéfait? Allons! mes sœurs, relevons ses esprits, en lui montrant le meilleur de nos divertissements. Je vais charmer l'air pour en tirer des sons, tandis que vous exécuterez votre antique ronde. Puisse alors ce grand roi reconnaître que nous avons dignement fêté sa venue! *(Musique. Les sorcières dansent et s'évanouissent.)*

MACBETH. — Où sont-elles? Parties!... Que cette heure funeste reste à jamais maudite dans le calendrier!... Entrez, vous qui êtes là, dehors.

Entre Lenox.

LENOX. — Quel est le désir de Votre Grâce?

MACBETH. — Avez-vous vu les sœurs fatidiques?

LENOX. — Non, monseigneur.

MACBETH. — N'ont-elles pas passé près de vous?

LENOX. — Non, vraiment, monseigneur.

MACBETH. — Infecté soit l'air sur lequel elles chevauchent! Et damnés soient tous ceux qui les croient!... J'ai entendu un galop de cheval. Qui donc est arrivé?

LENOX. — Ce sont deux ou trois cavaliers, monseigneur, qui vous apportent la nouvelle que Macduff s'est enfui en Angleterre.

MACBETH. — Enfui en Angleterre?

LENOX. — Oui, mon bon seigneur.

MACBETH. — O temps, tu préviens mes exploits redoutés. L'intention fugace n'est jamais atteinte, à moins que l'action ne marche avec elle. A l'avenir, le premier mouvement de mon cœur sera le premier mouvement de ma main. Aujourd'hui même, pour couronner ma pensée par un acte, que la résolution prise soit exécutée! Je veux surprendre le château de Macduff, m'emparer de Fife, passer au fil de l'épée sa femme, ses petits enfants et tous les êtres infortunés qui le continuent dans sa race. Pas de niaise forfanterie! J'accomplirai cette action avant que l'idée refroidisse. Mais plus de visions!... Où sont ces messieurs? Allons, conduisez-moi où ils sont. *(Ils sortent.)*

SCÈNE II

Fife. — Une chambre dans le château de Macduff.

Entrent LADY MACDUFF, SON FILS *et* ROSS.

LADY MACDUFF. — Qu'avait-il fait qui l'obligeât à fuir le pays?

ROSS. — Vous devez avoir de la patience, madame.

LADY MACDUFF. — Il n'en a pas eu, lui! Sa fuite a été une folie. A défaut de nos actes, nos peurs font de nous des traîtres.

ROSS. — Vous ne savez pas s'il y a eu de sa part sagesse ou peur.

LADY MACDUFF. — Sagesse! laisser sa femme, laisser ses enfants, ses gens et ses titres dans un lieu d'où il s'enfuit lui-même! Il ne nous aime pas. Il n'a pas même l'instinct de la nature : le pauvre roitelet, le plus petit des oiseaux, défendra ses petits dans son nid contre le hibou. Il n'y a que de la peur, et pas d'affection, non, pas plus que de sagesse, dans cette fuite précipitée ainsi contre toute raison.

ROSS. — Ma chère petite cousine, je vous en prie, régentez vous-même. Car, pour votre mari, il est noble, sage, judicieux; il connaît à fond les crises de notre époque. Je n'ose en dire davantage. Mais ce sont des temps cruels que ceux où nous sommes traîtres sans le savoir, où nous écoutons les rumeurs de la crainte sans savoir ce que nous craignons, flottant sur une mer farouche et violente qui nous agite en tout sens!... Je prends congé de vous. Avant peu, je reviendrai. Quand une situation est au pire, il faut qu'elle cesse ou qu'elle se relève... Mon joli cousin, le ciel vous bénisse!

LADY MACDUFF. — Il a un père, et pourtant il n'a pas de père.

ROSS. — Je serais fou de rester plus longtemps : je causerais ma disgrâce et vous compromettrais. Je prends immédiatement congé de vous. *(Sort Ross.)*

LADY MACDUFF. — Garnement, votre père est mort. Qu'allez-vous faire? Comment vivrez-vous?

L'ENFANT. — Commes les oiseaux, mère.

LADY MACDUFF. — Quoi! de vers et de mouches?

L'ENFANT. — Je veux dire de ce que je trouverai, comme eux.

LADY MACDUFF. — Pauvre oiseau! tu ne craindrais jamais le filet, ni la glu, ni les pièges, ni le trébuchet?

L'ENFANT. — Pourquoi les craindrais-je, mère? Ils ne sont pas faits pour les pauvres oiseaux. Vous avez beau dire, mon père n'est pas mort.

LADY MACDUFF. — Si, il est mort. Comment remplaceras-tu un père?

L'ENFANT. — Et vous, comment remplacerez-vous un mari?

LADY MACDUFF. — Ah! je puis m'en acheter vingt au marché.

L'ENFANT. — Alors vous ne les achèterez que pour les revendre.

LADY MACDUFF. — Tu parles avec tout ton esprit, et, ma foi! avec assez d'esprit pour ton âge.

L'ENFANT. — Est-ce que mon père était un traître, mère?

LADY MACDUFF. — Oui, c'en était un.

L'ENFANT. — Qu'est-ce que c'est qu'un traître?

LADY MACDUFF. — Eh bien! c'est quelqu'un qui fait un faux serment.

L'ENFANT. — Et ce sont des traîtres tous ceux qui font ça?

LADY MACDUFF. — Quiconque le fait est un traître et mérite d'être pendu.

L'ENFANT. — Et tous ceux qui font un faux serment méritent-ils d'être pendus?

LADY MACDUFF. — Tous.

L'ENFANT. — Qui est-ce qui doit les pendre?

LADY MACDUFF. — Eh bien! les honnêtes gens.

L'ENFANT. — Alors les faiseurs de faux serments sont des imbéciles; car ils sont assez nombreux pour battre les honnêtes gens et les pendre.

LADY MACDUFF. — Que Dieu te vienne en aide, pauvre singe! Mais qui te tiendra lieu de père?

L'ENFANT. — Si mon père était mort, vous le pleureriez; si vous ne le pleuriez pas, ce serait signe que j'en aurais bien vite un nouveau.

LADY MACDUFF. — Pauvre babillard! comme tu jases!

Entre un messager.

LE MESSAGER. — Le ciel vous bénisse, belle dame! Je ne vous suis pas connu, bien que je sache parfaitement le rang que vous tenez. Je soupçonne que quelque danger vous menace. Si vous voulez suivre l'avis d'un homme qui parle net, qu'on ne vous trouve pas ici! fuyez avec vos petits. Je suis bien brutal, je le sens, de vous effrayer ainsi. Bien pire serait pour vous l'horrible cruauté qui menace de si près votre personne. Dieu vous préserve! Je n'ose rester plus longtemps. *(Sort le messager.)*

LADY MACDUFF. — Où dois-je fuir? Je n'ai pas fait de mal. Mais je me rappelle à présent que je suis dans ce monde terrestre, où faire le mal passe souvent pour louable, et faire le bien, parfois, pour une dangereuse folie. Pourquoi donc, hélas! me couvrir de cette féminine excuse que je n'ai pas fait de mal?... Quels sont ces visages?

Entrent des assassins.

PREMIER ASSASSIN. — Où est votre mari?

LADY MACDUFF. — Pas dans un lieu assez maudit, j'espère, pour qu'un homme tel que toi puisse le trouver.

L'ASSASSIN. — C'est un traître.

L'ENFANT. — Tu mens, scélérat aux oreilles velues!

L'ASSASSIN, *le poignardant.* — Comment! mauvais œuf! menu fretin de trahison!

L'ENFANT. — Il m'a tué, mère! Sauvez-vous, je vous en prie! *(Il meurt. Lady Macduff sort en criant au meurtre, et poursuivie par les assassins.)*

SCÈNE III

En Angleterre. — Une salle dans le palais du roi.

Entrent MALCOLM *et* MACDUFF.

MALCOLM. — Allons chercher quelque ombre désolée, et, là, pleurons toutes les larmes de nos tristes cœurs.

MACDUFF. — Saisissons plutôt l'épée meurtrière, et, comme de braves gens, couvrons de notre personne nos droits abattus. Chaque matin, de nouvelles veuves hurlent, de nouveaux orphelins sanglotent, de nouvelles douleurs frappent la face du ciel qui en retentit, comme si, par sympathie pour l'Écosse, il répétait dans un cri chaque syllabe de désespoir.

MALCOLM. — Je suis prêt à déplorer ce que je crois, à croire ce que je vois et à réparer ce que je pourrai, dès que je trouverai l'occasion amie. Ce que vous avez dit peut par hasard être vrai. Mais ce tyran, dont le seul nom ulcère notre langue, était autrefois réputé honnête; vous l'avez beaucoup aimé; il ne vous a pas encore effleuré. Je suis jeune, mais vous pouvez par moi bien mériter de lui; et ce serait sage de sacrifier un pauvre, faible et innocent agneau, pour apaiser un Dieu irrité.

MACDUFF. — Je ne suis pas un traître.

MALCOLM. — Mais Macbeth en est un. Une bonne et vertueuse nature peut se démentir sur un ordre impérial... Mais je vous demande pardon, mon opinion ne peut changer ce que vous êtes. Les anges sont brillants toujours, quoique le plus brillant soit tombé. Quand tout ce qu'il a d'infâme aurait le front de la vertu, la vertu n'en devrait pas moins avoir l'air vertueux.

MACDUFF. — J'ai perdu mes espérances.

MALCOLM. — Peut-être à l'endroit même où j'ai trouvé mes doutes. Pourquoi avez-vous quitté votre femme et vos enfants, ces objets si précieux, ces liens d'amour si forts, avec cette brusquerie, sans même leur dire adieu?... De grâce! voyez dans mes défiances, non votre déshonneur, mais ma propre sûreté... Vous pouvez être parfaitement sincère, quoi que je puisse penser.

MACDUFF. — Saigne, saigne, pauvre patrie!... Grande tyrannie, établis solidement ta base, car la vertu n'ose pas te combattre! Jouis de ton usurpation : ton titre est consacré!... Adieu, seigneur! Je ne voudrais pas être le misérable que tu penses, pour tout l'espace de terre qui est dans la griffe du tyran, dût le riche Orient en être l'appoint.

MALCOLM. — Ne vous offensez pas. Je ne parle pas ainsi par défiance absolue de vous. Je crois que notre patrie s'affaisse sous le joug; elle pleure, elle saigne, et chaque jour de plus ajoute une plaie à ses blessures. Je crois aussi que bien des bras se lèveraient pour ma cause; et ici même le gracieux roi d'Angleterre m'en a offert des meilleurs, par milliers. Mais, après tout, quand j'aurai écrasé ou mis au bout de mon épée la tête du tyran, ma pauvre patrie verra régner plus de vices qu'auparavant; elle souffrira plus et de plus de manières que jamais, sous celui qui lui succédera.

MACDUFF. — Quel sera donc celui-là?

MALCOLM. — Ce sera moi-même! moi, en qui je sens tous les vices si bien greffés que, quand ils s'épanouiront, le noir Macbeth semblera pur comme neige; et la pauvre Écosse le tiendra pour un agneau, en comparant ses actes à mes innombrables méfaits.

MACDUFF. — Non! dans les légions mêmes de l'horrible enfer, on ne trouverait pas un démon plus damné en perversité que Macbeth.

MALCOLM. — J'accorde qu'il est sanguinaire, luxurieux, avare, faux, fourbe, brusque, malicieux, imbu de tous les vices qui ont un nom. Mais il n'y a pas de fond, non, pas de fond, à mon libertinage : vos femmes, vos filles, vos matrones, vos vierges ne rempliraient pas la citerne de mes désirs, et mes passions franchiraient toutes les digues opposées à ma volonté. Mieux vaut Macbeth qu'un roi tel que moi.

MACDUFF. — L'intempérance sans bornes est une tyrannie de la nature : elle a fait le vide prématuré d'heureux trônes et la chute de bien des rois. Cependant ne craignez pas de vous attribuer ce qui est à vous. Vous pourrez assouvir vos désirs à cœur joie et passer pour un homme froid au milieu d'un monde aveuglé. Nous avons assez de dames complaisantes. Il n'y a pas en vous de vautour qui puisse dévorer tout ce qui s'offrira à votre grandeur, aussitôt cette inclination connue.

MALCOLM. — Outre cela, il y a dans ma nature, composée des plus mauvais instincts, une avarice si insatiable que, si j'étais roi, je retrancherais tous les nobles pour avoir leurs terres; je voudrais les joyaux de l'un, la maison de l'autre; et chaque nouvel avoir ne serait pour moi qu'une sauce qui me rendrait plus affamé. Je forgerais d'injustes querelles avec les meilleurs, avec les plus loyaux, et je les détruirais pour avoir leur bien.

MACDUFF. — L'avarice creuse plus profondément, elle jette des racines plus pernicieuses que la luxure éphémère d'un été; elle est l'épée qui a tué nos rois. Cependant ne craignez rien : l'Écosse a de quoi combler vos désirs à foison, rien que dans ce qui vous appartient. Tout cela est supportable, avec des vertus pour contrepoids.

MALCOLM. — Des vertus! Mais je n'en ai pas. Celles qui conviennent aux rois, la justice, la sincérité, la tempérance, la stabilité, la générosité, la persévérance, la pitié, l'humanité, la piété, la patience, le courage, la fermeté, je n'en ai pas même l'arrière-goût; mais j'abonde en penchants diversement criminels que je satisfais par tous les moyens. Oui, si j'en avais le pouvoir, je verserais dans l'enfer le doux lait de la concorde, je bouleverserais la paix universelle, je détruirais toute unité sur la terre.

MACDUFF. — O Écosse! Écosse!

MALCOLM. — Si un tel homme est fait pour gouverner, parle! je suis ce que j'ai dit.

MACDUFF. — Fait pour gouverner! non, pas même pour vivre... O nation misérable sous un usurpateur au sceptre sanglant, quand reverras-tu tes jours prospères, puisque l'héritier le plus légitime de ton trône reste sous l'interdit de sa propre malédiction et blasphème son origine?... Ton auguste père était le plus saint des rois; la reine qui t'a porté plus souvent à genoux que debout est morte chaque jour où elle a vécu. Adieu! Les vices dont tu t'accuses toi-même m'ont banni d'Écosse... O mon cœur, ici finit ton espérance!

MALCOLM. — Macduff, cette noble émotion, fille de l'intégrité, a effacé de mon âme les noirs scrupules et réconcilié mes pensées avec ta loyauté et ton honneur. Le diabolique Macbeth a déjà cherché par maintes ruses pareilles à m'attirer en son pouvoir, et une sage prudence me détourne d'une précipitation trop crédule. Mais que le Dieu d'en haut intervienne seul entre toi et moi! Car, dès ce moment, je me remets à ta direction et je rétracte mes médisances contre moi-même; j'abjure ici les noirceurs et les vices que je me suis imputés, comme étrangers à ma nature. Je suis encore inconnu à la femme; je ne me suis jamais parjuré; c'est à peine si j'ai convoité ce qui m'appartenait; à aucune époque je n'ai violé ma foi; je ne livrerais pas en traître un démon à un autre; j'aime la vérité non moins que la vie; mon premier mensonge, je viens de le faire contre moi-même. Ce que je suis vraiment est à ta disposition, à celle de mon pauvre pays. Déjà, avant ton arrivée ici, le vieux Siward, à la tête de dix mille hommes vaillants, tous réunis sur un même point, allait marcher sur l'Écosse; maintenant, nous partirons ensemble. Puisse notre fortune être aussi bonne que notre cause est juste! Pourquoi êtes-vous silencieux?

MACDUFF. — Il est bien difficile de concilier immédiatement d'aussi agréables choses et d'aussi désagréables.

Entre un docteur.

MALCOLM. — Bien! nous en reparlerons tout à l'heure... Le roi va-t-il venir, dites-moi?

LE DOCTEUR. — Oui, seigneur. Il y a là un tas de misérables êtres qui attendent de lui la guérison; leur maladie défie les puissants efforts de l'art, mais il n'a qu'à les toucher, et telle est la vertu sainte dont le ciel a doué sa main, qu'ils se rétablissent sur-le-champ.

MALCOLM. — Je vous remercie, docteur *(Sort le docteur.)*

MACDUFF. — De quelle maladie veut-il parler?

MALCOLM. — On l'appelle le *mal du roi*. C'est une opération tout à fait miraculeuse de ce bon prince, et que souvent, depuis mon séjour en Angleterre, je lui ai vu faire. Comment il sollicite le ciel, lui seul le sait au juste. Le fait est que des gens étrangement atteints, tout enflés et couverts d'ulcères, pitoyables à voir, vrai désespoir de la chirurgie, sont guéris par lui : il pend autour de leur cou une pièce d'or qu'il attache avec de pieuses prières; et l'on dit qu'il laisse à la dynastie qui lui succédera le pouvoir béni de guérir. Outre cette étrange vertu, il a le céleste don de prophétie; et les mille bénédictions suspendues à son trône le proclament plein de grâce.

Entre Ross.

MACDUFF. — Voyez qui vient ici!

MALCOLM. — Un de mes compatriotes; mais je ne le reconnais pas encore.

MACDUFF. — Mon cousin toujours charmant, soyez le bienvenu ici!

MALCOLM. — Je le reconnais. Dieu de bonté, écarte bien vite les causes qui nous font étrangers!

ROSS. — Amen, seigneur!

MACDUFF. — L'Écosse est-elle encore dans le même état?

ROSS. — Hélas! pauvre patrie! elle a presque peur de se reconnaître! Elle ne peut plus être appelée notre mère, mais notre tombe. Hormis ce qui n'a pas de conscience, on n'y voit personne sourire : des soupirs, des gémissements, des cris à déchirer l'air y sont entendus, mais non remarqués; le désespoir violent y semble un délire vulgaire; la cloche des morts y sonne sans qu'à peine on demande pour qui; la vie des hommes de bien y dure moins longtemps que la fleur de leur chapeau, elle est finie avant d'être flétrie.

MACDUFF. — O récit trop minutieux et cependant trop vrai!

MALCOLM. — Quel est le malheur le plus récent?

ROSS. — Le malheur vieux d'une heure siffle celui qui en parle; chaque minute en enfante un nouveau.

MACDUFF. — Comment va ma femme?

ROSS. — Mais, bien.

MACDUFF. — Et tous mes enfants?

ROSS. — Bien, aussi.

MACDUFF. — Le tyran n'a pas attaqué leur repos?

ROSS. — Non! ils étaient bien en repos quand je les ai quittés.

MACDUFF. — Ne soyez pas avare de vos paroles : où en sont les choses?

ROSS. — Quand je suis parti pour porter ici les nouvelles qui n'ont cessé de m'accabler, le bruit courait que beaucoup de braves gens s'étaient mis en campagne; et j'y crois d'autant plus volontiers que j'ai vu sur pied les forces du tyran. Le moment de la délivrance est venu; un regard de vous en Écosse créerait des soldats et déciderait nos femmes mêmes à combattre pour mettre fin à nos cruelles angoisses.

MALCOLM. — Qu'elles se consolent! Nous partons pour l'Écosse. Sa Majesté d'Angleterre nous a prêté dix mille hommes et le brave Siward; pas de plus vieux ni de meilleur soldat que lui dans la chrétienté!

ROSS. — Plût au ciel que je pusse répondre à ces consolations par d'autres! Mais j'ai à dire des paroles qui devraient être hurlées dans un désert où aucune oreille ne les saisirait.

MACDUFF. — Qui intéressent-elles? la cause générale? ou ne sont-elles qu'un apanage de douleur dû à un seul cœur?

ROSS. — Il n'est pas d'âme honnête qui ne prenne une part à ce malheur, bien que la plus grande en revienne à vous seul.

MACDUFF. — Si elle doit m'échoir, ne me la retenez pas; donnez-la-moi vite.

ROSS. — Que vos oreilles n'aient pas de ma voix une horreur éternelle, si elle leur transmet les accents les plus accablants qu'elles aient jamais entendus!

MACDUFF. — Humph! je devine!

ROSS. — Votre château a été surpris; votre femme et vos enfants barbarement massacrés. Vous raconter les détails, ce serait à la curée de ces meurtres ajouter votre mort.

MALCOLM. — Ciel miséricordieux!... Allons! mon cher, n'enfoncez point votre chapeau sur vos sourcils! Donnez la parole à la douleur : le chagrin qui ne parle pas murmure au cœur gonflé l'injonction de se briser.

MACDUFF. — Mes enfants aussi?

ROSS. — Femme, enfants, serviteurs, tout ce qu'ils ont pu trouver.

MACDUFF. — Et il a fallu que je fusse absent! Ma femme tuée aussi?

ROSS. — J'ai dit.

MALCOLM. — Prenez courage. Faisons de notre grande vengeance un remède qui guérisse cette mortelle douleur.

MACDUFF. — Il n'a pas d'enfants!... Tous mes jolis petits? Avez-vous dit tous?... Oh! infernal milan! Tous? Quoi! tous mes jolis poussins, et leur mère, dénichés d'un seul coup!

MALCOLM. — Raisonnez la chose comme un homme.

MACDUFF. — Oui! mais il faut bien aussi que je la sente en homme. Je ne puis oublier qu'il a existé des êtres qui m'étaient si précieux... Le ciel a donc regardé cela sans prendre leur parti? Coupable Macduff, ils ont tous été frappés à cause de toi! Misérable que je suis, ce n'est pas leur faute, c'est la mienne, si le meurtre s'est abattu sur leurs âmes. Que le ciel les repose maintenant!

MALCOLM. — Que ceci soit la pierre où votre épée s'aiguise! Que la douleur se change en colère! N'émoussez pas votre cœur, enragez-le!

MACDUFF. — Oh! moi! me borner à jouer la femme par les yeux et le bravache par la langue!... Non!... Ciel clément, coupe court à tout délai; mets-moi face à face avec ce démon de l'Écosse, place-le à la portée de mon épée, et, s'il m'échappe, ô ciel, pardonne-lui aussi.

MALCOLM. — Voilà de virils accents. Allons, rendons-nous près du roi; nos forces sont prêtes; il ne nous manque plus que les adieux. Macbeth est mûr pour la secousse fatale, et les puissances d'en haut font mouvoir leurs instruments. Acceptez tout ce qui peut vous consoler. Elle est longue, la nuit qui ne trouve jamais le jour! *(Ils sortent.)*

ACTE V

SCÈNE PREMIÈRE

En Écosse. — Dunsinane. Une salle dans le château.

Entrent UN MÉDECIN *et* UNE DAME DE SERVICE.

LE MÉDECIN. — J'ai veillé deux nuits avec vous; mais je ne puis rien apercevoir qui confirme votre rapport. Quand s'est-elle ainsi promenée dernièrement?

LA DAME DE SERVICE. — Depuis que Sa Majesté est entrée en campagne. Je l'ai vue se lever de son lit, jeter sur elle sa robe de nuit, ouvrir son cabinet, prendre du papier, le plier, écrire dessus, le lire, ensuite le sceller et retourner au lit; tout cela pourtant dans le plus profond sommeil.

LE MÉDECIN. — Grande perturbation de la nature! Recevoir à la fois les bienfaits du sommeil et agir comme en état de veille!... Dans cette agitation léthargique, outre ses promenades et autres actes effectifs, par moments, que lui avez-vous entendu dire?

LA DAME DE SERVICE. — Des choses, monsieur, que je ne veux pas répéter après elle.

LE MÉDECIN. — Vous pouvez me les redire à moi; cela est de stricte convenance.

LA DAME DE SERVICE. — Ni à vous ni à personne, puisque je n'ai pas de témoin pour confirmer mes paroles.

Entre lady Macbeth, avec un flambeau.

Tenez, la voici qui vient! Justement dans la même tenue; et, sur ma vie! profondément endormie. Observez-la; approchez.

LE MÉDECIN. — Comment s'est-elle procuré cette lumière?

LA DAME DE SERVICE. — Ah! elle l'avait près d'elle; elle a de la lumière près d'elle continuellement; c'est son ordre.

LE MÉDECIN. — Vous voyez : ses yeux sont ouverts.

LA DAME DE SERVICE. — Oui! mais ils sont fermés à la sensation.

LE MÉDECIN. — Qu'est-ce qu'elle fait là?... Regardez comme elle se frotte les mains.

LA DAME DE SERVICE. — C'est un geste qui lui est habituel, d'avoir ainsi l'air de se laver les mains. Je l'ai vue continuer à faire cela pendant un quart d'heure.

LADY MACBETH. — Il y a toujours une tache.

LE MÉDECIN. — Écoutez! elle parle. Je vais noter tout ce qui lui échappera, pour fixer plus fermement mon souvenir.

LADY MACBETH. — Va-t'en, tache damnée! va-t'en! dis-je... Une! deux! Alors il est temps de faire la chose!... L'enfer est sombre!... Fi! monseigneur! fi! un soldat avoir peur!.... A quoi bon redouter qu'on le sache, quand nul ne pourra demander compte à notre autorité? Pourtant qui aurait cru que le vieux homme eût en lui tant de sang?

LE MÉDECIN. — Remarquez-vous cela?

LADY MACBETH, — Le thane de Fife avait une femme; où est-elle à présent?... Quoi! ces mains-là ne seront donc jamais propres?... Assez, monseigneur, assez! Vous gâtez tout avec ces frémissements.

LE MÉDECIN. — Allez! allez! vous en savez plus que vous ne devriez!

LA DAME DE SERVICE. — Elle a parlé plus qu'elle n'aurait dû, je suis sûre de cela. Le ciel sait ce qu'elle sait!

LADY MACBETH. — Il y a toujours l'odeur du sang... Tous les parfums d'Arabie ne rendraient pas suave cette petite main! Oh! oh! oh!

LE MÉDECIN. — Quel soupir! Le cœur est douloureusement chargé.

LA DAME DE SERVICE. — Je ne voudrais pas avoir dans mon sein un cœur pareil, pour tous les honneurs rendus à sa personne.

LE MÉDECIN. — Bien, bien, bien!

LA DAME DE SERVICE. — Priez Dieu que tout soit bien, monsieur.

LE MÉDECIN. — Cette maladie échappe à mon art; cependant j'ai connu des gens qui se sont promenés dans leur sommeil et qui sont morts saintement dans leur lit.

LADY MACBETH. — Lavez vos mains, mettez votre robe de nuit, ne soyez pas si pâle... Je vous le répète, Banquo est enterré : il ne peut pas sortir de sa tombe.

LE MÉDECIN. — Serait-il vrai?

LADY MACBETH. — Au lit! au lit!... On frappe à la porte. Venez, venez, venez, venez, donnez-moi votre main. Ce qui est fait ne peut être défait... Au lit! au lit! au lit! *(Sort lady Macbeth.)*

LE MÉDECIN. — Ira-t-elle au lit maintenant?

LA DAME DE SERVICE. — Tout droit.

LE MÉDECIN. — D'horribles murmures ont été proférés... Des actions contre nature produisent des troubles contre nature. Les consciences infectées déchargent leurs secrets sur les sourds oreillers. Elle a plus besoin du prêtre que du médecin. Dieu, Dieu, pardonne-nous à tous!... Suivez-la. Éloignez d'elle tout ce qui peut être nuisible, et ayez toujours les yeux sur elle... Sur ce, bonne nuit! Elle a confondu mon âme et effaré mes regards. Je pense, mais je n'ose parler.

LA DAME DE SERVICE. — Bonne nuit, bon docteur! *(Ils sortent.)*

SCÈNE II

Les environs de Dunsinane.

Entrent, tambours battants, enseignes déployees, MENTEITH, CAITHNESS, ANFUS, LENOX *et des soldats.*

MENTEITH. — Les forces anglaises approchent, conduites par Malcolm, son oncle Siward et le brave Macduff. La vengeance brûle en eux : une cause si chère entraînerait un ascète à la charge sanglante et sinistre.

ANGUS. — Nous les rencontrerons sûrement près de la forêt de Birnam; c'est par cette route qu'ils arrivent.

CAITHNESS. — Qui sait si Donalbain est avec son frère?

LENOX. — Je suis certain que non, monsieur. J'ai la liste de tous les gentilshommes. Le fils de Siward en est, ainsi que beaucoup de jeunes imberbes qui font aujourd'hui leurs premières preuves de virilité.

MENTEITH. — Que fait le tyran?

CAITHNESS. — Il fortifie solidement le donjon de Dunsinane. Quelques-uns disent qu'il est fou; d'autres, qui le haïssent moins, appellent cela une vaillante furie; mais ce qui est certain, c'est qu'il ne peut pas boucler sa cause défaillante dans le ceinturon de la règle.

ANGUS. — C'est maintenant qu'il sent ses meurtres secrets se coller à ses mains. A chaque instant des révoltes lui jettent à la face sa foi brisée. Ceux qu'il commande obéissent seulement au commandement, nullement à l'affection... Il sent maintenant sa grandeur s'affaisser autour de lui, comme une robe de géant sur un voleur nain.

MENTEITH. — Qui blâmerait ses sens surmenés de se révolter et de bondir, quand tout ce qui est en lui se reproche d'y être?

CAITHNESS. — Allons! mettons-nous en marche pour porter notre obéissance à qui nous la devons. Allons trouver le médecin de la société malade; et, réunis à lui, versons, pour purger notre pays, toutes les gouttes de notre sang.

LENOX. — Versons-en du moins ce qu'il en faudra pour arroser la fleur souveraine et noyer la zizanie. Dirigeons notre marche sur Birnam. *(Ils sortent.)*

SCÈNE III

Dunsinane. — Une salle dans le château.

Entrent MACBETH, LE MÉDECIN, *des gens de la suite*

MACBETH. — Ne me transmettez plus de rapports!... Qu'ils désertent tous! Jusqu'à ce que la forêt de Birnam se transporte à Dunsinane, je ne puis être atteint par la crainte. Qu'est-ce que le marmouset Malcolm? N'est-il pas né d'une femme? Les esprits, qui connaissent toutes les conséquences mortelles, ont prononcé ainsi à mon égard : « Ne crains rien, Macbeth, nul homme né d'une femme n'aura jamais de pouvoir sur toi. » Fuyez donc, thanes traîtres, et allez vous mêler aux épicuriens anglais. L'âme par qui je règne et le cœur que je porte ne seront jamais accablés par le doute ni ébranlés par la peur.

Entre un serviteur.

Que le diable te noircisse de sa damnation, drôle à face de crème! Où as-tu pris cet air d'oie?

LE SERVITEUR. — Il y a dix mille...

MACBETH. — Oisons, maraud!

LE SERVITEUR. — Soldats, seigneur.

MACBETH. — Va! pique-toi le visage, et farde de rouge ta peur, marmot au foie de lis! Quels soldats chiffon? Mort de ton âme! tes joues de linge sont conseillères de peur. Quels soldats, face de lait caillé?

LE SERVITEUR. — Les forces anglaises, sauf votre bon plaisir.

MACBETH. — Ote ta face d'ici! *(Le serviteur sort.)* Seyton!... Le cœur me lève quand je vois... Seyton! allons!... Ce grand coup va m'exalter pour toujours ou me désarçonner tout de suite. J'ai assez vécu : le printemps de ma vie est en proie à la sécheresse, aux feuilles jaunes; de tout ce qui doit accompagner le vieil âge, le respect, l'amour, l'obéissance, les troupes d'amis, je n'ai plus rien à espérer; ce qui m'attend à la place, ce sont des malédictions muettes, mais profondes, des hommages de bouche, murmures que les pauvres cœurs retiendraient volontiers, s'ils l'osaient!... Seyton!...

Entre Seyton.

SEYTON. — Quel est votre gracieux plaisir?

MACBETH. — Quelles nouvelles encore?

SEYTON. — Tous les rapports se confirment, monseigneur.

MACBETH. — Je combattrai jusqu'à ce que ma chair tombe hachée de mes os... Donne-moi mon armure.

SEYTON. — Il n'en est pas encore besoin.

MACBETH. — Je veux la mettre. Qu'on lance encore de la cavalerie! qu'on balaye la contrée d'alentour! qu'on pende ceux qui parlent de peur!... Donne-moi mon armure... Comment va votre malade, docteur?

LE MÉDECIN. — Elle a moins une maladie, monseigneur, qu'un trouble causé par d'accablantes visions qui l'empêchent de reposer.

MACBETH. — Guéris-la de cela. Tu ne peux donc pas traiter un esprit malade, arracher de la mémoire un chagrin enraciné, effacer les ennuis inscrits dans le cerveau, et, grâce à quelque doux antidote d'oubli, débarrasser le sein gonflé des dangereuses matières qui pèsent sur le cœur?

LE MÉDECIN. — En pareil cas, c'est au malade à se traiter lui-même.

MACBETH. — Qu'on jette la médecine aux chiens! je ne veux rien d'elle... Allons! mettez-moi mon armure; donnez-moi mon bâton de commandement... Seyton, fais faire une sortie... Docteur, les thanes me désertent... Allons! mon cher, dépêchons!... Si tu pouvais, docteur, examiner l'eau de mon royaume, découvrir sa maladie, et lui rendre, en le purgeant, sa bonne santé première, je jetterais tes louanges à tous les échos, pour qu'ils les répétassent... Extirpe-moi ce mal, te dis-je... Quelle rhubarbe, quel séné, quelle drogue purgative pourrait donc faire évacuer d'ici ces Anglais?... As-tu ouï parler d'eux?

LE MÉDECIN. — Oui, mon bon seigneur; les préparatifs de Votre Majesté nous ont donné de leurs nouvelles.

MACBETH. — Qu'on porte mon armure derrière moi!... Je ne craindrai pas la mort ni la ruine avant que la forêt de Birnam vienne à Dunsinane. *(Tous sortent, excepté le médecin.)*

LE MÉDECIN. — Si j'étais une bonne fois élargi de Dunsinane, il n'est pas de profits qui m'y feraient revenir. *(Il sort.)*

SCÈNE IV

Les environs de Dunsinane. — Une forêt à l'horizon.

Entrent, sous les drapeaux, au son du tambour, MALCOLM, *le vieux* SIWARD *et* SON FILS, MACDUFF, MENTEITH, CAITHNESS, ANGUS, LENOX, ROSS, *suivis de soldats en marche.*

MALCOLM. — Cousin, j'espère que le jour n'est pas loin où nous serons en sûreté dans nos foyers.

MENTEITH. — Nous n'en doutons nullement.

SIWARD. — Quelle est cette forêt devant nous?

MENTEITH. — La forêt de Birnam.

MALCOLM. — Que chaque soldat coupe une branche d'arbre et la porte devant lui! par là nous jetterons l'ombre sur notre force, et nous mettrons en erreur les éclaireurs ennemis.

LES SOLDATS. — Nous allons le faire.

SIWARD. — Tout ce que nous apprenons, c'est que le tyran tient toujours dans Dunsinane avec confiance, et attendra que nous l'y assiégeons.

MALCOLM. — Là est sa suprême espérance; car, partout où l'occasion s'en offre, petits et grands lui font défection. Il n'a plus à son service que des êtres contraints dont le cœur même est ailleurs.

MACDUFF. — Que nos justes censures attendent l'événement infaillible. Jusque-là déployons la plus savante bravoure.

SIWARD. — Le temps approche où une décision nécessaire nous fera connaître notre avoir et notre déficit. Les conjectures de la pensée reflètent ses espérances incertaines; mais le dénouement infaillible, ce sont les coups qui doivent le déterminer. A cette fin précipitons la guerre. *(Ils se mettent en marche.)*

SCÈNE V

Dunsinane. — Intérieur du château.

Entrent, sous les drapeaux, au son du tambour, MACBETH, SEYTON *et des soldats.*

MACBETH. — Qu'on déploie nos bannières sur les murs extérieurs! Le cri de garde est toujours : Ils viennent! Notre château est assez fort pour narguer un siège : qu'ils restent étendus là jusqu'à ce que la famine et la fièvre les dévorent! S'ils n'étaient pas renforcés par ceux qui devraient être des nôtres, nous aurions pu hardiment aller à eux, barbe contre barbe, et les faire battre en retraite jusque chez eux... Quel est ce bruit?

SEYTON. — Ce sont des cris de femmes, mon bon seigneur. *(Il sort.)*

MACBETH. — J'ai presque perdu le goût de l'inquiétude. Il fut un temps où mes sens se seraient glacés au moindre cri nocturne, où mes cheveux, à un récit lugubre, se seraient dressés et agités comme s'ils étaient vivants. Je me suis gorgé d'horreurs. L'épouvante, familière à mes meurtrières pensées, ne peut plus me faire tressaillir. Pourquoi ces cris?

Seyton rentre.

SEYTON. — La reine est morte, monseigneur.

MACBETH. — Elle aurait dû mourir plus tard. Le moment serait toujours venu de dire ce mot-là!... Demain, puis demain, puis demain glisse à petits pas de jour en jour jusqu'à la dernière syllabe du registre des temps; et tous nos hiers n'ont fait qu'éclairer pour des fous le chemin de la mort poudreuse. Éteins-toi, éteins-toi, court flambeau! La vie n'est qu'un fantôme errant, un pauvre comédien qui se pavane et s'agite durant son heure sur la scène et qu'ensuite on n'entend plus; c'est une histoire dite par un idiot, pleine de fracas et de furie, et qui ne signifie rien...

Entre un messager.

Tu viens pour user de ta langue; ton conte, vite!

LE MESSAGER. — Mon gracieux seigneur, je voudrais vous rapporter ce que j'affirme avoir vu, mais je ne sais comment faire.

MACBETH. — Eh bien! parlez, monsieur!

LE MESSAGER. — Comme je montais ma garde sur la colline, j'ai regardé du côté de Birnam, et tout à coup il m'a semblé que la forêt se mettait en mouvement.

MACBETH, *le frappant.* — Misérable menteur!

LE MESSAGER. — Que j'endure votre courroux, si cela n'est pas vrai! vous pouvez, à trois mille d'ici, la voir qui arrive; je le répète, c'est un bois mouvant.

MACBETH. — Si ton rapport est faux, je te ferai pendre vivant au premier arbre, jusqu'à ce que la faim te racornisse; s'il est sincère, je me soucie peu que tu m'en fasses autant. Je rétracte ma résolution, et je commence à soupçonner l'équivoque du démon, qui ment en disant vrai. « Ne crains rien jusqu'à ce que la forêt de Birnam marche sur Dunsinane! » Et voici que la forêt marche vers Dunsinane... Aux armes, aux armes! et sortons! Si ce qu'il affirme est réel, nul moyen de fuir d'ici ni d'y demeurer. Je commence à être las du soleil, et je voudrais que l'empire du monde fût anéanti en ce moment. Qu'on sonne la cloche d'alarme!... Vent, souffle! Viens, destruction! Nous mourrons, du moins, le harnais sur le dos. *(Ils sortent.)*

SCÈNE VI

Une plaine devant le château.

Entrent, sous les drapeaux, au son des tambours, MALCOLM, *le vieux* SIWARD, MACDUFF, *etc., et des soldats portant des branches d'arbres.*

MALCOLM. — Assez près maintenant! Jetez vos écrans de feuillage, et montrez-vous comme vous êtes... Vous, digne oncle, avec mon cousin, votre noble fils, vous commanderez notre front de bataille; le digne Macduff et nous, nous nous chargeons du reste, conformément à notre plan.

SIWARD. — Adieu! Pour peu que nous rencontrions ce soir les forces du tyran, je veux être battu, si nous ne savons pas leur tenir tête.

MACDUFF. — Faites parler toutes nos trompettes; donnez-leur tout leur souffle, à ces bruyants hérauts du sang et de la mort. *(Ils sortent. Fanfares d'alarme prolongées.)*

SCÈNE VII

Dunsinane. — Une autre partie de la plaine.

MACBETH. — Ils m'ont lié à un poteau; je ne puis pas fuir, et il faut que je soutienne la lutte comme un ours... Où est celui qui n'est pas né d'une femme? C'est lui que je dois craindre, ou personne.

Entre le jeune Siward.

LE JEUNE SIWARD. — Quel est ton nom?

MACBETH. — Tu seras effrayé de l'entendre.

LE JEUNE SIWARD. — Non! quand tu t'appellerais d'un nom plus brûlant que tous ceux de l'enfer.

MACBETH. — Mon nom est Macbeth.

LE JEUNE SIWARD. — Le diable lui-même ne pourrait prononcer un titre plus odieux à mon oreille.

MACBETH. — Non! ni plus terrible.

LE JEUNE SIWARD. — Tu mens, tyran abhorré! Avec mon épée, je vais te prouver ton mensonge. *(Ils se battent ; le jeune Siward est tué.)*

MACBETH. — Tu étais né d'une femme. Je souris aux épées, je nargue les armes brandies par tout homme né d'une femme. *(Il sort.)*

Fanfare d'alarme. Entre Macduff.

MACDUFF. — Le bruit est de ce côté... Tyran, montre ta face; si tu n'es pas tué de ma main, les ombres de ma femme et de mes enfants me hanteront toujours. Je ne puis pas frapper les misérables Kernes, dont les bras sont loués pour porter des bâtons. C'est toi, Macbeth, qu'il me faut; sinon, je rentrerai au fourreau, sans en avoir essayé la lame, mon épée inactive. Tu dois être par là. Ce grand cliquetis semble annoncer un combattant du plus grand éclat. Fais-le-moi trouver, Fortune, et je ne demande plus rien. *(Il sort. Fanfare d'alarme.)*

Entrent Malcolm et le vieux Siward.

SIWARD. — Par ici, monseigneur! Le château s'est rendu sans résistance : les gens du tyran combattent dans les deux armées; les nobles thanes guerroient bravement; la journée semble presque se déclarer pour vous, et il reste peu à faire.

MALCOLM. — Nous avons rencontré des ennemis qui frappent à côté de nous.

SIWARD. — Entrons dans le château, seigneur. *(Ils sortent. Fanfare d'alarme.)*

SCÈNE VIII

Rentre Macbeth.

MACBETH. — Pourquoi jouerais-je le fou romain et me tuerais-je de ma propre épée? Tant que je verrai des vivants, ses entailles feront mieux sur eux.

Rentre Macduff.

MACDUFF. — Tourne-toi, limier d'enfer, tourne-toi.

MACBETH. — De tous les hommes, je n'ai évité que toi seul; mais retire-toi : mon âme est déjà trop chargée du sang des tiens.

MACDUFF. — Je n'ai pas de paroles, ma voix est dans mon épée, scélérat ensanglanté de forfaits sans nom! *(Ils se battent.)*

MACBETH. — Tu perds ta peine. Tu pourrais aussi aisément balafrer de ton épée l'air impalpable que me faire saigner. Que ta lame tombe sur des cimiers vulnérables! j'ai une vie enchantée qui ne peut pas céder à un être né d'une femme.

MACDUFF. — N'espère plus dans ce charme. Que l'ange que tu as toujours servi t'apprenne que Macduff a été arraché du ventre de sa mère avant terme!

MACBETH. — Maudite soit la langue qui me dit cela! car elle vient d'abattre en moi le meilleur de l'homme. Qu'on ne croie plus désormais ces démons jongleurs qui équivoquent avec nous par des mots à double sens, qui tiennent leur promesse pour notre oreille et la violent pour notre espérance!... Je ne me battrai pas avec toi.

MACDUFF. — Alors, rends-toi, lâche! Et vis pour être le spectacle et l'étonnement du siècle. Nous mettrons ton portrait, comme celui de nos monstres rares, sur un poteau, et nous écrirons dessous : « Ici on peut voir le tyran. »

MACBETH. — Je ne me rendrai pas. Pour baiser la terre devant les pas du jeune Malcolm, ou pour être harcelé par les malédictions de la canaille! Bien que la forêt de Birnam soit venue à Dunsinane, et que tu sois mon adversaire, toi qui n'es pas né d'une femme, je tenterai la dernière épreuve; j'étends devant mon corps mon belliqueux bouclier : frappe, Macduff; et damné soit celui qui le premier criera : « Arrête! assez! » *(Ils sortent en se battant.)*

SCÈNE IX

Retraite. Fanfare. Rentrent, tambour battant, enseignes déployées, Malcolm, le vieux Siward, Ross, Lenox, Angus, Caithness, Menteith et des soldats.

MALCOLM. — Je voudrais que les amis qui nous manquent fussent ici sains et saufs!

SIWARD. — Il faut bien en perdre. Et pourtant, à voir ceux qui restent, une si grande journée ne nous a pas coûté cher.

MALCOLM. — Macduff nous manque, ainsi que votre noble fils.

ROSS, *à Siward.* — Votre fils, milord, a payé la dette du soldat : il n'a vécu que jusqu'à ce qu'il fût un homme; à peine sa prouesse lui a-t-elle confirmé ce titre, au poste immuable où il a combattu, qu'il est mort comme un homme.

SIWARD. — Il est donc mort?

ROSS. — Oui! et emporté du champ de bataille. Votre douleur ne doit pas se mesurer à son mérite, car alors elle n'aurait pas de fin.

SIWARD. — A-t-il reçu ses blessures par-devant?

ROSS. — Oui, de face.

SIWARD. — Eh bien! qu'il soit le soldat de Dieu! Eussé-je autant de fils que j'ai de cheveux, je ne leur souhaiterais pas une plus belle mort. Et voilà son glas sonné.

MALCOLM. — Il mérite plus de regrets; il les aura de moi.

SIWARD. — Il n'en mérite pas plus. On dit qu'il est bien parti, et qu'il a payé son écot. Sur ce, que Dieu soit avec lui!... Voici venir une consolation nouvelle.

Rentre Macduff, portant la tête de Macbeth au bout d'une pique.

MACDUFF. — Salut, roi! car tu l'es. *(Il enfonce la pique en terre.)* Regarde où se dresse la tête maudite de l'usurpateur. Notre temps est libre. Ceux que je vois autour de toi, perles de ta couronne, répètent mentalement mon salut; je leur demande de s'écrier tout haut avec moi : « Salut, roi d'Écosse! »

TOUS. — Salut, roi d'Écosse! *(Fanfare.)*

MALCOLM. — Nous ne ferons pas une large dépense de temps avant de compter avec tous vos dévouements et de nous acquitter envers vous. Thanes et cousins, dès aujourd'hui soyez comtes; les premiers que jamais l'Écosse ait désignés par ce titre. Tout ce qu'il reste à faire pour replanter à nouveau notre société : rappeler nos amis exilés qui ont fui à l'étranger les pièges d'une tyrannie soupçonneuse; dénoncer les ministres cruels du boucher qui vient de mourir, et de son infernale reine, qui s'est, dit-on, violemment ôté la vie de ses propres mains; enfin, tous les actes urgents qui nous réclament, nous les accomplirons, avec la grâce de Dieu, dans la mesure, le temps et le lieu voulus. Sur ce, merci à tous et à chacun! Nous vous invitons à venir à Scone voir notre couronnement. *(Fanfare. Tous sortent.)*

TABLE DES MATIÈRES

GF — TEXTE INTÉGRAL — GF

476-II-1991. — Imp. Bussière, St-Amand (Cher).
N° d'édition 13030. — 3e trimestre 1964. — Printed in France.